AF210539

Pharao, Herr über Ägypten

Historischer Roman

Birgit Furrer-Linse

Birgit Furrer-Linse

Pharao, Herr über Ägypten

Historischer Roman aus der Zeit des alte Ägypten

Bibliografische Information der Deutschen
Nationalbibliothek:
Die Deutsche Nationalbibliothek verzeichnet diese
Publikation in der Deutschen Nationalbibliografie;
detaillierte bibliografische Daten sind im Internet über
http://dnb.dnb.de abrufbar.

© 2025 Birgit Furrer-Linse

Foto Cover Birgit Furrer-Linse
Alle Rechte liegen bei Birgit Furrer-Linse

Verlag: BoD · Books on Demand GmbH,
In de Tarpen 42, 22848 Norderstedt, bod@bod.de
Druck: Libri Plureos GmbH, Friedensallee 273,
22763 Hamburg

ISBN: 978-3-7693-2269-9

1425 vor unserer Zeitrechnung

Nur am Rand nahm er wahr, wie die beiden Wächter, die vor der Tür des Thronsaals standen, um jeden ungebetenen Eindringling von dort fernzuhalten, die breiten, aus massivem Ebenholz gefertigten Flügeltüren für ihn öffneten und hinter ihm wieder schlossen. Nachdenklich schweifte sein Blick durch den Thronsaal, in dem er für gewöhnlich Bittsteller und Gesandte empfing und Recht sprach.

Ein schwerer Seufzer entwich seiner Kehle, als seine Augen am Horusthron, dem Symbol seiner göttlichen Macht, hängen blieben. Wenn er auf ihm saß, die Insignien seiner Macht, Geißel und Krummstab, in den Händen haltend und die Doppelkrone der beiden Länder auf dem Haupt tragend, dann verschwand sein wahres Ich für gewöhnlich hinter einer Maske aus Goldpuder und Kajal und dem künstlichen Pharaonenbart, der sein Kinn zierte, und damit Teil der Maskerade war.

So viele Jahre waren vergangen, seit er zum ersten Mal auf diesem Thron Platz genommen hatte. Er war noch ein Kind gewesen und völlig überwältigt von dem Aufwand und Pomp, der an diesem Tag um seine Person gemacht worden war. Der damalige Hohepriester des Amun, Hapuseneb, hatte ihn nach einer durchwachten, im Gebet verbrachten Nacht im Allerheiligsten des Amuntempels durch die versammelten Reihen der Großen des Reichs hier zum Thron geführt, ihn vor allen Versammelten gesalbt, ihm Geisel und Krummstab überreicht, den Pharaonenbart umgebunden, ihn auf den Thron gesetzt und ihm die viel zu große Doppelkrone Ober- und Unterägyptens auf sein Haupt gedrückt. Noch heute glaubte er manchmal ihre erdrückende Schwere zu spüren, die Last, die von nun an auf seinen Schultern ruhen sollte.

Zu seiner Rechten hatte Königin Hatschepsut gesessen, die große Königsgemahlin und Halbschwester seines verstorbenen Vaters, Pharaos Thutmosis II. Sie würde von nun an die Regentschaft über das Land bis zu seiner Volljährigkeit ausüben. Stolz und unerschütterlich hatte sie geradeaus geschaut. Mit keiner Mine hatte sie erkennen lassen, was sie von der Inszenierung des heutigen Tags hielt. Noch immer erinnerte er sich daran, dass ihr damaliger Anblick ihm kalte Schauer über den Rücken gejagt hatte. Die feindselige Spannung, die von ihr ausging, war kaum zu ignorieren gewesen und ließ ihn schon an diesem Tag ahnen, was kommen sollte.

Zu seiner Linken hatte seine Mutter Platz genommen, Isis, die zweite Gemahlin seines verstorbenen Vaters. Ihr Blick hatte ihn zärtlich und aufmunternd gestreift und die Kälte, die von rechts zu ihm herüberwehte, für einen Augenblick verdrängt. Neben dem für Hatschepsut aufgestellten Thron waren noch zwei kleinere, mit Gold verzierte Stühle für die beiden Töchter der Regentin aufgestellt worden. Auf dem ersten saß Nofrure, die in seinem Alter war. Sie trennten gerade einmal zwei Monate voneinander. Daneben saß ihre zwei Jahre jüngere Schwester Meritre, die ebenfalls an der heutigen Zeremonie teilnehmen musste und sich deutlich anmerken ließ, dass sie sich langweilte und viel lieber im Palastgarten spielen würde, während Nofrure die erhabene Mine ihrer Mutter nachzuahmen versuchte.

Thutmosis seufzte. All das war so lange her und doch noch immer präsent, gerade so, als ob er all dies eben erleben würde. Schwerfällig ging Pharao auf den Horusthron zu und ließ sich darauf niedersinken. Erinnerungen, sie waren manchmal schwer zu ertragen. An manchen Tagen zogen sie ihn völlig in ihren Bann. Je älter er wurde, desto schwerer drückten sie auf sein Gemüt. Meist versuchte er sie zu verjagen, denn wer in der Vergangenheit lebte, dem fehlte die Kraft, die Zukunft zu gestalten. Aber allein die Zukunft war entscheidend. Im Hier und Jetzt wurde sie geschmiedet, wurden die Schicksalsfäden für die Zukunft des Landes miteinander verwoben. Was sollten da die alten Geschichten? War er nicht immer ein kraftvoller, zielstrebiger, energischer Herrscher gewesen? Ihm war es zu verdanken, dass Ägypten heute größer und mächtiger als je zuvor in seiner Geschichte war. Weite Teile Asiens hatte er unterworfen. Die syrischen Fürsten zitterten heute beim Klang seines Namens. Ihre Tribute flossen regelmäßig und reichlich nach Ägypten und hatten dem Land am Nil zu ungeahntem Wohlstand verholfen. Auch im Süden hatte er Ägyptens Grenzen erweitert, verschoben bis zum zweiten Nilkatarakt. Niemand dort wagte es heute, seine Autorität in Zweifel zu ziehen. Er, und nur er, war von Amun gesegnet und zum Herrscher über die beiden Länder, über Ober- und Unterägypten, bestimmt. Die Götter waren bei all seinen Unternehmungen stets mit ihm gewesen, und er hatte ihnen für ihre Gnade reichlich gedankt. Überall im Land hatte er ihre Tempel erweitern und verschönern und neue Tempel entstehen lassen, an deren Mauern seine Taten für die Ewigkeit festgehalten, seine Größe und Stärke gepriesen wurden. Ja, er konnte mit dem Erreichten zufrieden sein und wäre es gewiss auch, wäre da nicht jener Stachel, der tief in seinem Innern steckte und den er einfach nicht entfernen konnte. Er war es, der ihn an manchen Tagen trotz all seiner Erfolge als Feldherr und Herrscher an sich zweifeln ließ. Gewiss hätte er manche Tollkühnheit vermutlich nicht begangen, hätte dieser Stachel ihn nicht stets angespornt, über sich selbst hinauszuwachsen und damit der Welt zu zeigen, wer er war, dass man immer und überall mit ihm rechnen musste. Dessen war er sicher. Immer hatte die Vergangenheit ihn dazu verleitet, noch mehr zu wollen, sich selbst keine Grenzen zu setzen, alle erreichten Ziele durch neue, noch höhere zu ersetzen, nur um sich selbst zu beweisen, dass es seine Bestimmung war, Pharao dieses Landes zu sein. Wenn er ehrlich zu sich selbst sein wollte, so musste er sich eingestehen, dass er bis heute ein Getriebener war. Obwohl sie schon so lange tot war, hatte sie noch immer diese Macht über ihn, ihn vor sich her zu hetzen und spöttisch lächelnd ihre Zweifel an seinen Fähigkeiten zu äußern.

Wie viele schlaflose Nächte hatte er ihr zu verdanken? Er konnte sie nicht zählen. Wenn er sich nachts auf seinem Lager hin und her wälzte, dann erschien ihm ihr Ka, um ihn zu verfluchen für das, was er getan hatte. Doch hätte er anders handeln können, nach allem, was sie getan hatte? Wohl kaum. Er war der von Amun auserwählte König, niemand sonst. Daran zweifelte in diesem Land heutzutage keiner mehr. Dafür hatte er gesorgt. Doch so oft er sich dies auch sagte, so konnte er nicht leugnen, dass er selbst zuweilen an sich zweifelte. Und dafür hasste er sie. Ja, er hasste sie, weil sie noch immer Macht über ihn hatte, auch wenn er ihren Namen überall löschen, ihre Statuen zerschlagen und ihre Bilder hatte auskratzen lassen, um alle Erinnerungen an sie zu zerstören und sie damit der ewigen Verdammnis anheimfallen zu lassen. Trotzdem lebte sie in seinem Innern weiter, gerade so, als ob jedes zerstörte Bildnis, jede ausgekratzte Kartusche und jede zerschlagene Statue direkt in sein Herz eingedrungen wären und jedes Vergessen unmöglich machten.

Zornig schleuderte Pharao den neben ihm stehenden goldenen Becher über den blankgeputzten Boden, auf dem üblicherweise seine Beamten und fremde Gesandte vor ihm knieten, um ihm zu huldigen. Wie eine Blutlache ergoss sich der rote Inhalt des Bechers über die bemalten Fliesen. Grimmig starrte Pharao auf den Fleck, der Erinnerungen an Krieg und Tod, Verwundete und Sterbende, an zerfetzte Leiber und abgerissene Gliedmaßen in ihm wachrief. Die üblichen Schrecken des Krieges, versuchte er sich zu beruhigen. Sie waren der notwendige Preis für seine Macht und Größe gewesen. Was zählten Leid und Elend, vor Hunger und Durst ausgezehrte Menschen, wenn all dies dem Wohl und der Machtentfaltung Ägyptens diente? Mit Recht konnte er sich den größten Feldherren nennen, den dieses Land je hervorgebracht hatte.

Grübelnd starrte Thutmosis vor sich hin. Früher waren ihm solche Gedanken fremd gewesen. Allein sein Sieg über all jene, die sich seiner Herrschaft nicht freiwillig hatten beugen wollen, hatte gezählt. Was hatte sich verändert? Was hatte ihn verändert? Er ahnte es. Es war das Alter, das ihm seine Kraft raubte, der eigene Tod, der sich ihm näherte, langsam, aber unabwendbar. Dieses Wissen ließ ihn immer häufiger in diese Grübeleien versinken und sein Leben im Rückblick betrachten, wie ein Blick in einen Kupferspiegel, der noch einmal den Lauf seines Lebens, geprägt von Höhen und Tiefen, Siegen und Niederlagen abspielte. Immer häufiger begegneten ihm darin all jene, die einen Teil seines Wegs mit ihm gegangen waren, Freunde und Feinde, Geliebte und Gehasste, jene, die mit ihm emporgestiegen waren und jene anderen, die er aus dem Weg geräumt hatte, weil ihre Treue ihr gegolten hatte, jener Frau, die ihm zwanzig Jahre lang seinen Herrschaftsanspruch vorenthalten hatte. Er hatte sie ebenso gefürchtet wie bewundert, manchmal geliebt, aber vor allem gehasst. Letztendlich war und blieb sie der einzige Mensch, den er zu ihren Lebzeiten nie bezwungen hat. Ja, selbst nach ihrem Tod schien ihm ein Sieg über sie nicht vergönnt zu sein. Er, der größte Pharao aller Zeiten, nach außen hin kraftvoll und unbesiegbar, scheiterte in seinem Innern an einer Frau, die ihn in ihrem Bann gefangen hielt. Das durfte nicht sein. Niemals! Und doch war es so.

Thutmosis II.

1486 vor unserer Zeitrechnung

Im Palast von Theben herrschte an diesem Morgen eine angespannte Stimmung. Jeder, der von dem bevorstehenden Ereignis Kenntnis hatte, hielt den Atem an und betete im Stillen zu Amun, Hathor und Heket, sie mögen der zweiten Gemahlin Pharaos, Isis, beistehen und ihr Leben schonen. Eine Geburt war schließlich immer eine gefahrliche Angelegenheit, bei der nicht selten Mutter oder Kind oder beide zu Tode kamen. Selbst die besten Hebammen und Ärzte des Landes stießen oftmals an die Grenzen ihrer Fähigkeiten und mussten sich geschlagen geben, wenn Anubis den Raum der Gebärenden betrat und seinen Tribut forderte.

Seit Stunden lag die zweite Gemahlin Pharaos nun schon in den Wehen. Allem Anschein nach musste es sich um eine schwere Geburt handeln, denn die Stunden verrannen, ohne dass der große Gong des Palastes geschlagen und damit die Geburt eines königlichen Kindes verkündet wurde. Hatten beim Einsetzen der Wehen die Schmerzensschreie der Königin noch die Hallen des königlichen Harems durchdrungen, so war zwischenzeitlich nur noch gelegentlich ein klägliches Wimmern in den Gängen zu vernehmen. Niemand zweifelte daran, dass Ärzte und Hebammen um das Leben der Königin und ihres Kindes kämpften.

Gelangweilt ließ sich der königliche Herold Cheriuf auf einen vor den Haremstoren aufgestellten Stuhl sinken, wohl ahnend, dass es noch Stunden dauern könnte, bis man ihn vom Ausgang der Geburt unterrichten würde. Bei einem glücklichen Ausgang war es dann seine Aufgabe, den großen Gong des Palasts zu schlagen, um das frohe Ereignis zu verkünden. Für eine Tochter waren drei Schläge, für einen Sohn hingegen neun vorgesehen. Im schlechtesten Fall hatte er eine siebzigtägige Staatstrauer einzuleiten und nach den Sempriestern zu senden, damit diese die Verstorbene und, oder deren Kind ins Haus des Todes überführen konnten. Und natürlich musste er sofort einen Diener zu Pharao in den Audienzsaal senden, um diesen zu informieren.

Überall in Theben zündeten Priester in ihren Tempel an diesem Morgen auf Befehl Pharaos Opferfeuer an und brachten den Göttern auf den Altären blutige Opfer dar, um diese gnädig zu stimmen. Aber auch viele Getreue Pharaos beteten im Stillen zu den Göttern, damit Königin Isis dem für das Reich und den Fortbestand der Dynastie so dringend ersehnten Knaben das Leben schenken und damit die Thronfolge sichern möge.

Doch es gab unter den Großen des Reichs, den Adligen, Hofbeamten, Dienern und Sklaven auch solche, die insgeheim genau das Gegenteil wünschten, auch wenn niemand es wagte, dies offen auszusprechen, um sich nicht den Zorn Pharaos und seiner Parteigänger zuzuziehen. Sie sahen in der großen königlichen Gemahlin Hatschepsut die eigentliche Lenkerin des Staats, auch wenn sich diese stets offiziell im Hintergrund hielt. Aber ihr Wort hatte Gewicht, nicht nur bei Pharao, sondern auch im Kronrat, bei dessen Beratungen sie, anders als ihre Vorgängerinnen, stets zugegen war.

Seit dem Tod des Pharaos Thutmosis I. und der Thronbesteigung seines Sohns Thutmosis II. gab es am Hof von Theben einen Zwiespalt, ausgelöst durch die Farblosigkeit des neuen Herrschers und der energischen, zielstrebigen Haltung seiner jungen Ehefrau, der großen königlichen Gemahlin Hatschepsut, die im Hintergrund die Fäden der

Regierung zog und ihrem glanzlosen Ehemann bei vielen Entscheidungen beratend zur Seite stand, zuweilen aber auch ihre Sicht der Dinge den Beratern Pharaos offen aufdrängte und letztendlich fast immer ihren Willen durchsetzte. Da ihre Ansichten und Entscheidungen meist klug und wohlüberlegt waren, zollten ihr viele Ratgeber des Königs Respekt und unterstützten sie. Aber es gab auch jene, die die Ansicht vertraten, dass eine Frau im Kronrat nichts zu suchen habe und ihre Vorschläge, ob gut und berechtigt oder nicht, aus Prinzip ignorierten oder gar ablehnten. Ihrer Meinung nach gehörte selbst die große königliche Gemahlin, die Trägerin des göttlichen Bluts, in den Harem, um dem Reich Kinder zu schenken, den Göttern zu dienen und nur bei offiziellen Anlässen die Seite des Königs zu zieren. Dass Hatschepsut eine solche Königin nie sein würde, daran stießen sich viele, während andere in ihr die richtige Ergänzung zu ihrem schwachen Ehemann sahen.

Während Pharao Thutmosis II. im Thronsaal ungeduldig eine Delegation aus Gaza empfing, schweiften seine Gedanken immer wieder zu Isis, seiner Lieblingsgemahlin. Wie gerne würde er ihr in dieser schweren Stunde zur Seite stehen, anstatt hier seinen lästigen Pflichten als Herrscher nachkommen zu müssen. Er seufzte leise, während sich die Gesandten, ihre reichen Geschenke zurücklassend, für die Pharao im Augenblick keinen Sinn hatte, verneigend zurückzogen. War er nun endlich für diesen Vormittag erlöst? Fragend blickte er zum königlichen Herold Intef hinüber, der auf seine Papyrusrolle blickte und den nächsten Punkt der Tagesordnung verlas, während Thutmosis innerlich stöhnte.

„Der Offizier Senenmut, Sohn des Bauern Ramose und der edlen Hatnefer, der sich durch besondere Tapferkeit im Krieg gegen die fünf aufständischen Nubierstämme hervorgetan hat, einige von ihnen eigenhändig tötete und mehr als hundert gefangen nahm, um sie vor dem Horusthron kniend um Vergebung für ihren Treuebruch bitten zu lassen. Ihm soll das Gold der Tapferkeit verliehen werden."

Missmutig nickte Thutmosis, während sein von Pickeln ohnehin gerötetes Gesicht noch ein bisschen röter wurde vor Ärger darüber, dass dieser Vormittag offensichtlich gar nicht enden wollte.

Neben ihm saß die große königliche Gemahlin Hatschepsut auf ihrem etwas kleineren Thron aufrecht und majestätisch wie immer. Anders als Pharao ließ sie sich mit keiner Mimik oder Geste ihre Gedanken oder Gefühle anmerken, auch wenn sie innerlich so aufgewühlt war wie schon lange nicht mehr. Diese bevorstehende Geburt eines Königskinds machte ihr mehr zu schaffen, als sie sich eingestehen wollte. Was, wenn Isis tatsächlich einen Knaben zur Welt brachte? Ihr scharfer Verstand wusste nur zu genau, welche Konsequenzen das haben würde.

Sie selbst hatte vor gerade einmal zwei Monaten eine Tochter mit dem Namen Nofrure zur Welt gebracht, die sie mit ihrem Halbbruder, Pharao Thutmosis II., gezeugt hatte. Diese Tochter war die Erbprinzessin, das Kind, das das göttliche Blut in sich trug und weitervererben würde. Sie war für den Fortbestand der Dynastie unverzichtbar. Wen immer Nofrure einmal ehelichen würde, hatte Anspruch auf den Horusthron. Wenn nun Isis tatsächlich einen gesunden Sohn zur Welt brachte, so war der naheliegendste Schritt zur Sicherung der Dynastie, dass Nofrure diesen Sohn einmal ehelichen würde, eine Tatsache, die Hatschepsut mit gemischten Gefühlen betrachtete, hatte sie selbst doch erfahren, was es bedeutete, Erbprinzessin zu sein.

Für einen Augenblick schweiften ihre Gedanken zurück in die Vergangenheit, in der alles so hoffnungsvoll für ihre Familie ausgesehen hatte. Ihre Mutter, die große königliche Gemahlin Ahmose, hatte ihrem Mann zwei hoffnungsvolle Söhne und zwei Töchter geboren und damit den Fortbestand ihrer Dynastie gesichert. Doch die Götter hatten anders entschieden. Ihr ältester Bruder und Thronerbe Amunmoses war im Alter von zwölf Jahren bei einem Unfall mit seinem Streitwagen ums Leben gekommen. Nur kurze Zeit später war auch ihr jüngerer Bruder Wadjmes einem heimtückischen Fieber erlegen, das im Sommer ausgebrochen war und viele Menschen dahingerafft hatte. Nun war nur noch ein männlicher Nachkomme geblieben, eben jener Thutmosis, Sohn einer Nebenfrau Pharaos namens Mutnofret, der heute auf dem Thron Ägyptens saß. Wie die Tradition forderte, war er mit ihrer älteren Schwester Nofrubiti verlobt worden. Der günstigste Termin für die Eheschließung war bereits von den Astrologen errechnet worden und die Vorbereitungen für die Feierlichkeiten hatten begonnen, als auch Nofrubiti überraschend einer Seuche erlag.

Hatschepsut seufzte kaum merklich, während sie an diese Schicksalsschläge dachte. Natürlich hatte nun sie als letzte Trägerin des göttlichen Bluts ihren Halbbruder Thutmosis heiraten müssen, auch wenn sie nie auf die Aufgabe, große königliche Gemahlin zu werden, vorbereitet worden war. Anders als Nofrubiti hatte sie in ihrer Kindheit viele Freiheiten genossen und ihren Interessen nach Lust und Laune nachkommen dürfen. Dann war sie plötzlich zur Erbprinzessin geworden, und ein Gerüst aus Vorschriften, Erwartungen und Pflichten engte fortan ihr Leben ein. Ähnlich war es ihrem Halbbruder Thutmosis ergangen, der unverhofft Thronfolger geworden war. Dieses Schicksal schmiedete das

Königspaar in gewisser Weise zusammen, auch wenn Hatschepsut für ihren schwachen Ehemann zuweilen eine Mischung aus Verachtung und Mitleid empfand. Manchmal wusste sie nicht, welches der beiden Gefühle überwog, denn Thutmosis war nicht nur ein schwacher und kränklicher Mann, sondern auch wenig entschlussfreudig. Seine zögerliche Art machte es ihr jedoch leicht, sich über alle Konventionen hinwegzusetzen und ihre Ansichten zum Ausdruck zu bringen und durchzusetzen, was ihr Halbbruder nicht nur duldete, sondern sogar begrüßte, da ihm auf diese Weise manche Bürde von den Schultern genommen wurde. Was andere darüber dachten, der Hof sich dadurch sogar in zwei Lager gespalten hatte, war ihm gleichgültig. Er war Pharao. Sein Wort war Gesetz, und in seiner Schwester sah er einen hilfreiche Stütze seiner Macht.

Keiner der beiden empfand für den anderen mehr als eine gewisse geschwisterliche Zuneigung, auch wenn sie gelegentlich das Bett miteinander teilten, um Erben zu zeugen. Das Ergebnis dieses Beisammenseins war Nofrure, ihre Tochter, die sie beide über alles liebten. Dieses Mädchen war der Garant für den Fortbestand der Dynastie. Wen immer sie einmal heiraten würde, würde nach Pharao Thutmosis II. Herrscher über das Land am Nil werden.

Das war der Grund, warum Hatschepsut die Geburt eines Sohns der Isis mit gemischten Gefühlen betrachtete, denn es war ein ungeschriebenes Gesetz, dass ihre Tochter diesen Prinzen würde ehelichen müssen, sollte die große königliche Gemahlin keinen Thronfolger gebären.

Wieder seufzte Hatschepsut kaum merklich, während sie mit starrem Blick verfolgte, wie der Offizier Senenmut den Thronsaal betrat und sich in geneigter Haltung, den Blick auf den Boden gerichtet, dem Thron näherte. Vor ihm angekommen, fiel er vor Pharao auf die Knie und wartete auf ein Zeichen, sich erheben zu dürfen.

Das Leben geht schon oft verschlungene Pfade, dachte Hatschepsut, während sie auf die kniende Gestalt zu Füßen ihres Halbbruders schaute. Ihre Mutter Ahmose war das einzige Kind von Pharao Amenophis I. gewesen. Sie hatte sich unter den zahlreichen Bewerbern um ihre Hand den Mann, den sie liebte, wählen dürfen, einen Vertrauten ihres Großvaters, ihren Vater Thutmosis I. Sie hingegen hatte ihren Halbbruder heiraten und damit auf ein Leben in Liebe und Erfüllung verzichten müssen. Pflichtbewusst hatte sie dem Land dieses Opfer gebracht. Doch ihrer Tochter wollte sie ein solches Opfer in jedem Fall ersparen, war nicht auszuschließen, dass der Sohn der Isis seinem Vater gleichen würde. Darum betete sie insgeheim zu Amun, er möge ihrem Halbbruder erneut eine Tochter schenken.

Auf ein Zeichen des Zeremonienmeisters erhob sich Senenmut vor dem Thron. Nur mit halbem Ohr hörte er hin, als vom königlichen Herold seine Ruhmestaten noch einmal aufgezählt wurden. Vorsichtig hob er den Blick und musterte Pharao einen Augenblick lang. Dann musste er sich eingestehen, dass er von diesem blassen, pickligen jungen Mann auf dem Horusthron enttäuscht war. Dieser junge König strahlte weder Autorität, Würde noch Ehrfurcht aus. Ganz im Gegenteil. Der Mann wirkte fahrig, nervös, gelangweilt und schien mit seinen Gedanken weit fort zu sein. Der Zeremonienmeister musste ihn leicht berühren, damit Pharao mit seinen Gedanken zur Zeremonie zurückkehrte und ihm die für ihn bereitgelegte Goldkette für seine Verdienste um den Hals legte.

Dankend verneigte sich Senenmut, während sein Blick für einen kurzen Moment die große königliche Gemahlin an Pharaos Seite streifte. Starr gleich einer Statue saß die fünfzehnjährige Königin auf ihrem Thron. Alles an ihr strahlte Würde, Erhabenheit und Unnahbarkeit aus, all das, was er bei Pharao vermisste. Einen Augenblick lang erstarrte Senenmut, und er fragte sich, ob dies wirklich ein Wesen aus Fleisch und Blut war, das dort vor ihm auf dem Thron saß. Trotz ihrer Jugend schien jede Faser ihres Wesens Autorität und Kraft auszustrahlen. Sie war schön, unglaublich schön, zierlich gebaut, schlank, die Brust nur wenig entwickelt. Ihre mandelförmigen braunen Augen schauten herablassend geradeaus und würdigten ihn keines Blicks, ihre zierliche Nase war leicht gebogen und ihre Lippen vollendet geschwungen. Trotz ihrer berauschenden Schönheit wandte Senenmut den Blick schnell wieder ab. Die Arroganz und Kälte, die von diesem Wesen ausgingen, ließen ihn schaudern.

Nachdem er sich wieder erhoben hatte, spürte er deutlich das Gewicht der Kette um seinen Hals. Diese Kette war mehr wert als alles andere zusammen, was er besaß. Sie machte ihn zu einem wohlhabenden Mann, was Senenmut angesichts seiner Herkunft ein beruhigendes Gefühl vermittelte. Zwar konnte seine Mutter Hatnefer als wohlhabende Frau bezeichnet werden, die über ein Landgut außerhalb der Stadt verfügte. Sein Vater Ramose hingegen war ein einfacher Bauer, der keinen Zugang zu der wohlhabenden Gesellschaft Ägyptens hatte und wohl auch nie bekommen würde. Doch nicht nur das. Die Heirat seiner Mutter mit ihm hatte auch ihr den Zugang zur Elite des Landes verwehrt, denn es gehörte sich nicht als Adlige, in einen niedrigeren Stand einzuheiraten, Liebe hin oder her. Seine Mutter hätte diese Ächtung mit Gleichmut hingenommen, wären da nicht ihre vier Söhne und zwei Töchter gewesen, die mit der gleichen Missachtung wie sie gestraft wurden. Von frühster Kindheit an hatte Senenmut daher nur ein Ziel gekannt. Er wollte diesen Bann, der über seiner Familie lag, durchbrechen und zu einem angesehenen Mitglied der Gesellschaft werden. Was war da naheliegender gewesen, als ins Heer einzutreten und sich dort Verdienste zu erwerben? Im Krieg zählten weder Herkunft noch Besitz, sondern Mut, Geschicklichkeit und Können.

Soeben verkündete der Herold dem Königspaar, dass Senenmut von seiner Strafexpedition drei der Söhne der aufsässigen Häuptlinge als Geiseln mit nach Theben gebracht habe. Diese sollten für die künftige Treue dieser aufständischen Stammesführer garantieren. Mit dem heutigen Tag übergebe er die jungen Burschen der Obhut Pharaos.

Auf einen Wink des Zeremonienmeisters wurden drei junge Nubier im Alter von 12 bis 15 Jahren hereingeführt, die von den Soldaten Pharaos gezwungen wurden, sich vor dem Thron niederzuwerfen. Während zwei von ihnen ängstlich den Blick starr auf den Boden gerichtet hielten, sah der Älteste der drei sich vorsichtig voller Neugier um. Die Pracht des Thronsaals, die ihn umgab, verschlug ihm beinahe die Sprache. Dergleichen hatte er noch nie gesehen. Erlesene Malereien an den Wänden, die von der Jagd erzählten, Statuen von Göttern, die ihm fremd waren, zwei Throne, aus kostbarem Ebenholz gefertigt und mit Gold und Edelsteinen besetzt, dass es dergleichen Reichtum gab, hätte er sich niemals vorstellen können. Und dann der Mann auf dem Thron, in kostbare Gewänder gekleidet, mit Gold und Edelsteinen behängt, die schweren Kronen Ober- und Unterägyptens auf dem Kopf, all das beeindruckte den Jüngling zutiefst und ließ ihn in Ehrfurcht erstarren. Doch mehr als alles andere bewunderte er die Frau neben Pharao, eine aus Fleisch geformte Göttin, schön und unnahbar.

Ein Schmunzeln glitt über Pharaos Gesicht angesichts des erstaunten Blicks des Jungen, und für einen Augenblick vergaß er seine Sorgen.

„Wie heißt du, Junge?", fragte er amüsiert.

„Neshi, Majestät, ältester Sohn des Königs von Kerma", antwortete der Junge schüchtern.

„Jener König, der die Stammesführer jenseits unserer Grenze zur Rebellion angestiftet hat", fügte der Haushofmeister warnend hinzu.

Gerade wollte Pharao erneut eine Frage stellen, als das Schlagen des Gongs seine ganze Aufmerksamkeit beanspruchte. Gespannt zählten alle Anwesenden im Saal die Schläge, die erst nach dem neunten Schlag endeten. Kurz darauf eilte ein Diener in den Saal und flüsterte dem Haushofmeister eine Botschaft ins Ohr. Dieser nickte kurz zufrieden, klopfte mit seinem Zeremonienstab drei Mal kräftig auf den Boden, um sich die Aufmerksamkeit der Anwesenden zu sichern und verkündete dann: „Die königliche Gemahlin Isis hat soeben einem gesunden Knaben das Leben geschenkt. Mutter und Kind sind erschöpft, aber wohlauf."

„Damit sind die Regierungsgeschäfte für heute beendet", verkündete Pharao, erhob sich und verließ den Saal, ohne sich um das weitere Geschehen zu kümmern.

Der großen königlichen Gemahlin entglitten für einen kurzen Augenblick die Züge, doch sofort fing sie sich wieder.

„Bringt die Jungen als unsere Gäste im Palast unter und führt Neshi heute Nachmittag in meine Gemächer zu einer Privataudienz. Ich habe einige Fragen, die ich ihm gern stellen würde."

Danach erhob sich Hatschepsut ebenfalls und verließ den Thronsaal gefolgt von ihren zwei Dienerinnen.

Nachdenklich blickte Senenmut ihr nach. Er hatte den Schatten, der sich für einen kurzen Augenblick über das Gesicht der Königin gesenkt hatte, durchaus bemerkt. Dass sie von ihm offensichtlich keinerlei Notiz genommen hatte, enttäuschte ihn ein wenig. Normalerweise wirkte er auf Frauen immer anziehend. Dass die Königin ihn so gar nicht beachtet hatte, ließ ihn jedoch keinesfalls an sich und seiner Ausstrahlung zweifeln, sondern spornte ihn ganz im Gegenteil an. Es würde wieder eine Gelegenheit geben, und die würde er besser nutzen, denn eine Frau wie sie war ihm noch nie begegnet.

1484 vor unserer Zeitrechnung

Trotz ihrer bevorstehenden Niederkunft ließ Hatschepsut es sich nicht nehmen, an den täglichen Sitzungen des Kronrats teilzunehmen. Und was am heutigen Tag beraten werden sollte, hatte ihrer Meinung nach weitaus mehr Bedeutung als alle Sitzungen der letzten Wochen zusammen, ging es doch um die Sicherung der Kupferminen Ägyptens auf dem Sinai. Wenn sie verloren gehen würden, hätte das weitreichende Folgen für Ägyptens Ansehen, Macht und Reichtum. Das zumindest war allen Teilnehmern der Sitzung an diesem Morgen klar. Darüber hinaus gingen die Meinungen, was zu tun sei, allerdings weit auseinander. Während die einen dafür waren, eine ganze Armee in den Norden zu senden, um die Grenzen des Reichs noch weiter nach Syrien und Palästina zu verschieben, so die Stärke Ägyptens unter Beweis zu stellen und Angst und Schrecken in den Nachbarstaaten zu verbreiten, plädierten andere dafür, die im Sinai siedelnden Nomadenstämme einfach aus der ganzen Region zu vertreiben. Doch war das nötig und sinnvoll? Fest stand, dass es immer wieder Angriffe auf die Kupferminen und die Karawanen gab, die das abgebaute Kupfer nach Ägypten transportierten. Weiterhin gab es ausreichende Hinweise darauf, dass Nomadenstämme hinter diesen Raubüberfällen steckten. Dass diese von syrischen Kleinfürsten zu diesen Raubzügen angestachelt wurden, ihre Beute in syrischen Städten verkauft wurde und sie dort auch Unterschlupf fanden, wenn ägyptische Strafexpeditionen ausgesandt wurden, daran gab es ebenfalls kaum Zweifel. Doch deswegen einen Krieg führen oder gar ganze unschuldige, friedliche Nomadenstämme mit ihren Familien und Herden zu vertreiben, das hielt Hatschepsut für übertrieben, wusste sie doch nur zu gut, was Krieg bedeutete.

Ihr Vater Thutmosis I. hatte viele Kriege führen müssen, um Ägyptens Ansehen nach den Jahren der Fremdherrschaft durch die Hyksos in der Region neu erblühen zu lassen. Das war gut und richtig gewesen. Ihm hatte es das Land zu verdanken, dass der Einflussbereich Ägyptens heute bis weit nach Syrien reichte und von dort regelmäßige Tributzahlungen nach Theben flossen. Ebenso konnte Nubien nach der blutigen Niederschlagung des letzten Aufstands kurz nach der Thronbesteigung ihres Halbbruders Thutmosis II. als sicher gelten. Doch sie erinnerte sich auch noch gut daran, dass sie als Kind miterlebt hatte, wie die ruhmreiche ägyptische Armee nach einem Feldzug in Theben einmarschiert war, und es hatte sich tief in ihr Gedächtnis eingeprägt, dass das nicht nur strahlende Sieger waren, die im Triumphzug durch die Stadt marschierten, sondern auch viele verletzte, verkrüppelte und ausgemergelte Gestalten in den Reihen der heimkehrenden Division zu finden waren, die vielfach kaum noch die Kraft hatten, sich auf den Beinen zu halten. Und sie hatte die Frauen und Kinder am Rand der Straße gesehen, die vergeblich nach ihren Söhnen, Ehemännern und Vätern Ausschau hielten, weil deren Knochen irgendwo auf fremdem Boden bleichten, jeder Hoffnung auf ein Weiterleben nach dem Tod beraubt, weil ihre Körper verfielen. Diese Frauen und Kinder würden künftig in bitterer Armut dahinvegetieren, weil sie ihren Ernährer verloren hatten. Das bisschen Sold, das die Armee ihnen vom Vater als ausstehenden Lohn noch zahlte, reichte kaum für ein paar Wochen. Wie sollten sie künftig die Felder bestellen ohne den kräftigen Arm eines Mannes? Damals hatte sie sich eine Meinung über den Krieg und dessen Folgen für die Menschen gebildet. Sie lehnte seither jede unnötige kriegerische Auseinandersetzung ab. Und das tat sie, nachdem sie den Männern in der Runde lange genug zugehört hatte, schließlich auch kund.

„Meine lieben Minister und Generäle. Gestattet mir bitte, meine Meinung diesbezüglich auszusprechen. Auch wenn ich nur eine Frau bin, die wenig vom Kriegshandwerk versteht, so sehe ich doch keine Notwendigkeit für derart drastische Maßnahmen. Gewiss, die Übergriffe auf unsere Minen und Karawanen gehören gesühnt, denn wir können es uns nicht leisten, dass man unsere Stärke und Schlagkraft in Zweifel zieht. Das ist auch meine Meinung. Doch sollten wir unseren Zorn nicht auf die Schuldigen beschränken? Zum Schutz unserer Kupferminen sollten wir eine Garnison in unmittelbarer Nähe der Minen errichten und den Karawanen künftig einen militärischen Geleitschutz gewähren. Würden diese Maßnahmen nicht ausreichen?"

Hatschepsut blickte herausfordernd in die Runde, sich durchaus bewusst, dass sie sich mit ihrer Forderung nach einer gemäßigten Antwort neue Feinde machen würde. Die Divisionen standen in den Kasernen bereit und brannten darauf, ihre Schlagkraft unter Beweis zu stellen, um Ruhm und Ehre zu erlangen.

„Bei allem Respekt, meine Königin, aber wie sollen wir Eurer Meinung nach die Schuldigen finden, wenn wir sie nicht auf frischer Tat ertappen. Und vor allem stellt sich die Frage, wie wir herausfinden, wer hinter diesen Überfällen steckt und die Fäden zieht, wenn wir niemanden haben, den wir einer peinlichen Befragung unterziehen können", warf der junge, erst vor kurzem zum Obersten der Medjau, Vorsteher der Wüsten, ernannte Neferchau ein.

Ein Lächeln glitt über das Gesicht der Königin. „Hat Ägypten nicht überall seine Spione, die derartige Informationen liefern sollten? Ist das nicht ein weitaus einfacherer Weg, die Drahtzieher zu finden und zu bestrafen, als ein ganzen Heer in Bewegung zu setzen?", fragte sie herausfordernd.

Neferchau blickte kurz zu Pharao hinüber, um sich dort Unterstützung für seinen Standpunkt zu sichern. Doch ein kurzer Blick auf Thutmosis reichte, um zu erkennen, dass Pharao wieder einmal unschlüssig war und letztendlich Hatschepsut eine Entscheidung herbeiführen würde.

„Gewiss, meine Königin", antwortete er kleinlaut, obwohl ihm klar war, dass viele der Anwesenden seine Ansichten teilten und vor allem die drei Generäle der ägyptischen Divisionen darauf brannten, sich in einem Scharmützel oder gar Krieg zu beweisen. Doch natürlich würde die Königin sich mit ihrem Willen wieder einmal durchsetzen, da Pharao selbst unentschlossen war.

Es gab gegen den Vorschlag der Königin noch einige Einwände von Seiten der Befürworter eines Kriegs. Doch letztendlich gab Pharao seiner Gemahlin recht.

„Versuchen wir vorerst, was die Königin vorgeschlagen hat. Sollten wir auf diesem Weg nicht weiterkommen, steht es uns noch immer frei, ein Heer zu entsenden", gebot Pharao schließlich, dem der Vorschlag seiner Gattin nur zu gelegen kam, denn als Pharao wäre von ihm vermutlich erwartet worden, sich an die Spitze seines Heers zu stellen, was er nur zu gerne vermied, wusste er doch genau, dass er zum Soldaten nicht wirklich taugte. Es fiel ihm schon schwer, einige Stunden stehend auf einem Streitwagen zuzubringen. Wie sollte er da seine Truppen in einem solchen in die Schlacht führen? Zu einem Kriegspharao taugte er gewiss nicht. Und wenn er an seinen Halbbruder Amunmoses, den früheren Thronfolger, dachte, den ein Sturz vom Streitwagen das Leben gekostet hatte, sah er sich mehr als nur bestätigt.

Mit diesem Beschluss war die Ratssitzung für diesen Tag beendet. Eilig erhob Pharao sich und zog sich in sein Arbeitszimmer zurück, um dort die auf ihn wartenden Papyrusrollen durchzusehen, sich von seinem Schreiber zeigen zu lassen, was wichtig war und bearbeitet werden musste und was auf einen anderen Tag verschoben werden konnte.

Auch Hatschepsut erhob sich, um sich in ihre Gemächer zurückzuziehen, wo sie die heißen Stunden des Tags auf einer Liege verbringen wollte. Sie musste sich eingestehen, dass es ihr von Tag zu Tag schwerer fiel, den stundenlangen Sitzungen Pharaos mit seinen Beratern beizuwohnen. Doch ihre Präsenz bei diesen Sitzungen wollte sie unter keinen Umständen aufgeben, schon gar nicht, wenn es dabei um eine Entscheidung über Krieg oder Frieden ging.

Nur wenige wussten, dass die Königin selbst ein Netzwerk von Spionen aufgebaut hatte, bestehend aus Kaufleuten, Seefahrern, Gesandten und fremden Hofbeamten sowie Offizieren ferner Höfe, die gerne ihr Gold nahmen und sie dafür mit Informationen versorgten, aber sich auch die Freundschaft Ägyptens dadurch sichern wollten. Aus all den ihr zugetragenen Informationen wusste die Königin, dass hinter den räuberischen Nomaden syrische Fürsten steckten, die sich wiederum von Mitanni dafür bezahlen ließen, dass sie dafür sorgten, dass Ägypten Ärger an seinen Grenzen hatte. Der eigentliche Feind hieß also Mitanni, eine aufstrebende

Macht auf dem asiatischen Kontinent, die gerne die ägyptische Vormachtstellung in Asien übernehmen würde. Wenn es also tatsächlich einmal Krieg geben musste, dann gegen diesen Staat, der die eigentliche Bedrohung für Ägypten darstellte.

Langsam schlenderte sie durch die Korridore des königlichen Harems, vorbei am Haremsgarten, in dem einige der Frauen Pharaos unter einem Baldachin lagen und sich von ihren Fächerträgern Luft zufächeln ließen. Es würde ein heißer Tag werden. Schon jetzt war die Luft zum Schneiden. Gerade entdeckte Hatschepsut ihre Tochter Nofrure im Garten an einem der Springbrunnen, in dessen Strahl sie griff, um sich und ihren Spielgefährten, den kleinen Thutmosis, nass zu spritzen. Die beiden Kinder verstanden einander gut und spielten oft zusammen. Meist führte der zwei Monate jüngere Thutmosis die beiden an, und Nofrure folgte ihm wie ein kleines zutrauliches Lamm auf Schritt und Tritt.

Unweit der spielenden Kinder beobachteten die Kinderfrauen der beiden das Geschehen, um sofort eingreifen zu können, sollte den kostbaren Kindern eine Gefahr drohen.

Hatschepsut seufzte leicht. Wider Willen musste sie sich eingestehen, dass der kleine Thutmosis sich zu einem prächtigen Burschen zu entwickeln schien. Anders als sein Vater, der schon als Kind gekränkelt hatte, war er ein robuster kleiner Kerl mit Mut und Ausdauer. Auch wenn Hatschepsut dies ungern zugab, so besaß das Kind darüber hinaus eine rasche Auffassungsgabe und eine Ausstrahlung, mit der es seine Umgebung schnell für sich gewann. Manchmal fragte die Königin sich, wie diese beiden Elternteile zu einem solchen Kind kamen, verfügte dieses Kind doch über all die Anlagen, die Pharao bräuchte und die ihm fehlten.

Zärtlich legte Hatschepsut ihre Hand auf ihren gewölbten Leib, spürte die Bewegungen des Kinds, das nun bald auf die Welt kommen würde.

„Du wirst dieses Kind überstrahlen, mein kleiner Prinz, und ein großer Pharao werden, der dieses Land weiter nach vorn bringen wird", flüsterte sie liebevoll. Gleich darauf erfasste sie ein stechender Schmerz und Wasser rann ihr die Beine hinunter. Als eine neue Schmerzwelle sie erbeben ließ, stieß die Königin einen kurzen, spitzen Schrei aus.

Sofort eilten Dienerinnen herbei, um der großen königlichen Gemahlin beizustehen. Auf einer eilig herbeigebrachten Sänfte wurde Hatschepsut in ihre außerhalb des Harems gelegenen Gemächer gebracht. Dann wurde nach Ärzten und Hebammen gesandt, die der Königin in der Stunde ihrer Niederkunft beistehen sollten.

Es wurde eine kurze Geburt. Der Königin kam zugute, dass sie schon einmal geboren hatte und ihr Becken bereit war, das königliche Kind das Licht der Welt erblicken zu lassen.

In den frühen Abendstunden trat eine Dienerin der Königin aus deren Gemächern und unterrichtete den wartenden Herold Cheriuf von der glücklichen Geburt eines gesunden Kinds. Dieser sandte einen Diener zu Pharao, um diesen zu unterrichten und machte sich dann persönlich auf den Weg, den großen Palastgong zu schlagen, um jedem im Palast die frohe Nachricht mitzuteilen.

Nachdem er den Gong drei Mal geschlagen hatte, begab er sich in sein Amtszimmer, um einen Diener in den Tempel des Amun zu senden, damit von dort Priester zur Segnung des Kinds in den Palast kamen und die Stundenpriester ein Horoskop für die eben geborene Prinzessin erstellen konnten.

Auch mussten die Sterne nach einem Namen für das kleine Mädchen befragt werden.

Den Tränen nah betrachtete Hatschepsut die kleine Prinzessin, die ihr eine ihrer Dienerinnen in den Arm gelegt hatte, nachdem das Kind von den Hebammen versorgt worden war. Es gelang ihr nicht, ihre Enttäuschung zu verbergen. Wie sehr hatte sie auf einen Sohn gehofft, der einmal Pharao über Ägypten werden würde. Stattdessen hatte sie wieder eine Tochter geboren. Auch wenn sie eine gewisse Wärme für das kleine Wesen in ihrem Arm empfand, das neun Monate lang in ihr herangewachsen war, so starb in diesem Augenblick trotzdem eine Hoffnung in ihr. Sie wusste, sie würde keine weiteren Kinder mehr bekommen, denn sie hatte nicht vor, ein weiteres Mal mit Pharao das Bett zu teilen. Der lieblose Akt, den sie mit Pharao vollzogen hatte, um dieses Kind zu empfangen, war für die selbstbewusste junge Frau zu demütigend gewesen, um auf eine Wiederholung zu drängen, zumal für Pharao nach der Geburt dieser Prinzessin sein Thronerbe feststand. Der Sohn der Isis würde ihm einmal auf den Horusthron folgen und zu seiner Legitimierung Nofrure heiraten.

Hatschepsut kniff grimmig die Augen zusammen. Ihr Entschluss stand fest. Sie würde alles unternehmen, um das zu verhindern.

1481 vor unserer Zeitrechnung

Nachdenklich lag Hatschepsut unter einem Baldachin auf einer Kline in ihrem Garten und sog den Duft der Blüten ein, während sie Neshi lauschte, der wieder einmal von seiner nubischen Heimat berichtete.

Nachdem sie den aufgeweckten jungen Mann nach seiner Ankunft in Theben in ihre Gemächer zu einer Privataudienz gebeten und sich angeregt mit ihm unterhalten hatte, hatte sie ihn in ihre Dienste genommen. Nicht nur die Art und Weise wie er damals über seine Heimat berichtet hatte, sondern auch seine Furchtlosigkeit, mit der er ihr gegenübergetreten war, hatten sie tief beeindruckt. Sofort hatte sie das Potenzial erkannt, das in diesem Jungen steckte, der ihr nicht nur ausführlich über Sitten und Gebräuche, Landstriche und Eigenarten seiner Heimat berichtete, sondern auch durch kriegerische Auseinandersetzungen mit Nachbarstaaten über diese bestens Bescheid wusste. Besonders interessierte die Königin jenes ferne Land Punt, von dem Neshi ihr berichtete, dass er selbst zwar nie gesehen hatte, dass aber Mitglieder seines Stamms bereits mehrfach bereist hatten, um dort Handel zu treiben. Offensichtlich gab es in diesem Land Güter, die in Ägypten begehrt, selten und teuer waren, wie Weihrauch, Elfenbein, Pantherfelle, Myrrhe, Zedern und Ebenholz.

Auch heute kam sie auf dieses Land zu sprechen. Sie hatte ihren Schreiber Menu in den Archiven des Tempels Nachforschungen anstellen lassen und dabei herausgefunden, dass es unter den Pharaonen Sahure und Mentuhotep III. bereits erfolgreiche Expeditionen in dieses Land gegeben hatte, die aus unbekannten Gründen dann aber eingestellt und allmählich in Vergessenheit geraten waren.

Seit die Königin all dies in Erfahrung gebracht hatte, ließ sie der Gedanke nicht mehr los, ebenfalls eine friedliche Expedition in dieses Land zu unternehmen. Allmählich reifte in ihr ein Plan, von dessen Gelingen sie Pharao zu gegebener Zeit zu überzeugen hoffte.

Doch vorerst wollte sie einen anderen Plan in die Tat umsetzen. Seit Tagen versuchte sie Pharao zu überreden, sich im Rat gegen einen Krieg mit den syrischen Kleinfürsten zu stellen, die immer wieder die Vormachtstellung Ägyptens in ihren Gebieten zu untergraben versuchten. Stattdessen sollte Pharao lieber einen Gesandten an den Hof von Mitanni senden und dort um eine Prinzessin als Ehefrau für sich bitten. Hatschepsut war sicher, dass sie damit gleich mehrere Probleme gleichzeitig lösen könnte. Aufgrund der verwandtschaftlichen Bindung würde Mitanni das Aufstacheln der syrischen Fürsten zur Rebellion vermutlich vorerst unterlassen, diese ohne die Rückendeckung Mitannis vorsichtiger werden. Sollte die mitannische Prinzessin schwanger werden und einen Sohn gebären, hätte dieser aufgrund seiner königlichen Abstammung ein Vorrecht auf den Thron Ägyptens. Damit wären die kriegerischen Auseinandersetzungen und Aufstände gegen die Vormachtstellung Ägyptens in Kleinasien erst einmal gestoppt, denn der nächste Pharao dieses Landes wäre sowohl ein Kind Ägyptens als auch Mitannis. Und noch ein weiteres Problem wäre für Hatschepsut damit gelöst. Der kleine Bastard Thutmosis würde in der Thronfolge nach hinten rutschen. Eigentlich hatte Hatschepsut nichts gegen dieses Kind, denn es entwickelte sich sehr zu seinem Vorteil. Doch die Herkunft seiner Mutter, eine ehemalige Dienerin der

Königin Ahmose, wollte ihr nicht gefallen. Der nächste Pharao Ägyptens sollte in ihren Augen in seiner Herkunft keinen solchen Makel aufweisen.

Seit Tagen versuchte sie Pharao daher zu überreden, eine Gesandtschaft nach Mitanni zu senden, um dort um die Hand einer der Töchter des dortigen Königs zu bitten. Sie war fest davon überzeugt, dass der mitannische König eine solche Ehre nicht zurückweisen würde und ein Krieg damit erst einmal verhindert wäre.

Zwar fanden die Überfälle auf die ägyptischen Kupferminen im Sinai seit der dortigen Errichtung einer Garnison und der militärischen Begleitung der Karawanen nach Ägypten nur noch ganz selten statt. Und wenn es doch einmal einige Nomaden wagten, wurden sie fast immer zurückgeschlagen, verfolgt, gefangengenommen und grausam hingerichtet. Doch die Freiheitsbewegungen in den syrischen Kleinfürstentümern waren damit nicht beendet. Immer wieder wagten einige unerschrockene Stadtstaaten die Rebellion und verweigerten Ägypten die Tributzahlung, unterstützt von dem Hauptgegner Ägyptens – Mitanni, ein aufstrebendes Land, das seinen Einflussbereich auf Syrien weiterhin auszudehnen hoffte.

Noch zögerte Pharao, doch die Aussicht, einen Krieg zu vermeiden und gar selbst an einem solchen teilnehmen zu müssen, war mehr als nur verlockend, denn Pharaos Gesundheitszustand ließ immer häufiger zu wünschen übrig. Manchmal fragte Hatschepsut sich, wie lange ihr Halbbruder überhaupt noch leben würde, und was, sollte er plötzlich sterben, aus Ägypten wurde. Ihrer Meinung nach musste Pharao jetzt handeln, und er hatte nur zwei Möglichkeiten, Krieg führen, um Ägyptens Stärke unter Beweis zu stellen oder zu heiraten, um Ägyptens Macht durch verwandtschaftliche Bindungen zu schützen. Hatschepsut zweifelte nicht daran, wofür er sich entscheiden würde.

Schon zwei Tage später wurde im Kronrat gegen den heftigen Widerstand der Kriegsbefürworter beschlossen, dass eine Delegation von Gesandten nach Wassukanni, der Hauptstadt Mitannis, reisen sollte, um dort im Königshaus um eine Braut für Pharao zu bitten. Die Gesandtschaft würde mit reichen Geschenken ausgestattet und von ägyptischen Streitwagen und Bogenschützen als Eskorte begleitet werden, um räuberische Banden auf dem Weg nach Mitanni abzuschrecken. Allein eine Entscheidung darüber, wer die Gesandtschaft anführen sollte, war noch offen. Die meisten ranghohen Offiziere weigerten sich mehr oder weniger, als Bittsteller nach Mitanni zu reisen, wollten lieber als siegreiche Eroberer in die Stadt einziehen.

Diese offene Frage beschäftigte Hatschepsut, wusste sie doch, dass sie nur einen Mann als Botschafter Ägyptens senden konnte, der hinter ihrem Plan und ihrer Friedenspolitik stand. Ein Kriegsbefürworter konnte mehr Schaden als Nutzen anrichten, die Fronten durch Eskalation weiter verhärten, einfach nur dadurch, dass er Ägyptens Stärke ausspielte und dadurch den Gastgeber provozierte. Ein solches Fiasko konnte und wollte Hatschepsut unter keinen Umständen riskieren, wäre dies ihrer Meinung nach nicht nur zum Nachteil Ägyptens, sondern würde auch ihre Position im Kronrat schwächen und den Kriegstreibern in die Hände spielen.

„Senenmut, der mich und die beiden anderen Söhne der am Aufstand beteiligten Stammesführer als Geiseln einforderte, hätte unsere Dörfer niedergebrannt, hätten unsere Väter nicht eingelenkt…"

Hatschepsut hob die Hand und unterbrach damit Neshis Erzählung schlagartig. Einen Augenblick lang herrschte Schweigen, in dem Hatschepsut ihre Gedanken ordnete. Dann fragte sie: „Was kannst du mir über diesen Senenmut sagen? Auf dem Weg nach Theben musst du doch einiges über ihn in Erfahrung gebracht haben."

Verwundert blickte Neshi die große königliche Gemahlin an. Noch nie hatte sie ihm derartige Fragen gestellt. Zweifelte sie an der Loyalität dieses Mannes? Neshi wollte Senenmut unter keinen Umständen in Gefahr bringen, war er doch zu ihm und den anderen beiden Geiseln auf dem Weg nach Theben überaus freundlich gewesen.

„Ich verstehe Eure Frage nicht, Hoheit? Was wünscht Ihr zu wissen? Ich habe Senenmut als überaus tapferen Soldaten kennengelernt, der kein anderes Ziel hatte, als seinem Pharao zu dienen."

Hatschepsut lächelte wissend. „Keine Sorge, Neshi. Ich zweifle nicht an der Treue dieses Mannes Pharao gegenüber. Vielmehr frage ich mich, ob er der Richtige wäre, für Pharao eine Mission zu erfüllen, die etwas heikel ist und durchaus gefährlich werden kann. Daher sage mir, was du über ihn weißt. Natürlich werde ich auch andere Erkundigungen einziehen. Dein Bericht ist nur ein Steinchen in dem Mosaik, das ich mir zusammensetze. Da es sich um eine Angelegenheit von größter Bedeutung handelt, ist jedoch jedes Steinchen wichtig, um keine falsche Entscheidung zu treffen."

Neshi überlegte einen Augenblick, bevor er erwiderte: „Viel kann ich Euch nicht sagen, Hoheit. Er ist ein tapferer Soldat, der keinem Kampf aus dem Weg geht. Da bin ich mir sicher. Dennoch hatte ich stets das Gefühl, dass er sich nicht zum Soldaten berufen fühlt, dass Krieg nicht das Handwerk ist, das seiner Leidenschaft entspricht."

„Wie kommst du darauf?", fragte Hatschepsut überrascht.

„Nun, er interessierte sich für Dinge, die Soldaten meist weniger interessieren, wie für unsere Tempel und wie sie gebaut wurden. Das war schon ein wenig merkwürdig. Ich hatte den Eindruck, dass er den Beruf des Soldaten nur gewählt hat, weil er darin seine einzige Chance sah, voranzukommen, da ihm andere Wege versperrt wurden. Mit Sicherheit ist er ein sehr ehrgeiziger Mann."

Hatschepsut nickte, während sie Neshi aufforderte, weiter von seiner Heimat zu erzählen. Doch ihre Gedanken wanderten auf anderen Pfaden. So sehr sie sich auch bemühte, sich das Bild dieses Mannes ins Gedächtnis zurückzurufen, es wollte ihr nicht gelingen. Letztendlich musste sie sich eingestehen, dass sie ihn damals wohl nicht wirklich zur Kenntnis genommen hatte.

Nachdem sie Neshi entlassen hatte, sandte sie nach ihrem Schreiber Menu und beauftragte ihn, Erkundigungen über den Offizier Senenmut einzuholen.

Zur gleichen Zeit lag Pharao Thutmosis auf weichen Kissen gebettet in seinem Harem und ließ sich von Isis die Stirn mit kalten Umschlägen kühlen. Wieder einmal lähmte ihn ein leichtes Fieber, das seit Tagen nicht weichen wollte.

„Ich werde nach dem Arzt rufen lassen, mein Herr", bot Isis an, die sich nicht nur Sorgen um Pharao, sondern auch um sich selbst und ihren Sohn machte. Sollte Pharao etwas zustoßen, was würde dann aus ihr und ihrem Sohn werden? Diese Frage quälte sie in den letzten Tagen immer häufiger, und die Antworten darauf konnten ihr nicht gefallen.

Die jüngst im Kronrat beschlossene Gesandtschaft, die nach Mitanni reisen sollte, um für Pharao um eine mitannische Prinzessin zu werben, war ein erneuter feindlicher Akt der großen königlichen Gemahlin gegen sie und ihren Sohn. Aus irgendeinem ihr bislang nicht bekannten Grund versuchte die Königin alles, um eine Nachfolge ihres Sohns auf dem Horusthron zu verhindern. Dabei war ihr offensichtlich jedes Mittel recht, auch sich vor einem erklärten Feind und Konkurrenten Ägyptens zu demütigen, um den Frieden so lange wie möglich zu erhalten und ihren Sohn Thutmosis als Thronfolger zu verhindern. Offensichtlich war es der großen Königsgemahlin lieber, fremdes Blut auf dem Horusthron zu sehen, als ihren Sohn als Erben zu akzeptieren. Diese Vermutung hatte sie Pharao gegenüber schon oft geäußert. Doch der hatte ihre Befürchtungen nie ernst genommen. Er sah in der Friedensinitiative seiner Schwester nur das Gute, das diese bringen könnte, und konnte oder wollte nicht sehen, was sich dahinter noch verbarg. Doch Isis wusste es, hatte oft genug beobachtet, wie der Blick der großen königlichen Gemahlin ihrem Sohn folgte, wenn er und die beiden Prinzessinnen im Palastgarten miteinander spielten. Die Königin würde Thutmosis nie akzeptieren, vermutlich, weil er ihr Sohn war, der Sohn einer einfachen Dienerin ihrer Mutter, in die Pharao sich verliebt und die er zu seiner Nebenfrau gemacht hatte. Doch wie weit würde die Königin gehen? Würde sie auch vor Mord nicht zurückschrecken? All diese Gedanken machten Isis Angst. Darüber hinaus befürchtete sie, dass die geplante Mission nach Mitanni Erfolg haben könnte, weil beide Reiche noch Zeit benötigten, um sich auf die kommende unvermeidbare Auseinandersetzung um die Vormachtstellung in der Region vorzubereiten? Wenn diese Prinzessin tatsächlich an den Hof nach Theben käme und Pharao gefiel und er einen Sohn mit ihr zeugte, was würde dann aus ihrem Sohn werden? Er würde wahrscheinlich in der Bedeutungslosigkeit versinken.

All dies hatte sie Pharao zu bedenken gegeben. Doch der hatte nur gelächelt und sie zu beruhigen versucht: „Unser Sohn Thutmosis wird mein Nachfolger, daran kann nichts und niemand etwas ändern. Glaub mir. Wenn er alt genug ist, werde ich ihn mit Nofrure verheiraten und damit unwiderruflich zu meinem Nachfolger machen. Vertraue mir."

Schweren Herzens hatte Isis genickt und im Stillen zu Amun gebetet, dass er Pharao noch viele Lebensjahre schenken möge, damit ihr Sohn alt genug werden konnte, sich gegen die große königliche Gemahlin und ihre Pläne zu verteidigen.

Wie jeden Morgen drehte Senenmut einige Runden auf seinem Streitwagen, um nicht aus der Übung zu kommen. Seit seiner Rückkehr aus Nubien hatte sich in seinem Leben nicht viel verändert. Er befehligte die ihm untergebenen Soldaten, setzte sie oft hartem Drill aus, um sie für den Ernstfall zu wappnen. Doch ein solcher Ernstfall war weit und breit nicht in Sicht. Für einen kurzen Augenblick hatte es nach einer Auseinandersetzung mit den im Sinai lebenden Nomadenstämmen ausgesehen, die immer wieder die ägyptischen Kupferminen überfielen oder die von dort entsandten Karawanen ausraubten. Doch seit in unmittelbarer

Nähe der Minen eine Garnison erbaut worden war und die Karawanen militärischen Begleitschutz erhalten hatten, war es auf der Sinaihalbinsel ruhig geworden. Nur noch vereinzelt kam es zu Scharmützeln, die für die Nomaden meist tödlich endeten.

Einige Zeitlang hatte Senenmut überlegt, ob er sich als Befehlshaber der neuen Garnison ins Gespräch bringen sollte, hatte dann aber schnell wieder von dieser Idee Abstand genommen, denn wer wachte schon gerne mit Schlangen auf und ging mit Skorpionen schlafen. Darüber hinaus gab es dort nicht viel mehr als Sand und noch mehr Sand. Das wäre kein Leben für ihn und würde ihm auch nicht wirklich bei seinem Drang nach oben weiterhelfen.

Missmutig ließ er seine Peitsche über den Köpfen seiner Pferde kreisen, um sie zum Laufen anzutreiben. Ob er es wollte oder nicht, seine Karriere steckte in einer Sackgasse. Daran würde sich, solange Pharao seinen Friedenskurs fortsetzte, wohl nichts ändern. Manchmal fragte er sich, ob er den richtigen Weg eingeschlagen hatte, um seinen brennenden Ehrgeiz zu befriedigen.

Unter Pharao Thutmosis I. waren Soldaten gefragt gewesen. Viele hatten sich durch Tapferkeit einen Weg nach oben bahnen können. Das war nicht schwer gewesen, denn es war kein Jahr vergangen, indem Pharao nicht einen Feldzug gegen Syrien, Libyen oder Nubien geführt hatte und vom Heer Ruhm und Ehre erstritten werden konnten. Doch seit Pharao Thutmosis II. den Thron bestiegen hatte, hatte sich alles verändert. Der neue Pharao scheute offensichtlich kriegerische Auseinandersetzungen. In den Kasernen wurde die Unzufriedenheit über die Tatenlosigkeit Pharaos immer lauter. Immer mehr altgediente Soldaten schimpften und sahen es als Schande an, den aufständischen Kleinfürsten in Syrien und Palästina nicht endlich eine Lektion zu erteilen. Ein paar niedergebrannte Städte, grausam hingerichtete Aufwiegler und versklavte Frauen und Kinder würden den Respekt vor Ägypten in dieser Region auffrischen. Doch Pharao war nicht dazu zu bewegen, sich an die Spitze seiner Truppen zu stellen und nach Syrien zu marschieren. Manche Soldaten spotteten inzwischen sogar, dass selbst die große königliche Gemahlin Hatschepsut auf einem Streitwagen eine bessere Figur machen würde als ihr Ehemann.

Senenmut beugte sich ein wenig zur Seite, um mit seinem Streitwagen die Kurve so eng wie möglich zu nehmen. Zwiespältige Überlegungen gingen ihm seit einiger Zeit durch den Kopf. Immer häufiger fragte er sich, ob er nicht seinen Abschied vom Militär nehmen sollte, um sich wieder ganz dem zu widmen, was er eigentlich als seine Berufung ansah – dem Bauen. Seit langem faszinierte es ihn, Gebäude zu errichten, die die Ewigkeit überdauern würden, ähnlich den Pyramiden von Gizeh, die die Jahrhunderte unbeschadet überstanden hatten. Doch um auf diesem Gebiet Erfolg zu haben, Aufträge zu erhalten, die bedeutend waren, dazu fehlten ihm die Beziehungen. Niemand würde einen namenlosen Baumeister einstellen, um sich einen Palast von ihm bauen zu lassen. Auch kein Tempel würde ihn mit einem Auftrag betrauen. Was sollte es also? Sein zweijähriges Studium der Architektur war umsonst gewesen, denn vor dem Abschluss war seiner Familie das Geld ausgegangen, und er hatte sich freiwillig bei der Armee eingeschrieben, um sein Überleben zu sichern. Nun musste er wohl bleiben, wo er war, und auf bessere Zeiten hoffen, auch wenn er Krieg in seinem tiefsten Innern verabscheute und die Möglichkeiten eines raschen Aufstiegs nicht mehr gegeben waren.

Manchmal erinnerte er sich noch an den Augenblick, an dem er geglaubt hatte, sich dem Ziel seiner Träume zu nähern, damals, als ihm Pharao das Ehrengold überreicht hatte. Doch das war lange her, und die Aussicht, an seinen alten Erfolg anzuknüpfen, war nirgends in Sicht.

Schweißgebadet und mit Staub übersät lenkte er seinen Streitwagen zu den Ställen, um seine Pferde auszuspannen und seinem Stallburschen die Aufgabe zu übertragen, seine Pferde zu versorgen und den Streitwagen zurück in die dafür vorgesehene Baracke zu schieben. Ein Wink mit seiner Hand genügte und sein Bursche, der offensichtlich schon auf ihn gewartet hatte, eilte herbei.

„Wie immer", meinte Senenmut und übergab dem Jungen die Zügel seiner Pferde. Der nickte ergeben und nahm die Zügel entgegen, meinte dann aber schüchtern: „Herr, auf Euch wartet ein Bote aus dem Palast. Er hat in der Schreibstube Platz genommen."

„Und was will er von mir?", fragte Senenmut irritiert.

„Das weiß ich nicht, Herr. Er wollte mir nichts sagen. Ich soll Euch nur ausrichten, dass er auf Euch wartet."

Senenmut nickte und lenkte seinen Schritt hinüber zu der Schreibstube, in der der angebliche Bote des Palasts auf ihn wartete. Unterschiedliche Gefühle bemächtigten sich seiner auf dem Weg dorthin, denn er konnte sich diesen Boten nicht erklären und wusste daher nicht, ob es nun gut oder schlecht sein würde, diesem zu begegnen. Bei einer Nachricht aus dem Palast konnte man nie sicher sein, was sie zu bedeuten hatte. Vielleicht sollte er eine Sonderaufgabe übernehmen, überlegte er, oder aber es hatte ihn jemand verleumdet, etwas, das auch nicht selten vorkam, wenn man sich an entsprechender Stelle Feinde gemacht hatte.

Bei seinem Eintreten in die Schreibstube der Kaserne, in der mehrere Schreiber mit der Erstellung von Listen über Materiallieferungen und Lebensmittelrationen an das Militär beschäftigt waren, blickte er sich kurz um und entdeckte auf einer Holzbank einen wartenden Mann, der seiner vornehmen Kleidung nach zu urteilen nicht zu den Militärschreibern gehörte. Neugierig ging er auf den Mann zu.

„Du wartest auf mich, hat mein Bursche mir gesagt?"

„Wenn du Senenmut bist, ja", entgegnete der Mann.

„Der bin ich. Was kann ich für dich tun?"

„Die große königliche Gemahlin Hatschepsut schickt mich zu dir mit der Aufforderung, dich heute am späten Nachmittag im Palast einzufinden", antwortete der Schreiber und überreichte ihm gleichzeitig eine mit dem Siegel der Königin versehene Papyrusrolle. „Deine Einladung, die du den Wachen vorweisen musst. Die werden dann einen Diener rufen, der dich zur Königin führt."

„Und was will die große königliche Gemahlin von mir? Kannst du mir das sagen?", fragte Senenmut verblüfft, der sich an das einzige Mal erinnerte, an dem er der Frau an Pharaos Seite begegnet war. Wenn er sich recht entsann, hatte sie an ihn nicht einen Blick verschwendet.

„Das erfährst du bei der Audienz. Sei pünktlich! Die Königin wartet nicht gerne. Und kleide dich angemessen", fügte Menu hinzu, seinen Blick über den verstaubten, verschwitzten Körper Senenmuts streifen lassend.

Der nickte nur irritiert, denn er konnte sich diese Ladung beim besten Willen nicht erklären.

Pünktlich zur angegebenen Stunde fand Senenmut sich im Palast ein und wurde von einem Diener Hatschepsuts zum Empfangszimmer der königlichen Gemahlin geführt. Ergeben verneigte er sich beim Eintreten an der Tür und wartete dann auf weitere Befehle.

Die Königin saß auf einem prunkvoll verzierten Sessel mit Armlehnen und musterte den eintretenden Mann eine Weile ausgiebig, als sähe sie ihn zum ersten Mal, bevor sie ihn aufforderte näher zu treten. Er war schlank, durchtrainiert, mit Muskel überall dort, wo sie hingehörten, stellte die Königin zufrieden fest. Sein Gesicht war ebenmäßig geschnitten mit einem schmalen, energischen Mund, der auf einen starken Willen schließen ließ, einer wohlgeformten Nase und dunkelbraunen, glänzenden Augen, die einen zu durchdringen vermochten und gewiss bei vielen Frauen ein Feuer entfachten. Hatschepsut musste sich eingestehen, dass das, was sie sah, auch ihr als Frau durchaus gefallen könnte. Doch sogleich wischte sie diesen Gedanken beiseite. Sie war die große königliche Gemahlin und für jeden Mann außer Pharao unerreichbar. Diese Tatsache würde sie niemals vergessen.

Hinter dem Sessel der Königin standen Pairi, der Haushofmeister und erste Fächerträger der Königin, sowie Inebni, Oberster der Bogen und Kommandant der in Theben stationierten Division des Amun, sein höchster Vorgesetzter.

„Tritt näher", forderte Hatschepsut ihn auf.

Sofort spürte Senenmut, wie bei ihrer ersten Begegnung, die Unnahbarkeit, die von der Königin ausging. Ihre Stimme, ihre Gestik und Haltung, alles an ihr war auf Distanz und Erhabenheit ausgerichtet, zog klare Grenzen zwischen ihrer Person und den sie umgebenden.

Langsam trat Senenmut näher, den Blick gesenkt, wie es das Protokoll forderte. Nur einen kurzen Moment wagte er es, den Blick zu heben und in das mit Goldstaub bedeckte Gesicht der großen königlichen Gemahlin zu blicken. Und erneut fühlte er, wie bei ihrer ersten Begegnung, einen eiskalten Schauer über seinen Rücken laufen angesichts der kalten Schönheit, die von dieser Frau ausging.

„Senenmut, Sohn des Ramose und der edlen Hatnefer, Offizier der fünften Streitwagenschwadron, Eure Hoheit", verkündete Pairi den Anwesenden.

Hatschepsut nickte und forderte Senenmut, der vor der Königin erneut in die Knie gegangen war, auf, sich zu erheben.

„Setz dich", meinte sie schließlich, auf einen in ihrer unmittelbaren Nähe stehenden Hocker deutend.

Nachdem Senenmut sich gesetzt hatte, herrschte einen Augenblick lang Schweigen, während die große Königsgemahlin ihr Gegenüber noch einmal ausgiebig aus der Nähe musterte. Dann meinte sie salbungsvoll: „Ich habe dich rufen lassen, weil ich einen besonderen Auftrag für dich habe."

Wieder legte Hatschepsut eine eindrucksvolle Pause ein, in der sie ihre Worte wirken ließ. Dann fuhr sie fort: „Ich möchte, dass du eine Delegation Pharaos nach Mitanni führst mit dem Ziel, am Hof von Wassukanni für Pharao um die Hand einer der vielen Töchter des dortigen Herrschers zu bitten und diese sicher nach Ägypten zu geleiten. Ziel ist es, durch eine Verbindung der beiden Königshäuser den Frieden zwischen den beiden Reichen für einige Zeit zu sichern. Daher handelt es sich um eine sehr verantwortungsvolle Aufgabe, von der für Ägypten viel abhängt."

Erwartungsvoll schaute die Königin Senenmut an, dessen Gesichtszüge zwar leichte Überraschung zeigten, sonst aber nichts von dessen Gedanken verrieten. Schließlich fuhr die große Königsgemahlin fort: „Dich werden eine Schwadron Streitwagen und eine Schwadron Infanterie begleiten, da diese Mission wichtig, aber auch gefährlich ist. Auf dem Weg nach Mitanni könntet ihr von Räubern überfallen oder auch von aufständischen Fürsten angegriffen werden, was zwar verwerflich, aber durchaus denkbar ist angesichts der feindlichen Haltung einiger syrischer Fürsten Pharao gegenüber. Zwar schützt euch der Status eines Gesandten Pharaos, aber das ist keine Garantie für einen friedlichen Verlauf eurer Mission. Ihr werdet hier in Theben an Bord zweier königlicher Galeeren gehen, in Memphis diese gegen Hochseeschiffe tauschen, die euch bis in den Hafen von Ugarit bringen werden. Dieser Seeweg ist in jedem Fall sicherer als der Landweg, auch wenn in den Gewässern um Ugarit Piraten ihr Unwesen treiben. Darum habe ich einen erfahrenen Kapitän namens Neberi für diese Aufgabe ausgewählt, der die dortigen Gewässer und ihre Gefahren kennt. Wenn es der Wille der Götter ist, wird er euch sicher nach Ugarit bringen und dort auf eure Rückkehr warten. Ab dort werdet ihr den Landweg über Aleppo nach Wassukanni als Delegation Pharaos nehmen. Du wirst ein offizielles, von Pharao gesiegeltes Schreiben erhalten, das dich als Botschafter unseres Hofs ausweist. Doch ein absoluter Schutz ist auch das nicht. Ich will nicht verhehlen, dass ihr alle bei diesem Auftrag den

Tod finden könntet, und frage dich darum, ob du bereit bist, für den Horusthron im Ernstfall dein Leben zu geben?"

Senenmut schwieg einen Augenblick. Die unterschiedlichsten Gedanken und Gefühle bemächtigten sich seiner. War dies die Chance zum Aufstieg, auf die er schon so lange gewartet hatte? Hatten die Götter seine Bitten endlich erhört und holten ihn aus der Bedeutungslosigkeit heraus? Oder hatte Seth, der Zerstörer, seine Hand im Spiel und wollte ihn für seinen Hochmut bestrafen? Beides schien möglich. Doch das war nur eine zweitrangige Frage, denn keine noch so große Gefahr würde ihn davon abhalten, seine Chance zu nutzen. Weit mehr beschäftigte ihn die Frage, warum ausgerechnet er für diesen Auftrag ausgesucht worden war.

„Die Königin wartet auf deine Antwort", mahnte Pairi.

Senenmut nickte. „Ich fühle mich geehrt, dass Pharao so viel Vertrauen in seinen Diener setzt und nehme die Aufgabe gerne an. Ich werde alles tun, um sie erfolgreich zu Ende zu bringen und damit Pharaos Vertrauen zu rechtfertigen. Mögen die Götter meinen Weg begleiten und mich erfolgreich nach Theben zurückbringen. Nur..." Senenmut stockte einen Augenblick, denn er wagte es fast nicht, diese Frage zu stellen. Einen Auftrag Pharaos nahm man dankend an und stellte keine Fragen. Dennoch siegte seine Neugier und ließ ihn die Frage doch stellen, die ihm auf dem Herzen lag. „Darf ich fragen, wie Ihr bei all den fähigen Männern, die Euch umgeben, Hoheit, ausgerechnet auf mich kommt? Ich bin nur ein einfacher Befehlshaber eines Regiments Eurer Majestät und kein Diplomat."

Pairi donnerte grollend los: „Wie kannst du es wagen..."

Doch Hatschepsut hob beschwichtigend die Hand und brachte ihren Haushofmeister zum Schweigen.

„Natürlich hast du ein Recht, meine Beweggründe zu erfahren. Neshi, die Geisel, die du einst an unseren Hof brachtest, hat dich immer wieder erwähnt, wenn er von seiner Heimat erzählte. Daher habe ich Erkundigungen über dich einziehen lassen. Du bist ein guter Soldat und ein harter, aber gerechter Befehlshaber. Deine Leute stehen hinter dir und würden für dich bis zum letzten Mann kämpfen. Dennoch, so wurde mir berichtet, bist du in deinem Herzen kein Soldat, bist es nie gewesen, denn sonst hättest du nicht solange die Kunst des Bauens studiert. Der Erfolg eines Abschlusses ist dir jedoch aus finanziellen Gründen versagt geblieben. Missernten haben deine Familie in wirtschaftliche Not gebracht, und so musstest du deine Ausbildung aufgeben und zum Unterhalt der Familie beitragen. Was lag da näher, als sich als Soldat in Pharaos Heer zu verdingen? Aber eigentlich willst du etwas ganz anderes sein, als du im Augenblick bist. Du brennst vor Ehrgeiz, was wohl auf den Makel zurückzuführen ist, der auf deiner Familie lastet. Ich biete dir die Chance aufzusteigen, denn auch meine Zukunft ist ungewiss, und ich brauche Menschen um mich herum, denen ich vertrauen kann, die mir treu ergeben sind. Ich will dir nicht verschweigen, dass es auch hier an diesem Hof Menschen gibt, die der Mission, die auf meine Initiative zurückzuführen ist, ablehnend gegenüberstehen. Doch daraus können wohl erst Probleme entstehen, wenn du erfolgreich zurückgekehrt bist."

Nachdem Hatschepsut geendet hatte, blickte sie Senenmut direkt ins Gesicht. Was sie darin las, bestärkte sie in ihrer Ansicht, den richtigen Mann für diesen Auftrag gefunden zu haben. Dieser Mann brannte darauf, sich und seiner Umwelt zu beweisen, wer er war und was er konnte. Mit Amuns Hilfe würde er erfolgreich aus Mitanni zurückkehren.

Für einen kurzen Augenblick wagte Senenmut es, den Blick zu heben und der Frau, die ihm die Chance seines Lebens bot, in die Augen zu blicken. Was er darin sah, mochte er nicht zu deuten. Aber instinktiv ahnte er, dass sich dahinter Abgründe auftaten, in die sie ihn hineinreißen würde. Trotzdem konnte er nicht widerstehen. Was auch immer daraus entstehen sollte, er war ihr Mann, denn der eine Blick in diese Augen machte ihn willenlos.

1480 vor unserer Zeitrechnung

Stocksteif stand der königliche Herold Intef am Eingang des Thronsaals und verkündete dem anwesenden Herrscherpaar und den Ministern das Eintreffen Senenmuts, Sonderbotschafter seiner königlichen Hoheiten, sowie einer Delegation Gesandter aus Mitanni.

Als dieser kurze Zeit später den Thronsaal betrat, gefolgt von zwei hochrangigen Gesandten Mitannis, beides Verwandte König Baratarnas, und vor dem Horusthron niederkniete, wusste er, dass sich sein Leben von nun an grundlegend ändern würde. Er hatte eine schwierige Mission erfolgreich zum Abschluss gebracht und eine der Töchter König Baratarnas als Braut nach Ägypten geleitet.

Leicht war diese Aufgabe nicht gewesen. Im Gedanken überflog er flüchtig noch einmal die einzelnen Stationen seiner Reise.

Im Nildelta war die königliche Delegation von den bequemen Nilschiffen auf phönizische Segelschiffe umgestiegen und die Küste entlang Richtung Norden gesegelt. Bei Byblos waren sie dann in einen Sturm geraten, der sie nicht nur zum Ankern in einer Bucht gezwungen hatte, sondern auch eins der beiden Schiffe so stark beschädigte, dass sie mehrere Wochen benötigten, um das zweite Schiff wieder in Stand zu setzen. Dabei hatten sie Schwierigkeiten, Holz und andere Rohstoffe für die Reparaturen sowie Proviant für die Besatzung zu beschaffen, denn die Bevölkerung der nahegelegenen Dörfer zeigte ihre Ablehnung der Großmacht

Ägypten gegenüber nur allzu deutlich, indem sie Höchstpreise verlangte für alles, was die Ägypter benötigten. Senenmut blieb nichts anderes übrig, als zu überteuerten Preisen die Rohstoffe zur Instandsetzung des zweiten Schiffs zu erwerben, wenn er nicht unnötige Zeit damit verschwenden wollte, im Landesinneren nach günstigeren Angeboten zu suchen oder sich einfach mit Gewalt zu nehmen, was gebraucht wurde. Da es sich jedoch um eine friedliche Mission handeln sollte, verzichtete er auf jegliche Gewaltanwendung und zahlte schweren Herzens, was verlangt wurde.

Als sie ihre Reise endlich fortsetzen konnten, nahte die kalte Jahreszeit, und Käpten Neberi, der sich als erfahrener und verantwortungsbewusster Seefahrer erwies, machte Senenmut darauf aufmerksam, dass eine Heimreise, gleichgütig wie seine Mission am Hof von Wassukanni verlaufen mochte, nicht vor dem Frühjahr möglich sein würde. Über den Winter würden die Schiffe den Hafen auf keinen Fall verlassen können.

Das nächste Problem, dem Senenmut sich gegenübersah, hatte ebenfalls mit der hereinbrechenden kalten Jahreszeit zu tun. Nach dem Verlassen des breiten Küstenstreifens erreichte die Reisegruppe eine Hochebene, auf der ihnen nicht nur ein eisiger Wind, sondern auch tagelanger Regen zu schaffen machten. Oft blieben die Streitwagen der Ägypter, die für diese Wetterverhältnisse nicht gebaut waren, im Matsch stecken oder Achsen brachen und mussten repariert werden. Erschwerend kamen zwei abzuwehrende Überfälle von Räuberbanden hinzu, die es offensichtlich auf die mitgeführten reichen Geschenke für den König von Mitanni abgesehen hatten. Senenmut verlor bei diesen Scharmützeln zwei seiner Männer und hatte mehrere Verletzte zu beklagen. Die meisten der in die Flucht geschlagenen Räuber, die

Senenmut von seinen Soldaten gnadenlos verfolgen ließ, kosteten die Überfälle hingegen das Leben. Viele starben im Kampf. Wer von den Räuberbanden lebendig in die Hände der Ägypter geriet, wurde kurzerhand zur Abschreckung an einem Baum aufgehängt. Diesen drastischen Maßnahme hatten die Ägypter es vermutlich zu verdanken, dass danach keine weiteren Überfälle stattfanden.

Aber auch die Bevölkerung in den Dörfern, die die Delegation passierte, war alles andere als gastfreundlich. Oftmals verwehrten die Bewohner den Ägyptern sogar den Kauf von Lebensmitteln, die die Gruppe für ihre Weiterreise benötigte. Bei den schlechten Wetterverhältnissen waren sie außerdem meist darauf angewiesen, in den Herbergen, die ihren Weg säumten, zu nächtigen. Auch hier langten die Wirte der Karawansereien mit überteuerten Preisen kräftig zu.

Nachdem die Delegation die Grenze zu Mitanni überquert hatte, wurde sie schon bald von einem Trupp Soldaten gestellt. Nur mit Hilfe eines aus Ugarit mitgebrachten Dolmetschers konnte Senenmut dem fremden Anführer der Truppe verständlich machen, dass er in friedlicher Absicht vom Hof Pharaos kam und eine Botschaft für König Baratarna mit sich führte. Die Papyrusrolle, die Senenmut vorwies und die ihn als Gesandten Ägyptens auswies, konnten die mitannischen Soldaten nicht lesen, noch kannten sie Papyrus, denn in Mitanni wurden Dokumente auf Tontafeln geritzt. Ohne die Hilfe des Dolmetschers wären die Ägypter vermutlich in einem Kerker gelandet und als Spione hingerichtet worden. Doch aufgrund der Beteuerungen des Dolmetschers wagte der Anführer der Soldaten es schließlich doch nicht, die Gruppe zu inhaftieren, sondern sandte einen Boten nach Wassukanni, um den Papyrus dort entziffern zu lassen und auf weitere Anweisungen zu warten. Bis dahin wurden die Ägypter in einer naheliegenden Garnison untergebracht, angeblich als Gäste, doch sie merkten schnell, dass sie mehr Gefangene als Gäste waren und ihre Gastgeber jeden ihrer Schritte genau im Auge behielten.

Als nach mehr als dreißig Tagen vom Hof von Wassukanni die Anweisung kam, die Gruppe weiterreisen zu lassen, war dieser Erlaubnis eine Eskorte mitannischer Soldaten beigefügt, die die Ägypter auf direktem Weg nach Wassukanni begleiten und unterwegs nicht aus den Augen lassen sollte. Wieder fühlte Senenmut sich mehr als Gefangener, denn als Gast. Die Stimmung während der Weiterreise war angespannt, und Senenmut spürte, dass der kleinste Funke zwischen den Mitanni und seinen Leuten ein Feuer auslösen könnte. Darum mahnte er seine Leute immer wieder zur Zurückhaltung, gleichgültig, welche Schikanen sie von ihren Gastgebern hinnehmen mussten.

Am Abend des elften Tags erreichten sie die Hauptstadt Wassukanni. Senenmuts Männer wurden in einer Herberge außerhalb der Stadt untergebracht. Nur Senenmut und der Dolmetscher erhielten ein Zimmer im Palast, der in der Nähe der Quellen des Chabur errichtet worden war. Senenmut stellte fest, dass die Umgebung der Stadt durch das Vorhandensein des Wassers sehr fruchtbar war. Doch sonst erinnerte ihn wenig an seine Heimat an den Ufern des Nils. Der Palast war groß und von einer hohen Mauer aus Lehmziegeln umgeben. Nur ein einziges Tor führte hinein, vermutlich um ihn im Ernstfall besser verteidigen zu können. Die Innenräume des Palasts waren mit bunten Malereien geschmückt, die Szenen aus der Natur und dem täglichen Leben der Bewohner zeigten. Doch die hohe Kunstfertigkeit ägyptischer Maler und Steinmetze konnte Senenmut nirgends entdecken. Alles wirkte eher dunkel und kalt. Es fehlten die lichtdurchfluteten Räume, die in Ägypten Lebensfreude vermittelten. Senenmut wusste, dass dies dem wechselnden Klima der Gegend geschuldet war. Trotzdem fühlte er sich fremd und fehl am Platz. Zum ersten Mal wurde ihm in diesem Palast bewusst, auf welches Abenteuer er sich da bedenkenlos eingelassen hatte. Und er sehnte sich nach zu Hause, zurück an die Ufer des ihm vertrauten Nils.

Als er nach dreitägiger Wartezeit endlich in den Thronsaal zu König Baratarna vorgelassen wurde und sich vor dem Herrscher verneigte, bevor er erst sein Ermächtigungsschreiben als Botschafter Ägyptens, dann die von Pharao gesiegelte Papyrusrolle mit dem Grund seiner Reise überreichte und die Kisten mit den Geschenken für den Herrscher von Dienern hereintragen ließ, kam ihm zum ersten Mal der Gedanke, dass seine Reise durchaus mit einem Misserfolg enden könnte. Schickte ein König eine seiner Töchter tatsächlich in ein unbekanntes, feindliches Land, nicht wissend, was sie dort erwartete?

König Baratarna warf einen kurzen Blick auf die Bevollmächtigung Senenmuts und die zu seinen Füßen ausgebreiteten Geschenke, nahm dann die gesiegelte Rolle Pharaos in Empfang und reichte sie an den Mann hinter seinem Thron weiter, der das Siegel brach und das Schreiben kurz überflog, wieder zusammenrollte und dem König dann leise etwas ins Ohr flüsterte, das beim König sichtliche Überraschung hervorrief. Dann ließ dieser seinen Blick noch einmal lange auf Senenmut ruhen, bevor er laut verkündete: „Wir werden das Begehren eures Herrschers prüfen und im Rat darüber entscheiden. Fühle dich bis zu unserer Entscheidung als unser Gast."

Damit war Senenmut entlassen. Auf dem Weg hinaus aus dem Thronsaal spürte er die Blicke der anwesenden Großen des Reichs auf sich ruhen, einige waren neugierig, andere ablehnend und kalt, wenn nicht sogar feindlich.

Es sollte Tage dauern, bis der Kronrat sich zu einer Entscheidung durchringen konnte. Derweil zeigte Fürst Kirta, ein Onkel des Königs, dem Gast die Stadt und die Gegend darum herum, die hauptsächlich aus fruchtbarem Schwemmland bestand. Die die Stadt umgebenden Gewässer eigneten sich hervorragend für die Entenjagd, zu der der Onkel des Königs den Gast mehrmals einlud. Aber auch in den nahegelegenen Wäldern fand sich reichlich Wild für die königliche Tafel. Hier organisierte der Onkel des Königs für den Gast eine Treibjagd.

Senenmut wurde schnell klar, dass die Aufmerksamkeiten eines Mitglieds der königlichen Familie ihm gegenüber nicht ohne Hintergedanken waren. Fürst Kirta sollte herausfinden, was hinter dem Heiratsangebot Pharaos steckte. Senenmut belustigten die tagelangen Versuche Kirtas, mehr aus ihm herauszubekommen, als die offizielle Version preisgab. Schließlich nahm er sich ein Herz und kam von selbst bei einem Bootsausflug auf das Thema zu sprechen.

„Ihr fragt Euch sicher, warum Pharao um eine der mitannischen Prinzessinnen freit?"

Kirta nickte stumm. Dann meinte er: „Würdest du dich das nicht auch fragen und wissen wollen, was dein Kind erwartet, wenn du es in ein fernes, fremdes Land schicken sollst? Will Pharao mit dieser Heirat nur den Frieden sichern, oder steckt noch etwas ganz anderes hinter seinem Wunsch?"

Senenmut wog seine Antwort einen Augenblick genau ab, bevor er meinte: „Pharao ist gewiss nicht an Krieg gelegen. Doch er würde nicht zögern, wenn dieser erforderlich wäre. Auch unsere große königliche Gemahlin Hatschepsut verabscheut Krieg und ist an einem friedlichen Miteinander interessiert."

Ein spöttisches Grinsen überflog die Gesichtszüge des älteren Mannes, dessen grauer, gelockter Bart bis auf die Brust reichte. „Man erzählt sich bei uns, dass eure Königin die eigentliche Macht hinter dem Horusthron ist und Pharao ihr blind vertraut? Was würde eine mitannische Prinzessin in eurem Land für eine Rolle spielen?"

Auch Senenmut musste nun schmunzeln. „Unsere Königin ist, wenn ich das so sagen darf, Pharaos beste Ratgeberin. Sie war es, die mir den Auftrag erteilte, mit Pharaos Bitte zu euch zu reisen."

„Und warum tut sie das? Warum sendet sie nach einer Frau, die sie nicht kennt und die ihr vielleicht gefährlich werden könnte?"

„Ich kenne die Gedanken ihrer Hoheit nicht. Aber ich vermute, ihr Wunsch nach einem Erben königlicher Abstammung, der unsere Völker verbindet, könnte der Grund sein. Der jetzige Thronfolger ist der Sohn einer Nebenfrau, in ihren Augen als Erbe des Horusthrons ungeeignet, so wird bei Hof gemunkelt."

Kirta nickte nachdenklich, bevor er sich erneut der Landschaft zuwandte und lange schwieg. Schließlich fragte er Senenmut direkt ins Gesicht blickend: „Kannst du dafür bürgen, dass es einer unserer Prinzessinnen in eurem Land gut ginge und es ihr an nichts fehlen würde, selbst wenn es eines Tages zwischen unseren Reichen zum Krieg käme?"

Überzeugt antwortete Senenmut: „Das kann ich, Hoheit. Niemand in unserem Land würde die Prinzessin für eine ferne Entscheidung des Schicksals büßen lassen, am allerwenigsten Pharao oder unsere Königin."

Fürst Kirta nickte sichtlich zufrieden, bevor er seinen Gast auf einen riesigen Fischschwarm vor ihnen aufmerksam machte. Gleich darauf gab er den Ruderern ein Zeichen, das Boot zu wenden und zurückzukehren.

Am Morgen darauf wurde Senenmut erneut in den Thronsaal gerufen, wo König Baratarna ihn in Anwesenheit seiner Berater empfing.

„Ich hoffe, du hast die Zeit hier bei uns genossen?"

„Ich kann mich für Eure Gastfreundschaft nur bedanken", erwiderte Senenmut höflich, wohl wissend, dass er die ganze Zeit über von Spitzeln des Königs überwacht worden war.

Der König nickte wohlwollend und fuhr dann fort: „Ich habe dich rufen lassen, um dir meine Entscheidung mitzuteilen. Ich werde dir Prinzessin Manawa, meine drittälteste Tochter, mit nach Ägypten geben, die hoffentlich den Wünschen eures Pharaos entspricht. Sie ist gerade fünfzehn geworden, ist also im heiratsfähigen und gebärfähigen Alter. Dein Herr soll sie in Ehren halten, denn sie ist ein wahrer Kleinod unseres Reichs." Nach einer kurzen Pause fuhr der König fort: „Ich will dir nicht verbergen, dass viele meiner Berater gegen diese Verbindung gestimmt haben. Sie würden einen Krieg mit Ägypten vorziehen. Doch ich denke, erst sollte der Weg des friedlichen Miteinanders versucht werden, bevor die Waffen sprechen. Die Mitgift meiner Tochter wird dem entsprechen, was einer Prinzessin Mitannis würdig ist. Mein Schatzmeister wird dir eine Liste anfertigen, auf der alles verzeichnet ist, was Manawa nach dem Vollzug der Ehe erhält. Darüber hinaus wird euch eine Eskorte meiner besten Soldaten bis in den Hafen von Ugarit begleiten. Von da an seid ihr schutzmäßig auf euch selbst gestellt. Aber zwei meiner Vertrauten und einige Dienerinnen der Prinzessin sowie ihre Amme werden euch nach Ägypten begleiten. Nach dem Vollzug der Ehe werden meine Vertrauten nach Wassukanni zurückkehren, um mir zu berichten. Ich wünsche euch eine gute Reise und eine glückliche Heimkehr."

Senenmut, der mit diesen Worten entlassen war, konnte sein Glück kaum fassen. Es sollte ihm tatsächlich gelingen, erfolgreich von seiner Mission heimzukehren. Was das für ihn und seine Karriere bedeutete, das konnte er nur ahnen.

Nun stand er als erfolgreicher Heimkehrer im Thronsaal Pharaos, die beiden Mitanni, mit denen er sich während der langen Heimreise angefreundet hatte, an seiner Seite.

Pharao dankte Senenmut überschwänglich für die erfolgreich gemeisterte Mission, bevor er den beiden Adligen aus Mitanni uneingeschränkte Gastfreundschaft zusicherte und ihnen zu Ehren für den Abend ein Festmahl ankündigte. Dann erhob sich Thutmosis mit den Worten: „Und nun werde ich in die Frauengemächer gehen und meine zukünftige Gemahlin willkommen heißen."

Mit dem Fortgang Pharaos löste sich die Versammlung allmählich auf. Als Senenmut sich ebenfalls zum Gehen wenden wollte, sichtlich enttäuscht darüber, keine wirkliche

Belohnung, sondern nur lobende Worte von Pharao erhalten zu haben, hielt die große königliche Gemahlin ihn mit den Worten zurück: „Ich freue mich, dass ich offensichtlich den richtigen Mann für diese wichtige Aufgabe gefunden hatte. Komm heute Nachmittag in meine Audienzhalle. Ich habe eine neue Aufgabe für dich."

Senenmut verneigte sich vor der Königin. „Immer zu Euren Diensten, meine Königin", erwiderte er in der Hoffnung, doch noch mit einer brauchbaren Belohnung rechnen zu können.

Vor den gewaltigen Flügeltüren des Thronsaals tauchte plötzlich der sechsjährige Thutmosis auf, der neugierig auf die beiden im Thronsaal verbliebenen Personen blickte, seine Tante, die große königliche Gemahlin, und einen ihm bislang nicht bekannten Mann. Ein ungutes Gefühl beschlich den Jungen plötzlich und ließ ihn schaudern. Instinktiv spürte er, dass sich hier etwas zusammenbraute, das auch auf sein Leben Einfluss haben würde. Die Warnungen seiner Mutter Isis, sich vor seiner Tante Hatschepsut in Acht zu nehmen, kannte er zur Genüge. Noch war ihm nicht klar warum. Doch der Blick, mit dem seine Tante ihn in unbeobachteten Momenten bedachte, fühlte sich nicht gut an und bestätigte ihm die Befürchtungen seiner Mutter. Sie mochte ihn nicht, dessen war er sich sicher. Das beunruhigte ihn in seinem jugendlichen Leichtsinn jedoch nicht weiter. Er würde schon mit ihr fertig werden, wenn er erst einmal Pharao war. Aber auch dieser Fremde, der die große königliche Gemahlin wie das Abbild einer Göttin mit seinen Blicken anbetete, er bedeutete ebenfalls Gefahr. Das sagte ihm eine warnende Stimme in seinem Innern.

Hatschepsut empfing Senenmut wie bei ihrem ersten Zusammentreffen auf einem bequemen, an den Armlehnen mit Löwenhäuptern verzierten Sessel.

Nachdem Senenmut sich ehrfürchtig vor der Königin verneigt und die Erlaubnis erhalten hatte, sich zu erheben und auf dem gleichen Hocker wie bei ihrem ersten Zusammentreffen Platz zu nehmen, meinte Hatschepsut: „Du hast deine Aufgabe wirklich zu meiner und Pharaos vollster Zufriedenheit gemeistert. Pharao ist von seiner zukünftigen Gemahlin begeistert und wird die Hochzeit deshalb so schnell wie möglich stattfinden lassen." Hatschepsut ließ ihre Worte kurz wirken, bevor sie fortfuhr: „Du bist der erstgeborene Sohn der Edlen Hatnefer und ihres Mannes Ramose. Wie man mir berichtete, hast du drei Brüder und zwei Schwestern. Deine zwei jüngeren Brüder dienen im Tempel unserem Gott Amun, dein älterer Bruder Senmen hat wie du die Militärlaufbahn eingeschlagen. Und deine Schwestern leben, wie man mir berichtete, auf dem Gut deiner Eltern und helfen dort bei der Verwaltung mit."

„Ihr seid gut unterrichtet, Eure Majestät."

Ein flüchtiges Lächeln huschte über die sonst ausdruckslosen Gesichtszüge der Königin. „Ich weiß gerne ganz genau, mit wem ich es zu tun habe", entgegnete sie vielsagend. Dann fragte sie: „Wie mir ebenfalls zugetragen wurde, strebtest du eigentlich eine Karriere als Baumeister an, hast dich dann aber doch dem Militär zugewandt. Darf ich dich fragen, warum? Ist es ausschließlich aus finanziellen Gründen geschehen oder hat dich das Studium selbst abgeschreckt? "

Für einen Augenblick fühlte Senenmut sich versucht zu flunkern, doch der kalte, durchdringende Blick der Königin sagte ihm, dass sie die Wahrheit ohnehin bereits kannte und beschönigende Lügen nur seine Glaubwürdigkeit untergraben würden.

„Meiner Familie sind die Mittel ausgegangen, um meine Ausbildung weiter zu finanzieren. Also war ich gezwungen, etwas zu suchen, das meinen Lebensunterhalt sofort sichert."

Hatschepsut nickte verständnisvoll, fragte dann aber sofort weiter: „Und nach dem erfolgreichen Nubienfeldzug, warum hast du dann nicht deinen Abschied vom Militär genommen und deine Ausbildung beendet? Immerhin hat Pharao deinen Mut reichlich belohnt."

„Einen Großteil dessen, was ich als Belohnung von seiner Majestät, unserem Pharao Thutmosis II, erhalten habe, spendete ich für die Aufnahme meiner beiden jüngeren Brüder in den Tempel des Amun. Es ist teuer, als Priester im Amuntempel aufgenommen zu werden. Den Rest habe ich für die Aussteuer meiner Schwestern zurückgelegt, damit sie irgendwann standesgemäß heiraten können."

„Nun", meinte Hatschepsut nachdenklich. „Ich will dir ein Angebot machen, das dich auf deinem Weg nach oben weiterbringen wird. Über ausreichenden Ehrgeiz scheinst du zu verfügen. Das kann ich sehr wohl erkennen. Doch zuvor möchte ich dich über Folgendes nicht im Unklaren lassen. Der Hof, die Berater Pharaos, unsere Minister, Hohepriester, Kommandeure und Gaufürsten spalten sich durchgängig in zwei Lager. Die einen sind für mich und unterstützen meine Ansichten und Meinungen, mit denen ich Pharao beratend zur Seite stehe. Die andere Seite ist gegen mich, weil sie der Meinung ist, dass eine Frau in der Regierung eines Landes nichts zu suchen hat. Ob ich mit meiner Meinung Recht oder

Unrecht habe, spielt für sie keine Rolle, nur weil ich eine Frau bin. Selbst die Tatsache, dass ich die einzige lebende Trägerin des göttlichen Bluts bin und dies nur durch mich vererbt werden kann, ist für sie bedeutungslos. Ihrer Meinung nach sollte ich mich auf die Aufgabe, einen Erben zu zeugen, beschränken. Das Regieren sollte ich den Männern überlassen. Daher ist es verständlicherweise mein Streben, nur Männer am Hof Pharaos zu fördern, auf deren Treue und Zuverlässigkeit ich mich verlassen kann. Wärst du ein solcher Mann?"

„Auf meine Treue und Loyalität kann Eure Majestät sich jederzeit verlassen", beteuerte Senenmut, dem Hatschepsut mit ihrer Offenbarung nichts Neues erzählte. Im ganzen Land kannte man den Konflikt, der im Thronrat herrschte. Die Königin war eine starke, selbstbewusste Frau, Pharao ein schwacher, gesundheitlich angeschlagener Mann, der zumeist auf den Rat seiner Halbschwester hörte.

Hatschepsuts prüfender Blick ruhte einen Augenblick lang auf dem jungen Mann, der vor ihr saß und dessen Ehrgeiz den Raum erfüllte. „Hör mir gut zu", meinte sie dann abwägend. „Ich werde dich zum Erzieher meiner Tochter, der Erbprinzessin Nofrure, ernennen. Diese Ernennung birgt eine große Verantwortung, denn es handelt sich um die Überwachung der Erziehung der künftigen großen königlichen Gemahlin Ägyptens. Ich wünsche mir, dass sie eine kluge und selbstbewusste Frau wird. Darum wirst du ihre Lehrer, ihren Unterricht, ihre Freunde und ihre Dienerschaft ständig im Auge behalten und mir von Zeit zu Zeit berichten. Außerdem bist du für die Sicherheit der Prinzessin verantwortlich, suchst also jene Wachen und Träger aus, die die Prinzessin überallhin begleiten. Überprüfe jeden. Darüber hinaus gewinne das Vertrauen meiner Tochter, was dir als junger, gutaussehender Mann nicht schwerfallen dürfte. In deiner Freizeit beende dein Studium als Baumeister, denn wer weiß, vielleicht kann ich einen solchen einmal brauchen."

Senenmut vergaß für einen kurzen Augenblick, wer vor ihm saß und starrte die Königin ungläubig an, so überwältigt war er von der neuen Aufgabe, die auf ihn zukommen sollte. Damit rückte er in den Kreis der hohen Beamten bei Hof auf.

„Hast du noch Fragen?" Mit diesem Satz holte Hatschepsut den jungen Mann in die Gegenwart zurück. Beschämt sank Senenmut vor seiner Königin auf die Knie und stammelte nur verlegen: „Danke, Eure Majestät."

„Enttäusche mich nicht", erwiderte Hatschepsut kühl und entließ mit diesen Worten den künftigen Erzieher ihrer Tochter.

Als Königin Isis den Raum ihres Sohns Thutmosis betrat, fand sie ihn in der Obhut seiner Amme Ipu und deren sechsjähriger Tochter Satiah vor. Die beiden Kinder lauschten gemeinsam der Geschichte des Gottes Osiris, der von seinem Bruder Seth aus Eifersucht getötet worden war. Doch das hatte Seth nicht genügt. Um den Bruder sicher für alle Zeit auszuschalten, hatte er dessen sterbliche Überreste zerteilt und in allen Teilen des Landes verstreut. Allein der Treue seiner Gemahlin Isis hatte Osiris es zu verdanken, dass er wieder zum Leben erweckt wurde und als Herrscher des Reichs der Toten weiterleben konnte. Isis hatte alle Teile ihres toten Gemahls gesucht und wieder zusammengefügt.

Eine Weile lauschte Isis der Erzählung der Erzieherin, bis die Amme die Gegenwart der Königin bemerkte und innehielt, um sich vor der Königin zu verneigen.

Isis lächelte kurz und forderte Ipu auf, den Kindern die Geschichte zu Ende zu erzählen, während sie wehmütig die interessierten Gesichtszüge ihres Sohns beobachtete. Nachdenklich fragte sie sich, wie ihre Zukunft und die ihres Sohns wohl aussehen mochte.

Seit der Ankunft der mitannischen Prinzessin am Hof und Pharaos schneller Heirat war ihr Stand schwer geworden. Pharao vergötterte seine junge Gemahlin, ließ ihr all die Aufmerksamkeiten zukommen, die er so lange Zeit ihr erwiesen hatte. Sie selbst war mehr und mehr in den Hintergrund und schließlich ganz in Vergessenheit geraten. Selbst als die junge Königin das Kind, das sie von Pharao trug, im dritten Monat der Schwangerschaft verlor, änderte dies nichts an der Liebe und Fürsorge, die Pharao seiner jungen Frau entgegenbrachte. Isis wusste genau, dass sie all dies einem einzigen Menschen zu verdanken hatte – der großen Königsgemahlin Hatschepsut. Sie hatte zwischen sie und Pharao einen Keil treiben wollen, was ihr mit der Ankunft der mitannischen Prinzessin gelungen war. Doch weitaus schlimmer als ihr persönliches Schicksal, ein Schicksal, das sie mit vielen Frauen im Harem teilte, war, dass Pharao auch mehr und mehr seinen Sohn vergaß. Auch das lag offensichtlich in den Interessen der großen Königsgemahlin, die dem jungen Thutmosis noch nie wohlwollend gegenübergestanden hatte. Warum dies so war, verstand Isis nicht, verfügte die große Königsgemahlin doch selbst über keinen Sohn, der einmal den Thron besteigen könnte. Dies machte ihren Sohn und die Erbprinzessin Nofrure automatisch zum neuen Herrscherpaar. Doch gegen diese natürliche Erbfolge schien Hatschepsut etwas zu haben. Manchmal glaubte Isis, die große Königsgemahlin hielt Nofrure für zu gut für ihren Sohn. Wann immer die beiden

Kinder im Palastgarten zusammen spielten, waren den beiden die dunklen Blicke der Königin gefolgt.

Und nun hatte die Königin auch noch diesen Niemand Senenmut zum Erzieher ihrer Tochter ernannt, etwas, das am Hof kaum jemand verstanden hatte. Und dieser Emporkömmling Senenmut schien auf Schritt und Tritt den Anweisungen und Wünschen Hatschepsuts zu folgen. Mehr und mehr hatte er Nofrure ganz unbemerkt vom Thronfolger entfernt, die gemeinsamen Stunden der beiden Kinder beschränkt, indem er Nofrure mit Beschäftigungen köderte, die für ein sechsjähriges Kind allzu verlockend waren. Dass er dies auf Anweisung Hatschepsuts tat, daran zweifelte Isis keinen Augenblick.

Überhaupt hatte Isis bemerkt, dass Hatschepsut um sich herum ein Heer von Männern sammelte, die ihr treu ergeben waren, während Pharao damit beschäftigt war, sich seiner neuen Gemahlin zuzuwenden und seine Halbschwester gewähren ließ. Einmal hatte Isis versucht, Pharao auf all die Missstände am Hof aufmerksam zu machen und ihm zu verdeutlichen, wie große Teile seiner Berater darüber dachten. Doch Pharao hatte nur abgewinkt und seiner Gemahlin Hatschepsut weiterhin von Tag zu Tag mehr das Regieren überlassen.

Isis seufzte unbehaglich. Was wollte diese Frau? Es gab Tage, da fürchtete sie tatsächlich um das Leben ihres Sohns. Dann wieder beruhigte sie sich, indem sie sich sagte, dass die erste Gemahlin Pharaos so weit nicht gehen würde.

Ipu hatte zwischenzeitlich ihre Geschichte beendet. Isis bat die Amme, sie mit ihrem Sohn allein zu lassen, denn was sie ihm auf Anweisung Pharaos mitzuteilen hatte, war alles andere als eine gute Neuigkeit und entsprang gewiss wieder einer der Intrigen Hatschepsuts.

Nachdem die beiden allein waren, schaute Thutmosis seine Mutter forschend an. Irgendwie spürte er, dass das, was sie ihm zu sagen hatte, nichts Gutes sein würde.

Zärtlich zog Isis den Knaben zu sich heran und strich ihm sanft über den Kopf.

„Du bist inzwischen groß geworden, mein Sohn. Das hat Pharao auch bemerkt. Daher hat er beschlossen, dass du in den Amuntempel umsiedeln sollst, um dich dort ganz dem Dienst an dem Gott und den geheimen Mysterien zuzuwenden."

Entsetzt entwand sich Thutmosis dem Arm seiner Mutter.

„Ich will kein Priester werden, Mutter, sondern Soldat. Ein Pharao muss kämpfen können, um seine Soldaten gegen die Feinde zu führen. Wie soll ich das lernen, wenn ich im Tempel den Göttern diene?"

Isis stöhnte leise auf.

„Pharao wünscht es so, und Pharaos Wille ist Gesetz. Außerdem ist es für das Wohl Ägyptens ebenso wichtig, dass Pharao in Einklang mit den Göttern regiert und deren Willen kennt", versuchte Isis das aufgebrachte Kind zu beschwichtigen.

Zornig schaute Thutmosis seine Mutter an. Für ein Kind ungemein energisch entgegnete er: „Es ist sie, die mich in den Tempel abschieben will. So ist es doch, oder Mutter? Sie hasst mich und will mich loswerden."

„Wie kannst du so etwas nur denken?", versuchte Isis den aufgebrachten Jungen zu beruhigen, während sie nur mit Mühe die aufsteigenden Tränen unterdrücken konnte. „Sie ist deine Tante und liebt dich ebenso wie Pharao. Beide, Pharao und deine Tante, die große Königsgemahlin, sind keine Freunde des Kriegs. Darum haben sie sich für dich für eine Erziehung im Tempel entschieden, eine Entscheidung, die dir einmal nützen wird, denn Pharao ist schließlich der Mittler zwischen dem Land, seinen Bewohnern und den Göttern. Er allein kann deren Willen deuten und so die Menschen des Reichs beschützen."

„Mag sein", antwortete Thutmosis schnaufend. „Aber ein Land wie Ägypten braucht auch einen Pharao, der sein Land gegen die Feinde verteidigen kann, die um Kemt herum lauern. Sprich noch einmal mit Pharao, Mutter. Bitte! Ich will nicht in den Tempel."

„Ich habe es versucht, mein Junge, glaub mir. Aber Pharao hat entschieden. Daran lässt sich nichts ändern."

Zornig stieß Thutmosis eine der vielen Ziervasen um, die schallend am Boden zerbrach. „Sie kann es machen, weil du nur eine von Pharaos Nebenfrauen bist, die keine Macht mehr besitzt, weil jetzt eine andere Pharaos Bett teilt," zischte er, riss sich von seiner Mutter los und lief in den Garten, um seinen Kummer mit sich selbst auszutragen. Keiner sollte den künftigen Pharao Ägyptens weinen sehen.

Traurig schaute Isis ihm nach. Doch gleich darauf empfand sie auch Stolz, denn sie musste sich eingestehen, dass ihr Sohn ins Schwarze getroffen hatte. Mit seinen sechs Jahren verstand er weitaus mehr, als man von einem Kind seines Alters erwarten durfte.

1479 vor unserer Zeitrechnung

Es begann mit Unwohlsein. Pharao fühlte sich müde, abgeschlagen, kraftlos. Dann kamen Fieber und Schüttelfrost hinzu. Auf Anraten seiner Ärzte überließ Pharao die Regierungsgeschäfte seinen Beratern und seiner Halbschwester Hatschepsut und zog sich in seine Gemächer zurück, um Ruhe für seine Genesung zu finden. Die meiste Zeit des Tages verbrachte er schlafend, umgeben von Dienern, die ihm kalte Umschläge auf Stirn und Waden legten und mit Straußenfedern Luft zufächelten. Fieber war in dieser heißen Jahreszeit nichts Ungewöhnliches. Fast jedes Jahr hatte Pharao mit dem Sommerfieber zu kämpfen gehabt, sich aber stets nach ein paar Tagen erholt.

Doch in diesem Sommer war etwas anders, denn das Fieber wollte nicht weichen. Im Gegenteil, es stieg beharrlich. Bald lag Pharao nur noch apathisch auf seinem Bett, während die besten Ärzte des Landes keinen Rat wussten.

Nachdem Pharao Thutmosis II. über zwei Wochen nur noch in einem Dämmerzustand anzutreffen gewesen war, alle verabreichten Medikamente keine Wirkung gezeigt hatten, stellten sich viele am Hof zum ersten Mal die Frage, was geschehen würde, wenn Pharao zu Osiris ginge? Zurück würde ein Reich ohne handlungsfähigen Thronfolger bleiben, denn der einzige Sohn, der die Nachfolge Pharaos antreten konnte, war gerade sieben Jahre alt und von Thutmosis II. noch nicht einmal zum offiziellen Thronfolger ernannt worden. Außerdem hatte Pharao es aus unverständlichen Gründen bislang versäumt, die Erbprinzessin Nofrure mit Thutmosis zu vermählen, um seine Position als Nachfolger zu legitimieren Die große Königsgemahlin Hatschepsut hatte diese Verbindung immer wieder hinausgezögert, was sich nun im Falle von Pharaos Tod rächen würde. Eine ungeregelte Nachfolge würde im Land zu Chaos führen und damit die Position Ägyptens weiter schwächen, dessen Ansehen bei den Vasallenstaaten ohnehin schon mangels militärischer Präsenz gelitten hatte.

Weinend saß Königin Isis in ihren Gemächern. Sie fürchtete nicht nur um Pharaos Leben, sondern auch um das ihres Sohns Thutmosis, der der großen königlichen Gemahlin Hatschepsut schon immer ein Dorn im Auge gewesen war und den diese nun in einem Augenblick, in dem alle Blicke auf Pharao gerichtet waren, problemlos beseitigen könnte. Zwar hatte ihr Minmonth, der Oberpriester des Amun, versichert, dass ihr Sohn im Tempel des Amun sicher sei und sie sich keine Sorgen machen müsse, doch Isis wusste, dass die Arme Hatschepsuts inzwischen überallhin reichten.

Geschickt hatte die große Königsgemahlin in den letzten Jahren die Schwäche Pharaos genutzt, um im Rat, bei den hohen Beamten und Priestern Männern zu Rang und Würde zu verhelfen, die der Königin dafür dankbar sein mussten und ihr daher treu ergeben waren. Und immer wieder hatte sie Pharao davon abgehalten, ihren Sohn Thutmosis mit Prinzessin Nofrure zu verheiraten. Doch warum? Eigentlich gab es zu dieser Ehe keine Alternative. Isis verstand die geheimen Gedanken und Pläne der Königin nicht, wusste nicht, was diese vorhaben könnte, sondern ahnte nur, dass es auf jeden Fall gegen ihren Sohn gerichtet sein würde. Nicht ohne Grund hatte sie ihren Sohn Thutmosis und die Erbprinzessin Nofrure, die eigentlich füreinander bestimmt und jahrelang zusammen erzogen worden waren, geschickt voneinander getrennt. Und seit dieser Senenmut zum Erzieher der Prinzessin ernannt worden war, fragte Nofrure immer seltener nach ihrem Halbbruder. Als Thutmosis so unvermittelt zur weiteren Erziehung in den Tempel hatte umziehen müssen, hatte die Prinzessin ihn noch einige Male dort besucht. Doch die Besuche waren bald seltener geworden und schließlich ganz ausgeblieben. Offensichtlich verstand es Senenmut sehr gut, die Prinzessin im Sinne Hatschepsuts zu manipulieren. Das war auch kein Wunder. Immerhin war er ein gutaussehender, charmanter junger Mann, der es mit Leichtigkeit fertigbrachte, das Mädchen um den kleinen Finger zu wickeln. Gewiss schwärmte die siebenjährige Prinzessin inzwischen heimlich für ihn, was für ein Mädchen ihres Alters nichts Ungewöhnliches war, aber sich dennoch falsch anfühlte, denn ihr Weg als Erbprinzessin war vorbestimmt.

Isis seufzte verzweifelt auf. Vergeblich hatte sie damals versucht, Pharao davon zu überzeugen, ihren Sohn seinem Wunsch entsprechend aus dem Tempel zu holen und von einem erfahrenen, verdienten Soldaten erziehen zu lassen. Sie hatte Pharao nicht überzeugen können. Thutmosis war dabeigeblieben, dass sein Sohn erst einmal mit den geheimen Mysterien der Götter vertraut sein müsse, um Pharao werden zu können, denn immerhin sollte er einmal der Mittler zwischen ihnen und den Menschen werden. Resigniert hatte sie einsehen müssen, dass sie ihren Einfluss auf Pharao verloren hatte, während der Einfluss Hatschepsuts immer größer wurde. Einige ihr und ihrem Sohn zugetane Berater Pharaos hatten daraufhin versucht, den König davor zu warnen, seiner ersten Gemahlin weiterhin bei allen Entscheidungen freie Hand zu lassen. Doch ihre Warnungen verhallten ebenfalls ungehört, denn auf Pharaos Frage, was Hatschepsut denn falsch gemacht habe, konnte keiner der Königin etwas vorwerfen, das dem Land geschadet hätte. Dass die Königin allmählich alle Macht an sich riss, beunruhigte Pharao offensichtlich nicht.

So hatte Isis hilflos zusehen müssen, wie ihr Sohn täglich seinen Dienst im Tempel versah, Amuns Statue wusch, neu einkleidete und mit Speisen versorgte. Danach wurde er stundenlang von den Priestern in den geheimen Mysterien der Götter, deren Bedeutung und dem Zweck ihrer Feste unterrichtet. Und von Tag zu Tag wurde er unglücklicher. Ihre wöchentlichen Besuche konnten ihn nur wenig aufmuntern, denn sie konnte ihm nie versprechen, dass all dies bald ein Ende finden würde. Der Junge brannte darauf, sich zu bewegen und seine Kräfte mit anderen zu messen, anstatt Tag für Tag still zu sitzen, zuzuhören oder zu meditieren. Für ein solches Leben war er nicht geschaffen. Warum sah niemand, was eigentlich in ihrem Sohn schlummerte und nur darauf wartete, geweckt zu werden. Der Junge strotzte vor Energie, die Knaben seines Alters draußen austoben sollten, anstatt ihre Zeit in muffigen Schreibstuben und Bibliotheken zu verschwenden. Es war ein Jammer.

Zu all diesem Kummer kam nun auch noch die Sorge um eine ungewisse Zukunft hinzu. Warum hatte sie nicht zu jener Zeit, als Pharao sie noch geliebt und umsorgt hatte, mehr auf eine Absicherung gedrängt. Sie war so naiv gewesen, denn sie hatte sich tatsächlich eingebildet, dass Pharaos Liebe zu ihr ewig halten und sie und ihren Sohn immer schützen würde. Mit keinem Gedanken hatte sie die Vergänglichkeit seiner Leidenschaft auch nur in Erwägung gezogen. Nun würden sie und ihr Sohn vielleicht dafür büßen müssen.

Außer dem monotonen Singsang des Osirispriesters war in dem Schlafgemach, in dem Pharao im Sterben lag, kein Laut zu vernehmen. Ungläubig starrten die anwesenden Großen des Reichs und die versammelten Familienmitglieder auf den in den letzten Atemzügen liegenden Herrscher Ägyptens.

Am frühen Morgen hatte ein Komitee von Priestern und Ärzten bei der großen Königsgemahlin um eine Audienz gebeten, die ihnen sofort gewährt worden war.

„Es tut uns sehr leid, Euch dies mitteilen zu müssen, Hoheit. Aber der Kampf um Pharaos Leben scheint verloren. Das Fieber hat ihn fest im Griff, und sein ohnehin schwaches Herz wird dem nicht länger standhalten können. Eure Majestät muss sich auf das Schlimmste gefasst machen. Vermutlich wird der Gott Anubis Pharao noch heute ins Reich des Osiris begleiten. Ihr solltet die Großen des Reichs und die Familie zusammenrufen, um Pharao auf seinem letzten Weg auf dieser Erde beizustehen", hatte Nebuani, der Hohepriester des Osiris, Hatschepsut verkündet.

Diese hatte nur stumm genickt, womit sie zum Ausdruck brachte, mit dem Tod Pharaos bereits gerechnet zu haben. Seit Tagen befand sich dieser im Delirium. Wenn er zwischendurch für einen kurzen Augenblick zu sich gekommen war, war er orientierungslos gewesen. Die Hoffnung, ihren Halbbruder zu retten, hatte sie darum seit Tagen aufgegeben und angefangen, über die Zukunft des Reichs nachzudenken. Was sollte, was konnte nach einem Pharao Thutmosis II. kommen? Der einzige Sohn, den Pharao hatte, war gerade einmal sieben Jahre alt und nicht in der Lage, Ägypten zu regieren. Daher gab es in der Zukunft für das Land nur zwei Möglichkeiten. Entweder man würde den Jungen trotzdem krönen und sie für ihn die Regentschaft übernehmen, oder aber sie würde die Macht an sich reißen und selbst herrschen.

Während Hatschepsut mit aufrichtigem Bedauern auf ihren sterbenden Bruder blickte, gingen ihr diese Gedanken abermals durch den Kopf. Im Stillen zählte sie, wer von den Anwesenden im Kronrat auf ihrer Seite stehen würde und stellte fest, dass es einfach zu wenige waren. Auch das Militär und ein Großteil der Priesterschaft würde auf den Traditionen beharren und sich ihrer Machtergreifung in den Weg stellen. Sollte sie es dennoch versuchen? Ihr Blick fiel auf den siebenjährigen Thutmosis, einen gesunden, kräftig gebauten Jungen mit wachen Augen, die vor Energie und Tatendrang sprühten und der in diesem Augenblick ahnungslos an der Hand seiner Mutter auf den sterbenden Vater blickte. Wieder einmal zögerte sie, wie schon so oft in der Vergangenheit, in der ihr ihre Verbündeten und Vertrauten nach Pharaos Erkrankung dazu geraten hatten, dieses Hindernis auf dem Weg zur Macht rechtzeitig auszumerzen. Auch jetzt war sie unentschlossen. Immerhin floss in den Adern des Jungen das Blut ihrer Familie, das Blut von Königen. Selbst wenn sie diese Bedenken einmal beiseitelassen würde, könnte ihre momentane Machtübernahme zu einem Bürgerkrieg führen, denn eine Frau auf dem Horusthron schien für viele undenkbar.

Thutmosis, der den Blick der Königin auf sich ruhen fühlte, hob die Augen und erwiderte deren Blick furchtlos. Diese Frau war schön wie die Göttin Hathor, musste er anerkennen. Doch er glaubte seiner Mutter auch, wenn diese behauptete, dass sie so gefährlich wie der Gott Seth sei, denn ihre Augen waren kalt wie Stein. Darin war kein Funken Wärme zu finden. Thutmosis konnte sich nicht vorstellen, dass es Augenblicke im Leben der Königin gab, in denen sie ihren Gefühlen nachgab und menschlich wurde, eine Frau aus Fleisch und Blut. Einzig wenn sie auf ihre Tochter Nofrure blickte, trat für kurze Zeit ein weiches Glitzern in ihren Blick. Doch der Augenblick war schnell vorüber. Und erneut fühlte Thutmosis die gleiche Kälte von ihr ausgehen, die er jeden Morgen beim Waschen und Ankleiden des Gottes Amun empfand, wenn er den kalten Stein der Statue berührte. Für ihn stand fest, dass die große Königsgemahlin tatsächlich ein Kind Amuns sein musste, von Amun persönlich gezeugt, wie die Königin behauptete, um das Land zu schützen. Auch mancher Priester im Amuntempel verkündete das. Andere wiederum hielten dies für reinen Unfug, gestreut von Leuten, die den Machthunger der großen Königsgemahlin unterstützten.

Warum nur hatte er sich diese Frau zum Feind gemacht? Was hatte er getan, sie derart gegen sich aufzubringen? Diese Frage hatte er vor nicht allzu langer Zeit seiner Amme Ipu gestellt, nachdem seine Mutter seinen Fragen vorsichtige ausgewichen war, so als würde sie sich sonst vielleicht die Finger verbrennen. Ipu hatte ihn zärtlich in den Arm genommen, eine Geste, die Geborgenheit vermittelte und die er sonst niemandem erlaubt hätte, denn immerhin war er auf dem besten Weg, ein Mann zu werden. Doch für seine Amme würde er wohl für immer das Kleinkind an ihrer Brust bleiben, für dessen Sicherheit und Wohlergehen sie verantwortlich war. Und das hatte etwas Tröstliches an sich in einer Welt, die ihm oftmals allzu verworren vorkam und die ihm niemand so richtig erklären wollte. Nicht einmal der Hohepriester des Amun, Minmonth, der ihm durchaus gewogen schien und im Tempel schützte, hatte ihm auf seine Fragen antworten wollen. Thutmosis hatte deutlich gespürt, dass er Angst hatte. Doch wovor?

„Ich glaube nicht, dass die großen Königsgemahlin dich hasst, mein Prinz. Sie ist deine Tante. Somit fließt in deinen Adern auch das Blut ihres Vaters, den sie sehr verehrt hat," hatte Ipu ihm versichert.

„Aber manche im Tempel behaupten, dass Hatschepsut vom Gott Amun abstammen würde."

„Es wird viel geredet, mein Prinz. Du darfst nicht alles glauben. Viele verehren die große Königsgemahlin, weil sie eine kluge und sehr schöne Frau ist, der so mancher am Hof viel zu verdanken hat. Außerdem ist sie die Trägerin des göttlichen Bluts. Nur durch sie konnte dein Vater Pharao werden, so wie du durch die Heirat mit Nofrure eines Tages Pharao werden wirst, wenn dein Vater zu Osiris geworden ist."

„Will Hatschepsut darum nicht, dass ich Nofrure heirate?", fragte Thutmosis nachdenklich.

Ipu seufzte schwer. Was sollte sie antworten, ohne lügen zu müssen. Sie wollte sich aber auch nicht in den Fängen der Politik verstricken oder den Jungen ängstigen.

„Ich kenne ihre Gründe nicht, mein Prinz. Niemand kann in das Herz eines anderen blicken. Aber vielleicht will die Königin einfach abwarten, wie sich alles weiterentwickelt. Schließlich war auch sie nicht immer Erbprinzessin, sondern ist es erst nach dem plötzlichen Tod ihrer älteren Schwester geworden. Bis ihr beide erwachsen seid, kann noch viel geschehen."

„Glaubst du wirklich, dass das der Grund ist?", fragte Thutmosis zweifelnd. „Ich glaube eher, sie hält mich für nicht gut genug für ihre Tochter. Aber wie soll ich beweisen, was in mir steckt, solange ich nichts anderes tun darf, als im Tempel täglich meinen Dienst zu verrichten und die Götter anzubeten."

„Unterschätze diese Aufgabe nicht, mein Prinz. Die Götter sind allmächtig und können dir leicht ihr Wohlwollen entziehen, wenn du sie lästerst."

„Lästere ich die Götter, wenn ich Soldat werden will, um Ägypten gegen seine Feinde zu verteidigen?"

„Beides ist wichtig, mein Prinz. Und noch wichtiger ist es, Pharaos Wunsch zu respektieren und ihm demütig zu gehorchen. Alles andere wäre Hochmut. Und den strafen die Götter stets."

Thutmosis hatte ergeben geseufzt und geschwiegen. Was hätte er auch anderes tun können.

Noch einmal warf er jetzt einen Blick auf den sterbenden Gott, seinen Vater. Dann wanderte sein Blick weiter zu Nofrure, dem Mädchen, das ihm lange Zeit sehr nahegestanden hatte. Doch seit dieser Senenmut in ihr Leben getreten war und er in den Tempel hatte umsiedeln müssen, hatte sich zwischen ihnen alles verändert. Wenn er ihr in den letzten Wochen zufällig begegnet war, war sie kurz angebunden gewesen. Manchmal hatte er das Gefühl gehabt, sie hätte ihn am liebsten übersehen. Nun stand sie weinend da, fest die Hand ihres Erziehers haltend. Neben ihr stand ihre fünfjährige Schwester Meritre, allein und verlassen. Niemand nahm von dem Mädchen Notiz außer ihrer Amme, die tröstend den Arm um das Kind gelegt hatte.

Thutmosis fuhr erschreckt aus seinen Gedanken auf, als unvermittelt ein Sklave den großen Gong im Vorzimmer von

Pharaos Schlafgemach drei Mal schlug und gleich darauf der Herold Cheriuf den Anwesenden laut verkündete: „Pharao Thutmosis II., Herr beider Länder, ist von uns gegangen, um künftig an Res Seite die Dunkelheit der Nacht zu bekämpfen, damit am Morgen die Sonne dem Land Kemt Licht und Leben schenken kann."

Alle Anwesenden verharrten einen Augenblick lang in Schweigen, warteten gespannt darauf, was nun folgen würde. Einige Getreue der Königin blickten zu ihr, warteten auf ein Zeichen. Doch die Königin verharrte reglos. Schließlich war es der Hohepriester des Amun, Minmonth, der die Initiative ergriff und vor dem jungen Thutmosis niederfiel und laut verkündete: „Es lebe unser neuer Pharao, Thutmosis III., Herr beider Länder, geliebt von Amun."

Im Schlafzimmer Pharaos machte sich erst Gemurmel breit, dann lautstarker Protest.

„Wie soll ein Kind unser neuer Pharao sein? Nur eine kann den Thron des Horus in dieser Situation besteigen, die Eine, die bereits seit geraumer Zeit unser Land erfolgreich regiert."

Die Stimmen der Befürworter und Gegner wurden immer lauter, bis Hatschepsut schließlich energisch die Hand hob.

„Meine Herren, bitte mäßigt euch. Es ist unwürdig, im Angesicht unseres toten Herrschers eine solche Debatte zu beginnen. Rufe die Sempriester herbei, Minmonth, damit sie Pharaos Leichnam ins Haus des Todes überführen und für die Beisetzung herrichten können. Du, Ineni, sorge dafür, dass an Pharaos Grab die Arbeiten vollendet werden, damit Pharao in siebzig Tagen beigesetzt werden kann, wie es die Tradition fordert. Darüber hinaus werden wir nicht streiten, sondern das Orakel des Amun befragen. Der Gott wird uns seinen Willen mitteilen. Und nun geht bitte und lasst mich mit meinem toten Gemahl allein."

Nachdem fast alle gegangen waren, trat Hapuseneb, ein junger adliger Gefolgsmann Hatschepsuts, an ihre Seite und fragte: „Warum habt Ihr das getan, Hoheit? Minmonth wird als Hohepriester des Amun die Chance nutzen, den jungen Thutmosis zum Pharao auszurufen. Er ist gegen Euch."

„Ich weiß", antwortete Hatschepsut gelassen. „Soll er. Die Regentschaft bis zur Volljährigkeit des Jungen kann er mir nicht nehmen. Und bis dahin kann viel passieren. Hätte ich mich jetzt gegen seine Proklamation ausgesprochen, wäre das Reich in zwei Teile gespalten worden. Das musste ich unter allen Umständen verhindern. Alles Weitere wird sich finden."

Enttäuscht verließ auch Hapuseneb das Sterbezimmer Pharaos. Schließlich blieben nur noch die beiden Töchter Hatschepsuts mit Erzieher und Amme sowie Isis mit ihrem Sohn und Pharaos jüngste Frau Manawa zurück. Die beiden Mädchen weinten hemmungslos, während der junge Thutmosis sich zusammenriss, um seine Gefühle zu verbergen. Schützend legte seine Mutter Isis von hinten den Arm um ihren Sohn, Hatschepsut misstrauisch beäugend. Auch Manawa ließ ihren Tränen freien Lauf, nicht um Pharaos Willen, sondern weil sie mit ihren sechzehn Jahren bereits Witwe geworden war. Was würde nun aus ihr in diesem fremden Land werden?

„Nehmt von eurem Vater und Gemahl Abschied und dann lasst auch ihr mich mit ihm allein. Ich will Wache halten und für ihn zu den Göttern beten, bis die Sempriester ihn abholen kommen."

Nachdem alle außer Hatschepsut gegangen waren, atmete diese tief durch.

„Hättest du nicht noch ein bisschen länger warten können?", fragte sie ihren toten Bruder vorwurfsvoll. „Noch ein, zwei Jahre und ich hätte sie alle auf meiner Seite gehabt. Jetzt werde ich Umwege gehen müssen, um ans Ziel zu gelangen. Oh Amun, Hathor, Osiris, Isis, Nut und Seth, leitet mich, damit ich Ägypten zu Eurer aller Zufriedenheit führen kann."

Im Tempel des Amun waren die Hohepriester der mächtigsten Götter Ägyptens zusammengetreten, um das Orakel des Gottes Amun zu befragen. Gemeinsam knieten sie im Allerheiligsten vor der Statue des Gottes und beteten in der Hoffnung auf ein Zeichen, das den Weg in die Zukunft wies. Der Raum war mit dem Duft von Weihrauch erfüllt, der vor der Statue Amuns reichlich verbrannt wurde. Alle warteten auf den Hohepriester des Amun, der die Opferzeremonie auf dem vor der Statue aufgestellten Opferstein ausführen sollte. Als dieser mit feierlicher Mine, in weißes Leinen gekleidet und mit dem Leopardenfell über der Schulter, Zeichen seiner Würde als Hohepriester, mit einem langen Opfermesser in der Hand den Raum betrat, gefolgt vom zweiten Propheten des Gottes Amun, Puiemre, hielten die Anwesenden für einen Augenblick den Atem an. Was würde geschehen? Wie würde der Gott entscheiden?

Die Meinungen über den Ausgang dieses Orakels waren geteilt. Einige von ihnen waren dafür, die große Königsgemahlin Hatschepsut zur offiziellen Herrscherin zu machen, denn sie hatte in den letzten Jahren immer wieder bewiesen, dass sie das Reich gut regieren konnte. Die meisten der anwesenden Priester hingegen waren davon überzeugt, dass nur ein Mann den Titel Pharao tragen durfte, dass sowohl die Tradition als auch die Macht der Priester und Tempel gewahrt bleiben müsste. In letzter Hinsicht misstrauten sie der großen Königsgemahlin, denn sie war klug, zu klug, um eine andere Macht neben der ihren zu dulden. Mit einem Kindpharao hingegen wären Mehrung des Wohlstands der Tempel, sowie Macht und Einflussnahme der Priester auf die Politik des Landes vorerst gesichert. Darüber hinaus offiziell eine Frau an der Spitze des Staats anzuerkennen, schien vielen ein Ding der Unmöglichkeit, ein Sakrileg, das gegen die Maat, die göttliche Ordnung, verstieß.

Puiemre folgten zwei Priester der Rolle, die die Zeremonie festgelegt hatten und nun das ausgewählte, an den Füßen gefesselte Opfertier, ein trächtiges Schaf, zum Opferstein schleppten, darauflegten und mühsam festhielten, da das Tier sich energisch wehrte, so als ahnte es, was mit ihm geschehen sollte.

Der zweite Prophet des Amun hob einen mitgebrachten Papyrus empor und begann den Anwesenden laut zu verkünden: „Das Leben dieses trächtigen Tiers bringen wir dem großen Reichsgott Amun dar, damit er uns erleuchten und seinen Willen durch dieses Mutterschaf kundtun möge. Ist der Fötus männlich, soll unser neuer Pharao Thutmosis heißen, ist er weiblich, legen wir der großen Königsgemahlin Hatschepsut Geisel und Krummstab zu Füßen. Der Wille des Gottes geschehe."

Wie auf ein geheimes Zeichen hin trat der Hohepriester Minmonth zum Opferstein und durchtrennte dem blökenden Tier mit einem sauberen Schnitt die Kehle. Das Blut spritzte aus der Wunde und besudelte das saubere Gewand des

Hohepriesters. Nachdem das Tier aufgehört hatte zu zucken und das Blut aus der Kehle des Schafs, das in einer Schale als Trank für Amun aufgefangen wurde, fast versiegt war, öffnete Minmonth den Leib des Tiers mit einem langen sauberen Schnitt. Die Innereien des Tiers quollen hervor und wurden ebenfalls in einer Schale aufgefangen und den beiden Priestern der Rolle zur Beschau übergeben.

Nachdem die beiden Priester die Innereien des Tiers untersucht hatten und keine krankhaften Veränderungen darin feststellen konnten, nickten sie zufrieden. Das Tier war makellos. Das Opfer würde von Amun angenommen werden. Nun zog einer der Priester den Mutterkuchen aus den Eingeweiden hervor und entnahm den bereits weit entwickelten Fötus. Nach einer kurzen Begutachtung verkündete er den Anwesenden: „Das Tier ist männlich. Die Götter haben ihren Willen hiermit kundgetan. Unser neuer Pharao soll nach dem Willen Amuns der Sohn Pharaos, Thutmosis, werden."

Mit diesen Worten übergab er den Fötus dem Hohepriester, der ihn entgegennahm und das Allerheiligste, das nur Pharao und die Priester betreten durften, verließ, um der vor dem Tempel wartenden Menge das Ergebnis des Orakels zu präsentieren. Triumphierend hielt er den Fötus empor und verkündete mit lauter Stimme: „Das ungeborene Schaf ist männlich. Die Götter haben ihren Willen offenbart. Unser neuer Pharao soll Thutmosis heißen, der Sohn unseres zu Osiris gewordenen Pharaos Thutmosis und seiner Nebenfrau Isis."

Mit diesen Worten hob er den toten Fötus noch einmal empor, damit jeder der Anwesenden ihn sehen konnte und warf ihn dann in das vor dem Tempel brennende Opferfeuer, bevor er, Dankgebete sprechend, in das Innere des Tempels zurückkehrte, um die Zeremonie zu beenden und dann einen Boten in den Palast zu senden, um das Ergebnis des Orakels dem Kronrat und der Regentin mitzuteilen.

Noch lange nachdem der Kronrat auseinandergegangen war, stand Hatschepsut verloren am Fenster ihrer Audienzhalle, den Blick in eine ungewisse Ferne gerichtet. Sie fühlte sich müde und ausgebrannt, verletzt, weil all ihre Leistungen der letzten Jahre nichts zählten, nur weil sie eine Frau war. Gewiss, die nächsten Jahre würde sie das Land weiterführen, bis der neue Pharao volljährig wurde. Doch reichte ihr das? Alles, was sie tun und für das Land bewirken würde, würde dem Bastard Thutmosis zugerechnet werden, würde in seine Regierungszeit fallen. Und letztendlich würde man von ihr sogar verlangen, ihre Tochter Nofrure mit ihm zu vermählen, um ihn und seine Herrschaft zu legitimieren.

Zornig ballte sie die Faust. Hätte sie auf ihre Getreuen hören und das Problem Thutmosis rechtzeitig beseitigen sollen? Hätte sie es getan, wäre jetzt an ihrer Herrschaft kein Weg vorbeigegangen. Doch er war ein Kind. In ihm floss zum Teil auch das Blut ihrer Familie. Darum hatte sie es nicht über sich gebracht, den Befehl zu seiner Ermordung zu erteilen. Nun war es zu spät. Oder?

Ihr Herold Cheriuf trat zögernd ein und verneigte sich vor Hatschepsut. Er ahnte, dass sie im Augenblick nicht gestört werden wollte. Doch der Edle Hapuseneb, der sie zu sprechen wünschte, hatte sich nicht abweisen lassen.

„Herrin, Hapuseneb wünscht vorgelassen zu werden. Es scheint wichtig zu sein, denn er wollte sich unter keinen Umständen abweisen lassen."

Ärgerlich stöhnte Hatschepsut auf, meinte dann aber: „Lass ihn eintreten. Heute kann mir nichts noch weiter die Stimmung verderben."

Als Hapuseneb wenige Augenblicke später vor ihr niederkniete, fragte sie: „Nun, was gibt es so Wichtiges, dass es nicht bis morgen hätte warten können?"

Hapuseneb verneigte sich kurz vor der Königin, bevor er zu sprechen begann: „Ein gemeiner Betrug an Euch, Herrin, der nicht ungesühnt bleiben darf. Mein Bruder, der Priester des Amun ist, hat mitbekommen, wie in der Nacht vor dem Orakel einige auserlesene Priester mehrere Mutterschafe schlachteten, bis sie einen männlichen Fötus fanden. Es ist davon auszugehen, dass dieser Fötus heimlich dem Opfertier untergeschoben wurde, um den Ausgang des Orakels zu beeinflussen."

Hatschepsut lächelte müde.

„So etwas habe ich mir bereits gedacht, Hapuseneb. Es überrascht mich nicht, dass Betrug im Spiel war, denn Minmonth kann und will es nicht hinnehmen, von einer Frau regiert zu werden."

„Aber das könnt Ihr doch nicht einfach hinnehmen, Herrin. Ihr könnt den Hohepriester des Amun doch nicht mit diesem falschen Spiel durchkommen lassen."

Erneut lächelte Hatschepsut, diesmal mit einem Ausdruck von Milde.

„Das habe ich auch nicht vor, mein Freund, ganz gewiss nicht."

„Ihr müsst ihn wegen Betrugs und Schmähung der Götter vor Gericht stellen. Mein Bruder wird den Betrug bezeugen."

„Nein, nein", entgegnete Hatschepsut ruhig. „Das würde nichts bringen, denn wo ein Zeuge gegen den Hohepriester sprechen würde, sprächen ein Dutzend für ihn und schließlich wäre ich noch gezwungen, deinen Bruder wegen Falschaussage zu verurteilen."

„Aber Ihr könnt Euch doch nicht diesem gemeinen Betrug beugen, Majestät."

„Das habe ich auch nicht vor, Hapuseneb, aber anders als du denkst. In jedem Fall weiß ich deine Treue und die Treue deiner Familie zu schätzen und werde sie nicht vergessen. Und jetzt geh und lass mich bitte allein."

Nachdem Hapuseneb gegangen war, befahl Hatschepsut ihrem Herold Cheriuf, Neshi zu ihr zu bringen, der kurze Zeit später in ihrem Audienzsaal erschien.

Unter vier Augen teilte sie ihm ihre Wünsche mit, die dieser widerspruchlos entgegennahm. Als er eine halbe Stunde später die Königin wieder verließ, war sich Hatschepsut sicher, eines ihrer Probleme schon sehr bald aus der Welt geschafft zu haben und ihren anderen Gegnern damit eine Warnung zukommen zu lassen.

Einige Tage später war der Hohepriester des Amun spurlos verschwunden. Seine erdrosselte Leiche wurde Wochen später in einer abgelegenen Vorratskammer des Amuntempels entdeckt. Die Suche nach dem Mörder des Hohepriesters blieb erfolglos und wurde schließlich eingestellt. Doch jeder ahnte, dass die große Königsgemahlin Hatschepsut hinter diesem Verbrechen steckte. Es wagte jedoch keiner, diesen Verdacht offen auszusprechen.

Schon bald nach dem Verschwinden Minmonths ernannte Hatschepsut Hapuseneb zum neuen Hohepriester des Amun, einem der höchsten und einflussreichsten Ämter des Landes.

Am vierten Schemu I. sollte der siebenjährige Thutmosis zum neuen Pharao von Ägypten gekrönt werden, nachdem er zuvor die stets vom Nachfolger Pharaos zu vollziehende Zeremonie der Mundöffnung an der Mumie seines Vaters bei dessen Beisetzung vollzogen hatte.

Die Krönung sollte im Amuntempel in Gegenwart der Großen des Reichs stattfinden. Die Nacht zuvor musste der junge Thronfolger im Allerheiligsten des Gottes Amun allein im Zwiegespräch mit den Göttern verbringen und um deren Wohlwollen und Beistand für seine Herrschaft bitten.

Der nicht völlig überraschende Tod seines Vaters hatte das Leben des Jungen von einem Tag auf den anderen völlig auf den Kopf gestellt. Die unterschiedlichsten Gefühle bemächtigten sich seiner nun in dieser stillen Kammer, in der er seine Zwiesprache mit dem Gott halten sollte.

Seine Mutter Isis hatte ihn am Abend zuvor fürsorglich in den Arm genommen und ihm erklärt, dass er nach dem morgigen Tag der mächtigste Mann in Ägypten sein und dass fortan alle Verantwortung für das Reich auf seinen Schultern lasten würde. Er hatte genickt, obwohl er inzwischen genug

Verstand besaß, um es besser zu wissen. Hier und dort hatte er im Palast, in den ihn seine Tante nach dem Tod seines Vaters zurückgerufen hatte, genug aus Gesprächen in seiner Umgebung aufgeschnappt, um zu verstehen, dass er in den nächsten Jahren mehr ein Gefangener seiner Tante, denn ein mächtiger Pharao sein würde. Bis zu seiner Volljährigkeit würde die große Königsgemahlin Hatschepsut das Land regieren, und er hatte sich ihr unterzuordnen. Ihm war klar geworden, dass seine Mutter Isis seine Zukunft in rosigen Farben schildern musste, um ihn in Sicherheit zu wiegen und ihre eigenen Ängste zu verdrängen. Niemand in seiner Umgebung sprach aus, wovor alle Angst hatten, nämlich dass er seine Volljährigkeit vielleicht niemals erleben würde. Allein seine Amme Ipu, die er im Beisein von deren Tochter Satiah einmal gefragt hatte, was im Palast eigentlich vor sich ginge, warum ihn alle entweder mitleidig anblickten oder ihm aus dem Weg gingen, hatte ihm zögerlich geantwortet: „Sie sind unsicher, weil Ihr noch so jung seid, Majestät. Bis zu Eurer Volljährigkeit kann viel passieren."

„Du meinst, sie könnte mich umbringen lassen, so wie sie Minmonth ermorden ließ?"

Ipu war leichenblass geworden und hatte dann flüsternd geantwortet: „So etwas dürft Ihr nie wieder laut sagen, Eure Majestät. Ihr müsst immer daran denken, dass im Palast die Wände Ohren haben und Ihr von treuen Anhängern der großen königlichen Gemahlin umgeben seid, die ihr alles, was Euch betrifft, weitertragen."

Leise hatte Thutmosis gefragt: „Warum hasst mich meine Tante so sehr, dass sie mich töten möchte? Sag mir die Wahrheit, Ipu. Außer dir kann ich niemanden hier fragen, nicht einmal meine Mutter, die meinen Fragen entweder ausweicht oder mich belügt."

Zärtlich hatte Ipu den künftigen Pharao Ägyptens an sich gezogen und geflüstert: „Ich glaube nicht, dass sie Euch hasst, mein Prinz. Aber was Euch nach dem Tod Eures Vaters rechtmäßig zusteht, die Macht über Ägypten, die beansprucht sie, noch in aller Heimlichkeit, für sich. Wenn Ihr den Rat einer einfachen Frau wie mich hören wollt, dann stellt Euch ihr in den nächsten Jahren nicht in den Weg, sondern werdet groß und stark. Wenn Maat in Ägypten regiert und die Götter Euch wohlgesonnen sind, mein Prinz, dann wird Euer Tag kommen. Und bis dahin bleibt klein und unscheinbar, wenn Euch Euer Leben lieb ist."

Ipu hatte sich eine Träne aus den Augen gewischt und war dann schnell aus dem Zimmer geeilt, um nicht noch mehr preiszugeben und sich dadurch in Gefahr zu bringen. Seit dem ungeklärten Tod des Hohepriesters des Amun wusste jeder am Hof, dass der künftigen Regentin Ägyptens alles zuzutrauen war. Man sollte sich mit ihr und ihren Getreuen, die sie um sich scharrte und in die wichtigsten Ämter des Landes hob, besser nicht anlegen.

Die kleine Satiah war zurückgeblieben, hatte ihn tröstend in den Arm genommen und versprochen: „Ich werde immer auf deiner Seite sein und dich beschützen, mein Prinz. Das verspreche ich."

Thutmosis hatte sie angelächelt und erwidert: „Ich weiß."

Nun saß er allein in dem Allerheiligsten des Gottes Amun, das nur von einer spärlich leuchtenden Fackel erhellt wurde, betrachtete die vom Feuer wechselnden Schatten auf dem Abbild des Gottes und fragte in aller Bescheidenheit: „Amun, du Größter aller Götter des Landes, bin ich in deinen Augen würdig, der neue Pharao dieses Landes zu werden?"

Gebannt starrte er auf das Abbild des Gottes, auf dem das Spiel der Fackel unterschiedliche Schatten warf.

„Ich bitte dich. Gib mir eine Antwort. Zerstreue meine Ängste und schütze, so es dein Wille ist, mein Leben. Lass mich groß und stark werden, damit ich dereinst deine Größe und die Kemts, deines Landes, weit über die Grenzen des Reichs hinaustragen kann. Ich schwöre dir, dass ich Ägyptens Macht und Stärke vergrößern werde und alle fremden Völker vor deiner Allmacht das Haupt senken werden. Bitte, mein Vater Amun, gib mir ein Zeichen."

Das Spiel der Fackel, das Schatten auf die Wände des Allerheiligsten warf, erleuchtet für einen kurzen Moment das Angesicht der Statue hell und gaukelte dem Betrachter ein Lächeln des Gottes vor. Dieses vermeintliche Lächeln betrachtete der junge Thutmosis als das Zeichen, auf das er die ganze Nacht über gewartet hatte. Zuversichtlich warf er sich vor der Statue nieder, dankte Amun und schlief kurz darauf ein.

Was er in seinem Traum sah, brennende Städte, erschlagene Menschen, jammernde Sklaven, die aus ihrer Heimat fortgeführt wurden und Wagenladungen von Gold, Silber und Edelsteinen, die dem Tempel des Amun übergeben wurden, all dies erschreckte ihn beim Erwachen ein wenig. Doch gleich darauf wurde ihm klar, dass ihm die Götter einen Blick in die Zukunft gewährt hatten und er einmal ein großer Pharao werden würde, größer als jeder Pharao vor ihm. Dies gab ihm Zuversicht und Vertrauen in die Zukunft. Egal welche Hürden er in den nächsten Jahren bewältigen musste, er würde sie überwinden, um Ägypten zu dem werden zu lassen, was es sein konnte und sollte.

Bald nach seinem Erwachen wurden die schweren Ebenholztüren, die die Nacht über verschlossen gewesen waren, geöffnet und der Hohepriester des Amun, Hapuseneb, gefolgt von den drei anderen Propheten des Gottes, trat ein.

„Eure Majestät, es ist so weit. Lasst Euch von uns waschen, mit dem heiligen Öl salben und ankleiden. Danach werden wir gemeinsam das Allerheiligste verlassen und hinaus in den Tempel treten, wo Eure Familie und die Großen des Reichs sich bereits versammelt haben, um Eurer Krönung beizuwohnen."

Geduldig ließ Thutmosis die Prozedur des Waschens, Salbens und Ankleidens in makellos weißes Leinen über sich ergehen. Schließlich rasierte der zweite Prophet des Amun, Puiemre, dem Prinzen die Jugendlocke ab, warf das Haar in eine Opferschale, die er dann vor der Statue des Gottes niederlegte, wo sie später verbrannt werden würde.

Schließlich betraten vier Priester der Rolle, deren Aufgabe es war, die Krönungszeremonie zu überwachen, mit dem tragbaren Thron Pharaos das Allerheiligste und forderten Thutmosis auf, sich darauf niederzulassen und die nun folgende Krönungszeremonie möglichst bewegungslos über sich ergehen zu lassen.

Nachdem der Prinz sich gesetzt hatte, wurde der Thron von den vier Priestern der Rolle an je einer Stange angehoben und in die Säulenhalle des Tempels getragen. Ihm voran gingen die vier Propheten des Amun, leise Gebete murmelnd. Beim Erscheinen des Prinzen warfen sich die Anwesenden zu Boden. Allein die große Königsgemahlin Hatschepsut und deren Tochter Nofrure blieben stehen und warteten darauf, dass die Priester den Thron mit dem Prinzen auf das für diesen Anlass errichtete Podest abstellten. Danach wurde der ebenfalls frisch angekleidete Gott Amun in seiner Barke in die Halle getragen, damit dieser der Krönung des neuen Pharaos beiwohnen konnte.

Nachdem der Gott neben dem Thron des Prinzen abgestellt worden war, betraten, streng nach dem Protokoll, vier weitere Priester der Rolle den Tempel, die eine große Zedernholzkiste vor dem Podest abstellten, in denen die königlichen Insignien zur Krönung bereit lagen.

Nach und nach wurden dann die Opfertiere in den Tempel geführt, mit denen für den Krönungsvorgang der Segen der Götter erbeten werden sollten.

Das erste Opfer, einen makellosen Stier, brachte Hapuseneb dar, der dem Tier mit einem langen Messer geschickt die Kehle durchschnitt, während zwei Priestergehilfen das herausrinnende Blut des Stiers in einer Schale auffingen. Dann wurde der schwere Körper des Stiers von anderen Gehilfen auf den Altar gehoben, der Leib des toten Tiers geöffnet und die herausfallenden Organe in einer anderen Schale aufgefangen. Der oberste Seher des Tempels trat hinzu, betrachtete die Innereien und verzog für einen kurzen Augenblick das Gesicht. Dann verkündete er der gebannt wartenden Menge: „Der Stier ist auch in seinem Innern rein und dem Gott Amun würdig. Nur..." Er stockte einen Augenblick, bevor er fortfuhr: „Seine Gedärme weisen im oberen Teil außergewöhnlich viele Windungen auf. Erst ab der Mitte der Därme nehmen sie den üblichen Verlauf. Das lässt darauf schließen, dass unser neuer Pharao, Pharao Thutmosis III., lang lebe seine Majestät, einen langen und schwierigen, von

Hindernissen gesäumten Weg vor sich hat, bis er seine eigentliche Größe erreichen wird."

Gemurmel machte sich unter den Anwesenden breit. War dies nun ein gutes oder schlechtes Omen für Ägyptens neuen Herrscher? Die einen nickten verständnisvoll, denn es war klar, dass der junge König erst einmal heranwachsen musste, um seine Fähigkeiten und Stärken unter Beweis zu stellen. Andere hingegen warfen der hinter dem Thron stehenden Regentin einen verstohlenen Blick zu, der mehr als viele Worte sagte. Würde es dem jungen König, erst einmal volljährig geworden, gelingen, sich gegen seine machthungrige Stiefmutter durchzusetzen. Viele bezweifelten, dass Hatschepsut kampflos beiseitetreten würde.

Der geopferte Stier wurde vom Altar gehoben und an die wartenden Tempelsklaven weitergereicht, die das Tier fortschafften, um es in abgelegenen Kammern zu zerlegen und die besten Teile des Tier dem Gott zu sichern. Den Rest würden die Köche des Palasts für die abendlichen Festlichkeiten zur Zubereitung erhalten. Und auch die Priesterschaft des Tempels würde ihren Teil bekommen.

Die Opferungen nahmen ihren Fortgang, bis sichergestellt war, dass jeder der großen Götter und Göttinnen ein Opfer erhalten und damit gnädig gestimmt worden war, während die Sängerinnen des Amun im Hintergrund immer neue Hymen für die Götter anstimmten.

Als schließlich das letzte Blut vergossen worden war, kniete Hapuseneb vor der Statue des Gottes Amun nieder, erflehte dessen Segen für Pharao und trat an die Zedernholzkiste, um die Insignien der königlichen Macht einzeln zu entnehmen, emporzuhalten und sie den Anwesenden zu zeigen. Dann trat er auf Pharao zu, band ihm erst den königlichen Bart um, legte dann Geisel und Krummstab in die vor der Brust verschränkten Hände des Jungen und setzte ihm schließlich die viel zu schwere Doppelkrone Ober- und Unterägyptens auf den Kopf.

„Es lebe unser neuer Pharao Ka-nechet-chai-em-Waset, Wahnesti, Djeser-chau, Men-cheper-Re, Djehutimes, gesegnet von den Göttern", verkündete er laut, alle Krönungsnamen Pharaos nennend.

Wieder warfen sich alle Anwesenden zu Boden, um dem neuen Herrscher zu huldigen. Nur die große Königsgemahlin rührte sich nicht. Ihr kalter Blick schweifte über die gebeugten Rücken, und im Stillen zählte sie die Männer, die ihr treu ergeben waren.

„Von heute Abend an werden es mehr sein, die mich unterstützen. So mancher hier wird bei dem heutigen Festmahl eine Überraschung erleben", dachte sie, ihre Schadenfreude kaum verbergend.

Das Festmahl im Palast begann mit hereinbrechender Dunkelheit. Alle Großen des Reichs kamen, um mit Pharao diesen denkwürdigen Tag zu feiern. Und, wie zu einem solchen Anlass üblich, würde Pharao an altverdiente Gefolgsleute Ehrungen, Geschenke und Ämter verteilen.

Der junge Pharao erschien im Festsaal, nachdem fast alle Gäste eingetroffen und von Dienern an ihre Plätze geführt worden waren, bequeme Liegen mit kleinen Tischen davor. Jeder der Gäste erhielt einen Duftkegel für den Kopf, der im Laufe des Abends langsam schmelzend seinen vollen Duft verbreiten würde und Wasser und ein Tuch, um sich vor dem Essen die Hände zu reinigen. Die Sitzordnung hatte Hatschepsut nach reichlichen Überlegungen erstellt.

Pharao nahm auf einem erhöhten Podest Platz, von wo aus er den ganzen Saal überblicken konnte. Neben ihm, rechts, auf gleicher Höhe, hatte Hatschepsut Platz genommen, daneben, etwas tiefer, saß Nofrure, die Erbprinzessin. Die kleine Meritre hatte Hatschepsut bei ihrer Amme zurückgelassen, um dem Kind das Spektakel zu ersparen. Zu Pharaos linker Seite, auf einem tiefer gelegenen Platz, hatte Manawa, die hetitische Prinzessin und Witwe des zu Osiris gewordenen Pharaos einen Platz zugewiesen bekommen. Eigentlich hätte dieser Platz der Mutter Pharaos, Königin Isis, gebührt. Doch diese hatte Hatschepsut aus guten Gründen vom königlichen Podest verbannt und in der ersten Reihe der Adligen platziert, da in ihren Adern kein königliches Blut floss.

Dies bemerkte der junge Pharao bei seinem von Posaunen angekündigten Erscheinen sofort. Verwirrt blickte er zu seiner Tante hinüber, die ihm auf seine Frage ruhig antwortete: „Eure Majestät ist nun der Pharao dieses Landes und muss lernen, ohne seine Mutter zurecht zu kommen."

Der Junge, endlich der schweren Doppelkrone Ober- und Unterägyptens beraubt und nur noch mit dem Nemes versehen, einem mit einer Kobra geschmückten Kopftuch, fühlte sich durch die ewig währende Zeremonie im Tempel müde und erschöpft und hatte vom Tragen der Krone einen steifen Nacken bekommen. Auch dieser Abend würde sich noch endlos in die Länge ziehen. Obwohl noch ein Kind, wurde trotzdem von ihm erwartet, dass er Haltung bewahrte und seine Pflicht tat, hatte ihm seine Amme Ipu im Auftrag von Königin Isis eingeschärft, die ihren Sohn seit seiner Übernachtung im Tempel nicht mehr allein gesprochen hatte.

Das Festmahl begann. Dienerinnen und Diener huschten zwischen den unzähligen Tischen herum, reichten Speisen und füllten die leeren Becher der Gäste mit den besten Weinen des Landes. Platten mit frischem Gemüse, reichlich verzierte gebratene Enten und Gänse, große gebratene und reichlich garnierte Fische, Antilopenfleisch, Flusskrebse und Pasteten wurden zu Fladen gereicht. Der Hauptgang bestand aus einem am Spieß gebratenen Ochsen. Dazu spielten Musiker liebliche Melodien, und Tänzerinnen bogen ihre Körper anmutig zum Klang der Musik.

Nachdem der Hauptgang beendet war, wurde vom königlichen Herold Cheriuf der große Gong geschlagen. Augenblicklich kehrte Ruhe im Saal ein. Gespannt warteten die anwesenden Gäste auf das, was verkündet werden sollte. Üblicherweise wurden verdiente Mitarbeiter des verstorbenen Pharaos bei der Krönung des neuen Pharaos mit Geschenken geehrt und in ihren Ämtern bestätigt oder entlassen und neue Mitarbeiter für einzelne Ämter ernannt. Was nun jedoch folgte, hatte niemand erwartet. Alle langgedienten und erfahrenen Mitarbeiter des verstorbenen Pharaos, die der Regentin eher kritisch gegenüberstanden, bekamen mit blumigen Worten Gold oder Land geschenkt, wurden aber ihrer Ämter enthoben. Diese Ämter wurden ausnahmslos an Hatschepsut treu ergebene Männer neu vergeben. So wurden Senmiuch und Djehuti zu den neuen Schatzmeistern des Reichs und Aufseher über die Künstler ernannt, Thuti zum königlichen Goldschmied, Deaujneheh zum obersten Aufseher über alle Bauarbeiten, Peniati zum obersten Architekten, Ametu zum Hohepriester der Maat, Sennefer zum Gouverneur der Goldminen, Dedi zum Obersten der

Bogen der Palastwache und schließlich Useramun zum neuen Wesir Oberägyptens. All diese Neuerungen wurden mit leisem Gemurmel zur Kenntnis genommen. Doch als schließlich Senenmut zum Haushofmeister des Palasts ernannt wurde und sein Bruder Senmen zu seinem Stellvertreter, machte sich einen Augenblick lang laute Empörung breit. Dieser dahergelaufene Niemand sollte eins der wichtigsten Ämter im Reich übernehmen und sein Bruder sogar noch sein Stellvertreter werden. Diese Ernennung war ungeheuerlich. Doch laut dagegen zu protestieren, wagte niemand, als Senenmut und sein Bruder vor Pharao traten und kniend aus dessen Hand ihre Ernennungsurkunden entgegennahmen. Beiden Männern war ihre Überraschung ebenso anzusehen wie dem Rest der Gäste.

Fragend blickte Senenmut bei Empfang seiner Urkunde zur Regentin empor. Doch diese verzog keine Miene, blickte starr wie eine Statue gerade aus und würdigte ihn keines Blicks. Dafür spürten er und sein Bruder die Blicke der anderen bohrend im Rücken. Allein die Erbprinzessin Nofrure schenkte ihm ein Lächeln, das er dankbar registrierte und sich dann tief vor Pharao verneigend auf seinen Platz zurückzog.

Am Ende des Abends hatte nur der bereits unter Pharao Amenophis, dem Großvater Hatschepsuts, zum Siegelbewahrer ernannte Ineni, einer der bis zu diesem Tag besten Architekten des Landes, und all jene, die Hatschepsut zuvor bereits in Amt und Würden gebracht hatte, ihre Ämter behalten.

Eine düstere Stimmung hatte sich am Ende der Ehrungszeremonie im Saal verbreitet. Die meisten der Anwesenden sahen für den jungen Pharao eine schwierige Zukunft voraus. Doch niemand wagte es, seine Stimme zu erheben und damit den Frieden der Feierlichkeiten anlässlich der Inthronisierung Pharaos zu stören.

Der junge Pharao saß müde auf seinem Thron und wünschte sich nichts mehr, als endlich zu Bett gehen zu dürfen. Doch Cheriuf ließ auf ein Zeichen Hatschepsuts erneut den Gong ertönen, um eine weitere Bekanntgabe zu machen. Mit Würde entrollte er einen weiteren Papyrus und verlas folgende Botschaft: „Anlässlich der Thronbesteigung Pharao Thutmosis III. geben wir heute eine königliche Hochzeit bekannt. Unser Pharao wird am ersten Tag des zweiten Monats des Schemu mit der ehrenwerten hetitischen Prinzessin Manawa im Tempel des Amun den Bund der Ehe eingehen. Ebenso wird er als Nebenfrauen die beiden aus den syrischen Fürstenhäusern von Tyros und Byblos stammenden Prinzessinnen, Manhat und Mahnta, die von ihren Vätern an den Hof Pharaos gesandt wurden, um die freundschaftlichen Bindungen zwischen den Stadtstaaten und Ägypten zu vertiefen, als Nebenfrauen in seinen Harem aufnehmen."

Der junge Thutmosis war zu müde, um dieser Ankündigung weitere Beachtung zu schenken. Doch alle anderen Anwesenden im Saal waren elektrisiert. Jeder hatte bei der Ankündigung einer königlichen Hochzeit an eine Verbindung der Erbprinzessin Nofrure mit dem jungen Pharao gedacht, um dessen Herrschaftsanspruch zu legitimieren. Dass diese Hochzeit nicht schnellstmöglich stattfinden sollte, sprach für sich. Was hatte die Regentin vor? Warum verweigerte sie Pharao die Legitimierung? All dies ließ nichts Gutes ahnen.

Selbst Nofrure, die in dem Glauben erzogen worden war, einmal die große Königsgemahlin des neuen Pharaos zu werden, war fassungslos. Wollte ihre Mutter ihr diesen Rang streitig machen? Fragend blickte sie zu Hatschepsut auf. Doch die saß immer noch regungslos auf ihrem Thron, während ihr Blick adlergleich über die Anwesenden streifte und jede Reaktion der Gäste genau studierte.

Nachdem im Saal Ruhe eingekehrt war, befahl die Regentin, den Nachtisch bestehend aus Honigkuchen und frischem Obst zu servieren, während sie gleichzeitig zwei Diener herbeirief, die Pharao und die Erbprinzessin Nofrure in ihre Gemächer bringen sollten. Für die beiden Kinder war der Tag mehr als anstrengend gewesen, und es wurde Zeit, dass sie zur Ruhe kamen.

Auch Prinzessin Manawa bat die Regentin entlassen zu werden. Die Ankündigung ihrer erneuten Eheschließung mit einem siebenjährigen Kind hatte sie völlig überrascht. Niemand hatte ihr zuvor etwas von diesem Plan erzählt. Während sie sich, entkleidet von ihren Dienerinnen, zu Bett begab, ließ sie sich das Für und Wider dieser geplanten Ehe durch den Kopf gehen. Als Gemahlin des neuen Pharaos war ihre Zukunft gesichert. Niemand würde mehr auf die Idee kommen, sie mit Schimpf und Schande nach Hause zurückzusenden. Und Pharao war ein hübsches Kind, aus dem durchaus einmal ein ansprechender Mann werden würde. In der Gewissheit, dass es durchaus schlimmer hätte kommen können, schlief die Prinzessin ein.

Die Regentin

1476 vor unserer Zeitrechnung

Entschlossen hatte Hatschepsut dem Kronrat ihr neustes Projekt vorgestellt. Nun blickte sie in ebenso überraschte wie skeptische Gesichter. Obwohl der Rat zwischenzeitlich fast ausschließlich aus ihr treu ergebenen Männern bestand, hielten viele von ihnen ihren neusten Plan für zu abenteuerlich, zu gewagt.

„Eine Expedition in das Land Punt hat es seit hunderten von Jahren nicht mehr gegeben", wandte schließlich der betagte Wesir Thebens, Weser, ein, der bereits unter Thutmosis II. sein Amt erhalten hatte. „Sollen wir wirklich ein solches Wagnis eingehen und fünf bemannte Schiffe auf eine Reise ins Nirgendwo schicken? Wer sagt uns, dass sie dieses Land finden, dass sie überhaupt zurückkehren werden?"

Mit zuversichtlichem Lächeln erwiderte Hatschepsut: „Mein Schreiber Menu hat in der Bibliothek alte Unterlagen von unseren Vorfahren gefunden, die diese Reise erfolgreich durchgeführt haben. Unter anderem hat er dort Karten und Wegbeschreibungen entdeckt, die sehr vielversprechend sind. Anhand dieser Dokumente können wir den Weg nach Punt wiederentdecken. Außerdem hat der Hauptmann meiner Leibgarde, Neshi, mir versichert, dass Kaufleute seines Landes diese Reise in jüngster Zeit mehrmals erfolgreich durchgeführt haben und es in Nubien Führer gibt, die unserer kleinen Flotte den Weg weisen können."

„Entweder den Weg dorthin oder in den Untergang. Wir haben in Kusch nicht nur Freunde. Daher erscheint es äußerst fragwürdig, jemandem von dort zu vertrauen", wandte der Vizekönig von Nubien, Turi, ein.

„Ich vertraue da ganz auf meine Familie, die mir jemanden empfehlen wird, der mein Vertrauen verdient", warf Neshi ein, den Hatschepsut zum Leiter ihrer geplanten Expedition vorgesehen hatte.

„Eine solche Expedition wird nicht nur durch fremde Länder führen und dort Wasser und Proviant aufnehmen müssen. Wir wissen nicht, ob diese Länder uns in Freundschaft empfangen werden oder uns feindlich gegenüberstehen. Außerdem begeben sich unsere Seeleute in ihnen völlig unbekannte Gewässer. Strömungen und Stürme können unsere Schiffe zum Kentern bringen. Andere unbekannte Gefahren können ihnen begegnen. Es ist ein zu großes Wagnis", lehnte Inebni, Oberster der Bogen und Kommandant der Division des Amun, das Unternehmen ab.

Zornig schlug Hatschepsut mit der Hand auf den vor ihr stehenden Tisch.

„Seid ihr Männer oder Feiglinge, die sich unter dem Tisch verstecken und es nicht wagen, darunter hervorzukommen, weil sie nicht wissen, welcher Anblick sie dort erwartet? Unsere Vorfahren haben ebenso wenig wie wir gewusst, was auf sie zukommt, aber sie waren mutig, wollten den Erfolg und haben ihn sich allen Widerständen zum Trotz erkämpft. Sind die heutigen Männer weniger tapfer und mutig?"

Herausfordernd blickte die Regentin in die Runde. Beschämt blickten die meisten der Anwesenden zu Boden, bereit, sich dem Willen Hatschepsuts zu fügen, weil keiner von ihnen als Feigling oder Versager dastehen wollte. Allein drei Männer, Neshi, Hapuseneb und Senenmut, begegneten Hatschepsuts Blick unerschrocken. Ihre Herzen gehörten dieser Frau, ganz gleich, was sie von ihnen fordern würde, denn alle drei liebten und verehrten sie, auch wenn sie für jeden von ihnen unerreichbar war und wohl auch bleiben würde, denn seit dem Tod ihres Gemahls, Pharao Thutmosis II., hatte sich ihr kein Mann mehr nähern dürfen.

„Also ist es beschlossen", stellte Hatschepsut tonlos fest. „Du, Neshi, wirst die Leitung der Expedition übernehmen und in deiner Heimat Kusch nach einem vertrauenswürdigen Führer für die Weiterreise suchen. Neberi wird als Kapitän das Oberkommando über die Schiffe bekommen und du, Inebni, wirst zwei Kompanien Bogenschützen zusammenstellen, die unsere Handelsschiffe im Ernstfall verteidigen können. Nehmt als Matrosen und Soldaten nur Freiwillige mit, die bereit sind, dieses Abenteuer für guten Lohn auf sich zu nehmen. Die Priester sollen vor der Abreise das Orakel und die Sterne befragen, um einen günstigen Zeitpunkt zu bestimmen. Damit erkläre ich die heutige Sitzung für beendet. Senenmut und Ineni, ich möchte, dass ihr später zu mir kommt, um mir die neuen Entwürfe für meinen Totentempel vorzulegen."

Ohne sich noch einmal umzublicken, erhob die Regentin sich und verließ den Saal.

Ihre Berater blickten ihr respektvoll nach.

„Sie wagt viel", meinte Hapuseneb schließlich anerkennend. „Und ich vertraue ihr. Sie weiß, was sie tut."

„Sie hat diesen Plan lange mit sich herumgetragen und durchdacht", entgegnete Neshi zuversichtlich. „Er wird gelingen und ihr unvergänglichen Ruhm und Ehre einbringen."

„Und ihre Macht festigen", fügte Thuti verschmitzt hinzu. „Es ist wirklich schade, dass sie nicht als Mann geboren wurde.

Sie wäre ein Pharao, der Ägyptens Macht und Wohlstand mehren würde."

„Das solltest du lieber nicht zu laut sagen. Noch immer gibt es in unserer Runde Männer, die lieber heute als morgen den jungen Thutmosis regieren sähen."

Die alte Königin Ahmose lag in ihrem Garten auf einer aus Schilf geflochtenen Liege und lauschte dem Gesang der Vögel und dem Plätschern des Brunnens, während zwei nubische Sklaven ihr mit Fächern aus Straußenfedern Luft zufächelten. Fast immer in den Abendstunden, wenn die Sonne langsam über den Bergen am Horizont versank, suchte sie diesen Ort auf, um Ruhe und Frieden zu finden und ihre Gedanken zu ordnen.

Doch an diesem Abend wollte ihr das nicht so richtig gelingen. Die seit neustem in der Stadt Theben kursierenden Geschichten über die Zeugung und Geburt ihrer jüngsten Tochter Hatschepsut gaben ihr zu denken. Wer verbreitete solche Lügengeschichten? Amun selbst, so wurde erzählt, habe ihre jüngste Tochter gezeugt, sei auch bei ihrer Geburt zugegen gewesen und habe in jener Stunde bestimmt, dass sie einst über das Land Ägypt herrschen sollte. Ahmose wusste aus Erfahrung, dass die Leute derlei Geschichten liebten, sie weitererzählten und dabei nach Gutdünken ausschmückten. Aberglaube und angebliche Wunder hellten den Alltag der einfachen Bevölkerung auf, die gerne glaubte, was eigentlich unmöglich war.

Ahmose hatte die Amunpriester in Verdacht, das Wunder von Hatschepsuts Zeugung und Geburt gezielt unter die Bevölkerung zu streuen, um deren Machtanspruch auf den

Horusthron zu legitimieren. Die alte Königin hatte schon lange die Befürchtung, dass ihrer Tochter die Regentschaft über Ägypten eines Tages nicht mehr reichen und sie nach den Insignien der Macht greifen würde. Letztendlich, so war Ahmose sicher, hatte ihre eigene Tochter dieses Märchen erfunden und ließ es nun durch die ihr treu ergebenen Priester des Amun verbreiten. Diese waren nur allzu gerne dazu bereit, denn eine solche Geschichte mehrte die Macht ihres Gottes und damit die Macht und den Einfluss ihres Tempels.

Die Königin seufzte schwer. Vier Kinder hatte sie Pharao geboren, zwei Söhne und zwei Töchter. Doch allein Hatschepsut hatte den Tod von Pharao Thutmosis I. überlebt. Als jüngstes ihrer vier Kinder hatte niemand mit der Prinzessin und deren durch den Tod ihrer Geschwister zukommenden Bedeutung für die Thronfolge gerechnet. Darum hatte die Königin sie wesentlich freier als ihre Geschwister erziehen lassen, die mit dem Tag ihrer Geburt bereits die Last ihrer künftigen Bedeutung für das Land zu spüren bekamen, deren Leben und Tagesablauf von ihrer Geburt an nach strengen Regeln verlaufen war.

Allein Hatschepsut war ihr geblieben, ganz ohne Frage das intelligenteste ihrer Kinder, aber auch das eigenwilligste. Ahmose erinnerte sich noch genau an den Tag, an dem ihr geliebter Ehemann, Pharao Thutmosis I., zu Osiris geworden war und feststand, dass Hatschepsut ihren Halbbruder Thutmosis, den Sohn der Mutnofret, einer Nebenfrau Pharaos, heiraten musste, um seinen Machtanspruch auf den Horusthron zu legitimieren. Zuerst hatte sie sich gesträubt, doch dann sehr schnell die Möglichkeiten erkannt, die ihr ihre Rolle als große Königsgemahlin bei einem so schwachen Pharao, wie ihr Halbbruder einer sein würde, eröffneten. Es war ihr nicht schwergefallen, ihrem Halbbruder nach und nach die Entscheidungen das Reich betreffend abzunehmen und an ihm vorbei die Macht an sich zu ziehen. Gewiss hätte sie sich mit dieser Rolle zufriedengegeben, hätte sie den von ihr ersehnten Thronfolger geboren. Doch die Götter waren gegen sie gewesen und hatten ihr nur zwei Töchter gewährt, während die von ihrem Halbbruder favorisierte Isis, eine ehemalige Dienerin, den ersehnten Thronerben gebar. Schon damals hatte Ahmose geahnt, dass dies über kurz oder lang zu Schwierigkeiten führen würde, denn tief in ihrem Innern sah Hatschepsut in dem Sohn der Isis nichts weiter als einen Bastard, der keinen Anspruch auf den Horusthron hatte. Und aus diesem Grund verweigerte sie ihm auch beharrlich die Hand ihrer Tochter Nofrure, der Erbprinzessin. Wohin all dies noch führen würde, darüber wollte Ahmose lieber nicht nachdenken.

„Großmutter! Störe ich dich?"

Ahmose wandte sich in die Richtung, aus der der Ruf gekommen war und sofort zauberte sich ein Lächeln auf ihr Gesicht.

„Meritre, komm nur näher, mein Kind. Du weißt, ich freue mich immer, wenn du mich besuchen kommst. Setz dich zu mir. Was gibt es Neues am Hof?"

Meritre setzte sich auf den Rand der Liege ihrer Großmutter und schmiegte ihren Kopf an deren Brust.

Die achtjährige Meritre war ein eher unscheinbares Kind. Im Gegensatz zu ihrer Schwester Nofrure, die nach ihrer Mutter kam und einmal eine ausgesprochene Schönheit werden würde, war die kleine Meritre eher nach ihrem Vater geraten, hatte von ihm die leichte Krümmung der Nase, den zu schmalen Mund und die etwas beleibtere Körperform geerbt.

Nein, sie würde gewiss niemals eine Schönheit wie ihre Mutter und Schwester werden, das musste Ahmose zugeben. Doch die Augen des Kindes, leuchtend blau und klar, konnten einen anderen durchaus in ihren Bann ziehen, sofern er sich die Mühe machte, das Kind einmal wirklich anzuschauen. Bei Hof tat dies allerdings für gewöhnlich niemand. Die Kleine wurde mehr oder weniger übersehen, von ihrer Mutter ebenso wie von ihrer Schwester und dem Rest des Hofs. Nur Ahmose kümmerte sich um das Mädchen, schenkte ihr die Liebe und Anerkennung, die ihr von den anderen verwehrt wurden. Die alte Königin erkannte durchaus das Besondere an dem stillen, in sich gekehrten Mädchen, dessen wacher Verstand den der Schwester bei weitem übertraf. Im Gegensatz zu ihrer Schwester, die gerne im Mittelpunkt stand, sich bewundern ließ und selten über etwas anderes nachdachte, als was sie zur nächsten Festlichkeit tragen würde, machte Meritre sich nicht nur Gedanken, die über das Alter einer Achtjährigen hinausgingen, sondern erfasste auch schnell Zusammenhänge, die sogar manchem Erwachsenen verborgen blieben. Hinzu kam, dass niemand im Palast ihr seine Aufmerksamkeit schenkte und in ihrem Beisein weitersprach, als wäre das Mädchen nicht vorhanden. Daher wusste die introvertierte Prinzessin oft nicht nur mehr als andere, sondern wusste dieses Wissen darüber hinaus auch richtig einzuordnen.

Ahmose verstand oft nicht, warum ihre Tochter Hatschepsut, sonst mit scharfem Verstand und bestechender Menschenkenntnis gesegnet, was ihre beiden Töchter betraf so blind war. Nofrure war eitel, überheblich, selbstherrlich und nicht sonderlich intelligent, Meritre dagegen bescheiden, nachdenklich, völlig uneitel, aber dafür mit einer herausragenden Intelligenz und Auffassungsgabe gesegnet. Ahmose hatte ihrer Tochter dies einmal direkt auf den Kopf zugesagt. Doch das hatte bei Hatschepsut nichts verändert, keine Einsicht gebracht. Sie liebte nun einmal Nofrure über alles, während Meritre ihr gleichgültig war. Dass sich diese Ungerechtigkeit einmal rächen könnte, daran dachte die alte Königin oft.

„Hast du schon gehört, Großmutter. Mutter hat beschlossen, eine Expedition auszusenden, um das Land des Weihrauchs wiederzufinden. Neshi soll die Expedition leiten. Er sagt, in seinem Land gibt es Kaufleute, die den Weg dorthin kennen und schon erfolgreich dorthin gereist sind."

„So, so", meinte Ahmose nachdenklich. „Wenn sie mit dieser Expedition Erfolg hat, wird das ihren Einfluss erheblich stärken und selbst ihre größten Widersacher zum Schweigen bringen."

„Und wenn sie keinen Erfolg hat und Neshi nicht zurückkehren wird?", fragte Meritre besorgt.

Die alte Königin lächelte milde. „Dann werden diese Expedition und die Menschen, die daran teilgenommen haben, in Vergessenheit geraten und niemand wird mehr an sie denken oder gar über sie sprechen. So ist das nun einmal. Misserfolge werden von den Mächtigen übertüncht, indem sie andere Dinge in den Mittelpunkt stellen."

„Wie den gewaltigen Totentempel, zu dem Ineni, Peniati und Senenmut Pläne machen." Dies war eher eine Feststellung Meritres als eine Frage.

Ahmose nickte. „Genau. Dieser Tempel ist ein Projekt von ungeahnter Größenordnung, eigentlich nur eines großen Pharaos würdig."

„Warum baut Mutter dann ein solch gigantisches Bauwerk?", fragte Meritre verständnislos.

„Um sich ein Denkmal für die Ewigkeit zu setzen, die Götter zu ehren, ihren Machtanspruch zu verdeutlichen. Es gibt viele Gründe, warum deine Mutter alles bisher Dagewesene übertrumpfen will. Aber letztendlich führt alles zu dem gleichen Ergebnis. Sie will die Herrschaft über Ägypten für sich und tut alles, um ihren Anspruch zu legitimieren. Überall im Land hat sie neue Tempelanlagen in Auftrag gegeben oder lässt alte Anlagen erneuern und verschönern, um die mächtige Priesterschaft für sich zu gewinnen. Ihre Investitionen werden ihren Sinn nicht verfehlen, denn die meisten der Priester sind gierig, streben nach Ansehen für ihren Gott und dessen Tempel. Wer ihnen gibt, was sie wollen, für den treten sie ein."

„Du meinst, sie sind käuflich, Großmutter."

„Die Mehrzahl von ihnen leider ja," erwiderte Ahmose verächtlich.

„Aber Hapuseneb, der Hohepriester des Amun?", fragte Meritre verwirrt.

„Bei ihm ist das etwas anderes, mein Kind. Er liebt, verehrt und begehrt deine Mutter und würde darum alles für sie tun."

„Aber er hat sich doch gerade eben erst eine Frau genommen", warf Meritre ein.

„Sicher hat er das, vielleicht sogar in bester Absicht. Sie stammt aus einer wohlhabenden und einflussreichen Familie. Diese Heirat stärkt sein Ansehen und sicher wird er mit ihr Kinder zeugen, damit seine Familie fortbestehen kann. Doch das ändert nichts daran, dass sein Herz deiner Mutter gehört. Deine Mutter versteht es, die Herzen der sie umgebenden

Männer zu erobern. Indem sie keinem von ihnen nachgibt, hält sie sich alle Optionen offen. Das nennt man Politik, mein Kind."

Meritre nickte in sich gekehrt, während ihr die Worte der Großmutter durch den Kopf gingen. Schließlich fragte sie ängstlich: „Was wird aus unserem jungen Pharao Thutmosis, wenn Mutter die Macht immer weiter an sich zieht. Immerhin ist er von Amun selbst zum Nachfolger meines Vaters bestimmt worden."

„Ach Kind", seufzte die alte Königin. „Ich weiß es nicht. Bisher hat deine Mutter es nicht gewagt, dem Jungen ein Leid anzutun. Doch dass sie ihm die Hand Nofrures, der Erbprinzessin, nach wie vor verweigert, lässt nichts Gutes ahnen. Mich weiht sie schon lange nicht mehr in ihre Pläne ein. Vielleicht weiß sie es selbst noch nicht so genau, was das Schicksal bereithält. Warten wir es ab."

Meritre sah ihre Großmutter mit weit aufgerissenen Augen an. „Du glaubst, sie könnte Thutmosis eines Tages beseitigen lassen?", fragte sie entsetzt.

„Du magst ihn", stellte die Großmutter lächelnd fest. „Hänge dein Herz nicht allzu sehr an ihn. Diesen Rat kann ich dir nur geben. Er weiß dich und deine Qualitäten ebenso wenig zu schätzen wie deine Mutter. Letztendlich wird es wohl so sein, dass es nur einen Herrscher über Ägypten geben kann."

Rasch wechselte die Großmutter das Thema. Doch das, worüber Meritre eben mit der Großmutter gesprochen hatte, beschäftigte die kleine Prinzessin noch lange.

Thutmosis und Nebamun lenkten ihre Streitwagen in rasantem Tempo in den Innenhof der Kaserne, zogen die Zügel an und sprangen geschickt von den Wagen herunter. Hier standen Diener bereit, um die Zügel der Gefährte zu übernehmen, die Pferde auszuspannen, abzureiben und im Stall mit Futter und Wasser zu versorgen.

Im Hof wartete bereits Amoses auf die beiden, ein altgedienter Soldat, der unter Pharao Thutmosis I. gekämpft und dabei einen Arm verloren hatte. Er war von der Regentin zum Ausbilder des jungen Pharaos bestimmt worden, der nach seiner Krönung in der Garnison des Ptah in Memphis in der Waffenkunst ausgebildet wurde. Wenigstens diesbezüglich hatte er sich gegen den Willen der Regentin durchsetzen können, die ihn erneut zur Ausbildung in den Tempel des Amun hatte schicken wollen.

Hier hatte Thutmosis schnell erkannt, dass das Leben eines Soldaten seinem Naturell weit mehr entsprach als die frommen Gebete und Gesänge im Tempel. Dies bestätigte ihm sein Ausbilder auch immer wieder, der von den raschen Fortschritten seines Schützlings fasziniert war. Innerhalb der letzten drei Jahre war der junge Herrscher nicht nur ein treffsicherer Bogenschütze und Speerwerfer geworden, sondern auch ein hervorragender Streitwagenfahrer und Schwertkämpfer. Auch sein taktisches Geschick bei der Aufstellung von Truppenverbänden, die auf Platten mit kleinen Spielsoldaten geübt wurde, konnte Amoses nur bewundern. Was dem jungen Pharao jedoch gänzlich fehlten, waren Geduld und Ausdauer. Sobald dem Jungen etwas nicht sofort gelang, zeigte sich auf seiner Stirn eine Zornesfalte, die ankündigte, dass einer seiner Wutausbrüche drohte. Meist zogen sich die umstehenden Diener dann schnellstmöglich zurück, um der Peitsche des Herrschers zu entgehen. Sein

Ungestüm schien tatsächlich ein Problem, bis er auf Nebamun getroffen war und mit diesem Freundschaft geschlossen hatte.

Nebamun stammte aus einer der reichsten Grundbesitzerfamilien um Theben herum, deren Familienmitglieder in den höchsten Ämtern des Reichs zu finden waren. Der Junge, der über ein ausgeglichenes Wesen verfügte, wirkte auf Thutmosis beruhigend und brachte diesen oft vor einem Ausbruch zur Besinnung. Schnell entwickelte sich zwischen den beiden Heranwachsenden eine tiefe und innige Freundschaft, die der junge König so dringend gebraucht hatte. Endlich hatte er jemanden, dem er vertrauen, dem er von seinen Sorgen erzählen konnte, ohne fürchten zu müssen, dass seine Worte und Gedanken sofort an die Regentin weitergetragen wurden.

Dass Hatschepsut überall ihre Spione hatte, die jeden seiner Schritte überwachten und jede seiner Äußerungen an sie weitertrugen, das war Pharao bewusst. So hatte er lange Zeit nur seiner Mutter vertrauen können, die ihn jedoch stets zu beschwichtigen und die drohende Gefahr zu verharmlosen versucht hatte, um ihn nicht zu ängstigen. Ähnlich verhielt es sich mit der zweiten Person, der er sein Vertrauen geschenkt hatte, seiner Amme Ipu, die ihn stets zu schützen versuchte, aber nicht über die nötige Macht verfügte, dies im Ernstfall auch wirklich zu können. Blieb noch seine Milchschwester Satiah, die ihn oft in der Kaserne besuchte und mit der er seinen Träumen nachhängen konnte, ohne jedes Wort auf die Goldwaage legen zu müssen. Auf geheimnisvolle Weise verstanden sich die beiden auch ohne Worte. Sie war es, die dem einsamen jungen Mann ihre ganze Zuneigung und Aufmerksamkeit schenkte und sich so einen Platz in seinem Herzen eroberte.

Nun jedoch verfügte Pharao über einen Freund, von dem er sicher keinen Verrat fürchten musste. Diese Freundschaft tat ihm nicht nur gut, sondern bremste auch sein aufbrausendes Wesen aus. Nebamun war genau das, was ein Junge in seinem Alter brauchte, jemand, dem er nichts vorspielen musste, bei dem er sein durfte, wie er war, und auch einmal Dinge tun konnte, die sich für Pharao nicht gebührten.

So hatten die beiden Jungen in der letzten Nacht mehrere Flaschen Wein in einer Vorratskammer entdeckt, diese im Übermut geleert und waren dann gemeinsam torkelnd und grölend durch die Gassen von Memphis gezogen, bis die Nachtwache sie festgesetzt und in die Kaserne zurückgebracht hatte, nicht ahnend, dass sie Pharao in Gewahrsam genommen hatte. Dass dieser Vorfall inzwischen bis zu Amoses gedrungen war, war den beiden klar. Schuldbewusst traten sie auf ihren Ausbilder zu, um sich dessen Standpauke anzuhören und ihre Strafe entgegenzunehmen.

Amoses sah den beiden mit grimmiger Miene entgegen. Doch innerlich wusste er nicht so richtig, wie er sich verhalten sollte. Wenn er an seine eigene Jugend zurückdachte, hatte er in ganz anderer Art und Weise über die Stränge geschlagen. Außerdem stand er hier nicht vor einem gewöhnlichen Rekruten, sondern vor seinem Pharao, einem Jungen, der einmal über Leben und Tod jedes Einzelnen in diesem Land gebieten würde. Die Regentin hatte ihn zwar beauftragt, den Jungen mit aller gebotenen Härte zu erziehen. Doch dies sah er als unmöglich an, angesichts der Tatsache, dass er vor seinem Herrscher stand, dem Mittler zwischen den Menschen und den Göttern. Ihm war jedoch auch klar, dass die Regentin von dem Vorfall in der Nacht erfahren würde, denn ihre Spione waren überall. Ihnen entging nichts. Jede Bewegung Pharaos wurde Hatschepsut übermittelt. Also konnte er den

Vorfall nicht einfach übergehen, wie er es am liebsten getan hätte.

„Ihr habt euch in der letzten Nacht schwer danebenbenommen und Schande über die Division des Ptah gebracht", donnerte er los und schaute die beiden betreten dreinblickenden Jungen zornig an.

„Es tut uns leid", erwiderte Thutmosis aufrichtig. „So etwas wird nicht wieder vorkommen", versprach er.

„Das will ich hoffen. Nichts destotrotz kann ich euch das nicht so einfach durchgehen lassen. Du, Nebamun, wirst den ganzen Monat über alle Latrinen der Kaserne leeren. Und Ihr, Hoheit, werdet in den Ställen Euren Übermut etwas abkühlen, indem Ihr die Pferde versorgt. Habt ihr das verstanden?"

Nebamun nickte ergeben, während Thutmosis mutig aufbegehrte: „Warum soll Nebamun schwerer bestraft werden als ich? Er hat das gleiche getan, darum wäre es gerecht, uns die gleiche Strafe aufzubrummen."

Amoses seufzte: „Zwischen Euch, Hoheit, und Nebamun besteht ein wesentlicher Unterschied. Ihr seid unser gekrönter Pharao, der niemals seine Würde verlieren darf. Ihr seid nicht wie alle anderen und könnt daher auch nicht wie alle anderen bestraft werden."

Thutmosis wollte erneut aufbegehren. Doch Nebamun hielt ihn zurück. „Schon gut, Hoheit. Amoses hat recht. Ihr werdet einmal über dieses Land herrschen. Und Ihr werdet ein großer Pharao sein. Wie könnte er Euch da die Scheiße anderer entsorgen lassen. Er muss Rücksicht auf Euer Ansehen und Eure Würde nehmen. Ich hingegen… Gegen Euch, mein

Gebieter, bin ich ein Niemand, jederzeit austauschbar durch einen anderen."

Thutmosis schüttelte heftig den Kopf: „Das stimmt nicht, Nebamun. Du bist mein Freund, der einzige Freund, den ich habe. Und das werde ich nie vergessen."

Nebamun lächelte glücklich. Keiner außer ihm hatte einen Pharao zum Freund.

Ein Festzug begleitete die für die Expedition verantwortlichen Männer Neshi, den Leiter der Expedition, Neberi, den ersten Kapitän der Schiffe und Inebni, den Kommandanten der die Expedition begleitenden Bogenschützen, zu den im Hafen von Theben liegenden fünf Schiffen, die aufbrechen sollten, um das ferne Weihrauchland Punt zu finden und für Handelsbeziehungen mit Ägypten zu erschließen. Alles war zum Aufbruch bereit.

Auf einem eigens zu diesem Zweck aufgestellten Thron erwartete Hatschepsut die Männer im Hafen, um sie zu verabschieden und eine glückliche Rückkehr zu wünschen. Die Astrologen hatten in den Sternen den Erfolg dieser Expedition vorausgesagt, und die Götter hatten ihr Wohlwollen bekundet und die dargebrachten Opfer gnädig angenommen.

Neben Hatschepsuts Thron stand rechts der etwas kleinere Thron Pharaos, der stets zu Staatsakten, den Göttern geweihten Festen und Einweihungen von Tempel und anderen Bauten aus der Kaserne abberufen wurde, um als Pharao dem ganzen Akt Glanz und Segen zu verleihen. Zu ihrer Linken saß die Erbprinzessin Nofrure, die den Staatsakt eher missmutig verfolgte, während der junge Thutmosis sich durchaus für den geplanten Weg der Schiffe interessierte.

Als die drei Männer vor dem Thron Hatschepsuts niederknieten, nachdem sie sich vor Pharao verneigt hatten, überkam die Regentin ein Gefühl der Erleichterung. Neshi war ein ihr treu ergebener Diener, ebenso wie all die anderen Männer, die sich auf der gegenüberliegenden Seite des Throns aufgestellt hatten, um der Zeremonie beizuwohnen. Doch Neshi hatte in den letzten Monaten zu ihr eine Vertrautheit entwickelt, die Hatschepsut nicht gefiel. Vielleicht bildete sie sich dieses Gefühl auch nur ein, weil sie ihr Gewissen plagte. Fest stand, dass sie sich in seiner Gegenwart in den letzten Monaten mehr und mehr unwohl gefühlt hatte. Darum war sie froh, ihn für lange Zeit aus ihrer Umgebung zu verbannen und so nicht länger an das Geheimnis erinnert zu werden, das sie beide verband.

Würdevoll erhob die Regentin sich von ihrem Thron, während ihr Herold Cheriuf noch einmal die Segenswünsche der Götter wiederholte und feierlich die Papyrusrolle an Neshi überreichte, die ihn als Botschafter Pharaos und der Regentin auswies. Versammelte Priester und Amunsängerinnen stimmten eine die Götter preisende Hymne an, während die drei Männer an Bord des Leitschiffes gingen, Anker eingeholt und Leinen gekappt wurden und die Schiffe Fahrt aufnahmen.

Lange schaute Hatschepsut den fünf Schiffen hinterher, bis auch das letzte am Horizont verschwunden war. Dann setzte sie sich in ihre wartende Sänfte und ließ sich unter den Jubelrufen der die Straße säumenden Menschen zurück in den Palast tragen. Nofrure folgte dem Beispiel ihrer Mutter umgehend, froh darüber, dieses Spektakel hinter sich gebracht zu haben.

Nachdenklich schaute Pharao den beiden Frauen einige Zeit hinterher, bis auch er sich auf den für ihn bereitgestellten Tragestuhl setzte und durch die Menge zurück zum Palast tragen ließ. Ihm war nicht entgangen, dass man seine Mutter zu diesem Festakt nicht geladen hatte, dafür aber seine Gemahlin Manawa anwesend gewesen war. Bitterkeit wechselten sich in seinem Innern mit Zorn ab. Warum verweigerte Hatschepsut Isis sämtliche Ehren, die ihr als Mutter Pharaos zustanden? Warum konnte sie nicht aufhören, sie öffentlich zu demütigen, indem sie sie vor der Öffentlichkeit versteckte, gerade so, als hätte sie eine ansteckende Krankheit? Das musste aufhören. Doch was konnte er dagegen unternehmen, solange sie die Regentin und er unmündig war? Seine Mutter hatte ihm schon oft dazu geraten, all dies hinzunehmen und abzuwarten, so wie sie auch. Doch allmählich gärte und brodelte es in ihm. Indem die Regentin seine Mutter demütigte, demütigte sie auch ihn und machte ihm deutlich, wie viel Verachtung sie für ihn empfand. In ihren Augen war er ein Nichts, eine Galionsfigur, die sie brauchte, um herrschen zu können und nur hervorzauberte, wenn sie gebraucht wurde. Diese Erkenntnis stieg in ihm jedes Mal aufs Neue wie bittere Galle empor.

Im Palast angekommen stieg er aus seiner Sänfte, übergab den wartenden Dienern des Schatzmeisters die Insignien seiner Macht, die ihm anlässlich dieses Tages ausgehändigt worden waren und betrat seinen Harem, in dem seine Mutter die Aufsicht führte. Viele der darin lebenden Frauen hatte er von seinem Vater übernommen, so wie es Brauch war. Keine von ihnen sollte nach dem Tod des Herrschers, dem sie treu gedient hatten, vor dem Nichts stehen. Dass er drei von ihnen sogar geheiratet hatte, war Hatschepsuts Wunsch gewesen. Manawa zu ehelichen, dass hatte er sogar eingesehen, denn sie war die Tochter des Königs von Mitanni. Darum gebührte ihr die Stellung einer Gemahlin Pharaos. Doch die anderen beiden noch jungfräulichen Mädchen, die syrische Fürsten gesandt hatten, um sich der Freundschaft seines Vaters zu versichern, hätte man einfach nach dem Tod seines Vaters zurücksenden können. Dass er auch diese beiden Mädchen heiraten musste, während ihm die, die seine Herrschaft legitimieren sollte, nach wie vor von der Regentin verweigert wurde, war kein gutes Zeichen.

Er fand seine Mutter in ihren Gemächern vor, wo sie für gewöhnlich während der heißen Stunden des Mittags ruhte. Zwei Diener fächelten ihr mit Straußenfedern Luft zu, während ein Mädchen die Seiten einer Harfe zupfte und eine andere dazu sang. Es war ein altes Lied, das von den Freuden der Liebe handelte, aber auch von dem Schmerz, wenn diese nicht erwidert wurde.

Als Isis ihren Sohn erblickte, flog ein Lächeln über ihre Züge, und sie erhob sich, um ihn in ihre Arme zu schließen.

„Mein Pharao", begrüßte sie ihn überschwänglich, ließ dann von einer Dienerin einen bequemen Sessel herbeischaffen und beauftragte eine andere, gekühlte Säfte, süßes Gebäck und frisches Obst zu bringen.

Schatten überflogen Thutmosis Gesicht, als er sich in den herbeigebrachten Sessel setzte und seine Mutter lange forschend anschaute.

Isis verstand die unausgesprochene Bitte ihres Sohns und sandte die Dienerinnen, nachdem diese das Geforderte gebracht hatten, mit den Worten „Lasst uns allein", hinaus.

Nachdem die beiden unter sich waren, fragte Isis: „Wer oder was hat dir den Tag vergrault? Man sieht dir schon von Weitem an, dass dich etwas quält."

„Warum warst du heute nicht bei den Feierlichkeiten? Du bist meine Mutter und hast darum ein Recht, bei öffentlichen Ereignissen anwesend zu sein. Und nicht nur das. Dir steht es auch zu, bei der Familie zu sitzen, denn du bist ein Teil von ihr", stieß Thutmosis aufgebracht hervor. „Wie lange sollen wir uns diese Demütigungen von Hatschepsut noch gefallen lassen?"

Ein mildes Lächeln glitt über Isis Gesichtszüge. „Ich war nicht geladen. Also bin ich auch nicht erschienen. Was soll die Frage also? Wie oft soll ich es dir noch erklären, mein Sohn. Im Augenblick wäre es ganz und gar nicht klug, sich mit der Regentin wegen solcher Banalitäten anzulegen. Sie wartet doch nur darauf. Aber diesen Gefallen werde ich ihr nicht tun, und du ebenfalls nicht. Unser Tag wird kommen, mein Sohn. Und bis dahin müssen wir einfach nur durchhalten."

„Pha!", stieß Thutmosis wütend hervor. „Ich bin nicht mehr das naive Kind, das ich war, als man mir die Krone aufs Haupt setzte. Mir ist durchaus bewusst, dass jeder Tag mein letzter sein kann. Eine plötzliche Krankheit, ein Unfall in der Kaserne oder bei der Jagd."

„Wie kommst du gerade jetzt darauf, dass dir etwas zustoßen könnte?" Besorgnis hatte sich plötzlich in Isis Stimme gemischt. Gab es da etwas, das sie nicht wusste?

„Sieh dich doch nur um, Mutter. Ihr Rat, die hohen Beamten und Hohepriester, alle sind sie ihr treu ergeben, weil sie ihr ihre Stellung, ihre Macht und ihren Einfluss zu verdanken haben, allen voran dieser Senenmut und seine Familie. Glaubst du tatsächlich, dass ich gegen sie ankommen werde, wenn ich in vier Jahren volljährig werde? Mitnichten. Dieser Senenmut baut ihr in der Nähe der Gräber unserer Ahnen einen Totentempel, dessen Ausmaße alles bisher Dagewesene übertrifft. Nebamun und ich haben mit unseren Streitwagen einen Ausflug dorthin gemacht. Ich wollte mich davon überzeugen, ob es stimmt, was allerorts erzählt wird."

„Was wird denn allerorts erzählt?", fragte Isis düster.

„Dass sie an einer der Tempelwände das Wunder ihrer Geburt darstellen lässt, wie Amun persönlich sie zeugte und zur Herrscherin über Ägypten bestimmte. Die Leute reden darüber und glauben die Geschichte, weil die Priester sie überall verbreiten. Weißt du was das heißt, Mutter? Sie wird mich nie regieren lassen, niemals den Platz für mich räumen. Darum verweigert sie mir auch die Hand ihrer Tochter, um mein Recht auf den Thron zu untergraben."

Schatten senkten sich über Isis Blick. Für einen kurzen Augenblick glaubte sie, sich dem drohenden Unheil nicht entgegenstellen zu können, sondern hilflos mitansehen zu müssen, wie ihr Sohn in den Strudel, in dem er sich befand, hinabgezogen wurde. Doch sogleich verdrängte sie die Schatten, die sich auf ihr Gemüt gelegt hatten.

„Nur der Gott Schaj kennt die Zukunft eines jeden von uns. Nicht ohne Grund wird er als Schlange dargestellt, denn er ist ebenso unberechenbar. Niemand weiß, wann sie wo wen beißt. Es kann in den nächsten Jahren so viel geschehen, von dem wir heute keine Ahnung haben. Darum darfst du niemals an dir zweifeln oder gar verzweifeln. Anders als dein Vater, der von Geburt an kränklich war und dem der Schicksalsgott kein langes Leben schenkte, bist du ein gesunder, starker junger Mann. Und du bist dort, wo du dich jetzt befindest, genau richtig, denn das Heer ist eine starke Macht im Staat, die du als einer der ihren auf deine Seite ziehen kannst. Wenn du die Armee hinter dir weißt, kann dich niemand einfach beiseiteschieben. Glaube an dich und dein Schicksal, und vertraue den Göttern."

„Ach Mutter, wenn das alles so einfach wäre", stöhnte Thutmosis auf.

„Ich habe nicht gesagt, dass es einfach ist. Aber auch anderenorts gibt es überall im Reich Männer, die an dich glauben und dich unterstützen werden, wenn deine Zeit gekommen ist. Doch bis dahin solltest du ihr keinen Anlass geben, sich offen gegen dich zu wenden."

„Aber diese ständigen Demütigungen. Es ist feige, diese immer widerstandslos hinzunehmen."

Ein Schmunzeln glitt über Isis Gesichtszüge: „Besser ein kluger Pharao als ein mutiger und toter Held", entgegnete sie aufmunternd. „Ich weiß es. Deine Stunde wird kommen. Dann kannst du mit gleicher Münze zurückzahlen. Und bis dahin stell dich dumm. Das ist dein bester Schutz."

Unschlüssig schaute Thutmosis seine Mutter an. Gewiss, was sie sagte, machte Sinn. Dennoch widerstrebte es ihm, sich dumm und taub zu stellen und so zu tun, als wäre alles in bester Ordnung, während seine Stiefmutter alles unternahm, um ihn beiseitezuschieben.

Er blieb noch einige Zeit bei seiner Mutter sitzen, ließ es sich gefallen, dass Manawa auftauchte und sich zu ihnen gesellte, um ihren jugendlichen Gemahl mit Geschichten aus ihrer Heimat zu unterhalten. Für einige Zeit gelang es ihm sogar, seine Sorgen zu vergessen. Doch als er schließlich seinen Harem verließ, fühlte er sich erneut zerrissen, denn es entsprach nicht seiner Art sich zu verstellen.

Auf dem Weg zu den königlichen Ställen, wo seine Diener und ein Trupp Leibwächter auf ihn warteten, um seine Pferde vor seinen Streitwagen zu spannen und ihm sicheres Geleit zurück in die Kaserne nach Memphis zu geben, traf er unvermutet auf Satiah.

„Eure Majestät", lächelte das Mädchen ihn freundlich an, während sie sich respektvoll verneigte.

„Satiah." Der Anblick des Mädchens zauberte auch auf Thutmosis finsteres Gesicht ein Lächeln. „Wie geht es dir?"

„Gut, Eure Majestät", antwortete Satiah freundlich. „Doch wie geht es Euch, Eure Majestät? Gefällt Euch das Leben unter Soldaten?"

„Eine gute Frage, über die ich eigentlich noch nicht wirklich nachgedacht habe. Aber ja, ich glaube, es gefällt mir. Alles dort ist einfach und klar geregelt. Niemand verstellt sich dort, so wie es am Hof die Regel ist. Du siehst jedem an, was er denkt, in welcher Stimmung er sich befindet und ob er zufrieden ist."

„Ist das wirklich so?", forschte Satiah. „In letzter Zeit mehren sich die Zeichen, dass unter den Soldaten Unzufriedenheit herrscht. Überall im Land lässt die Regentin in ihrem Namen bauen und restaurieren. Da sie nicht genügend Arbeiter und Handwerker hat, müssen die nahegelegenen Divisionen Männer stellen, um die Lücken zu füllen. Dies soll immer häufiger zu Unmut führen."

Thutmosis nickte zustimmend. „Vor mir würde niemals jemand wagen, seinen Unmut in Worte zu fassen, denn ich bin

Pharao. Alle zeigen sich in meiner Gegenwart unterwürfig. Doch auch ich habe einiges von dem Unfrieden mitbekommen, der unter den Truppen herrscht. Es ist auch nicht verwunderlich, denn Soldaten wollen nicht nur regelmäßig ihren Lohn erhalten, sondern kämpfen, sich durch Verdienste und besonderen Mut hervortun und letztendlich auch auf Feldzügen Beute machen. Doch ein geplanter Feldzug liegt in weiter Ferne. Meine Tante hält nicht viel vom Krieg."

„Und die Soldaten nichts davon, Steine zu schleppen, Sklaven zu beaufsichtigen und Transporte zu begleiten", fügte Satiah hinzu.

Thutmosis nickte und erinnerte sich daran, dass seine Mutter heute bereits Ähnliches angemerkt hatte. Sollte in der Armee tatsächlich seine Chance liegen, sich eine Basis zu schaffen, an der über kurz oder lang niemand vorbeikonnte? Alles war besser, als weiterhin hilflos wie ein Kaninchen vor der Schlange zu sitzen und darauf zu warten, dass sie biss.

Ein aus tiefstem Herzen kommendes Lächeln und ein flüchtig dahingehauchter Kuss streiften Satiah, bevor Thutmosis sich von ihr abwandte und zu seinem bereitstehenden Streitwagen schritt.

Für einen kurzen Augenblick raste Satiahs Herz vor Freude, bevor auch sie ihrer Wege ging.

1473 vor unserer Zeitrechnung

Fassungslos schaute Ahmose ihre Tochter Hatschepsut an.

Sie hatte sich von dieser dazu überreden lassen, mit ihr einen Ausflug zu der Baustelle von Hatschepsuts Totentempel zu unternehmen, um das imposante Bauwerk, das sich harmonisch an die dahinter steil aufragende Felswand schmiegte, aus der Nähe anzuschauen.

Schon von Weitem stach das Bauwerk dem Betrachter übermächtig ins Auge und zog den Blick eines jeden Vorbeikommenden auf sich. Die Prozessionsstraße, die vom Nil zu dem Stufentempel der Regentin führte, war fast fertiggestellt und machten den Fußmarsch der die Sänften der beiden Frauen tragenden Sklaven angenehm, denn sie versanken nicht bei jedem Schritt in tiefem Sand.

Senenmut, der Architekt dieses grandiosen Bauwerks, hatte die beiden Frauen an der untersten Rampe in Empfang genommen, um sie durch das Heiligtum zu führen. Gemeinsam hatten sie die unterste Ebene besichtigt, waren dann über eine lange Rampe zur zweiten Ebene emporgestiegen, hatten die der Göttin Hathor geweihte Kapelle betreten und der Göttin ein Opfer dargebracht. Die noch ungeschmückte linke Halle hatten sie schnell hinter sich gelassen, um auf der rechten Seite der Terrasse die Anubiskapelle und die Geburtshalle Hatschepsuts zu betreten. Hier waren der alten Königin Ahmose für einen Augenblick die Gesichtszüge entglitten, als sie erkennen musste, dass alles, was man ihr berichtet hatte, den Tatsachen entsprach. Bildlich war für jeden Besucher sichtbar dargestellt, dass Amun selbst bei der Königin Ahmose gelegen hatte, um Hatschepsut zu zeugen und zur künftigen Herrscherin über das Land Ägypten zu bestimmen.

„Was bezweckst du damit?", fragte sie scharf, nichts Gutes ahnend. „Ich verstehe durchaus, dass wir uns in allem, was wir tun, auf die Götter beziehen müssen, um uns zu legitimieren und unsere Herrschaft zu rechtfertigen. Doch dass du den Gott Amun zu deinem Vater bestimmst und dich als die von ihm Erwählte ausgibst, das ist falsch, meine Tochter. Thutmosis wird in einem Jahr volljährig werden und hat dann Anspruch darauf, langsam die Macht über Ägypten zu übernehmen."

„Ein Jahr ist lang. Bis dahin kann noch viel passieren", erwidert Hatschepsut vielsagend. Auch so etwas wie Enttäuschung schwang in ihrer Stimme mit, denn es war offensichtlich, dass ihrer Mutter ihr Lieblingsprojekt, ihr Totentempel, nicht so gefiel, wie sie es sich erhofft hatte.

„Was hast du vor?", fragte die ehemalige große Königsgemahlin scharf. „Sag mir, dass du nicht erwägst, den Jungen zu töten. Versündige dich nicht noch mehr gegen die Götter. Sie haben Thutmosis zum Herrscher über Ägypten bestimmt. Darin war das Orakel eindeutig. Dass du ihm die Legitimierung verweigerst, indem du ihm Nofrure vorenthältst, ist ein Sakrileg. Diese Darstellung hier an der Wand ist ein weiteres Sakrileg, denn nichts hiervon entspricht der Wahrheit. Du ehrst die Götter nicht, sondern missbrauchst sie für deine Zwecke", schimpfte Ahmose, irritiert und gleichzeitig verängstigt von den offensichtlichen Plänen und Absichten ihrer Tochter.

„Du meinst dieses merkwürdige Orakel, dessen Ausgang der Hohepriester Minmonth seinerzeit zu Thutmosis Gunsten beeinflusste? Es war Lug und Trug. Und…"

„Und er hat seine gerechte Strafe hierfür erhalten, meinst du das? Er hat nach den Gesetzen der Maat gehandelt. Tust du das auch, mein Kind? Frag dich das einmal in einer stillen Stunde. Und denke stets daran, dass die Götter Frevel über kurz oder lang immer strafen. Fordere sie nicht weiter heraus."

Senenmut, der verlegen der Unterhaltung der beiden Frauen gelauscht hatte, wollte zu Hatschepsuts Gunsten etwas einwerfen. Doch die Regentin hob energisch den Arm und gebot ihm damit zu schweigen.

„Frevel, Mutter? Wo siehst du Frevel? Diese Darstellung hier entspricht einem Traum, den Amun selbst mir sandte. Darin hat er mich erwählt, dieses Land zu regieren. Ich erfülle seinen Willen, indem ich über Ägypten herrsche. Diese Darstellung hier dient dazu, den einfachen Menschen und unseren Nachfolgern, wenn sie einst hierherkommen, um den Göttern zu opfern, zu berichten, wer Hatschepsut war und dass sie nach der Maat gehandelt hat, als sie über Ägypten regierte. Geschah es nicht nach dem Willen der Götter, dass du vier Kinder gebarst und dass ausgerechnet dein jüngstes Kind als einziges überlebte, das Kind, dem niemand vorher Bedeutung beigemessen hatte?"

„Wie kannst du es wagen? Was haben wir nur falsch gemacht, dass du so sprichst? Dein Vater hat dich vergöttert und dir darum alles durchgehen lassen, anstatt dir Grenzen zu setzen. Das mag es gewesen sein. Und dein Halbbruder und Gemahl war ebenfalls nicht Manns genug, dich zu zügeln. Dazu war er zu schwach. Doch sein Sohn Thutmosis III., unser Pharao, ist anders. Zur Stunde seiner Geburt hat dein Mann die Sterne von den Sehern befragen lassen. Sie alle haben einstimmig prophezeit, dass einer der größten Herrscher Ägyptens soeben geboren wurde. Willst du dich gegen diese

Prophezeiung auflehnen und den Zorn der Götter auf dich ziehen? Ich kann dich nur warnen, meine Tochter. Tu das nicht, denn es wird nicht gut enden."

Ein Schatten senkte sich über Hatschepsuts Gesicht. Für einen kurzen Augenblick fühlte sie Angst vor ihrer eigenen Kühnheit in sich aufsteigen. Doch sogleich verwarf sie ihre Bedenken wieder. Nichts würde sie von ihrem einmal gefassten Entschluss abbringen. Nichts und niemand!

Ahmose, die einsah, dass sie gegen eine Wand redete, seufzte unglücklich. „Senenmut, lass uns allein", befahl sie dem noch immer bei den beiden Frauen stehenden Architekten. „Was ich meiner Tochter zu sagen habe, ist nicht für fremde Ohren bestimmt."

Senenmut warf einen fragenden Blick zu Hatschepsut. Als diese nickte, verneigte er sich kurz und ließ die beiden Frauen allein zurück.

„Also Mutter! Was ist so wichtig, dass niemand mithören darf. Ich vertraue Senenmut. Er ist mein treuster und ergebenster Berater."

„Ja", entgegnete Ahmose zustimmend. „Das ist er wohl. Aber er ist auch ein Mann, und zwar ein Mann, der dich nicht nur verehrt wie eine Göttin, sondern auch liebt, wie ein Mann eine Frau liebt. All dies, dieses in der Tat grandiose Bauwerk, kann nur ein Mann ersinnen, dessen Herz in Flammen steht. Das weißt du genau, doch du gehst darüber hinweg als wärst du aus Stein. Ich hatte das Glück, mir einen Gemahl wählen zu dürfen, den ich aufrichtig lieben konnte. Du musstest aus dynastischen Gründen deinen Halbbruder heiraten, dem du weder Liebe noch Achtung entgegenbringen konntest. Du hast deine Pflicht erfüllt, hast ihm zwei Kinder geschenkt und für den neuen Pharao jahrelang das Land gut verwaltet. Ich verstehe sogar, dass du Nofrure zurückhältst, weil du ihr die gleiche Enttäuschung ersparen willst, die du im Bett deines Gemahls empfunden haben magst. Doch Nofrure ist anders als du. Sie hat weder deinen Ehrgeiz noch deine Intelligenz. Sie ist sehr schön, aber oberflächlich. Gib sie Thutmosis zur Gemahlin, zügele ihre Prunksucht, bevor es mit ihr ein böses Ende nimmt. Und ziehe dich langsam, aber sicher zurück. Dann bist du frei und kannst ganz Frau sein. Ich kann mir nicht vorstellen, dass du dich in deinen langen, einsamen Nächten nicht nach Liebe und Erfüllung sehnst. Beides hast du dir verdient nach allem, was du für Ägypten getan hast. Und", ein Lächeln umspielte den Mund der alten Königin, „du liebst ihn doch auch, auch wenn du dir das bis heute nicht eingestanden hast, weil du viel zu sehr damit beschäftigt bist, all die Männer um dich herum, die dich ebenfalls anbeten, bei Laune zu halten, indem du keinen erhörst."

Hatschepsut erbleichte für einen kurzen Augenblick. Woher kannte ihre Mutter ihre geheimsten Sehnsüchte, wusste sie, dass sie sich jegliche Schwäche verbot, um weiterhin unangreifbar zu bleiben und die Männer um sich herum manipulieren zu können. Doch sogleich verdrängte sie jegliche Einsicht. Niemand würde ihren einmal gefassten Entschluss ändern.

„Lass uns in den Palast zurückkehren, Mutter. Die Sonne steht bereits hoch am Himmel. Es wird zu heiß, um hier weiter zu verweilen."

Ahmose nickte zustimmend. Für einen kurzen Moment hatte sie die Hoffnung gehegt, ihre Tochter mit ihren Worten erreicht zu haben. Doch diese schwand in dem Augenblick, in dem sie ihr erneut ins Gesicht blickte. Nichts als kalte

Entschlossenheit war darin zu finden. Das Schicksal würde seinen Lauf nehmen. Sie konnte nichts daran ändern.

Die ganze Nacht über verbrachte Hatschepsut betend im Amuntempel. Auch wenn sie es sich nicht eingestehen wollte, hatten sie die Worte ihrer Mutter tief getroffen. Tagelang hatte sie ihre Pläne im Stillen hinterfragt und keine eindeutige Antwort finden können. Nun erhoffte sie sich von dem Gott, den sie zu ihrem Vater bestimmt hatte, ein Zeichen, etwas, das sie darin bestätigte, den richtigen Weg zu gehen.

„Amun, mein Vater, deine Tochter Hatschepsut bittet dich um deine Zustimmung. Bitte, mein Gott, größter aller Götter, lass mich deinen Willen erkennen und danach handeln. Zeige mir, dass es deinem Wunsch entspricht, dass ich die Macht über dieses Land an mich nehme, um dem Land Ruhe und Frieden zu schenken und das von den Hyksos Zerstörte wieder aufzubauen, damit überall im Land die Götter ihre Wohnstätten, schöner als je zuvor, erhalten und von den Menschen verehrt werden können. Gib mir ein Zeichen. Ich bitte dich."

Doch so oft Hatschepsut ihr Gebet wiederholte, ihre Bitte aussprach, schwieg der Gott. Schließlich schlief die Regentin vor der Götterstatue übermüdet ein.

Als sie im Morgengrauen schweißgebadet erwachte, brauchte sie einige Augenblicke, um zu erkennen, dass sie sich im Allerheiligsten im Tempel des Gottes Amun befand. Angestrengt versuchte sie sich an ihren Traum zu erinnern, der sie zutiefst erschreckt hatte. Doch nur Bruchstücke davon kehrten in ihr Gedächtnis zurück. Sie hatte sich auf dem Thron Ägyptens gesehen, so viel wusste sie noch. Doch sie war nicht glücklich gewesen, sondern von tiefer Trauer erfüllt über all die Verluste, die ihr die Götter auf ihrem Weg aufgebürdet hatten. Eine einsame, unglückliche Frau war sie geworden, die langsam dahinsiechte und das Ende kaum erwarten konnte. Und dann war da jener brüllende Löwe vor ihr aufgetaucht, der sie verächtlich angefaucht hatte. Doch seine reißenden Zähne und scharfen Krallen konnten sie nicht schrecken. Im Gegenteil. Wenn er sie anspringen und vernichten würde, käme das einer Erlösung gleich. Doch er dachte nicht darin, sie von ihrer Pein zu erlösen. An mehr konnte sie sich nicht mehr erinnern.

Zutiefst ergriffen und verwirrt blickte sie zu der auf sie starr hinunterblickenden Statue empor. Hatte Amun ihr ihre Zukunft offenbart, sie den Preis für ihren Ehrgeiz ahnen lassen?

Zitternd warf sie eine Hand voll Weihrauch in die vor Amuns Bildnis stehende goldene Schale, in der nur noch eine schwache Flamme glühte. Angst bemächtigte sich ihrer.

„Mein Gott, deine dir ergebene Tochter Hatschepsut will dir dienen und deinen Willen befolgen. In deiner Weisheit hast du mir den Preis für meinen Ehrgeiz gezeigt und mich gewarnt vor dem Leben, das mich erwartet. Doch was ist dein Wille, mein Vater? Noch immer kenne ich ihn nicht, nur die Folgen, die ich zu tragen bereit bin, wenn es deinem Willen entspricht. Sende mir ein Zeichen, Amun. Zeige mir, dass du mit mir bist."

Unsicher erhob Hatschepsut sich und öffnete die schwere, mit Bronze beschlagene Ebenholztür, die das Allerheiligste vom übrigen Tempel trennte. Müde und verunsichert durchschritt sie die Säulenhalle, in der die Amunpriester sich zum Morgengebet versammelt hatten, und trat in den von der aufgehenden Sonne erhellten Hof, wo ihr Herold, zwei ihrer Dienerinnen, vier Leibwächter und vier Sänftenträger auf sie warteten. Grübelnd setzte sie sich in ihre Sänfte, erteilte den Trägern den Befehl, sie in den Palast zurückzubringen und zog die Vorhänge zu, um ungestört nachdenken zu können, während ihr Herold der Sänfte voranschritt und den Weg durch die Stadt zum Palast freimachte.

Als Hatschepsut, noch immer zutiefst erschreckt über ihren wirren Traum, nach ihrer Morgentoilette und ihrem Frühstück, das aus ein paar Früchten und Wasser bestand, nach den beiden Sehern des Amuntempels sandte, um sich von ihnen die noch in ihrem Gedächtnis verbliebenen Bruchstücke ihres Traums deuten zu lassen, versuchte sie sich zu Ruhe und Gelassenheit zu zwingen. Niemand sollte sehen, wie durcheinander sie war. Gerade hatte sie sich in ihrem Audienzsaal auf ihrem Thron niedergelassen, erschien Cheriuf und verneigte sich tief vor seiner Herrin, bevor er ihr eine Papyrusrolle hinhielt, die er soeben erhalten hatte.

„Nicht jetzt, Cheriuf. Komm später mit deiner Botschaft wieder, wenn die Seher gegangen sind."

„Es tut mir leid, ungelegen zu kommen, Eure Majestät. Aber ich denke, die Botschaft ist wichtig und wird die Stimmung Eurer Majestät heben."

Seufzend griff Hatschepsut nach dem in einer Rolle verwahrten Papyrus, zog den Papyrus hervor und begann zu lesen. Mit jedem Wort, das sie las, hellten sich ihre Gesichtszüge auf, bis schließlich ein Leuchten auf ihrem Gesicht lag.

„Amun, mein Herr und Vater, ich danke dir für dieses Zeichen deiner Gnade. Du, König der Götter, weist deiner Tochter Hatschepsut den Weg. Gleichgültig wie steinig er werden mag, ich werde ihn gehen und dir bis zu meiner letzten Stunde dienen."

Im Hafen von Theben war eine Tribüne aufgebaut worden. Hatschepsut hatte auf einem eigens für sie herbeigebrachten Thron Platz genommen, auf dem sie im Ornat der großen Königsgemahlin, die Geierhaube auf dem Kopf, Geisel und Krummstab als Symbole ihrer Macht als Regentin des Landes in den Händen haltend, dem Kommenden entgegensah. Neben ihr saß auf einem etwas tiefer gelegten Thron Pharao Thutmosis III., ebenfalls mit den Symbolen seiner Macht angetan. Auf seinem Kopf trug er die Doppelkrone der beiden Länder. Geisel und Krummstab hielt er vor der Brust gekreuzt in den Händen, und er hatte den künstlichen Pharaonenbart um das Kinn gebunden. Geduldig wartend saß er da, um den größten Triumph der Regentschaft seiner Tante und Stiefmutter mitzuerleben. Daneben waren Stühle für die gesamte königliche Familie aufgestellt worden, die ebenfalls bei dem denkwürdigen Ereignis zugegen sein sollte. Dahinter reihten sich die Großen des Reichs auf. Direkt hinter dem Thron hatte Hatschepsut ihre Vertrauten platziert. In den hinteren Reihen waren jene zu finden, deren Treue Hatschepsut sich nicht sicher war. Abgeschirmt wurde die Versammlung von den Soldaten der königlichen Leibwache, die die neugierige versammelte Bevölkerung auf Abstand hielt. Auch das gesamte Nilufer säumten Menschen, die einen Blick auf die heimkehrende Flotte der großen Königsgemahlin erhaschen wollten.

Als in der Ferne die ersten Segel auftauchten, brach unter den wartenden Menschen Jubel aus. Die Götter wurden gepriesen, weil durch ihre Gnade dieser Tag möglich geworden war. Je näher die Schiffe kamen, umso lauter wurde der Jubel, der schließlich in Hochrufe für die Regentin, die dies möglich gemacht hatte, überging.

Hatschepsut genoss die Segenswünsche und Hochrufe, die die Menschen auf sie hervorstießen, denn sie wusste, dies war nicht nur der Tag ihres bisher größten Triumphes, sondern auch der Tag der Entscheidung. Heute, am Tag ihres größten Erfolgs, musste sie die Macht an sich reißen, denn eine günstigere Gelegenheit würde nicht mehr folgen. Wenn sie länger wartete, würde Thutmosis volljährig werden, und sie würde die Macht an ihn übergeben müssen. Doch dazu war sie nicht bereit, schon gar nicht, nachdem Amun ihr ein Zeichen dafür gesandt hatte, dass er mit ihr war und ihre Herrschaft billigte. Alle an ihr nagenden Zweifel waren dahin, seit sie die Nachricht von der erfolgreichen Rückkehr Neshis aus Punt erhalten hatte.

Langsam fuhren die fünf Schiffe in den Hafen Thebens ein. Als erstes legte das Schiff an, auf dessen Deck Neshi den Menschen triumphierend zuwinkte. Neben ihm standen zwei festlich gekleidete Vertreter Punts, die sich mit ihrer bunten, farbenprächtigen, mit Federn verzierten Kleidung von der übrigen Besatzung wie zwei Paradiesvögel abhoben.

Nachdem das Führungsschiff am Kai festgemacht worden war, schritt Neshi, gefolgt von den beiden Fremden, entschlossen von Deck auf die Regentin zu und ging vor ihr auf die Knie. Seine Begleiter folgten seinem Beispiel.

„Meine Königin, ich freue mich, Euch wohlbehalten wiedersehen zu dürfen. Die Götter mögen immer mit Euch sein und Euch ein langes Leben schenken. Auch mich haben die Götter auf meiner weiten Reise begleitet und glücklich wieder nach Hause gebracht. Darf ich Eurer Majestät meine beiden Begleiter vorstellen. Es sind Gesandte des Königs von Punt, der Euch seinen königlichen Gruß entbietet. Über eine Wiederbelebung der Handelsbeziehungen zwischen Punt und Kemt würde auch er erfreut sein, läge diese doch im Interesse beider Länder. Darum entsendet er Eurer Majestät reiche Geschenke, die diese beiden Männer Euch zu Füssen legen möchten."

Auf ein Zeichen Hatschepsuts wurde von dem Schiff eine Auswahl der kostbaren Geschenke an Land getragen, damit alle sehen konnten, wie erfolgreich die Mission gewesen war. Weihrauchfässer, Weihrauchbäume, Räucherwerk, Ebenholz, Gold, Elfenbein, Affen, Meerkatzen und Leopardenfelle wurden vor der Regentin ausgebreitet, deren Blick lächelnd über die Schätze schweifte.

„Ich danke dem König von Punt für seine reichen Gaben. Seine beiden Botschafter sind mir als Gäste im Palast willkommen. Auch ich freue mich über einen regen Handelsaustausch unserer beiden Länder in der Zukunft. Bringt die Kostbarkeiten in die königliche Schatzkammer. Djehuti, du als Schatzmeister sorgst dafür, dass die Tempel einen gerechten Anteil an den mitgebrachten Schätzen erhalten. Und heute Abend wollen wir zu Ehren unserer Gäste ein Festmahl feiern, um die Freundschaft zwischen unseren beiden Ländern zu vertiefen."

Als die mitgebrachten Güter, für alle auf den Straßen der Stadt gut sichtbar, bewacht von Soldaten ins Schatzhaus des

Palasts gebracht wurden, erschollen von überall her die Rufe: „Lang lebe die von Amun gesegnete Königin! Lang lebe Maatkare Hatschepsut."

Während sich Hatschepsut in ihrer Sänfte durch die jubelnde Menge zum Palast tragen ließ, gefolgt von Pharao und ihrer Familie, wusste sie, dass ihre Stunde gekommen war.

Nachdenklich folgte der junge Thutmosis in seiner Sänfte der Regentin. Niemals zuvor hatte er sich einsamer und isolierter gefühlt. Alle Blicke waren auf Hatschepsut gerichtet. Ihn nahm man nur am Rande zur Kenntnis, wie eine unbedeutende Beigabe zur eigentlichen Inszenierung. Tief in seinem Innern fühlte er, dass er gegen diese Frau im Augenblick nichts ausrichten konnte. Ohnmächtige Wut machte sich in ihm breit. Sie hatte alle Trümpfe in ihrer Hand. Doch der Tag würde kommen, an dem sich das ändern würde. Er musste nur lange genug am Leben bleiben, um ihn zu erleben.

Satiah fand Thutmosis allein am mit Lotusblüten übersäten Teich des Palasts vor. Frühzeitig hatte er sich vom Festbankett zurückgezogen, das seine Stiefmutter zu Ehren der erfolgreich heimgekehrten Expeditionsteilnehmer gab. Er war alt genug, um zu begreifen, wie sehr dieser Erfolg Hatschepsuts seine Position schwächte. In einem halben Jahr würde er volljährig werden und dann eigentlich Alleinherrscher über Ägypten sein. Doch seine Stiefmutter stand auf dem Höhepunkt ihrer Macht, und er bezweifelte immer mehr, dass sie bereit sein würde, diese Macht an ihn weiterzugeben. Viel zu sehr gefiel sie sich in der Rolle der Herrscherin und Lenkerin des Reichs. Sie hatte alles getan, um ihn zu isolieren. Fast der gesamte Kronrat bestand aus Männern, die ihr treu ergeben waren, die ihr ihre Stellung und ihre Macht verdankten. Warum sollten diese Männer ihn als Pharao sehen wollen, wussten sie doch nicht, was unter einem Pharao Thutmosis III. aus ihnen werden würde. Würde er ihnen Amt und Würde lassen und darüber hinwegsehen, dass sie durch seine Tante an ihr Amt gelangt waren? Könnte er diesen Männern denn überhaupt jemals vertrauen? Vermutlich nicht. Beim ersten unliebsamen Ereignis, das einen von ihnen treffen würde, würden sie nach Hatschepsut rufen, sich auf sie beziehen und bei ihr Schutz suchen. Schon darum konnte er keinen von ihnen in seinem Amt belassen. Das wussten sie, und darum waren sie durchaus bereit, ihn durch die ihnen gewogene Regentin zu ersetzen.

Mühsam versuchte der junge Pharao seine Sorgen unter Kontrolle zu bringen. Dennoch konnte er keinen Augenblick vergessen, dass der absoluten Herrschaft Hatschepsuts nur er im Weg stand. Wenn er nicht mehr wäre, würde niemand ihren Machtanspruch in Zweifel ziehen. Seine Mutter hatte vermutlich all die Jahre mit ihren Ängsten recht gehabt. Jetzt, da die Machtübergabe unmittelbar bevorstand, fühlte er, wie sich die Schlinge um seinen Hals immer enger zusammenzog. In den letzten Tagen hatte er sich häufig gefragt, warum ihn seine Stiefmutter nicht schon längst aus dem Weg geräumt hatte. Warum hatte sie ihn nicht einfach beseitigt und damit ihre Position unangreifbar gemacht?

„Störe ich, Eure Majestät?", fragte Satiah leise.

Erschreckt fuhr Thutmosis zusammen, denn er hatte das nähertretende Mädchen nicht bemerkt. Im Ernstfall ein verhängnisvoller Fehler, wie er sich eingestehen musste. Ein Meuchelmörder hätte leichtes Spiel gehabt. Doch sogleich überwand er seinen Schreck und schaute das Mädchen lächelnd an.

„Nein, überhaupt nicht. Ganz im Gegenteil. Setz dich zu mir. Die Unterhaltung mit dir wird die bösen Schatten, die auf meinem Gemüt lasten, vertreiben."

Während Satiah sich neben ihn auf die Bank setzte, die einen herrlichen Blick auf den Teich ermöglichte, schenkte sie ihm ein warmes Lächeln. Sie ahnte seine Sorgen und wusste, dass sie keinesfalls unbegründet waren. Doch was konnte sie tun, um ihm zu helfen? Alles, was in ihrer Macht lag, war, ihn ein wenig von seinen Sorgen abzulenken.

„Ein herrlicher Abend, mein Gebieter. Hört Ihr die Vögel in den Bäumen zwitschern? Auch sie genießen die Magie dieses Abends. Selbst die Flusspferde im Schilf des nahen Nils brüllen ihre Zufriedenheit hinaus. Der Zauber dieser Nacht sollte nicht durch Kummer und Sorgen überschattet werden."

Thutmosis sah sie freundlich an. Das silberne Mondlicht ließ ihr schwarzes, nur mit einem Goldnetz zusammengehaltenes Haar glänzen. Ihre mit Kohle umrandeten dunkelbraunen Augen strahlten ihn an, während ein aufmunterndes Lächeln ihres roten Mundes ihre weißen Zähne hervorblitzen ließ.

„Ich weiß, mein Gebieter macht sich Sorgen um die Zukunft. Doch liegt nicht unser aller Schicksal in den Händen der Götter? Sie haben den Faden unseres Lebens schon lange vor unserer Geburt gesponnen und unseren Lebensweg festgelegt. Nichts können wir Menschen daran ändern. Euer Lebensfaden, Eure Majestät, war lang und stark, als die Orakel bei Eurer Geburt befragt wurden. Das weiß ich von meiner Mutter. Schenkt den Göttern Glauben und vertraut ihrer Weissagung. Ihr werdet einmal der größte Pharao Ägyptens werden. Das hat das Orakel prophezeit. Was zählt das Jetzt und Hier? Dinge können sich ändern. Dinge werden sich ändern."

Thutmosis lachte amüsiert auf.

„Ich kenne die Prophezeiungen, Satiah. Doch ich weiß nicht, ob ich ihnen trauen kann. Im Augenblick sehen die Dinge für mich nicht gut aus."

„Und doch wird alles gut werden, Eure Majestät. Das spüre ich."

Thutmosis schaute das Mädchen lange und intensiv an. Es war erfrischend, sie an seiner Seite zu haben. Sie war nicht nur seine Milchschwester, sondern auch seine beste Freundin mit der er schon immer über alles, was ihm auf der Seele lag, hatte sprechen können. Und auch jetzt vertrieb ihr Optimismus die dunklen Schatten auf seinem Gemüt. Einem Impuls folgend griff er nach ihr, schloss sie in die Arme, um ihr einen sanften Kuss auf die Wange zu geben.

Willig ließ sie sich von ihm umfangen und den brüderlichen Kuss auf die Wange drücken. Doch dieser harmlose Kuss, der nichts als Freundschaft bekunden sollte, löste in beiden etwas aus, das keiner von beiden beabsichtigt hatte. Ihre Nasenspitzen rieben sich plötzlich aneinander, der eine Mund fand den anderen, und Thutmosis spürte, wie sich unter seinem Lendenschurz sein Glied versteifte. In seinem Harem hatten ihn willige Sklavinnen in die Kunst der Liebe eingeführt. Er hatte reagiert, wie es von ihm erwartet worden war. Doch gefühlt hatte er dabei nichts. Mechanisch war alles abgelaufen, und nichts als eine körperliche Erleichterung war danach zurückgeblieben. Doch jetzt und hier war alles anders. Er spürte ein nie zuvor bekanntes Verlangen, erfüllt von

Zärtlichkeit und dem Wunsch, dem anderen etwas zu geben und nicht nur für sich zu nehmen. Sie streichelten sich gegenseitig und erforschten den Körper des anderen. Als er Satiah schließlich sanft auf die Bank drückte, um in sie einzudringen, standen beide in Flammen und verzehrten sich nach Erlösung. Für einen kurzen Moment fühlte Satiah einen Schmerz. Doch der Augenblick war schnell vorüber und nichts als selige Wollust durchströmte ihren Körper, bis beide ineinander den ersehnten Höhepunkt erreichten.

Lange hielt Thutmosis das Mädchen danach in seinen Armen, erfüllt von einem bisher unbekannten Glücksgefühl, das ihn durchströmte. Er war sich sicher, so musste sich wahre Liebe anfühlen. Und auch Satiah war zufrieden. Was konnte es Schöneres geben, als dem Jungen, den sie schon immer liebte, ihre Unschuld zu schenken.

„Seht Ihr, Majestät, jetzt habe ich die dunklen Schatten auf Eurem Gemüt doch für einige Zeit vertreiben können", meinte sie schließlich amüsiert, Thutmosis zufriedenen Gesichtsausdruck beobachtend.

„Ja, das hast du. So wie heute sollte es jeden Tag zwischen uns sein. Ich liebe dich, ich glaube, ich habe dich schon immer geliebt. Doch bisher habe ich das nicht begriffen. Nun bin ich mir sicher. Ich brauche jemanden wie dich an meiner Seite, der mir Mut zuspricht, wenn alles verloren scheint. Darum frage ich dich das jetzt. Willst du meine Gemahlin werden, Satiah? Und nicht irgendeine Gemahlin, sondern meine große königliche Gemahlin. Mit dir an meiner Seite kann mir nichts geschehen. Da bin ich mir sicher."

„Aber", stieß Satiah entsetzt hervor. „Was wird…"

„Kein aber! Ja oder nein? Was schert mich die Tradition. Die Erbprinzessin Nofrure wird mir meine Tante nie zur Gemahlin geben, das weiß ich inzwischen. Also kann ich heiraten, wen ich will. Und ich wähle dich. Sobald ich volljährig bin, kann mir niemand mehr etwas vorschreiben. Dann werde ich mit dir im Tempel den Krug zerbrechen, wenn ich bis dahin noch lebe. Doch wie du schon sagtest, mein Lebensfaden ist lang und stark. Was kann mich also davon abhalten?"

Satiah schwieg, denn sie wollte den Zauber der Stunde nicht zerstören. Doch sie ahnte, dass sich ihnen viele Hindernisse in den Weg stellen würden. Das erste Hindernis würde die Regentin sein, die diese Verbindung keinesfalls gutheißen konnte.

„Seid Ihr Euch ganz sicher, Eure Majestät, dass Ihr das wirklich wollt. Mir genügt es, zuweilen an Eurer Seite sein zu dürfen und ein bisschen Glück mit Euch zu teilen."

„Du bist zu bescheiden, meine kleine Taube. Nein, meine Liebste, ich bin mir ganz sicher, dass du die richtige Frau für mich bist. Und du hast es nicht verdient, in meinem Harem eine unter vielen zu sein. Dafür bist du mir zu schade. Ich werde dich zu meiner großen königlichen Gemahlin machen, ganz gleich was die anderen sagen. Sobald ich volljährig bin, werde ich dich heiraten, mag meine Tante auch noch so dagegen sein. Bis zu meiner Volljährigkeit werden wir dieses Versprechen allerdings als unser Geheimnis bewahren, denn ich will dich nicht in Gefahr bringen. Sollte mir bis dahin doch etwas zustoßen, dann bewahre mich in deinem Herzen. Mehr wünsche ich mir nicht."

Ein leises Rascheln in den Büschen holte die beiden für einen Augenblick aus ihren Zukunftsträumen. Misstrauisch schauten sie sich um. Doch sie konnten niemanden entdecken.

„Vermutlich nur ein Vogel, der herabgefallene Blätter durcheinandergewirbelt hat", beruhigte Thutmosis Satiah schließlich, obwohl er ahnte, dass sie beobachtet worden waren. Die Spione seiner Tante waren überall. Doch er war sich auch sicher, dass niemand nahe genug gewesen sein konnte, um zu hören, was sie gesprochen hatten.

Gebieterisch gab der Oberpriester des Amun, Hapuseneb, den beiden wartenden Tempelsklaven das Zeichen, mit ihren Fackeln das Opferfeuer zu entzünden. Kurz darauf zerrten zwei andere Sklaven einen makellosen Bock herbei und hievten das an Vorder- und Hinterläufen gefesselte Tier auf den Opferstein, vor den nun der Oberpriester trat, das lange, scharfe Opfermesser in der Hand, und Amun um seinen Segen anflehte, bevor er mit einem kurzen fachmännischen Schnitt dem Tier die Kehle durchtrennte. Die um ihn versammelten Priester und Tempelsängerinnen stimmten eine Hymne zu Ehren Amuns an, während das Blut des Tiers aus seinem Körper rann und in einer Opferschale aufgefangen wurde.

Erst als kein Tropfen Blut mehr aus dem leblosen Tier floss, trat einer der Priester mit einem spitzen Messer hinzu und öffnete den Bauch des Tiers, bis dessen Innereien herausquollen. Als auch diese als makellos befunden worden waren, traten die in der Beschauung der Innereien ausgebildeten Propheten herbei und studierten die Eingeweide ausgiebig.

Während der Beschauung konnte Hapuseneb es nicht verhindern, dass seine Gedanken immer wieder zum Morgen und dem hässlichen Streit abschweiften, den er mit seiner Gemahlin gehabt hatte, bevor er das Haus verließ, um im Tempel das vorbereitete Orakel zu befragen.

Wie so oft hatten sie sich gestritten, weil seine Gemahlin sich von ihm vernachlässigt fühlte. Nicht zum ersten Mal hatte sie ihm vorgeworfen, dass sein ganzes Wesen nur von einer Frau durchdrungen sei, einer Frau, die er niemals besitzen würde, die sich von niemandem jemals würde besitzen lassen, die mit ihm und allen anderen Männern in ihrer Umgebung ihr Spiel trieb. Vermutlich hatte sie mit ihrer Ansicht sogar recht. Hatschepsut war für ihn ebenso wie für jeden anderen Mann in ihrer Umgebung unerreichbar. Doch vielleicht machte gerade das ihren Zauber aus und führte zu einer Vergöttlichung der Angebeteten. Aber warum auch immer sie jeden Mann auf Abstand hielt, in einem Punkt musste er seiner Gemahlin recht geben. Er war von der großen königlichen Gemahlin durchdrungen, stand unter ihrem Bann und konnte sich dem nicht entziehen. In ihrer Gegenwart schlug sein Herz schneller. Wenn sie fern weilte, durchdrangen die Gedanken an sie seinen Geist und ließen ihn nicht los. Er wusste, er war ihr hoffnungslos verfallen. Ihr verdankte er seinen Aufstieg, seine Macht, seinen Reichtum und seine Würden. Nach ihr war er einer der mächtigsten Männer im Land, Hohepriester des großen Gottes Amun, der über die gesamten Reichtümer des Gottes verfügen konnte, Ländereien, Gold und Silber in dessen Schatzkammern, gefüllten Getreidespeichern, Kammern mit kostbaren Stoffen und wohlriechenden Harzen und einem Heer von Sklaven. Die Kehrseite seines Erfolgs war, dass sein Schicksal unmittelbar mit dem der Regentin verknüpft war. Verlor sie ihre Macht, würde auch er, wie so viele andere ihrer Getreuen, ihren Einfluss und ihre Würde einbüßen. Keinen von ihnen würde Thutmosis, einmal die Macht in seinen Händen haltend, in seinem Amt belassen. Darum musste das heutige Orakel sich zu ihren Gunsten aussprechen, ihren Machtanspruch bestätigen. Doch das waren Dinge, von denen seine Gemahlin nichts verstand. Sie plagte lediglich die Eifersucht auf eine Frau, die ihr niemals gefährlich werden konnte, weil diese für einen zur Wohlleibigkeit neigenden, von Wuchs kleinen Mann wie ihn nie mehr als Freundschaft empfinden könnte. Anders als der durchtrainierte Nubier Neshi, dessen Muskelspiel und Körperkraft jeden in seiner Umgebung beeindruckten oder der mit genialem Geist und Erfindungsgabe ausgestattete Senenmut, der schlank und geschmeidig gebaut und mit für einen Mann fast schönen Gesichtszügen ausgestattet war, hatte er körperlich nichts zu bieten. Darum empfand er ihre Eifersucht lächerlich. Sie war eine angesehene Frau, die ihm zwei Kinder geboren hatte, einen Jungen und ein Mädchen, die den Fortbestand ihrer Familie sichern würden. Was wollte sie mehr?

Leise fluchte der Hohepriester vor sich hin. Liebe, Zuneigung, Zärtlichkeiten, das waren Dinge, die einfach überbewertet wurden. In den meisten Ehen ließen die körperlichen Vereinigungen mit zunehmendem Alter nach. Warum konnte sie das nicht akzeptieren? Warum hatte sie sich einen Liebhaber nehmen müssen, um sich bei ihm das zu holen, was er ihr weder geben konnte noch wollte?

Es war nicht allzu lange her, dass er herausgefunden hatte, dass sie ihn mit einem anderen betrog. Einmal in der Woche hatte sie das Haus verlassen, um angeblich eine Freundin zu besuchen. Er hatte ihr, misstrauisch geworden durch die plötzliche gute Laune seiner Gemahlin, einen Tempelsklaven hinterhergeschickt. Dieser hatte herausgefunden, dass sie die Zeit mit einem jungen Offizier der Amundivision in dessen Haus verbrachte. Als er sie diesbezüglich zur Rede stellte, hatte sie ihm nichts als Vorwürfe gemacht, behauptet, dass er an ihrem Fehltritt die Schuld trüge. Vielleicht hatte sie diesbezüglich nicht ganz unrecht, das musste er ehrlicherweise zugeben. Vermutlich hatte er darum davon abgesehen, sich von ihr scheiden zu lassen und sie mit Schande zurück zu ihren Eltern zu schicken. Allerdings hatte sie ihm versprechen müssen, dass sie künftig seine Ehre nicht mehr beschmutzen würde. Um sicher zu gehen, hatte er die Regentin gebeten, den Geliebten seiner Frau weit fort von Theben in eine Grenzregion zu versetzen, wo er sich mit Skorpionen und Schlangen unterhalten und keinen weiteren Schaden anrichten konnte. Ohne viele Fragen zu stellen hatte Hatschepsut seine Bitte gewährt. Seither verfolgte ihn seine Gemahlin mit ihrem Gezeter, ihrer Eifersucht und Unzufriedenheit. Vielleicht hätte er sie einfach weitermachen lassen sollen? Es hätte ihn nicht gestört. Doch die Gefahr, dass die Angelegenheit öffentlich wurde und einen Skandal heraufbeschwor, war einfach zu groß gewesen.

Hapuseneb seufzte leise. Nun musste er eben ihre Launen ertragen.

In diesem Augenblick schlug einer der Tempelsklaven den großen Gong. Die Propheten hatten die Beschau der Eingeweide abgeschlossen und sich auf ein Urteil geeinigt.

„Die Götter sind der großen königlichen Gemahlin, Hatschepsut, Tochter des Amun, geliebt von Hathor und Isis, gewogen. Wir konnten keine widernatürlichen Krümmungen in den Gedärmen des Tiers finden, und auch die Leber ist kräftig und gesund. Nun lasst uns die Innereien im Opferfeuer verbrennen, damit wir sehen, welcher Rauch aufsteigt. Danach hört ihr unser abschließendes Urteil."

Eigenhändig legte der Erste unter den Priestern der Rolle die Leber des toten Tiers in das Feuer der Opferschale und beobachtete die aufsteigenden Rauchwolken. Als die Leber völlig verbrannt war, verkündete er seine Vorhersage.

„Die Götter haben das Opfer gnädig angenommen. Amun selbst hat durch den Rauch zu uns gesprochen. Er wünscht, dass seine Tochter Hatschepsut, die Götter mögen ihr ein langes Leben schenken, den Horusthron besteigt und die Geschicke des Landes lenkt, bis ihr Vater Amun sie zu sich ruft, damit sie fortan in der Barke des Re, gemeinsam mit ihren Ahnen, nächtlich durch die Unterwelt wandert und die Dunkelheit bekämpft, damit Re am Morgen erneut dem Land Licht und Wärme schenken kann. Dies ist der eindeutige Wille der Neunheit der Götter, die da sind Atum, Schu, Tefnut, Geb, Nut, Osiris, Isis, Seth und Nephthys, sowie des herrlichen Amuns, unseres Reichsgotts, der sich hiermit zu seiner Tochter Hatschepsut, die den Thronnamen Maatkare führen soll, bekennt."

Erleichtert atmete Hapuseneb auf. Das Orakel hatte sich eindeutig geäußert. Nun mussten Herolde im ganzen Land den Willen der Götter kundtun und die Priester in den verschiedenen Tempeln des Landes ihren Willen predigen, um das Volk von dieser einzigartigen Wendung zu überzeugen. Und es musste natürlich ein günstiger Tag für die Inthronisierung der Regentin Hatschepsut gefunden werden.

Nervös schritt Hatschepsut in ihrem Kabinett auf und ab. Eigentlich warteten auf ihrem Schreibtisch unzählige

Urkunden, die von ihr gesiegelt werden mussten. Ebenso viele ungelesene Papyrusrollen häuften sich vor ihr, die einer Antwort bedurften. Doch die Regentin konnte sich im Augenblick auf nichts konzentrieren. Angespannt wartete sie auf das Ergebnis des Orakels, das zu befragen sie den Auftrag gegeben hatte. Sie erinnerte sich nur zu genau daran, wie die Priester des Amun schon einmal ein solches Orakel befragt hatten und die Götter sich gegen sie und für ihren Neffen und Stiefsohn Thutmosis entschieden hatten. Würde sich das heute wiederholen? Würde sie um den Lohn ihrer jahrelangen harten Arbeit für das Reich erneut betrogen werden und diesem Grünschnabel von Neffen nicht nur den Thron, sondern auch die Macht überlassen müssen? Gewiss, sie war im Augenblick auf dem Höhepunkt ihrer Beliebtheit, war ihre Expedition nach Punt doch ein voller Erfolg gewesen. Allen Zweiflern zum Trotz hatte sie nicht nur Gold, Elfenbein und Ebenholz aus Punt erhalten, sondern vor allem den wertvollen Weihrauch für die Götter und sogar lebende Weihrauchbäume, die künftig das kostbare Harz für die Tempel liefern würden. Eine ganze Allee hatte sie mit ihnen unterhalb ihres Totentempels anlegen lassen. Während ihrer gesamten Regentschaft waren die Götter mit ihr gewesen. Doch würden sie ihrer Herrschaft zustimmen? Und wenn ja, was sollte dann aus Thutmosis werden?

Sie seufzte schwer, innerlich zerrissen von ihren widerstreitenden Gefühlen. Es konnte nur einen Herrscher über Ägypten geben, darüber bestand kein Zweifel. Thutmosis war gekrönt worden. Daher wäre es nur folgerichtig, dass er nach ihrer möglichen Krönung beseitigt werden musste. Doch etwas in ihr wehrte sich dagegen, eine solche Entscheidung zu treffen. Natürlich hatte sie ihm die Hand ihrer Tochter Nofrure, der Erbprinzessin, verweigert, um ihm die

Legitimierung seines Machtanspruches vorzuenthalten und vielleicht auch, um ihre Tochter Nofrure eines Tages als ihre Nachfolgerin zu benennen. Hatschepsut liebte ihre älteste Tochter über alles und würde ihr gerne das, was sie sich als Frau hart erkämpft hatte, den Horusthron, weitergeben. Doch sie war in ihrer Liebe nicht so blind, um nicht zu erkennen, dass Nofrure nicht aus ihrem Holz geschnitzt war. Sie liebte Feste, umgab sich mit Luxus und verstand es schon jetzt, Männer um den Finger zu wickeln. Von harter Arbeit hielt sie nicht allzu viel. Doch Regieren war nun einmal harte Arbeit. So traurig Hatschepsut dies machte, hatte sie doch bereits vor geraumer Zeit eingesehen, dass sie ihrer Tochter die Verantwortung für das Land nicht übertragen konnte. Eigentlich blieb ihr darum nur Thutmosis, der sich so ganz anders entwickelt hatte als sein Vater. Er besaß gute Voraussetzungen, um, wie ihm bei seiner Geburt prophezeit worden war, einmal ein großer Pharao zu werden. Auch wenn all ihre Berater sie davor warnten, ihn nach ihrer Inthronisierung am Leben zu lassen, so fiel es ihr schwer, diesen Schritt zu gehen. Was sollte aus dem Land nach ihr einmal werden, wenn es keinen geeigneten Nachfolger gab? Vermutlich würde es im Chaos und einem Bürgerkrieg enden. Dergleichen wollte sie dem Land unter allen Umständen ersparen, auf jeden Fall nicht zulassen, nur um ihren eigenen Ehrgeiz zu befriedigen. Daher hatte sie es in den letzten Tagen immer häufiger erwogen, Nofrure und Thutmosis zusammenzugeben. Doch damit würde sie ihre eigene Position schwächen. Es war ein Dilemma, aus dem sie noch keinen Ausweg gefunden hatte. Erschwerend kam hinzu, dass ihre Spione ihr berichtet hatten, dass sich zwischen Thutmosis und Satiah, der Tochter seiner Amme, eine Liebschaft zu entwickeln schien, die über eine Tändelei hinausging, eine Entwicklung, die ihr ebenfalls nicht sonderlich gefiel. Doch war sie in gewisser Weise nicht auch an dieser Situation schuld. Viel zu lange hatte sie eine Entscheidung hinausgeschoben. Nun brauchte sie sich nicht wundern, wenn sie ihr aus der Hand genommen wurde.

Die beiden aus Zedernholz gefertigten Türen ihres Kabinetts schwangen auf und der königliche Herold Cheriuf trat ein, um das Eintreffen des ersten und zweiten Propheten des Amun, Hapuseneb und Puiemre, zu verkünden. Kurze Zeit später sanken die beiden vor der Regentin zu Boden.

„Steht auf und berichtet mir. Was hat das Orakel verkündet? Wie lautet der Wille der Götter? Sprich, Hapuseneb."

Dieser erhob sich schwerfällig vom Boden, kniete dann jedoch sogleich wieder vor der Regentin nieder. Puiemre folgte seinem Beispiel.

„Der Segen der Götter ist mit Euch, Königin Hatschepsut, deren Thronname nach dem Willen der Götter Maatkare lauten soll. Ihr sollt das Land Ägypten regieren und ihm zu Wohlstand, Ansehen und Macht verhelfen, bis zu dem Tag, an dem Ihr zu Osiris geworden seid," berichtete Hapuseneb ehrfürchtig.

„Amun ist mit Euch, Eure Majestät, Pharaonin Maatkare Hatschepsut", bestätigte der zweite Prophet des Amun die Worte des Oberpriesters.

Erleichterung zeigte sich auf dem Gesicht der Regentin. Alle Anspannung fiel von ihr ab. Die Götter hatten sie erwählt. Und sie würde weder die Götter noch das Land enttäuschen.

„Hat das Orakel auch einen Tag für meine Inthronisierung benannt?", fragte Hatschepsut erregt, während sie sich langsam bewusst machte, was das für sie bedeutete.

„Der Tag des Opetfests, an dem der Reichsgott Amun mit seiner Gemahlin und seinem Sohn seinen Tempel verlässt, um sich dem Volk zu zeigen und dann in seiner Barke über den Nil zu setzt, um einige Tage mit seiner Familie in den dortigen Heiligtümern zu verbringen, das wäre der geeignete Tag, haben die Seher befunden", antwortete Hapuseneb.

„So soll es sein", entgegnete Hatschepsut, die nicht verhindern konnte, dass sie vor Aufregung ein leichtes Zittern erfasste. Nur noch ein paar Tage und sie würde am Ziel ihrer Wünsche sein. Alles, worüber sie sich eben noch Gedanken gemacht hatte, rückte für den Augenblick in den Hintergrund.

„Bereitet für diesen Tag alles vor. Lasst die Botschaft im ganzen Land verkünden. Am Tag meiner Krönung soll im ganzen Land niemand arbeiten müssen. Die Vorratskammern sollen im ganzen Reich geöffnet werden. Essen sowie Wein und Bier sollen an die Bevölkerung verteilt werden. Es soll für alle ein Festtag werden. Eilt euch, damit alles für diesen denkwürdigen Tag bereit ist."

Die beiden Priester verneigten sich vor Hatschepsut und verließen dann beflissen ihr Kabinett, um alles in die Wege zu leiten. Während Hapuseneb glücklich war, seiner Königin zu Diensten gewesen zu sein, beschlichen Puiemre gemischte Gefühle. Eine Frau auf dem Horusthron, so etwas hatte es bisher noch nie gegeben. Es entsprach nicht der Maat, der Weltordnung der Götter. Daran konnte auch das Orakel nichts ändern.

Pharao Thutmosis erfuhr von der neusten Entwicklung während seines täglichen Trainings in der Kaserne des Amun, in der er seit der Beendigung seiner Ausbildung stationiert war.

Die gesamte Garnison hatte sich auf Anweisung des Oberbefehlshabers der Garnison im Hof einfinden müssen, wo ein königlicher Herold die Nachricht von der bevorstehenden Thronbesteigung der Regentin Hatschepsut verlas. Nachdem der Herold geendet und den Kasernenhof verlassen hatte, machte sich unter den Soldaten eine laute Diskussion breit. Einige äußerten Bereitschaft, den Schritt der Regentin zu befürworten. Doch eine Mehrzahl der Soldaten zeigte sich entrüstet darüber, dass eine Frau den Horusthron besteigen wollte. Viele blickten schließlich zu Pharao Thutmosis, einen aus ihren Reihen, der der Proklamation schweigend gelauscht hatte.

„Eure Majestät, das könnt Ihr Euch doch nicht gefallen lassen. Ihr seid der rechtmäßige Pharao, den das Orakel einst bestimmte. Was werdet Ihr jetzt unternehmen?", stießen sie unüberlegt hervor, vergessend, dass die Spione der Regentin vermutlich unter ihnen weilten und jeden Unmut weitertragen würden.

Thutmosis stand wie erstarrt. Niemand hatte ihn vorgewarnt, sodass er sich hätte wappnen können. Daher überrollte die Proklamation seiner Tante ihn wie eine Welle, die er nicht hatte kommen sehen.

„Bleibt jetzt ganz ruhig, Eure Majestät", hauchte ihm sein neben ihm stehender Freund Nebamun zu, der wie immer mit Pharao seine morgendlichen Übungsrunden mit dem Streitwagen gezogen hatte.

„Keine Sorge", flüsterte Pharao zurück, der die Blicke aller Anwesenden auf sich ruhen fühlte, einige wirklich empört über die Dreistigkeit der Regentin, andere unschlüssig, wie sie sich jetzt verhalten sollten. Die meisten jedoch blickten mitleidig auf den jungen Mann, den sie für so gut wie tot hielten. Dieses offensichtliche Mitleid war für Thutmosis am wenigsten auszuhalten. Noch immer regungslos fiel sein Blick auf den Kommandanten der Garnison, der von den Ereignissen vermutlich ebenso überrollt worden war wie er selbst und den Versammelten nun befahl wegzutreten, um Aufruhr unter seiner Truppe zu vermeiden.

„Wegtreten, sofort", fauchte er noch einmal, nachdem sich nur wenige zögernd an seine Order gehalten hatten. Unter allen Umständen musste er als Kommandant verhindern, dass sich in seiner Garnison ein Aufstand zusammenbraute, der ihn Kopf und Kragen kosten könnte. „Geht zurück an eure Arbeit – jetzt!", fügte er energisch hinzu.

Noch eh sich die Soldaten langsam auseinanderbewegten, knallte Thutmosis zornig mit seiner Peitsche, die er noch immer in den Händen hielt, und bahnte sich dann einen Weg durch die Menge, die ehrfürchtig beiseitetrat, sobald er ihren Weg kreuzte. Seine nubische Leibwache hatte Mühe, ihm zu folgen und ihn schützend zu umschließen, während sein Herold Intef vorausschritt, um Pharao den Weg durch die Stadt zu bahnen. Im Palast angekommen steuerte er direkt auf das Arbeitszimmer seiner Tante zu. Hier versperrten ihm jedoch zwei nubische Wachen den Zutritt.

„Die Regentin will nicht gestört werden", ließ einer der beiden Wächter verlauten, während beide ihre Lanzen vor der Tür kreuzten und ihm damit den Eintritt verwehrten.

„Wollt ihr beiden Wichte Eurem Pharao den Weg versperren? Noch vor dem Abend lege ich euch eure Köpfe zu euren Füßen, wenn ihr nicht sofort beiseitetretet", stieß Pharao zornig hervor.

Die beiden blickten sich einen Augenblick lang unschlüssig an, bevor sie sich respektvoll verneigten, die Flügeltür öffneten und den Weg freigaben.

Mit einem Wink gab Thutmosis seiner Leibwache und seinem Herold zu verstehen, zurückzubleiben und stürmte dann in das Arbeitszimmer seiner Tante, wo er diese mit ihrem Baumeister Senenmut vorfand. Beide waren offensichtlich in Pläne vertieft, als er den Raum betrat. Sofort stellte Senenmut sich schützend vor die Regentin, als Thutmosis den Raum betrat, sein Schwert an seiner Seite hängend.

Hatschepsut betrachtete ihren Neffen einen Augenblick lang nachdenklich, der zornig und zugleich doch hilflos dastand und sie aus seinen schwarzen Augen wild anfunkelte.

„Lasst uns allein", befahl sie schließlich entschieden den beiden Türwächtern, die Pharao bei seinem Eintreten gefolgt waren und Senenmut, der noch immer vor ihr stand, um ihr mit seinem Körper bei einem Angriff Pharaos Deckung zu geben.

„Seid Ihr sicher, Hoheit?", fragte er unsicher. „Pharao ist bewaffnet. Ich würde Euch nur ungern so mit ihm allein lassen."

„Keine Sorge", entgegnete Hatschepsut. „Er wird dir sein Schwert aushändigen, bevor du gehst."

Beide Kontrahenten funkelten sich gegenseitig einen Augenblick lang abschätzend an, bis Thutmosis schließlich sein Schwert aus der Scheide zog und es dem Baumeister reichte, der damit rückwärtsgehend den Raum verließ, gefolgt von den beiden Türwächtern, die hinter sich die Flügeltüren schlossen.

„Nun, mein lieber Neffe, ein etwas unerwarteter und seltener Besuch, den du mir da abstattest. Was kann ich für dich tun?"

„Das weißt du ganz genau", fauchte Thutmosis. „Deine Proklamation, dass du dich krönen lassen willst, führt mich hierher. Du hast es nicht einmal für nötig befunden, mich vorher von deinen Absichten zu unterrichten. Ich stand heute auf dem Kasernenhof wie ein Idiot. Von allen Seiten trafen mich die mitleidigen Blicke meiner Kampfgefährten, da mein Tod ja nun unvermeidbar scheint. Hättest du mich nicht fairerweise vorher umbringen lassen und mir damit wenigstens die heutige Schmach ersparen können?"

Thutmosis zitterte am ganzen Körper, während er seine Tante herausfordernd anschaute.

„Niemand will deinen Tod, mein Junge", antwortete Hatschepsut versöhnlich.

„Ach nein?", entgegnete Thutmosis hasserfüllt. „Was sonst? Es kann nur einen Pharao geben, der über Ägypten herrscht. Ich bin inthronisiert und damit rechtmäßiger Pharao dieses Landes. Wenn du Pharao werden willst, was vermutlich schon immer deine Absicht war, dann musst du mich beseitigen, wenn es nicht zu einem Bürgerkrieg kommen soll, der das Land in zwei Teile zerreißt. Das weißt du ebenso gut wie ich."

„Das muss nicht zwingend so sein", erwiderte Hatschepsut ruhig. „Es gab auch in früheren Zeiten schon Herrscher, die ihre Nachfolger zu Mitregenten gemacht haben. In den Archiven finden sich etliche Beispiele dafür. Du bist jung und unerfahren. Lass mich an deiner statt regieren, bis du reif genug bist, die Verantwortung zu übernehmen. Dann werde ich mit Freuden zurücktreten und den Thron für dich freimachen. Bis dahin bleib an meiner Seite als mein Mitregent und künftiger Nachfolger. Mehr verlange ich nicht von dir für dein Leben."

„Mitregent!" Thutmosis spukte das Wort förmlich aus. „Du meinst als deine Marionette, die tut, was du befiehlst. Und dann? Soll Nofrure dir nicht auf den Horusthron folgen? Das war doch deine Absicht. Darum hast du sie mir nicht zur Gemahlin gegeben, wie es die Maat vorschreibt. Doch in diesem Punkt hat dein Erzieher Senenmut offensichtlich versagt, denn Nofrure zeigt keinerlei Ambitionen, dir zu folgen."

Hatschepsut schaute ihren Neffen anerkennend an. Trotz seiner Jugend und Herkunft besaß er einen wachen Geist.

„Ich gebe zu, dass ich mit dieser Möglichkeit gespielt habe, aber einsehen musste, dass meine Tochter, die ich über alles liebe, hierfür nicht geschaffen ist. Eines Tages wird sie an deiner Seite große Königsgemahlin werden, die Geierhaube tragen und dir hoffentlich einen gesunden Thronfolger gebären. Doch das hat Zeit. Ihr seid beide noch so jung."

„Sag es doch, wie es ist. Du willst sie als Faustpfand in deiner Hand behalten, um mich mit einer möglichen Vermählung bei Laune zu halten. Doch in diesem Punkt irrst du dich. Ich will Nofrure inzwischen gar nicht mehr. Selbst die kleine Meritre wäre mir lieber als sie. Doch ich habe meine große Königsgemahlin bereits anderweitig gefunden. Ich werde Satiah zu meiner ersten Gemahlin machen, sobald ich volljährig bin. Und daran kannst selbst du nichts ändern."

Verständnislos schüttelte Hatschepsut den Kopf.

„Heirate sie, wenn du glaubst, das tun zu müssen. Aber eines Tages wirst du Nofrure doch ehelichen und zu deiner ersten Gemahlin machen müssen, um dich zu legitimieren."

„Ich glaube nicht, dass ich das muss, denn Maat regiert dieses Land nicht mehr, wenn eine Frau sich auf den Horusthron setzen kann und vorgibt, dies sei der Wille der Götter. Dann zählen die alten Werte nicht mehr," stieß Thutmosis triumphierend hervor.

„Hüte deine Zunge", warnte Hatschepsut langsam zornig werdend. „Noch meine ich es gut mit dir. Aber sollte ich jemals feststellen, dass du dich gegen mich stellst, dann ist dein Leben verwirkt."

„Und du glaube mir eins, Tante. Der Tag wird kommen, an dem du für all die Schmach, die du mir antust, büßen wirst", entgegnete Thutmosis hasserfüllt, wohl wissend, dass er im Augenblick den kommenden Ereignissen hilflos ausgeliefert war. Er könnte zwar einen Aufstand anzetteln. Vermutlich würde er Unterstützer im Heer finden. Doch dieser wäre zum Scheitern verurteilt, bevor er überhaupt begonnen hätte. Und dann wäre seine Position hoffnungslos. Es war vernünftig abzuwarten und die Zeit für sich arbeiten zu lassen. Daher wandte er sich zum Gehen.

Nachdenklich schaute Hatschepsut ihm nach. Bitterkeit lag in ihren Gesichtszügen. Warum konnte dieser Junge nicht ihr Sohn sein? Alles wäre so ganz anders gekommen.

1472 vor unserer Zeitrechnung

Am ersten Tag des ersten Monats des Achet feierte die Königsfamilie gemeinsam das Neujahrsfest, das Fest der Göttin Bastet, die in Teilen des Landes auch als Sachmet verehrt wurde. Gemeinsam gingen sie in den großen Tempel von Karnak, in dem Hatschepsut etliche Erweiterungen und Verschönerungen veranlasst hatte, um die Götter zu ehren und für die kommenden Krönungsfeierlichkeiten gnädig zu stimmen.

Nach ihrer Rückkehr in den Palast begaben sich die Familienmitglieder in ihre Gemächer, um sich von ihren Dienerinnen und Dienern für das abendliche Festbankett zurecht machen zu lassen.

Während die Dienerinnen Nofrure badeten, salbten, in Festtagsgewänder kleideten, ihr teuren Schmuck anlegten, sie aufwendig schminkten und schließlich eine teure Perücke mit Diadem auf ihren Kopf setzten, befahl die neben ihr behandelte Meritre ihren Dienerinnen eine weitaus weniger aufwendige Prozedur. Sie begnügte sich mit schlichten weißen Leinengewändern und einem an einer goldenen Kette hängenden Ankkreuz als Schmuck. Anstelle einer Perücke ließ sie ihr Haar in ein Goldnetz flechten und ihre Augen ausschließlich mit Kohle betonen.

Missbilligend schüttelte Nofrure beim Anblick ihrer Schwester den Kopf.

„Wann benimmst du dich endlich deinem Rang entsprechend, Meritre? Du bist die Tochter unserer künftigen Pharaonin und keine graue Maus. In deinem Aufzug könnte man dich fast für eine Sklavin halten und nicht für die Tochter der Herrscherin", kritisierte sie die Schwester. „Wie willst du jemals einen Mann auf dich aufmerksam machen, wenn du dich so gibst."

Meritre lächelte nachsichtig. „Dafür könnte man dich für die menschlich gewordene Göttin Isis halten, so prunkvoll, wie du dich anziehst. Alle Blicke werden auf dich gerichtet sein", erwiderte Meritre neidlos.

„Ich will aber nicht alle Blicke", lächelte die Schwester vielsagend. „Mir genügt, wenn einer auf mich aufmerksam wird."

„Und wer ist dieser Jemand, der auf dich aufmerksam werden soll? Gibt es denn einen Mann bei Hof, der dich nicht anhimmelt?", fragte Meritre amüsiert.

„Der, den ich meine, eben nicht. Er sieht immer noch das Kind in mir. Aber ich bin kein Kind mehr. Ich bin eine Frau, eine begehrenswerte Frau, wie mir immer wieder versichert wird. Doch das interessiert ihn nicht", entgegnete Nofrure, die ihre Enttäuschung kaum verbergen konnte.

Meritre schaute zur Schwester hinüber. Deren Anblick bestätigte ihr ihre Befürchtung. „Du bist verliebt!", stellte sie mit einem Gefühl aus Mitleid und Belustigung fest. „Wer ist der Glückliche, der meine schöne, stolze Schwester mit Missachtung straft?", spöttelte sie schließlich.

„Er straft mich nicht mit Missachtung, aber er sieht mich immer noch als Kind, obwohl ich genauso wie Thutmosis volljährig werde und inzwischen auch meinen monatlichen Blutfluss habe", stieß Nofrure unglücklich hervor.

„Und wer ist es?", fragte Meritre neugierig geworden.

„Das werde ich dir gerade auf die Nase binden", erwiderte Nofrure gereizt. „Du würdest es nur ausplaudern und mich der Lächerlichkeit preisgeben."

Unwillig schüttelte Meritre den Kopf. „Dann behalte es eben für dich und sei froh, dass eben jener Unbekannte dich nicht als Frau erkennt. Immerhin bist du die Erbprinzessin. Mutter würde jedem Mann, der es wagte, sich dir zu nähern, den Kopf vor die Füße legen lassen. Was Senenmut zuvor mit ihm machen würde, darüber möchte ich gar nicht erst nachdenken."

„Ach Mutter", stieß Nofrure bitter hervor. „Für sie bin ich nichts weiter als ein Faustpfand, das sie beim Kampf um die Macht nach Lust und Laune einsetzt. Ich habe aber keine Lust, mich weiter von ihr benutzen zu lassen und Thutmosis als Preis für sein Wohlverhalten angeboten zu werden. Was soll ich mit Thutmosis? Er ist ein alberner Junge, unreif und unerfahren. Ihn will ich bestimmt nicht heiraten."

„Das wirst du nicht entscheiden", entgegnete Meritre sachlich. „Du wirst tun müssen, was Mutter verlangt. Außerdem wäre er bestimmt nicht die schlechteste Wahl. Er sieht gut aus, ist gut gebaut, nicht gerade dumm, und er ist sehr willensstark. Es könnte dich schlimmer treffen."

„Dann nimm du ihn doch. Ich will ihn jedenfalls nicht", antwortete Nofrure, sich für einen kurzen Augenblick das Bild des Mannes vor Augen rufend, der ihr ganzes Sein erfüllte.

Unwillig schüttelte Meritre den Kopf über das Verhalten der Schwester, deren Weg durch ihre Geburt vorbestimmt war.

„Ich würde ihn sofort nehmen", flüsterte sie leise vor sich hin. „Doch er sieht mich nicht", gestand sie sich traurig ein.

Gleich darauf ertönte der Palastgong und die beiden Schwestern erhoben sich, um, begleitet von ihrer Leibwache, in den Festsaal zu gehen, wo bereits fast alle Gäste Platz genommen hatten und auf das Eintreffen der Regentin warteten.

Auch Nofrure und Meritre ließen sich von Dienern zu ihren Tischchen auf dem erhöhten Podium führen, das der königlichen Familie vorbehalten war. Pharao Thutmosis mit seiner Gemahlin, der hetitischen Prinzessin Manawa, und die alte Königin Ahmose hatten dort bereits Platz genommen. Als Hatschepsut schließlich den Saal in Begleitung des Wesirs von Oberägypten, Useramun, und ihrem Baumeister Senenmut betrat, warfen sich alle Anwesenden außer der königlichen Familie zu Boden und erhoben sich erst wieder auf einen Wink der Regentin. Mit einem kurzen Zeichen gab Hatschepsut ihrem Haushofmeister zu verstehen, dass mit dem Fest begonnen werden konnte. Kurz darauf wurde der erste Gang in den Saal getragen, und die Diener begannen, den Gästen teuren, schweren Wein aus den Palastvorratskammern auszuschenken.

Hatschepsut beobachtete das Geschehen von ihrem erhöhten Podest aus, auf dem Senenmut zu ihrer Rechten und Useramun zu ihrer Linken als Ehrengäste des Abends Platz genommen hatten. Mit beiden hatte sie noch kurz zuvor die letzten Einzelheiten für ihre bevorstehende Krönung besprochen. Nun wollte sie den Abend genießen. Doch so richtig sollte ihr das nicht gelingen. Deutlich spürte sie den hasserfüllten Blick ihres Neffen Thutmosis auf sich ruhen, der auf gleicher Höhe in ihrer unmittelbaren Nähe saß und schon zu Beginn des Abends dem Wein weitaus mehr zugesprochen hatte, als gut für ihn war. Für seine Gemahlin Manawa hatte er keinen Blick übrig.

„Wenn er sich zu stark betrinkt und anfängt Ärger zu machen, sollen die Wachen ihn sofort in seine Gemächer bringen", raunte Hatschepsut Senenmut zu, der ergeben nickte, während sich sein Blick in den Anblick der Regentin verfing und kaum zu lösen vermochte. Wie sehr liebte und begehrte er diese Frau, die sich jeder Art von körperlicher Liebe verwehrte, fast so, als wäre dieses Opfer der Preis für ihre Macht.

„Ihr solltet ihn vielleicht doch lieber töten lassen", flüsterte ihr Useramun leise zu. „Noch wäre das kein Problem. Doch der Tag wird kommen, an dem es nicht mehr möglich sein wird. Vielleicht werdet Ihr dann Eure heutige Nachsicht bereuen", warnte er.

„Und meine Herrschaft mit einem feigen Mord beginnen und den Fluch der Götter auf mich ziehen. Nein, Useramun. Danke für deine Fürsorge. Aber das ist nicht mein Weg", antwortete sie ruhig und entschlossen. Nein, sie würde sich ihre Hände nicht noch einmal mit Blut beschmutzen. Sie würde auch so ihren Weg gehen.

Entgegen ihren Befürchtungen kam es zu keinen Unruhen, da Thutmosis sich bereits nach dem ersten Gang und einigen weiteren Bechern Wein schwankend in seine Gemächer zurückzog, begleitet von seiner Gemahlin, die verpflichtet war, ihm zu folgen. Doch man konnte Manawas enttäuschtem Gesicht ansehen, dass sie gerne länger geblieben wäre. Die meiste Zeit ihres Tages verbrachte die Hethiterin inzwischen in der Abgeschiedenheit des Harems, seit Thutmosis sie gezwungenermaßen von seinem Vater übernommen hatte. Der junge Pharao schenkte ihr keinerlei Aufmerksamkeit, ein Zustand, der sie vor der Zeit würde verblühen lassen, wenn nicht etwas Entscheidendes geschah. Doch was sollte das sein?

Manawa war dabei, alle Hoffnung auf ein erfülltes Leben aufzugeben.

Meritre blickte ihrem Halbbruder lange nach, nachdem er den Festsaal vorzeitig verlassen hatte, um Hatschepsuts Triumph über ihn so kurz wie möglich zu gestalten. Die Prinzessin musste sich eingestehen, dass sie etwas für diesen jungen Mann empfand, der sie so gar nicht zur Kenntnis nahm, so wie die meisten Menschen bei Hof.

Und auch Nofrure konnte ihren Blick nicht von dem Mann wenden, der neben ihrer Mutter Platz genommen hatte und sehnsüchtig an deren Lippen hing, ohne dass diese darauf reagierte. Warum wollte er nicht sehen, dass ihr Herz ihm zuflog, dass nur ein Wort genügte, um sich ihm hinzugeben?

Der 15. Tag des zweiten Achet-Monats brach an, der Beginn des Opetfestes, das elf Tage dauern würde. Pharao Thutmosis II. hatte es zu Ehren des Gottes Amun eingeführt und erstmals gefeiert. Seither wurde es jährlich zur gleichen Zeit wiederholt.

Die Götter Mut, Chon und Amun verließen in einer festlichen Prozession ihre Wohnungen im Karnaktempel und wurden durch die Straßen Thebens getragen, wo das Volk einen Blick auf sie werfen durfte. Schließlich erreichte die Prozession, angeführt vom Hohepriester Hapuseneb, den Nil. Hier stand eine Barke bereit, um die Götterfamilie für die Dauer der Feiertage in das Allerheiligste von Hatschepsuts Totentempel zu bringen.

In der für den Reichsgott Amun und dessen Familie vorbereiteten Wohnung verbrachte die alte Königin Ahmose gemeinsam mit ihrer Tochter Hatschepsut die zweite Nacht des Fests. Im Allerheiligsten erflehte Ahmose die Wiedergeburt des göttlichen Kas, das in ihre Tochter, die Pharaonin, übergehen und ihr Kraft und Stärke für das kommende Jahr schenken sollte.

Als der Morgen dämmerte, erschienen die Zeremonienpriester, geleiteten Hatschepsut in einem feierlichen Zug zurück nach Theben in den Karnaktempel. Dort stand ein kleiner Raum bereit, in dem die Regentin von den Sängerinnen des Amun gesalbt und in sauberes Leinen gekleidet wurde, bevor sie, auf dem Horusthron sitzend, getragen von acht nubischen Sklaven, vor den im Hof versammelten Großen des Reichs erschien, die sich vor dem Thron zu Boden warfen.

Schließlich trat Hapuseneb in seiner Funktion als Oberpriester an Hatschepsut heran, band ihr den künstlichen Pharaonenbart ums Kinn, reichte ihr Geisel und Krummstab und setzte ihr die Doppelkrone Ober- und Unterägyptens auf das Haupt.

Wieder warfen sich alle Anwesenden vor dem Thron nieder, während Hapuseneb, das Leopardenfell, das Zeichen seiner Hohepriesterwürde umlegend, feierlich den Thronnamen Hatschepsuts verkündete: „Heil dir, Pharaonin Useret-kau Uadjet-renput Netjeret-Chau Maat-ka-Re Hatschepsut, Herrin über Ober- und Unterägypten, die Amun durch sein Ka gesegnet hat. Mögen die Götter dir auf all deinen Wegen gewogen sein, dir ein langes Leben gewähren, damit du Ägypten Frieden und Wohlstand schenken kannst."

„Heil dir, Pharaonin Maatkare Hatschepsut", stimmte die Menge ein, während sie sich erhob, um ihre neue Pharaonin anzublicken.

Zufrieden schweifte Hatschepsuts Blick über die Versammelten. Ihre Mutter war als Mittlerin zwischen Amun und Pharao neben den Thron getreten, ihre beiden Töchter standen hinter ihr. Nur der neben ihr stehende Thron für den Mitregenten Thutmosis war leer geblieben. Thutmosis war der Inthronisierung Hatschepsuts ferngeblieben.

„Wo steckt er?", zischte sie ihren Zeremonienmeister an.

„Er hat sich entschuldigen lassen. Ihm ist unwohl, da er gestern offensichtlich zu viel getrunken hat", antwortete dieser verlegen.

Hatschepsut registrierte die Antwort mit eisiger Mine. Für einen Augenblick schoss ihr durch den Kopf, dass sie Useramuns Angebot vielleicht doch annehmen und ihren Rivalen beseitigen lassen sollte. Doch sogleich verwarf sie diesen Gedanken wieder. Sie war jetzt Pharao dieses Landes und würde gewiss mit einem heranwachsenden Jungen wie ihrem Neffen fertigwerden. Wenn er glaubte, sich ihr widersetzen zu können, dann würde sie ihn eines Besseren belehren. Durch ihn wollte sie sich diesen Tag ihres größten Triumpfs jedoch nicht verderben lassen.

Beim abendlichen Festbankett belohnte sie all jene, die ihr stets die Treue gehalten und diesen Tag dadurch erst möglich gemacht hatten. Ländereien, neue Posten und Gold wurden reichlich vergeben. Niemanden vergaß die Pharaonin, der in all den Jahren ihrer Regentschaft zu ihr gestanden hatte. Über alle anderen aber erhob sie Senenmut, den sie zu ihrem Haushofmeister und Vermögensverwalter ernannte, was bei manchen ihrer Getreuen doch eine gewisse Missgunst auslöste. Auch wenn er ein genialer Baumeister war, so war er doch ein Niemand, ein Mann ohne Herkunft. Warum erhielt ausgerechnet er eines der höchsten Ämter im Staat? Viele nahmen sich an diesem Abend vor, den Mann, der offensichtlich besonders hoch in der Gunst der Herrscherin stand, genau im Auge zu behalten.

Allein Nofrure lächelte glücklich, als ihre Mutter Senenmut über alle anderen erhob, denn sie zweifelte nicht daran, dass er eines Tages ihr gehören würde Den sehnsüchtigen Blick, den Senenmut ihrer Mutter zuwarf, ignorierte sie einfach.

Als der Abend bereits weit fortgeschritten war, erhob Hatschepsut sich. Gefolgt von ihrer Leibwache verließ sie den Festsaal. In ihren Gemächern angekommen, ließ sie ihren Herold Cheriuf rufen und sandte ihn mit dem Auftrag fort, den neuen Vermögensverwalter über ganz Ägypten zu sich zu rufen.

Als Senenmut kurze Zeit später vor der Pharaonin erschien und sich vor ihr fragend verneigte, lächelte diese schelmisch: „Sag mir, mein neu ernannter Haushofmeister und Vermögensverwalter, wie lange begehrst du mich schon? Wie lange durchstreift mein Bild deine schlaflosen Nächte?"

Verlegen schaute Senenmut zu Boden.

„Es war niemals meine Absicht, Eure Hoheit mit meinen Blicken zu beleidigen. Verzeiht mir, wenn ich Euch mit meinen Augen zu nahegetreten bin. Es wird nicht wieder vorkommen."

Hatschepsut erhob sich von dem Hocker, auf dem sie gesessen hatte, schickte mit einem Wink ihre Dienerinnen hinaus und trat auf Senenmut zu.

„Sag mir, Senenmut, warum bist du der einzige Mann unter meinen Getreuen, der nicht verheiratet ist? Alle meine

Getreuen haben sich eine Frau genommen und eine Familie gegründet, nur du nicht. Warum?"

„Vielleicht, Hoheit, bin ich ein Mann, der sich nicht mit Mond und Sternen zufriedengeben kann, wenn er täglich die Sonne erblickt. Ich weiß, das ist unangebracht. Doch ich kann nicht anders. Ich liebe Euch. Jeder Blick von Euch ist mir mehr als die schönste Frau in meinen Armen. Vergebt mir diese Vermessenheit."

Hatschepsut seufzte nachdenklich, während sie ihn lange forschend anblickte. Schließlich meinte sie: „Seit dem Tod meines Gemahls sind meine Nächte lang und einsam. Gewiss vermisse ich seine Umarmung nicht, denn es war niemals Liebe, die uns zusammenführte, sondern Pflicht. Daher frage ich mich seit langer Zeit, wie es wohl mit einem Mann sein würde, dessen Umarmung mir angenehm ist, dessen Körper stark und ansehnlich ist und der darüber hinaus auch noch über Geist und Verstand verfügt. Heute, auf dem Höhepunkt meiner Macht, will ich es wagen, es herauszufinden und sehen, ob es das ist, was ich in meinen schlaflosen Nächten so oft vermisste. Darum frage ich dich, willst du mein Liebhaber werden? Willst du versuchen, mein Verlangen zu stillen, ohne Anspruch auf mehr zu erheben, ohne gegenseitige Verpflichtung, ohne Bedauern, wenn es einmal vorbei ist? Willst du?"

Senenmut starrte Hatschepsut an, glaubte einen Augenblick lang zu träumen, bis er sich der Tatsache bewusstwurde, dass alles der Wirklichkeit entsprach, dass er tatsächlich vor ihr stand, sie ihn gerufen hatte, um sie zu lieben. Überwältigt sank er vor ihr auf die Knie.

„Nichts, meine Königin, bedeutet mir mehr, kein Titel, kein Amt, keine Ländereien oder Gold als Euch umarmen, Euch berühren zu dürfen. Glaubt mir das, meine Herrin."

„Dann lass uns nicht noch mehr Zeit vergeuden", lächelte Hatschepsut und zog Senenmut hinter sich her in ihr Schlafgemach.

Von lange unterdrückter Leidenschaft lagen die beiden sich wenige Augenblicke später in den Armen, berührten und erforschten den Körper des anderen, entflammten ihn, bis er schließlich behutsam in sie drang und beide gemeinsam dem Gipfel zustrebten.

„Dass ich darauf all die Jahre verzichten konnte, kann ich kaum begreifen", stöhnte Hatschepsut genießerisch.

„Wir haben viel nachzuholen, meine Königin", entgegnete Senenmut, den Gipfel der Ekstase erreichend.

Die Pharaonin

1465 vor unserer Zeitrechnung

Die Schmerzensschreie der großen Königsgemahlin Satiah hallten durch die Frauengemächer. Ärzte, Hebammen und Dienerinnen gaben ihr Bestes, die Schmerzen der Königin zu lindern. Doch es gab wenig, was sie tun konnten, um der Königin die Stunden der Geburt zu erleichtern.

Seit Thutmosis Satiah kurz nach der Krönung Hatschepsuts zu seiner ersten Gemahlin gemacht und ihr den Titel große Königsgemahlin verliehen hatte, hatte diese ihm bereits zwei Kinder geboren, den künftigen Kronprinzen Amenemhat und eine Tochter mit dem Namen Nefertari. Beide Geburten waren ohne große Komplikationen verlaufen, und Satiah hatte sich schnell von ihnen erholt. Doch diesmal lief alles anders. Das Kind lag quer und konnte den Leib der Mutter nicht verlassen. Hebammen und Ärzte versuchten seit Stunden, das Kind im Leib der Königin zu wenden, doch bislang war ihnen dies nicht gelungen.

Liebevoll tätschelte Ipu, die Mutter der großen Königsgemahlin, die Hand ihrer Tochter und wischte ihr den Schweiß von der Stirn. Sie wusste, wenn nicht bald ein Wunder geschehen würde, wäre ihre Tochter verloren, denn sie verlor ständig Blut, ohne dass die Geburt voranschritt. Die Göttin Isis anrufend, die Schutzgöttin der Gebärenden, flehte sie um dieses Wunder. Doch die Hoffnung war gering, auch wenn die Ärzte und Hebammen weiter um die Leben von Mutter und Kind kämpften.

„Wenn doch nur Pharao hier wäre. Das würde ihr neuen Mut und Kraft geben", flüsterte sie verzweifelt.

Doch Pharao Thutmosis weilte in Nubien, um eine von Pharaonin Hatschepsut beauftragte Strafexpedition durchzuführen und aufständische Stämme in die Knie zu zwingen. Es hatte nicht viele kriegerische Auseinandersetzungen während der bisherigen Regierungszeit Hatschepsuts gegeben, denn die Pharaonin setzte stets auf Diplomatie und nicht auf Waffengewalt. Dennoch war es nicht zu vermeiden gewesen, das Heer einige Male nach Nubien und einmal nach Gaza zu senden, um ägyptische Stärke zu demonstrieren. Und jedes Mal hatte ihr Neffe und Mitregent Thutmosis die ägyptischen Streitkräfte geführt und die Aufstände erfolgreich niedergeschlagen. Dies hatte ihm nicht nur Anerkennung bei den Truppen, sondern auch im Kronrat eingebracht. Wenn es nach dem Willen des jungen Pharaos ginge, so würde er die Waffen viel öfter sprechen lassen, um die umliegenden Völker vor Ägyptens Stärke zittern zu lassen. Doch all seinen Plänen von Eroberung stand die Pharaonin stets im Weg. Ihr erklärtes Ziel war es, den Frieden zu wahren, Menschenleben zu schonen und so das Land zum Blühen zu bringen. Unter ihrer Herrschaft wurden in ganz Ägypten die unter der Besatzung der Hyksos verfallenen Tempel der Götter restauriert und erweitert und neue, prächtige Tempel gebaut. Hierfür setzte sie in Friedenszeiten die arbeitslosen Divisionen ein, die sonst nutzlos in den Kasernen dahinvegetieren würden, aber dennoch vom Staat unterhalten werden mussten. Dass dies im Laufe der Zeit zu Missstimmungen im Heer geführt hatte, war der Pharaonin durchaus bewusst. Doch ihre Drohung, die meisten Soldaten der einzelnen Divisionen anderenfalls zu entlassen und nach Hause zu senden, wirkte stets, denn die meisten von ihnen waren zum Heer gegangen, weil sie zu Hause keine Möglichkeit sahen, ihr tägliches Brot ehrlich zu verdienen. Doch sie fühlten sich als Soldaten, deren Aufgabe es nicht sein konnte, Hilfsarbeiten auf den vielen Baustellen der Herrscherin auszuführen. Dies verletzte ihr Ehrgefühl. Die Meinungsverschiedenheit zwischen Pharaonin und Mitregent hatte daher schon oft zu Auseinandersetzungen im Kronrat geführt, die Hatschepsut jedoch stets für sich entschied, da niemand ihrer Getreuen es gewagt hätte, sich gegen sie zu stellen. So war es bei den wenigen Strafexpeditionen geblieben, die Hatschepsut genehmigt hatte. Und ausgerechnet jetzt, da Satiah ihn so dringend gebraucht hätte, befand sich der junge Pharao auf einer solchen.

Ipu konnte das Leiden ihrer Tochter kaum noch mitansehen. Hilflos blickte sie in die Runde der Ärzte, Hebammen und Dienerinnen.

„Was können wir denn jetzt noch tun?", fragte sie verzweifelt.

„Die Priesterin der Isis, Meritre, könnten wir bitten zu kommen. Man sagt ihr nach, dass sie begnadete Hände hätte, die schon manche Mutter mit ihrem Kind retten konnten", wagte eine der Dienerinnen vorzuschlagen.

Ärzte und Hebammen schauten die Dienerin erschrocken an. Die zweitgeborene Tochter der Pharaonin, die sich nach dem Tod ihrer Großmutter Ahmose zur Isispriesterin hatte weihen lassen und seither dem Palast den Rücken gekehrt hatte, um im Heiligtum der Göttin zu leben und zu den Armen zu gehen, um ihnen zu helfen, ihre Krankheiten zu heilen und ihre Kinder zur Welt zu bringen, war im Palast ein Thema, über das nicht gerne gesprochen wurde. Meritre hatte sich allen Versuchen ihrer Mutter, sie mit einem der Großen des Reichs zu vermählen, widersetzt und ihr Leben der Göttin Isis geweiht, um ihrem Leben so einen Sinn zu geben, anstatt sich zum politischen Spielball ihrer Mutter machen zu lassen. Auf diese Weise hatte sie sich den Zwängen des Hoflebens und einer aufgezwungenen, lieblosen Ehe entzogen. Im Tempel konnte sie ein freies, den Göttern gefälliges Leben führen, das sie oft nutzte, um den Ärmsten der Armen zu helfen. Nur noch selten suchte sie den Palast auf, um an Festen teilzunehmen. Und wenn sie kam, dann als Priesterin ihrer Göttin, nie als Tochter der Pharaonin. Dies hatte am Hof zu viel Gerede geführt, weil viele es als unwürdiges Verhalten einer Prinzessin erachteten, sich in die Hütten der Ärmsten zu begeben. Doch unter den Armen wurde ihr Name inzwischen allerorts gepriesen und die Wohltaten, die sie in den Hütten der Vorstadt vollbrachte, flossen durch die Spenden der Armen, die ihr Weniges mit der Göttin aus Dankbarkeit teilen wollten, an den Tempel der Isis mehr als reichlich zurück.

Ipu musste nur kurz über den Vorschlag der Dienerin nachdenken, dann nickte sie: „Was haben wir noch zu verlieren? So wie es jetzt steht, sterben meine Tochter und das Kind in ihr. Geh und bitte die Priesterin zu kommen. Sage ihr, wie es um die große Königsgemahlin steht und dass Pharao und seine Gemahlin ihr zu ewigem Dank verpflichtet sind, wenn sie den Weg zu uns auf sich nimmt."

Die unwilligen Blicke der Ärzte und Priester ignorierend flammte ein leichter Hoffnungsfunken in Ipu auf. Vielleicht hatte die Göttin Isis doch noch ein Einsehen und würde Osiris Boten von der Schwelle dieser Tür verjagen.

Als Meritre zwei Stunden später das Gemach der großen Königsgemahlin Satiah betrat, hatte diese kaum noch die Kraft, ihre Schmerzen hinauszuschreien. Nur noch ein klägliches Wimmern war der Gebärenden zu entnehmen, die bleich und zusammengefallen auf ihrem Bett lag, umgeben von Leinentüchern, die mit Blut getränkt waren. Ein kurzer Blick genügte Meritre, um die Lage zu erfassen.

„Schick sie alle hinaus, Ipu. Nur du darfst bleiben", ordnete sie an, ihre beiden mitgebrachten Dienerinnen anweisend, frisches Wasser zu bringen und der erschöpften Königin einen betäubenden Saft einzuflößen, der die Schmerzen linderte und half, den Körper der Königin zu entspannen.

Nachdem die Anwesenden, manche grimmig lächelnd, andere spottend, wieder andere darüber froh, nicht länger Zeuge dieses Dramas sein zu müssen, den Raum verlassen hatten, legte Meritre die Hand auf den Leib der Königin und begann, die Lage des Kindes zu ertasten. Schließlich meinte sie zu Ipu: „Du hast sehr lange gewartet, ehe du mich rufen ließt. Ich hoffe, es ist nicht zu spät, denn inzwischen hat sie sehr viel Blut verloren. Halte jetzt ihre Hand und beruhige sie. Ich werde versuchen, das Kind in die Lage zu drehen, dass es durch den Geburtskanal den Weg ans Licht finden kann. Mit Isis Hilfe wird mir das gelingen. Dann können wir nur hoffen, dass die Königin genug Lebenswillen besitzt, wieder zu Kräften zu kommen und das Kind nicht von der Nabelschnur, die es mit seiner Mutter verbindet, bei der Geburt erstickt wird. Sorge dafür, dass sie entspannt bleibt. Wenn sie sich verkrampft, kann ich nichts tun. Und ihr beide", wies sie ihre Dienerinnen an, „haltet die Beine der Königin weit auseinander, damit ich das Kind ungehindert in die richtige Lage bringen kann."

Beherzt griff Meritre in den Geburtskanal, suchte den Kopf des Kindes zu fassen und in die richtige Lage zu bringen. Die Schreie der Königin ignorierte sie. Doch sie verebbten auch schnell, da der Trank den Schmerz betäubte.

Eine gute halbe Stunde später erblickte ein gesunder Knabe das Licht der Welt, der den von den Sehern bestimmten Namen Sa-Amun erhielt. Die Dienerinnen Meritres reichten das Kind an die vor der Tür wartenden Dienerinnen hinaus, damit diese das Kind weiter versorgen konnten. Ärzte und Hebammen hatten inzwischen den Palast verlassen, da sie mit dem weiteren Geschehen nichts zu tun haben wollten. Allein der Leibarzt Pharaos und seiner Gemahlin war zurückgeblieben und konnte es nicht fassen, einen gesunden Knaben herausgereicht zu bekommen. Eine der Dienerinnen Meritres winkte ihn herein, während die königliche Priesterin versuchte, den Blutfluss der Königin zu stillen.

„Sie hat viel Blut verloren", meinte sie zu Thot-Amun aufblickend. „Wenn es uns gelingt, den Blutfluss zu stillen und sie kein Fieber bekommt, hat sie eine Chance zu überleben. Sorge dafür, dass sie ruhig liegen bleibt und reiche ihr stündlich von diesem blutstillenden Trank. Außerdem muss sie viel trinken. Ich werde in ein, zwei Tagen noch einmal kommen, um nach ihr zu sehen. Mehr kann ich im Augenblick nicht tun."

Meritre wandte sich zum Gehen, doch Ipu fiel vor ihr nieder, küsste ihre Hand und stieß weinend hervor. „Hab Dank, Priesterin, hab Dank. Die Göttin hat dich gesegnet. Sie ist mit dir."

Unwillig entzog Meritre der Frau ihre Hand und verließ eilig von ihren Dienerinnen gefolgt den Raum. Toth-Amun und Ipu blickten ihr dankbar nach, während Dienerinnen der Königin kamen, um das Leinen zu wechseln und ihre Herrin zu waschen.

Wortlos trat Meritre in den Palasthof, wo ihre von vier kräftigen Sklaven getragene Sänfte auf sie wartete. Schweigend setzte sie sich hinein und zog die Vorhänge zu. Niemand sollte ihre Tränen sehen.

Zur gleichen Stunde erhob Prinzessin Nofrure, die nach der Heirat von Pharao Thutmosis mit Satiah den Titel und das Amt der „Gottesgemahlin des Amun" erhalten hatte, sich aus ihren verschwitzten Laken von ihrem Bett und schaute durch den Fensterbogen auf den vor ihrem Fenster liegenden Teich hinaus, der mit Lotosblüten übersät war. Eine große Sykomore überschattete den Teich und schützte ihr Gemach vor der brennenden mittäglichen Sonne.

Die heißesten Stunden des Tags waren vorbei. Eine leichte Brise wehte in den Raum, in dem sie eben noch geruht hatte. Ihr Liebhaber, mit dem sie den Mittag verbracht hatte, bevor beide erschöpft eingeschlafen waren, lag noch immer friedlich schlummernd da, während die Prinzessin sich wieder einmal fragte, ob nicht alles in ihrem Leben falsch gelaufen war. Und wie immer kam sie zu dem Schluss, dass nicht sie die Schuld an ihrem persönlichen Drama trug, sondern ihre Mutter, die mit ihrem zögerlichen Verhalten dafür gesorgt hatte, dass Pharao Thutmosis eine andere zu seiner ersten Gemahlin gemacht hatte und sie sich nun mit dem Titel und Amt der „Gottesgemahlin des Amun" zufriedengeben musste.

Als Hatschepsut ihrem Neffen endlich die Hand ihrer Tochter Nofrure angeboten hatte unter der Voraussetzung, dass er sie zu seiner ersten Gemahlin und großen Königsgemahlin machte, hatte dieser selbstbewusst abgelehnt. Noch heute empfand Nofrure darüber tiefe Scham, auch wenn sie innerlich eigentlich froh gewesen war, ihn nicht heiraten zu müssen, denn sie mochte ihn nicht, hatte ihn noch nie gemocht. Aber sie abzulehnen und die Tochter einer Amme ihr vorzuziehen, hatte sie in ihrer Ehre tief gekränkt. Hätte ihre Mutter sie schon früher mit ihm vermählt, wie die Maat es gebot, wäre ihr diese Kränkung erspart geblieben. Doch das war nicht der eigentliche Grund, warum sie ihre Mutter zu hassen begonnen hatte. Viel schlimmer hatte es sie getroffen, den Mann, den sie seit ihrer Jugend über alles liebte, plötzlich im Bett ihrer Mutter vorzufinden. Noch schlimmer empfand sie die Tatsache, dass er ihre Mutter offensichtlich wirklich liebte, nicht ihren Titel und ihre Macht, sondern sie als Frau. Seit er damals zu ihrem Erzieher ernannt worden war, hatte sie ihn bewundert und verehrt. Aus diesen Gefühlen war eine jugendliche Schwärmerei geworden, in die sie sich immer weiter hineingesteigert hatte, bis sie davon überzeugt war, dass es für sie nur diesen einen Mann geben konnte. Was zählten da ein Pharao und ein Titel, der mit nichts anderem als Verpflichtungen behaftet war. Senenmut war für sie zum Inbegriff all dessen geworden, was sie von einem Mann erwartete, denn er besaß Mut, Intelligenz, Kraft, Entschlossenheit und eine Schaffenskraft, die an Genialität grenzte. Darüber hinaus war er ein überaus gutaussehender Mann. In ihrer Jugend war Nofrure immer davon überzeugt gewesen, dass der Tag kommen würde, an dem er sie bemerkte, sie mit den Augen eines Mannes ansehen würde, der ihre Werte und ihre Schönheit erkannte. Wie sehr hatte sie sich doch geirrt. Erst im Nachhinein hatte sie erkannt, dass er schon immer nur Augen für ihre Mutter gehabt und aus Liebe zu ihr nie geheiratet hatte. Und ihre Mutter hatte ihn sich genommen in dem Augenblick, als sie am Ziel ihrer Wünsche war und glaubte, von nun an auf niemanden mehr Rücksicht nehmen zu müssen. Er war ihr Liebhaber und engster

Vertrauter geworden, der Mann, der für seine Königin alles möglich zu machen versuchte, wenn sie ihm dafür nur ihr Lächeln schenkte. Mehr wollte er nicht als Lohn.

Nofrure war davon überzeugt, dass ihre Mutter Senenmut keinesfalls genauso liebte, wie er sie. Doch sie brauchte ihn, brauchte seine Genialität und Schaffenskraft, seine Loyalität und Treue und vermutlich auch seinen Körper, um ihre Lust zu befriedigen. Doch mehr war er nicht für sie. Das jedenfalls redete sie sich ein, stachelte ihren Hass auf die beiden damit an und schwor sich, sich an den beiden eines Tages zu rächen. Ihr Tag würde kommen. Davon war sie überzeugt.

Ihr Liebhaber räkelte sich auf dem Bett, schlug die Augen auf und lächelte Nofrure an.

„Meine Göttin, schöner als selbst Isis. Ich…"

„Zieh dich an und geh", unterbrach Nofrure harsch seine Schmeicheleien. „Ich möchte jetzt allein sein. Wenn du gehst, schick meine Dienerinnen herein, damit sie mich für das abendliche Bankett vorbereiten können."

„Und, sehen wir uns wieder, Prinzessin?", fragte der junge Mann, Sohn des Goldschmieds Thuti, ernüchtert.

„Wir werden sehen", erwiderte Nofrure schnippisch und wartete geduldig, bis der junge Mann seinen Lendenschurz umgelegt hatte. Während dieser noch immer bewundernd mit seinen Augen den nackten Körper der Prinzessin verschlang, die ungeduldig am Fensterrahmen lehnte, war er davon überzeugt, ein Auserwählter zu sein. Keinen Augenblick glaubte er den vielen Gerüchten, die von den ständig wechselnden Liebhabern der Prinzessin berichteten, die offensichtlich eine Haltlose und Getriebene zu sein schien, die immer mehr den Boden unter den Füßen verlor. Ein so schönes Geschöpf konnte unmöglich so schamlos sein.

Nachdem der junge Mann endlich gegangen war, konnte Nofrure sich nicht einmal mehr an seinen Namen erinnern. Er spielte auch keine Rolle, denn sie hatte nicht vor, ihn noch einmal zu treffen. Es gab ihrer so viele bei Hof, die darauf versessen waren, sich ihr zu nähern, die einen, weil sie gern ein reizvolles Abenteuer mit ihr erleben wollten, andere mit dem Hintergedanken, dass sie Nofrure für sich gewinnen und damit eines Tages einen Anspruch auf den Horusthron erheben könnten. Denn noch immer war sie die Erbprinzessin, die für ihren Ehemann den Horusthron beanspruchen könnte. Was zählte bei einem solchen Preis ihr lästerlicher Lebenswandel?

In den Straßen Thebens standen die Menschen zu beiden Seiten der Straßen und jubelten ihrem jungen Pharao Thutmosis zu, der auf seinem Streitwagen gemeinsam mit seinem Wagenlenker Nebamun durch die Straßen der Stadt preschte. Hinter ihm marschierten die Elitetruppen der Garnison des Gottes Ptah und Amun, Wagenladungen mit Gold und edlen Steinen, Straußenfedern und Leopardenfellen mit sich führend. Hinter diesen schleppten sich die gebundenen, unter strenger Bewachung stehenden Gefangenen durch die Straßen der Stadt, einem ungewissen Schicksal entgegensehend. Auch Sklavenhändler hatten sich unter das Volk gemischt, um die mitgebrachte Ware zu begutachten und sich geeignete Beutestücke für ihren Handel auszusuchen. Zwar waren die Anführer des Aufstands des Todes und die meisten der jungen kräftigen Sklaven würden als Arbeitskräfte an die Tempel verteilt werden. Doch es würden noch immer genügend übrigbleiben, zumeist Frauen und Kinder, die zu erwerben waren und ein gutes Geschäft versprachen.

Vor dem Königspalast angekommen, bog der Streitwagen des Pharaos durch das breite Eingangstor und verschwand hinter den hohen Mauern, während der Rest des Siegeszugs weitermarschierte zu der am Rande der Stadt liegenden Garnison des Gottes Amun. Hier würden auch die Truppen des Gottes Ptah einige Tage Rast einlegen, bevor sie mit Schiffen auf dem Nil nach Memphis, der alten Reichshauptstadt Ägyptens, in ihre Garnison zurückkehren würden.

Auf den Stufen des Palasts empfing Hatschepsut ihren Neffen auf einem eigens zu diesem Anlass aufgebauten Thron im vollen königlichen Ornat, ihre engsten Berater um sich versammelt. Während Thutmosis pflichtbewusst auf die Pharaonin zutrat, sich leicht vor ihr verneigte und dann den ihm dargebotenen königlichen Siegelring küsste und den Dank des Kronrats für seinen siegreichen Feldzug gegen die Aufständischen entgegennahm, sehnte er sich nur danach, endlich zu seiner Gemahlin zu gelangen, die sich von der Geburt ihres jüngsten Sohns noch immer nicht erholt hatte.

Während Nebamun die Zügel des Streitwagens an einen Pferdeknecht übergab, um sich dann ebenfalls vor der Pharaonin zu verneigen, stürmte Thutmosis ungeachtet des Protokolls an den ihm zu Ehren erschienenen Staatsrat vorbei zu den Gemächern seiner Gemahlin, um sich von ihrem Gesundheitszustand zu überzeugen und sie endlich wieder in die Arme zu schließen. Er fand sie in ihrem Schlafgemach im Bett liegend vor. Blass und eingefallen wirkte sie, noch immer von der schweren Geburt gezeichnet.

Satiahs Herz schlug schneller, als Pharao sie in seine Arme schloss und ihr Gesicht mit Küssen übersäte. Auf einen Wink der Königin verließ eine Dienerin den Raum, um gleich darauf mit der Amme und dem neugeborenen Knaben zurückzukehren.

„Unser Sohn Sa- Amun", sagte die Königin voll Stolz, während sie der Amme das kleine Bündel aus dem Arm nahm und Pharao reichte, der ein wenig hilflos das kleine Etwas betrachtete, bevor er es der Amme zurückgab.

„Lasst uns allein", befahl er dann allen anwesenden Dienerinnen, setzte sich auf Satiahs Bett und meinte lächelnd: „Erzähl. Wie ist es dir ergangen? Wie ich hörte, musstest du um dein Leben und das des Kindes fürchten."

Satiah nickte müde, und Thutmosis bemerkte erstaunt, wie zerbrechlich sie geworden war.

„Ja", gestand sie, die Erschöpfung, die sich ihrer immer noch bemächtigte, so gut wie möglich verbergend. „Es war knapp. Vermutlich hätten weder das Kind noch ich überlebt, wenn nicht Meritre gekommen wäre, um mir beizustehen. Ihr haben Sa-Amun und ich unser Leben zu verdanken."

„Meritre?", fragte Pharao verwundert.

„Ja, Meritre, Priesterin der Isis. Sie ist eine bemerkenswerte Frau geworden mit magischen Händen, so ganz anders als ihre Schwester."

Thutmosis versuchte in seinen Erinnerungen zu kramen und sich das Bild der jüngeren Tochter Hatschepsuts ins Gedächtnis zu rufen. Doch da war nichts zu finden, was er mit ihr in Verbindung bringen konnte.

„Ich werde mich bei ihr bedanken", versprach er Satiah und schloss sie erneut in seine Arme. „Immerhin hat sie mir das Kostbarste bewahrt, das ich habe."

Einige Tage später, nachdem die vom Feldzug mitgebrachte Beute von Schatzmeister Djehuti in Listen aufgenommen und anschließend an Soldaten, Tempel und den Staatsschatz verteilt worden war, fand Thutmosis die Zeit, sich zum Tempel der Göttin Isis zu begeben, um dort seine Cousine Meritre aufzusuchen. Jede andere Priesterin hätte er zu sich rufen lassen, um ihr zu danken und sie zu belohnen, doch eine Prinzessin Ägyptens konnte er nicht einfach zu sich beordern, noch ihr etwas schenken, das diese nicht auch ohne ihn besitzen könnte.

Als er seinen Streitwagen vor dem Tempel anhielt, durch die beiden Pylonen schritt und den Innenhof des Tempels betrat, gefolgt von seinem Herold und seiner Leibwache, ließ er seinen Blick einen Moment lang auf dessen Wänden, die mit Bildern der Göttin Isis geschmückt waren, verweilen. Isis, die Göttin der Geburt, Wiedergeburt und Magie, die ihrem Gemahl Osiris stets die Treue gehalten hatte, starrte von überall her auf ihn herab. Einen Augenblick lang überkam ihn ein merkwürdiges Gefühl der Unsicherheit. Fast wäre er umgekehrt, denn die Bildnisse an den Wänden, die von der großen Magierin Isis sprachen, ließen ihn zaudern. War am Ende auch bei der Geburt seines Sohns Magie im Spiel gewesen? Wie sonst war es Meritre gelungen, was allen anderen Ärzten und Hebammen unmöglich gewesen war? Sich überwindend bemerkte er, dass sein Kommen nicht unbemerkt geblieben war. Alle im Tempel versammelten Gläubigen und Priester hatten sich vor ihm zu Boden geworfen, und einer der Tempelsklaven war davongeeilt, um dem Hohepriester die Ankunft des Pharaos zu melden.

Wenige Augenblicke später trat der Oberpriester der Isis in die Tempelvorhalle, verneigte sich vor Pharao und fragte neugierig, was ihm die hohe Ehre seines Besuchs verschaffe.

„Ich würde gerne die Priesterin und königliche Prinzessin Meritre sprechen. Wenn du so nett wärst und einen Boten mit der Bitte, mich zu empfangen, zu ihr senden würdest."

Der Hohepriester nickte hoheitsvoll, rief einen Sklaven herbei, um die Priesterin von dem hohen Besuch zu unterrichten und stellte für das Zusammentreffen sein Audienzzimmer zur Verfügung, in das er Pharao einzutreten bat und zwei Sklaven fortschickte, um Wein, Obst und süßes Gebäck für Pharao zu bringen.

Wartend setzte er sich seinem hohen Gast gegenüber und versuchte, eine belanglose Unterhaltung zu beginnen. Seine Neugier zu erfahren, warum Pharao persönlich den Weg auf sich genommen hatte, um die Priesterin zu sprechen, unterdrückte er mühsam.

Als Meritre den Raum betrat, mit einem einfachen weißen Leinengewand bekleidet, als einzigen Schmuck einen breiten Halskragen tragend, in den kunstvoll ein Bild der Göttin Isis eingearbeitet war, die schützend ihre Schwingen ausbreitete, erhob sich er Hohepriester sofort und verabschiedete sich mit den Worten: „Ihr habt gewiss viel zu besprechen, daher möchte ich mich verabschieden, Hoheit."

Respektvoll verneigte er sich noch einmal vor Pharao, bevor er schlürfend den Raum verließ, um von einer geheimen Nische aus die beiden zu belauschen, denn dies war sein Tempel, und er musste wissen, was darin vor sich ging.

Schweigend standen sich Meritre und Pharao einen Augenblick gegenüber, betrachteten den anderen und versuchten, Erinnerungen an vergangene Zeiten wachzurufen. Meritre gelang dies sofort, und sie musste feststellen, dass Pharao sich zu seinem Vorteil entwickelt hatte. Aus dem ängstlichen Jungen von damals war ein muskulöser, durchtrainierter Mann geworden, dessen energische Gesichtszüge von Willensstärke und Scharfsinn sprachen.

Im Gegensatz zu Meritre konnte Pharao kaum Erinnerungen an das kleine Mädchen finden, das stets vom Glanz ihrer Schwester überschattet worden war. Und auch jetzt war die Prinzessin keine Erscheinung, die die Blicke auf sich zog. Nur ihre Augen wirkten lebendig und überstrahlten für einen kurzen Augenblick ihre fade Erscheinung. Von ihnen fühlte Thutmosis sich magisch angezogen und hatte Mühe, sich von ihnen loszureißen.

„Ich bin gekommen, um mich bei dir zu bedanken, Prinzessin Meritre. Mir wurde gesagt, dass ohne deine Hilfe sowohl meine Gemahlin als auch mein Sohn nun bei Osiris weilen würden."

„Es bedarf keines Danks", wehrte die Prinzessin ab. „Als Priesterin der Isis ist es meine Aufgabe zu helfen, wo immer ich kann," erwiderte Meritre freundlich. „Aber setzen wir uns doch. Darf ich dir Wein nachschenken, Bruder?"

Thutmosis ließ sich auf einem der Sessel nieder, während Meritre ihrem Halbbruder nachschenkte und dann ihm gegenüber Platz nahm.

Einen Augenblick herrschte zwischen den beiden ein bedrückendes Schweigen, da Thutmosis nicht wusste, wie er das Gespräch fortsetzen sollte. In der Gegenwart dieser jungen

Frau fühlte er sich seltsam beklommen, ein Gefühl, das ihm bisher nur von seinen Zusammentreffen mit der Pharaonin Hatschepsut bekannt war. Doch die Frau vor ihm war nicht Hatschepsut, hatte mit dieser nicht die geringste Ähnlichkeit. Hatschepsut war diejenige, die mit ihrem Glanz und ihrer Ausstrahlung stets alles überstrahlte. Sie dominierte, sobald sie einen Raum betrat, sofort das gesamte Geschehen. Meritre hingegen fiel unter einer Gruppe von Menschen nicht auf. Niemand würde seinen Blick auf ihr ruhen lassen, außer, er schaute ihr in die Augen. Plötzlich verstand Thutmosis, warum die Prinzessin den Weg der Priesterin für sich gewählt hatte. Und er begriff, dass sie beide eins gemeinsam hatten, den dornenreichen Weg, den sie beide gegangen waren, Meritre, von der nie jemand Kenntnis genommen hatte, und er, der zeit seines Lebens um sein Leben hatte fürchten müssen.

Verlegen griff Thutmosis zum Becher und trank einen Schluck, bevor er sagte: „Wenn ich irgendetwas für dich tun kann, Schwester, dann lass es mich wissen. Soweit es in meiner Macht steht, werde ich dir jeden Wunsch erfüllen."

Meritre lächelte, doch es war kein fröhliches Lächeln, sondern ein Lächeln voll Trauer und Wehmut: „Ich danke dir, Pharao. Doch es gibt nichts, das du für mich tun kannst. Ich habe, was ich brauche, eine Aufgabe, die mich erfüllt." Und deine Liebe, nach der ich mich sehne, sie gehört einer anderen, fuhr sie im Stillen mit ihren Gedanken fort.

Thutmosis spürte für einen kurzen Augenblick die Trauer, die Meritre umfing, auch wenn er sich nicht erklären konnte, woher diese kam. Er konnte nicht verhindern, dass er tiefes Mitleid für diese junge Frau empfand, die offensichtlich etwas quälte.

„Ich werde dem Tempel eine großzügige Spende zukommen lassen", meinte er sich erhebend, um die Situation, in der er sich zunehmend unwohler fühlte, zu beenden. „Wenn es sonst noch etwas gibt oder irgendwann geben sollte, du kannst immer zu mir kommen, Schwester. Ich werde für dich da sein."

„Ich danke dir, Bruder", entgegnete Meritre, sich ebenfalls erhebend.

Beide verneigten sich kurz voreinander, bevor Thutmosis eilig den Raum verließ, um sich dem unguten Gefühl, das sich seiner bemächtigt hatte, zu entziehen. Doch noch Tage später fühlte er den Blick Meritres auf sich ruhen und nachts träumte er von ihr. Was war das nur? Hatte sie ihn verhext? Nichts an ihr zog den Mann, der er war, an. Dennoch wollte ihn die Prinzessin nicht aus ihrem Bann entlassen.

1463 vor unserer Zeitrechnung

Geweckt vom Vogelgezwitscher, das aus ihrem Garten kam, räkelte sich Hatschepsut genüsslich in ihren Laken, während Senenmut neben ihr noch tief und fest schlief. Eine tiefe Zufriedenheit erfüllte die Pharaonin an diesem Morgen. Sie war mit sich und ihrer Arbeit im Reinen, hatte einen Mann an ihrer Seite, der sie um ihrer selbst liebte und dem sie voll und ganz vertrauen konnte. Nie hätte sie es für möglich gehalten, ein so starkes Gefühl für einen anderen Menschen zu entwickeln. Senenmut war der Mann, den die Götter für sie bestimmt hatten, der Halt, den sie brauchte, um das Land ihrer Väter mit Erfolg zu regieren. Ganz tief in ihrem Innern glaubte sie fest daran, dass sie mit ihrer Regierungsübernahme den Willen Amuns erfüllt hatte, dass die Götter sie zu ihrem Werkzeug bestimmt hatten und Senenmut zu ihrer Stütze.

Sie erinnerte sich noch genau an den Tag, an dem sie ihn zu sich ins Bett geholt hatte, nicht ahnend, wie ihre engsten Berater und Freunde darauf reagieren, ob sie ihr weiterhin die Treue halten würden. Es war ein Wagnis gewesen. Doch Hatschepsut hatte auch gespürt, dass sie jemanden an ihrer Seite brauchte, der ihr nicht nur mit Rat und Halt bei ihren Entscheidungen half, sondern auch ihre einsamen, unerfüllten Nächte endlich mit Liebe und Leidenschaft erfüllte. Gewiss hatte es manch üble Gerüchte gegeben, nachdem ihre Beziehung zu ihrem fähigsten Mitarbeiter bekannt geworden war. Die schlimmste Nachrede von allen war gewesen, dass Senenmut sich ihrer versicherte, um selbst nach der Macht zu greifen. Dass Senenmut keinen Augenblick daran dachte, sie in irgendeiner Art für seinen persönlichen Vorteil zu missbrauchen, wusste sie. Doch es hatte einige Zeit gedauert, bis auch der Kronrat dies einsehen musste. Dennoch gab es noch immer Neider, die Senenmut seinen Erfolg nicht gönnten, die ihn als Emporkömmling beschimpften, der für sich und seine Familie alle möglichen Vorteile aus seinem Verhältnis zur Pharaonin zog, der seinen Brüdern und Schwestern Stellungen verschaffte, die sie ohne seine Fürsprache niemals erhalten würden.

Hatschepsut seufzte nachdenklich, während sie ihren schlafenden Liebhaber ausführlich betrachtete. Sie waren älter geworden, beide. Senenmuts Schläfen zeigten erste graue Haare, um die Augen bildeten sich feine Falten und sein Bauch wies einen ersten leichten Fettansatz auf. Lächelnd musste sie sich eingestehen, dass auch sie nicht mehr das junge, bildschöne Mädchen von einst war, dass sich auch bei ihr erste Falten um die Augenpartie und den Mund zeigten. Schlimmer noch machte sich ein Ausschlag in ihrem Gesicht und auf ihrem Oberkörper bemerkbar, der von Zeit zu Zeit immer wieder erschien und sie verunstaltete. Meist zeigte er sich, wenn Sorgen sie drückten. Die Ärzte meinten, dass es sich dabei um keine Krankheit, sondern um einen Ausdruck ihres Gemütszustands handele, der nur mit Ruhe und innerer Ausgeglichenheit zu bekämpfen sei. Ruhe und Ausgeglichenheit, ein Fremdwort für eine Herrscherin, die die Verantwortung für ein ganzes Land auf ihren Schultern trug. Vor allem die Parteigänger ihres Stiefsohns Thutmosis machten ihr in den letzten Monaten zu schaffen. Immer wieder hallte ihr Ruf nach Krieg durch den Rat, um Ägyptens Stärke zu beweisen, ein Ruf, den Hatschepsut jedes Mal mit aller Härte abschmetterte. Nur gelegentlich stimmte sie einer Strafexpedition zu und ernannte ihren Stiefsohn stets zum Befehlshaber, um ihn für einige Zeit aus Theben zu entfernen.

Thutmosis – ihr Neffe und Stiefsohn – er war erwachsen geworden, ein stattlicher Mann gewiss, aber vor allem ein Soldat, der vom Heer geliebt und verehrt wurde. Wussten diese Narren denn nicht, was Krieg bedeutete, was er den Menschen antat, sowohl den Verlierern wie auch den Siegern? Sollte sie einem solchen Mann, der den Krieg offensichtlich liebte, einmal die Macht über ihr blühendes Ägypten übergeben? Manchmal hegte sie Zweifel. Doch andererseits gab es niemanden sonst, der diese Aufgabe nach ihrem Tod übernehmen könnte. Dafür war es zu spät. Sie hatte damals entschieden, ihren Neffen am Leben zu lassen. Inzwischen war er zu stark geworden, um ihn ohne Probleme aus dem Weg räumen zu können. Und sie bereute ihre Entscheidung eigentlich auch nicht. Nur ein einziges Mal hatte sie diese ernsthaft hinterfragt, an dem Tag, an dem sie ihm Nofrure zur ersten Gemahlin angeboten und er dies strikt abgelehnt hatte, nicht, sie zu heiraten, das würde er tun. Aber sie Satiahs Stelle als große Königsgemahlin einnehmen zu lassen, das kam für ihn nicht in Betracht. So hatte sie ihm die Hand der Erbprinzessin endgültig verweigert und Nofrure mit einem Titel abgefunden, der eigentlich nichts besagte, nachdem diese alle ihr von ihrer Mutter vorgeschlagenen Kandidaten für eine Ehe strikt zurückgewiesen hatte. Seither führte sie einen Lebenswandel, der der Pharaonin nicht gefallen konnte. Sie wäre, naiv und leichtgläubig, wie sie war, ein Spielball in der Hand eines Mannes, der nach der Macht greifen wollte, denn sie war noch immer die Erbprinzessin und würde den Mann, den sie heiratete, zum möglichen Anwärter auf den Thron machen. Damit stellte sie für Thutmosis eine ständige Gefahr dar, die nicht zu unterschätzen war. Hatschepsut wusste, dass ihr Stiefsohn seine Halbschwester aus diesem Grund überwachen ließ und ihre Liebhaber auf ihre Gefährlichkeit prüfte. Der eine oder andere hatte seine Nacht mit der

Prinzessin schon mit dem Leben bezahlen müssen. Hatschepsut hatte dazu geschwiegen. Doch es beunruhigte sie immer häufiger, was aus diesem Konflikt noch entstehen könnte. Immerhin trug sie eine Mitschuld an diesem Desaster. Hätte sie Nofrure von Anfang an mit Thutmosis vermählt, wäre die Situation jetzt klar. Doch aus taktischen Gründen hatte sie dies immer wieder hinausgeschoben. Nun musste sie mit den möglichen Folgen leben.

Wieder seufzte Hatschepsut und verbot sich, im Augenblick weiter darüber nachzudenken. Lächelnd beobachtete sie Senenmut dabei, wie er die Augen aufschlug und sie anstrahlte.

„Bist du schon lange wach, meine Königin?", fragte er sie erkennend, dass sie wieder einmal über Probleme nachgedacht haben musste. Immer wenn sich diese eine Falte auf ihrer Stirn zeigte, quälten sie Sorgen.

„Nur das Übliche", erwiderte Hatschepsut, zärtlich über seine breite Brust streichelnd. Sich an ihn schmiegend meinte sie schließlich. „Ich habe einen Plan und möchte ihn gerne mit dir besprechen."

„Ich höre", antwortete Senenmut, während er sanft über ihren Rücken strich.

„Zu meinem Krönungsjubiläum möchte ich gerne etwas ganz Besonderes."

„Und woran dachte meine Königin?", fragte Senenmut neugierig.

„Ich möchte dich bitten, für mich zu unseren Steinbrüchen nach Assuan zu reisen und dort zwei geeignete Felsen zu finden, aus denen du zwei riesige Obelisken für den

Karnaktempel heraushauen und nach Theben bringen kannst. Sie sollen größer sein als alle, die bisher irgendwo stehen. Ihre Spitzen sollen mit Elektrum überzogen werden, damit sie schon von Weitem sichtbar in der Sonne glänzen. Hältst du diese Idee für machbar?"

Senenmut überlegte geraume Zeit, bis er schließlich antwortete: „Der Aufwand wäre enorm, aber machbar. Doch ich wäre lange weg aus Theben, um die Arbeiten vor Ort zu überwachen", gab er zu bedenken, während sich ein ungutes Gefühl in seiner Magengegend ausbreitete. „Die Arbeiten an deinem Totentempel würden zwar reibungslos unter der Aufsicht von Ineni weitergehen können, der gerade dabei ist, die Punthalle und das Allerheiligste von Steinmetzen und Malern ausschmücken zu lassen. Doch ich weiß nicht, ob das der richtige Zeitpunkt ist, Euch allein zu lassen?"

Hatschepsut lächelte amüsiert. „Glaubst du, ich komme die paar Monde nicht ohne dich zurecht?"

„Gewiss kommt Ihr das. Aber gesteht, Ihr werdet mich vermissen, mich und unsere gemeinsamen Nächte," neckte er sie.

Hatschepsut lächelte. Doch dann wurde sie plötzlich ernst. „Tu es für mich, ich bitte dich. Ich möchte im größten Heiligtum des Landes, im Tempel von Karnak, etwas hinterlassen, das die Menschen nach meinem Tod bei ihrem Gang in den Tempel an mich erinnert."

„Ist Euer grandioser Totentempel nicht Erinnerung genug? Niemand kommt an diesem Denkmal vorbei."

„Schon", entgegnete Hatschepsut. „Dennoch möchte ich außer der roten Kapelle und dem Barkensanktuar dem Tempel von Karnak etwas schenken, das so außergewöhnlich ist wie meine Herrschaft. Wirst du mir diesen Wunsch erfüllen?"

„Ich werde auch diesmal mein Möglichstes tun, um meine Königin zufrieden zu stellen", entgegnete Senenmut, bevor er die Königin in seine Arme zog und küsste. Hatschepsut ließ es geschehen, doch dann schob sie ihn sanft von sich und meinte: „Ich werde während deiner Abwesenheit deinen Bruder Senmen zu deinem Vertreter bestimmen und dir die besten Steinmetze mitgeben, damit du so schnell wie möglich wieder hier sein kannst. Das Schwierigste dürfte es wohl sein, die beiden Steinkolosse unversehrt nach Theben zu bringen. Hast du schon eine Idee."

Senenmut überlegte einige Zeit. „Sie auf dem Nil zu transportieren, erscheint mir als die beste Möglichkeit. Doch wie genau dies gelingen kann, darüber muss ich erst noch ausgiebig nachdenken. Leicht wird es nicht, was meine Königin da von mir fordert."

„Aber meinem über alles geliebten Baumeister wird auch dies gelingen. Davon bin ich überzeugt", lächelte Hatschepsut, bevor sie sich erneut von ihm umarmen ließ.

Schon zwei Wochen später reiste Senenmut mit einem Trupp Steinmetzen und Arbeitern nach Assuan, um den Wunsch seiner Königin Wahrheit werden zu lassen. Doch das ungute Gefühl, das sich seiner bemächtigt hatte, wollte nicht weichen.

Von Nebamun gedrängt begleitete Pharao Thutmosis seinen Freund auf eines der Feste in der Stadt, zu dem dieser eingeladen worden war und auf dessen Gastgeberin Nebamun ein Auge geworfen hatte.

Eigentlich war Thutmosis kein Freund solcher Feste, die meist in den Nachtstunden in Gelage ausarteten. Doch seit der schweren Geburt ihres Sohns war Satiah noch immer angeschlagen und musste geschont werden, sodass Thutmosis seine kränkelnde Gemahlin nur selten aufsuchte, um einige belanglose Worte mit ihr zu wechseln und sie dann wieder sich und ihren Dienerinnen und Ärzten zu überlassen. Eine kriegerische Auseinandersetzung stand nicht im Raum, auf die Pharao sich hätte vorbereiten können, und so langweilte Thutmosis sich, denn von den Regierungsgeschäften schloss seine Stiefmutter ihn weitestgehend aus. Zwar nahm er an jeder Sitzung des Kronrats teil, doch nach seiner Meinung wurde er nicht gefragt. Bei jeder festlichen Einweihung eines Tempels, einer Stele oder eines Gebäudes sowie bei jedem Fest für die Götter war er zugegen. Doch Hatschepsut regierte an ihm vorbei und nutzte ihn lediglich als Aushängeschild. Diesem Treiben stand er mehr oder weniger machtlos gegenüber, denn der gesamte Rat stand ausnahmslos hinter der Pharaonin. Sich gegen ihn aufzulehnen, könnte ihn noch immer das Leben kosten. Besser war es, sich im Augenblick in das Schicksal zu fügen, das Militär hinter sich zu bringen und geduldig auf die Stunde der Abrechnung zu warten.

Nebtu, aus einer der reichsten Familien des Landes stammend, zählte zu den besten Partien, die im Augenblick zur Heirat zur Wahl standen. Ihre Eltern entstammten altem thebanischem Adel und verfügten bei ihrem Tod über ein riesiges Vermögen, das sie ihrer einzigen Tochter nach ihrem frühen Tod vermacht hatten. Die Bewerber, die um ihre Hand anhielten, scharrten sich um die junge, attraktive Frau in der Hoffnung, von ihr erwählt zu werden. Einer von ihnen war Nebamun, der sich aufgrund seiner engen Freundschaft zum jungen Pharao Aussichten auf einen Erfolg seiner Werbung versprach.

Als Pharao Thutmosis gemeinsam mit Nebamun den Festsaal betrat, in dem bereits viele Gäste auf Liegen an kleinen Tischen Platz genommen hatten, von der Gastgeberin gespendete Salbkegel auf dem Kopf trugen, die im Laufe des Abends schmelzen und Wohlgerüche im Saal verbreiten würden, blickten diese leicht schockiert auf, als Pharao eintrat, bevor sie sich zu Boden warfen und auf ein Zeichen von Pharao warteten, sich wieder erheben zu dürfen. Vielen sah man ihre Enttäuschung ins Gesicht geschrieben, denn sie hatten sich auf einen angenehmen, lockeren Abend gefreut, der Genüsse jeglicher Art versprach. Nun war Pharao gekommen und Disziplin musste für die Zeit seiner Anwesenheit gewahrt werden. Auch wenn jeder im Raum wusste, dass er ein Pharao ohne wirkliche Macht war, so konnte sein Arm doch weit reichen.

Thutmosis winkte den Gästen mit dem Arm, dass sie sich erheben und wieder Platz nehmen dürften, bevor er Nebamun zu der Gastgeberin folgte, die sich abermals vor ihm zu Boden warf.

„Eure Majestät, es ist mir eine Ehre, dass Ihr heute Abend Gast auf meinem bescheidenen kleinen Fest sein werdet", sagte sie lächelnd, nachdem Pharao ihr mit der Hand zu verstehen gegeben hatte, sich zu erheben.

„Bescheiden würde ich das nicht nennen, edle Nebtu. Die Festlichkeiten im Palast sind keineswegs aufwendiger als das, was du deinen Gästen bietest. Nebamun hat deine Gastfreundschaft in so hohen Tönen gelobt, dass ich der

Versuchung nicht widerstehen konnte, mich von der Wahrheit seiner Worte zu überzeugen."

„Ich fühle mich von Eurer Anwesenheit geehrt, Hoheit. Diener, bringt für Ihre Majestät und seinen Begleiter zwei Tische und Liegen herbei, die beidseitig neben der meinen aufgestellt werden, damit ich ein Auge darauf haben kann, dass meine heutigen Ehrengäste mit allem versorgt werden, was sie sich wünschen."

Dabei huschte ein errötendes Lächeln über das Gesicht der jungen Frau, die ihren Blick nicht von dem stattlichen jungen Mann vor sich wenden konnte. Viel wurde über Thutmosis und seine Rolle bei Hof geredet. Dass er machtlos seiner Tante und Stiefmutter gegenüberstand, wusste jeder, der zu einem der vielen Beamten bei Hof Kontakt hatte. Die einen legten ihm das als Schwäche aus, während andere ihn eher für klug genug einschätzten, auf seine Stunde zu warten und sich für die Schmach, die man ihm zugefügt hatte, zu rächen.

Nebtu ließ sich beide Darstellungen durch den Kopf gehen, während sie bei Tisch lag und Diener den ersten Gang, in Honig eingelegte, gebratene Entenkeulen, servierten und dazu schweren Wein von der Insel Kaphtor ausschenkten, dessen Beschaffung ein Vermögen gekostet haben musste.

Thutmosis griff zögerlich zu und trank den Wein nur mit viel Wasser gemischt, während er das Geschehen genau beobachtete. Ihm war bewusst, dass er die Gäste durch seine Anwesenheit störte, dass sie sich ihre sonstige Ausgelassenheit und Hemmungslosigkeit für später aufhoben, wenn Pharao gegangen sein würde. Schon bald empfand er es als großen Fehler, gekommen zu sein. Doch um das Gesicht zu wahren, musste er vermutlich bleiben, bis das Mahl in ein Gelage überging und er einen Grund hatte, sich zurückzuziehen. Ärgerlich blickte er zu Nebamun hinüber, der ihn zu diesem Ausflug überredet hatte. Auch wenn er es mit Pharao gut gemeint hatte, so musste er doch wissen, wie Pharao über solche Veranstaltungen dachte. Ihm als Soldat, der auf Zucht und Ordnung hohen Wert legte, waren diese ausgelassenen Fressorgien schon immer ein Greul gewesen.

Ohnmächtig blickte er zu Nebamun hinüber, dessen Blick gebannt auf der Gastgeberin ruhte, die ihm jedoch keine Aufmerksamkeit schenkte, sondern sich Pharao zugewandt hatte und überlegte, welches Thema für ein Gespräch ihn wohl fesseln könnte. Er war ein gutaussehender, durchtrainierter Mann, der offensichtlich sehr asketisch lebte und, wie man sich erzählte, beim Heer sein wahres Zuhause gefunden zu haben schien. Auch wenn er jetzt von seiner Tante bevormundet wurde, so würde er eines Tages doch der einzige Pharao Ägyptens sein. Und die Frau an seiner Seite würde die mächtigste Frau im Land sein. Die junge Frau überlegte nicht lange. Sie hatte alles, was sich ein Mensch wünschen konnte. Nur eins fehlte ihr noch – Macht. An der Seite dieses Mannes würde ihr diese in die Hände fallen. Und wie allgemein gemunkelt wurde, stand es um die Ehe Pharaos im Augenblick nicht zum Besten. Seine erste Gemahlin erholte sich nur zögerlich von der letzten Geburt und sollte auch keine weiteren Kinder mehr gebären. Daher stand ihr Entschluss schnell fest, sie würde versuchen, diesen Mann für sich zu erobern. Dass das nicht einfach werden würde, war ihr klar. Doch sie wäre nicht Nebtu, wenn sie sich von Schwierigkeiten abschrecken ließe. Im Gegenteil, diese spornten sie an und brachten Farbe in ihr langweiliges Leben.

Der Abend zog sich dahin, ein Gang nach dem anderen wurde serviert. Zwischen den Gängen gab es Vorführungen von Akrobaten, Feuerschluckern und Magiern, die das Publikum in ihren Bann zogen. Im Hintergrund ertönte leise Musik, die das Fest den ganzen Abend über begleitete. Thutmosis musste zugeben, dass die Unterhaltung bei höfischen Festgelagen nicht besser war. Eine Frau, die solche Feste bezahlen konnte, musste wirklich über hohe finanzielle Mittel verfügen.

Als zum Abschluss des Festmahles frisches Obst und süßes Gebäck gereicht wurden, traten die ersten Tänzerinnen auf, nur mit einem goldenen Gürtel bekleidete schlanke Mädchen, mit Sistren in der Hand, die ihre Körper zum Klang von Harfen und Flöten geschmeidig verbogen und deren spätere Aufgabe ein offenes Geheimnis war. Wer nicht mit seiner Gemahlin gekommen war, würde hier zu später Stunde ausreichend Gesellschaft finden.

Thutmosis seufzte, während er sah, wie viele der mit ihren Gemahlinnen gekommenen Gäste begannen, sich auf den Heimweg zu machen. Andere wiederum blieben trotz ihrer Gemahlin, um das weitere Geschehen wenigstens aus der Ferne zu beobachten. Wieder andere hatten ihre Gemahlin gleich zu Hause gelassen, um den Abend ungestört genießen zu können. Auch Pharao erhob sich, verabschiedete sich von der Gastgeberin, sich für das vorzügliche Essen bedankend, und zwinkerte Nebamun zu, um ihm zu verstehen zu geben, dass er den Abend ohne ihn weiter genießen sollte. Dann begab er sich zum Ausgang, wo seine Leibwache auf ihn gewartet hatte. Mit ihr verließ er das Fest.

Enttäuscht blickte Nebtu ihm nach. Ganz offensichtlich war Pharao trotz seiner Jugend ein spröder, moralischer Mann, der Ausschweifungen keineswegs schätzte. Anders verhielt es sich mit seinem Freund, der einem Abenteuer nie abgeneigt schien.

Nachdenklich betrachtete Nebtu Nebamun. Er war der engste Vertraute Pharaos und damit ein Schlüssel zu diesem. Daher würde sie ihn in der heutigen Nacht in ihr Bett holen, um mehr über diesen wortkargen Mann zu erfahren.

Nachdenklich stand die Pharaonin mit ihrem Hofstaat am Kai des königlichen Palasts, um sich von ihrem ersten Baumeister, Haushofmeister, Vermögensverwalter und Liebhaber Senenmut zu verabschieden. Drei Schiffe lagen am Pier bereit, um ihn und einen Trupp Arbeiter, Steinmetze und Sklaven nach Assuan zu bringen. Dort sollten sie die zwei Obelisken, die sich Hatschepsut für den Karnaktempel wünschte, aus dem Steinbruch schlagen und nach Theben bringen, abermals eine Aufgabe, deren Gelingen sie nur Senenmut zutraute.

Senenmut war von dieser neuen Aufgabe keineswegs begeistert gewesen, obwohl sie eine neue Herausforderung für ihn darstellte. Und neue Herausforderungen hatten ihn stets zu Höchstleistungen angespornt. Doch er würde für geraume Zeit nicht in Theben weilen und Hatschepsut nicht sehen. Zwar würde ihn während seiner Abwesenheit sein Bruder Senmen vertreten, dem er vollkommen vertraute. Doch ihm war auch bewusst, wie viele Feinde und Neider er bei Hof hatte, auf die er als Günstling der Pharaonin gelernt hatte, immer ein Auge zu haben. Nun würde er für lange Zeit nicht vor Ort sein. Bis zu seiner Rückkehr konnte viel geschehen. Deshalb wollte das ungute Gefühl in seiner Magengegend nicht weichen.

Auch Hatschepsut waren in den letzten Tagen Bedenken gekommen, ob sie wirklich Senenmut mit diesem Auftrag betrauen sollte. Unter all ihren Vertrauten war er derjenige, auf den sie am wenigsten verzichten konnte, ihre rechte Hand, ihre Stütze, die sie brauchte, um herrschen zu können. Zum ersten Mal musste sie sich eingestehen, dass sie sich ohne ihn hilflos fühlte, dass sie seinen Rat und seine Entschlossenheit mehr als alles andere brauchte – und natürlich seine bedingungslose Liebe und Treue. Doch nun war alles geplant und vorbereitet. Als Herrscherin wollte und konnte sie sich nicht die Blöße geben, ihren Befehl zu widerrufen und Senenmut bei sich zu behalten. Als Frau auf dem Horusthron durfte sie keine Schwäche zeigen, wenn sie ihre Autorität nicht verlieren wollte. Darum musste er im Vertrauen auf die Götter gehen und diesen letzten großen Auftrag ihr zu Ehren erfüllen. Danach aber würde sie ihn nicht mehr von ihrer Seite lassen, das hatte sie sich fest vorgenommen.

Auch Pharao Thutmosis, Prinzessin Nofrure und der Hohepriester Hapuseneb sowie sein Stellvertreter Puiemre waren zu der offiziellen Verabschiedung erschienen, die beiden letzteren, um auf dem Pier den Göttern ein Opfer darzubringen und ihren Segen für das Vorhaben zu erbitten.

Nachdem Hapuseneb dem Opferlamm mit geübtem Schnitt die Kehle durchtrennt hatte und Puiemre die Eingeweide des toten Tiers aus dessen Körper mit Hilfe zweier Sklaven geholt und in einer goldenen Schale aufgefangen hatte, erbleichte er für einen kurzen Augenblick. Die Eingeweide des Tiers waren mit Geschwüren übersät. Das war kein gutes Vorzeichen für dieses Unternehmen. Auch Hapuseneb sah die üblen Anzeichen für einen kurzen Moment, bevor die Sklaven die Eingeweide auf dem errichteten Altar dem Feuer übergaben und der Hohepriester den Segen der Götter erflehte, wie es seine Aufgabe war. Doch dann trat er auf Hatschepsut zu und flüsterte ihr zu: „Das Tier war nicht rein. Ihr solltet das

Unternehmen überdenken, meine Königin. Der Segen der Götter ruht nicht auf ihm."

Hatschepsut erbleichte. Hilflos starrte sie einen Augenblick lang vor sich hin. Alles war vorbereitet. Sie konnte das Unternehmen in diesem Augenblick unmöglich absagen. Ihr Gesichtsverlust wäre enorm und würde von ihren Gegnern ausgeschlachtet werden. Daher nickte sie nur stumm, bevor sie Senenmut noch einmal umarmte, ihm Glück wünschte und an Bord gehen ließ, in der festen Absicht, ihn in den nächsten Tagen unter einem Vorwand nach Theben zurückzurufen und an seiner Statt Ineni mit dem Auftrag zu betrauen.

Nachdem Senenmut als Letzter an Bord des größten Schiffs gegangen war, wurden die Segel gehisst und die an Bord befindlichen Ruderer begannen im Takt auszuholen, um das Schiff in die Mitte des Flusses zu manövrieren und dann Kurs Richtung Süden einzuschlagen. Schon bald wurden alle drei Schiffe für die Zurückgebliebenen kleiner, bis sie schließlich ganz am Horizont verschwanden.

Ein leichter Schauder erfasste Hatschepsut, als sie schließlich ihren Blick abwandte, in ihre Sänfte stieg und sich von ihren Trägern zurück in den Palast bringen ließ. Mit ihrem Aufbruch löste sich auch die restliche Menschenansammlung auf und verstreute sich in alle Himmelsrichtungen.

Allein Nofrure blieb noch lange am Kai zurück und starrte auf den Punkt, an dem die Schiffe am Horizont verschwunden waren. Schwermut erfasste sie. Wie lange würde Senenmut wohl fortbleiben müssen, um den Auftrag ihrer Mutter zu erfüllen? Sie wusste es nicht, ahnte aber, welch schwierige Aufgabe es sein würde, zwei riesige Obelisken in einem Stück aus dem Fels zu schlagen. Ein falscher Ansatzpunkt und der

Fels würde springen und die Arbeit von Wochen und Monaten zerstören. Eine Träne trat ihr ins Auge. Sie liebte Senenmut, vermisste ihn schon jetzt. Auch er war ihr stets zugetan gewesen, selbst wenn er in ihr immer nur das Kind und nicht die Frau sehen konnte. Nun würde sie ihn lange Zeit nicht einmal mehr sehen können, nur weil ihre Mutter ihre eigene Größe erneut unter Beweis stellen musste. Und sie, sie würde sich wieder in das höfische Treiben stürzen und versuchen, die Leere in ihrem Herzen mit immer neuen Liebschaften zu übertünchen? Sie wusste, dass ihr kein anderer Mann als Senenemut je das geben könnte, wonach sie sich sehnte, Geborgenheit und Frieden in ihrem Herzen. Doch ausgerechnet dieser eine hatte nur Augen für ihre Mutter. Könnte sie dies vielleicht ändern, wenn ihre Mutter nicht zugegen wäre, sie allein mit ihm wäre? Vielleicht würde er dann endlich begreifen, endlich erkennen, was er an ihr hatte?

Ein plötzlicher Gedanke kam ihr in den Sinn. Nach kurzem Zögern stand Nofrures Entschluss fest. In den nächsten Tagen würde sie mit einer der königlichen Barken nach Assuan reisen, um dort im Tempel der Göttin Satis zu beten und ihr ein großzügiges Opfer darzubringen. Satis, die Göttin der Nilschwemme, die Ägypten Fruchtbarkeit schenkte, würde ihr helfen, würde ihren größten Wunsch vielleicht erfüllen. Einen Augenblick dachte sie an ihre Mutter, die Senenmut ebenfalls liebte. Doch den Gedanken an sie wischte sie schnell fort. Ihre Mutter hatte, was ihr am wichtigsten war – die Macht über Ägypten. Sie hingegen hatte nichts als diesen einen Wunsch – dass Senenmut sie liebte. Die Hoffnung, dass er endlich erkannte, wer wirklich für ihn bestimmt war, glomm in ihrem Herzen auf. Und sie hatte außer ihrer Liebe auch durchaus etwas zu geben, denn wer sie zur Frau nahm, hatte Anspruch auf den Horusthron, denn noch immer war sie die Erbprinzessin.

Eine plötzliche Übelkeit stieg in der Prinzessin auf, und sie musste sich übergeben. Ihre wartenden Dienerinnen eilten sofort herbei, um ihrer Herrin beizustehen.

Sitre-In, ihre Amme, die seit der Geburt der Königstochter fast nie von deren Seite gewichen war und ihren Schützling wie ihre eigene Tochter liebte, erbleichte, denn sie ahnte die Ursache für die Übelkeit ihrer Herrin. Schon seit längerer Zeit hatte sie vorausgesehen, dass das zügellose Leben Nofrures einmal Folgen haben würde. Gefolgt von ihren anderen Dienerinnen geleitete Sitre-In ihre Herrin zu ihrer Sänfte, um sie in ihre Gemächer tragen zu lassen, während sie überlegte, was zu tun sei, wenn sich ihre Befürchtung bewahrheiten sollte. Nofrures Entschluss, in ihrer Funktion als Gottesgemahlin Amuns nach Assuan zum Tempel der Satis zu reisen, den sie ihrer Amme auf dem Rückweg in den Palast mitteilte, kam Sitre-In daher gelegen. Theben für einige Zeit zu verlassen, um Gerüchte und Mutmaßungen erst gar nicht aufkommen zu lassen, schien ihr eine gute Idee zu sein. In Assuan, fern vom Hof, war ihr Schützling erst einmal in Sicherheit. In aller Ruhe konnte sie dort darüber nachdenken, was zu tun sei, sollte Nofrure tatsächlich schwanger sein.

Thutmosis und Nebamun rasten mit ihren Wagenlenkern Seite an Seite auf ihren Streitwagen durch die Wüste, um den Löwen zu jagen, der seit einigen Tagen nicht nur das Vieh der Dorfbewohner dieser Gegend riss, sondern zuletzt auch ein kleines Kind angefallen und zerfleischt hatte. Eine Bestie, die einmal einen Menschen getötet hatte, würde dies immer wieder tun. Darum war Eile geboten. Außerdem war dies eine Aufgabe nach Thutmosis Geschmack. Hier konnte er sich, am Hof zu Tatenlosigkeit verurteilt, beweisen. Die Treiber, die den beiden Gefährten aus der entgegengesetzten Richtung entgegenkamen und die Aufgabe hatten, mit lautem Getrommel die Bestie aus ihrem Versteck zu locken, kamen den beiden Jägern immer näher, ohne dass von dem Löwen, offensichtlich einem Einzelgänger, eine Spur entdeckt werden konnte. Dennoch war der junge Pharao sicher, dass sich die Bestie ganz in ihrer Nähe in den zerklüfteten Felsen befand und sie belauerte.

Und Thutmosis sollte recht behalten. Schon standen sie den Treibern unmittelbar gegenüber, als das Tier sich von einem vorgelagerten Felsen herab auf einen der Treiber stürzte, diesen am Hals packte, zubiss und dann das Opfer mit sich zu schleifen versuchte. Panik breitete sich unter den restlichen Treibern aus, die wild die Flucht ergriffen. Und auch die sie begleitenden Soldaten waren von dem Angriff zu überrascht, um angemessen zu reagieren.

Thutmosis und Nebamun wechselten einen kurzen Blick, dann gaben sie ihren Wagenlenkern ein Zeichen, die Fahrt zu beschleunigen und auf das Tier zuzuhalten, während beide ihre Bogen spannten und auf den Löwen zielten. Mit einem lauten Brüllen ließ das Tier von seiner Beute ab und sprengte den beiden Streitwagen entgegen, von einem der Pfeile ins Bein getroffen. Wie auf Kommando hoben die Freunde gleichzeitig ihre Speere und zielten auf den ihnen entgegenkommenden Löwen, verfehlten das Tier jedoch aufgrund der Bodenunebenheiten, die einen genauen Wurf vom Streitwagen unmöglich machten. Beide Kämpfer ließen ihre Wagenlenker die Gefährte anhalten, sprangen vom Wagen und hoben erneut ihre Speere, um auf die Bestie zu zielen. Die von einem der Speere in den Bauch getroffene Bestie schwankte einen Augenblick, stieß ein grimmiges Brüllen hervor, noch unschlüssig, auf welchen der beiden herannahenden Männer sie sich stürzen sollte. Schließlich machte sie einen Satz, riss den ihr entgegenkommenden Nebamun mit ihrem Körpergewicht zu Boden und bohrte ihre riesigen Zähne in den Oberarm des Opfers. Entschlossen sprang Thutmosis hinzu, zog sein Schwert aus dem Gürtel und stieß es mit aller Kraft in den Hals des Untiers. Zu Tode getroffen sackte der Körper der Bestie in sich zusammen. Doch die beiden Freunde hatten Mühe, den leblosen Körper von Nebamun zu rollen und die Zähne des Tiers aus dessen Oberarm zu befreien. Erst als die entsetzten Soldaten sich von ihrem Schreck erholt hatten und zu Hilfe eilten, gelang es, Nebamuns Arm zu befreien und die tiefe Fleischwunde an seinem Oberarm zu versorgen.

Während Nebamun sich ermattet gegen einen Felsen lehnte und versuchte, seine Schmerzen zu unterdrücken, brüllte Pharao die hilflos herumstehenden Soldaten an. „Ihr Feiglinge. Das wäre nicht passiert, wenn ihr euren Mut zusammengenommen und eingegriffen hättet, anstatt blöd herumzustehen und zu gaffen. Jeder von euch wird heute Abend in der Kaserne vor der versammelten Mannschaft ausgepeitscht werden. Und sollte Nebamuns Arm nicht wieder vollständig heilen, werde ich jedem von euch die rechte Hand abhacken lassen als Warnung für alle anderen, nicht so wie ihr bei Gefahr zu versagen. Und jetzt geht ins nächste Dorf und holt eine Trage, damit wir Nebamun nach Hause bringen und von einem Arzt versorgen lassen können. Ihr Treiber ladet die Bestie auf und bringt sie in den Palast."

Niemand wagte einen Ton von sich zu geben, denn Thutmosis Zornausbrüche waren gefürchtet, auch wenn sie im Laufe der Jahre seltener geworden waren.

Während die einen ins nächste Dorf eilten, um eine Sänfte zu besorgen und die anderen den toten Löwen davonschleppten, setzte Pharao sich neben den Freund, ließ sich von seinem Wagenlenker eine Flasche mit Wein bringen und reichte sie dem Freund, während die beiden Wagenlenker in einiger Entfernung warteten.

„Diese Feiglinge", fluchte Thutmosis leise vor sich hin. „Es tut mir leid, mein Freund. Ich werde meinen Leibarzt damit beauftragen, dich zu behandeln."

Nebamun, der einen kräftigen Schluck Wein genommen hatte, um seine Schmerzen zu betäuben, lächelte müde.

„Seid Ihr nicht etwas sehr streng zu den Männern gewesen? Auspeitschen mag noch angehen und die Demütigung, dies vor der versammelten Mannschaft zu tun, auch. Aber einem jeden die Hand abhacken zu lassen? Was sollen die Männer danach tun? Als Krüppel sind sie zu nichts mehr zu gebrauchen, können nur noch betteln gehen. Ist das sinnvoll?"

Thutmosis seufzte. „Vielleicht, vielleicht auch nicht. Wenn ich etwas hasse, dann Feigheit. Und die muss den Truppen ausgetrieben werden, denn in einer Schlacht muss ich mich auf sie verlassen können. Dies geht nur durch Härte."

„Von welcher Schlacht sprecht Ihr, Eure Majestät? Eure Tante hat es erneut abgelehnt, Euch eine Streitmacht zu geben, um gegen Syrien und Palästina zu ziehen. Sie setzt weiterhin auf Diplomatie."

„Was ein riesiger Fehler ist", zischte Thutmosis zornig. „Sie sieht nicht, dass wir uns allmählich lächerlich machen, indem wir Boten senden, die die fälligen Tribute einfordern, anstatt eine Streitmacht, die sich holt, was Ägypten zusteht und die säumigen Schuldner bestraft. Doch lass uns jetzt nicht davon reden, mein Freund. Du hast viel Blut verloren. Darum wollen wir ein angenehmeres Thema suchen. Was macht dein Werben um Nebtu? Wann kann ich mit eurer Hochzeit rechnen?"

„Kein unbedingt besseres Thema", wehrte Nebamun ab.

„Warum?", fragte Thutmosis überrascht. „Wie du selbst sagtest, hast du mehrmals mit ihr das Bett geteilt."

Nebamun lächelte bitter. „Ja, und jedes Mal danach hat sie mich über Euch ausgefragt, Majestät. Sie ist kein bisschen an mir interessiert, sondern versucht über mich an Euch heranzukommen. Ganz so blöd, dass ich das nicht irgendwann begriffen habe, bin ich auch nicht. Zu Seth mit diesem Weib und ihrem ganzen Reichtum. Sie will nicht mich, sie will Euch. Ich bin nur Mittel zum Zweck."

Thutmosis lachte amüsiert auf. „Das glaube ich nicht, Nebamun. Ich habe eine große Königsgemahlin, Satiah. Das weiß jeder. Und eine Frau wie Nebtu will ganz gewiss nicht auf den zweiten Platz verwiesen werden."

„Ich weiß nicht, was sie will, aber ich weiß, dass sie Euch begehrt, ob als Mann oder als Pharao vermag ich nicht zu sagen. Wer wird schon aus dem Verhalten einer Frau schlau. Ich nicht."

„Soll ich einmal mit ihr reden?", fragte Thutmosis freundlich.

„Bloß nicht", antwortete Nebamun energisch. „Ich bin mit dieser Frau fertig. Es gibt noch andere schöne Frauen in

Theben und wohlhabend bin ich selbst, auch wenn ihr Vermögen das meine gut ergänzt hätte. Doch man kann nicht alles haben."

„Dann hast du also wirklich kein Interesse mehr an ihr?"

„Nein, Eure Majestät, ganz und gar nicht. Ihr etwa?"

„An ihr weniger, aber an ihrem Reichtum, mit dem sich manches bewerkstelligen ließe. Wie du weißt, hält meine Tante mich knapp, damit ich auch nicht die geringste Möglichkeit habe, gegen sie zu intrigieren. Doch ihre Politik wird immer verhängnisvoller für Ägypten. Wir müssen endlich militärische Stärke zeigen, um uns Respekt zu verschaffen. Doch das sieht Hatschepsut nicht so. Und solange dieser Senenmut an ihrer Seite ist und sie stützt, wird sich daran auch nicht viel ändern."

„Ja", stimmte Nebamun ihm zu. „Dieser Mann ist ihr Rückgrat, ihre Stärke. Er gibt ihr den Halt, den sie braucht. Und ich muss zugeben, dass er genial ist. Seine Bauwerke sind einzigartig in Ägypten. Und das Spionagenetz, das er aufgebaut hat, um Hatschepsut zu schützen und jede Auflehnung gegen ihre Herrschaft im Keim zu ersticken, ist genauso beeindruckend. Ihm entgeht nichts."

„Genau darum muss er weg", zischte Thutmosis zornig. „Ohne ihn ist meine Tante nur noch halb so gefährlich."

„Und wie wollte Ihr das machen? Niemand vermag einen Keil zwischen ihn und Hatschepsut zu treiben."

„Vielleicht doch", entgegnete Thutmosis nachdenklich. „Mit den nötigen Mitteln ist vielleicht manches möglich. Und manchmal kommt einem dann noch der Zufall zu Hilfe."

Vielsagend blickte Thutmosis zu seinem Freund, um mit ihm seine Gedanken zu teilen. Doch Nebamun konnte ihn nicht mehr hören, denn er hatte das Bewusstsein verloren.

In den frühen Abendstunden legte die königliche Barke auf der Nilinsel Elephantine an, über die sich der riesige Tempelbezirk der Göttin Satis erstreckte. Auf einer Empore in der Mitte der Barke saß Nofrure auf einem mit Gold verzierten Ebenholzsessel unter einem Baldachin. Zwei Sklavenjungen fächelten der Gottgemahlin Amuns Luft zu und verscheuchten damit gleichzeitig die Myriaden von Mücken und Fliegen, die über dem Fluss schwebten. Die Prinzessin hatte Mühe, ihre königliche Haltung beizubehalten. Übelkeit machte ihr zu schaffen. Inzwischen war auch sie sicher, dass eine ihrer Liebschaften nicht ohne Folgen geblieben war, dass in ihr ein Kind heranreifte, dessen Vater sie nicht benennen konnte, denn es gab mehrere, die dafür in Frage kamen. Ein kurzer Blick zu der neben ihr stehenden Sitre-In zeigte ihr, dass diese über den Zustand ihres Schützlings längst Bescheid wusste.

„Ihr müsst Euch jetzt zusammenreißen, Hoheit. Niemand darf über Euren Zustand etwas erfahren."

„Der Empfang, die Opferung und das anschließende Gebet im Allerheiligsten, wie soll ich das nur überstehen?", stöhnte Nofrure matt. „Wenn ich Blut sehe, werde ich nicht mehr an mich halten können."

„Ihr müsst, Hoheit, sonst weiß in wenigen Tagen ganz Theben über Euren Zustand Bescheid", mahnte die Amme. „Ich glaube nicht, dass Eure Mutter diese Nachricht mit Freuden aufnehmen wird."

Nofrure stöhnte leise vor sich hin, während die Barke am Ufer anlegte und Sklaven einen Laufsteg auf das Boot schoben. Langsam erhob Nofrure sich und schritt mit erhobenem Haupt, gefolgt von ihren Dienerinnen, ihren beiden Fächerträgern und ihren Leibwächtern über den Laufsteg auf die Insel, wo sich der Hohepriester mit den ranghöchsten Priestern der Göttin versammelt hatte, um die Prinzessin zu begrüßen. Musik ertönte und die Sängerinnen der Göttin stimmten ein Lied zu Ehren ihres hohen Gastes an. Dann trat der Hohepriester auf die Prinzessin zu, verneigte sich vor ihr und versicherte schließlich ausgiebig, welche hohe Ehre es für den Tempel sei, ihre Hoheit begrüßen zu dürfen.

Dankend erwiderte Nofrure die Begrüßung, während es ihr immer schwerer fiel, ihre Übelkeit zu ignorieren. Als der Hohepriester schließlich zu dem im Innenhof des Tempels vorbereiteten Opferaltar schritt, um dort der Göttin das übliche Opfer darzubringen, hielt Nofrure plötzlich im Schritt inne und bat darum, zuerst ihre vorbereiteten Gemächer aufsuchen zu dürfen, um sich zu erfrischen.

„Es tut mir leid, aber ich bin offensichtlich nicht so wassertauglich, wie ich dachte. Die Wellen haben mir während der gesamten Reise zu schaffen gemacht. Ich brauche einige Augenblicke, um mich zu erholen, um der Göttin würdig begegnen zu können."

„Selbstverständlich, Hoheit", erwiderte der Hohepriester unterwürfig. „Eine Sklavin wird Euch den Weg in Eure Gemächer zeigen. Sobald Ihr Euch erholt habt, werden wir das Opfer vollziehen."

Nofrure quetschte ein dankbares Lächeln hervor und folgte dem jungen Sklavenmädchen in ihre Gemächer. Hier ließ sie sich in einen der Sessel fallen, und Sitre-In reichte ihr eine der Waschschüssel, damit sie sich übergeben konnte.

Schweiß stand der Prinzessin auf der Stirn, als sie sich von einer ihrer Dienerinnen ein Tuch reichen ließ, um sich zu säubern.

Sitre-In ließ sich ihr gegenüber auf einen Hocker gleiten und sah ihren Schützling lange forschend an.

„Lasst uns allein", befahl sie schließlich den anwesenden Dienerinnen, die fluchtartig den Raum verließen. „Was soll jetzt werden?", fragte Sitre-In, nachdem sie unter sich waren. „Lange lässt sich Euer Zustand nicht mehr verbergen:"

Nofrure nickte, während sie Verzweiflung in sich aufkeimen fühlte. „Ich weiß es nicht", antwortete sie schließlich resigniert. „Meine Mutter wird vor Zorn beben. Sie wird jeden meiner Liebhaber mit dem Tod bestrafen. Doch das spült die Schande nicht hinweg, die ich auf mich geladen habe. Und auch Senenmut", fügte sie bitter hinzu, „wird von mir mehr als nur enttäuscht sein."

Sitre-In schaute ihren Schützling lange schweigend an, dann fragte sie unvermittelt: „Wollt Ihr das Kind überhaupt bekommen? Ihr seid noch am Anfang der Schwangerschaft. Vielleicht ließe sich das Problem noch beheben?"

„Du meinst…", fragte Nofrure ängstlich. „Es ist gefährlich, die Pläne der Götter zu durchkreuzen. Gerade Isis, die große Magierin, verzeiht so etwas nicht."

Sitre-In seufzte. „Ihr habt recht, Hoheit. Doch die Schande wollt Ihr gewiss auch nicht auf Euch nehmen. Wenn Ihr das Kind also bekommen wollt, dann weit ab vom Hof, wo niemand Euch kennt und Ihr das Kind anschließend in Pflege geben könnt. Doch wo könnte das sein?"

Nofrure überlegte einige Zeit. Doch so sehr sie auch nachdachte, fiel ihr nur ein Mann ein, den sie in ihr Vertrauen ziehen konnte – Senenmut, ihren einstigen Erzieher. Aber was würde er sagen, was von ihr denken, wenn er von ihrer Schande erfuhr? So viele andere Möglichkeiten Nofrure auch in Erwägung zog, blieb am Ende immer nur Senenmut übrig.

„Ich muss zu Senenmut gehen und ihn persönlich zu mir einladen. Er ist der Einzige, der mir helfen kann."

„Seid Ihr Euch da sicher, Hoheit", fragte Sitre-In zweifelnd. „Er ist Eurer Mutter treu ergeben. Er wird sie nicht hintergehen und ihr Euren Zustand verschweigen."

Für einen Moment lächelte die Prinzessin zuversichtlich, bevor sie erwiderte: „Wir werden sehen. Und jetzt lass uns das Programm hinter uns bringen, damit ich mich hinlegen und ausruhen kann. Später werde ich mit der königlichen Barke nach Assuan fahren, Senenmut dort im Steinbruch aufsuchen und zu mir auf das Schiff einladen."

Nofrure nahm all ihre Selbstbeherrschung zusammen, erhob sich und trat hinaus, wo ihr Gefolge auf sie wartete. Gemeinsam gingen sie in den Innenhof des Tempels, wo bereits das Opferfeuer entzündet worden war und ein makelloses Lamm auf sein Ende wartete.

Seine Leibwache und Sänftenträger im Hof der Villa zurücklassend betraten Thutmosis und Nebamun gemeinsam den Saal, in dem Nebtu eines ihrer stadtbekannten Feste feierte. Die Stimmung war bereits auf ihrem Höhepunkt. Die

Gäste hatten den köstlichen Speisen ausgiebig zugesprochen, und der Wein war bereits in Strömen geflossen und hatte die Atmosphäre derart gelockert, dass die gesitteten Ägypterinnen mit ihren Ehemännern bereits im Aufbruch begriffen waren.

Beim Eintreten Pharaos schlug die heitere Stimmung schlagartig um. Die Gäste warfen sich zu Boden, und manch einer verfluchte das Erscheinen Pharaos, der den Abend zu verderben drohte. Thutmosis III. war als disziplinierter, harter, den Freuden des Lebens eher abgeneigter Mann bekannt. In seiner Gegenwart würde sich niemand gehen lassen und sich den Freuden der Liebe mit den eigens hierfür bestellten Mädchen und Knaben hingeben.

Nebtu konnte ihr Glück kaum fassen, dass Pharao tatsächlich noch einmal ihre Gastfreundschaft in Anspruch nahm, nachdem er sich nach ihrem ersten Treffen Monate lang nicht mehr hatte sehen lassen. Erregt erhob sie sich von ihrer Liege, eilte auf Thutmosis zu und ging vor ihm in die Knie.

„Mein Herr und Gebieter, ich fühle mich durch Euer Kommen geehrt. Darf ich Euch und dem edlen Nebamun einen Platz neben dem meinen anbieten?", zirpte sie ausgelassen, nachdem Thutmosis ihr durch ein Handzeichen zu verstehen gegeben hatte, sich erheben zu dürfen.

„Gern", erwiderte Thutmosis lächelnd, während er Nebtu zum ersten Mal genauer in Augenschein nahm. Sie musste etwa im Alter von Satiah sein. Ihr Körper war schlank und geschmeidig. Ihr Haar war unter einer kostbaren Perücke verborgen, auf der ein ebenso kostbares Diadem angebracht war. Ihr Gesicht war schmal, ihre Nase leicht gebogen, ihre blauen Augen mit Kohle umrandet, die Konturen ihres schmalen Mundes mit roter Farbe betont. Ihr Kleid, das aus einem hauchdünnen Stoff bestand, der mit Goldplättchen verziert war, gewährte tiefe Einblicke in das Darunterliegende. Alle ihre Finger waren mit wertvollen Ringen geschmückt, ihre Arme mit breiten Goldreifen übersät. Um den Hals trug sie einen breiten Goldkragen, der mit Lapislazuli und Karneol verziert war, ein Geschmeide einer Königin würdig. Ihre Füße waren barfuß. Vermutlich hatte sie ihre Sandalen im Laufe des Abends abgelegt. Alles in allem war sie eine stattliche Erscheinung, musste Thutmosis sich eingestehen, wäre da nicht dieser stechende Blick gewesen, der Pharao irritierte. In diesen Augen lag etwas Lauerndes, Raubtierhaftes, das ihm sagte, dass diese Frau genau wusste, was sie wollte und es nicht gewohnt war, eine Niederlage hinzunehmen. Hinzu kam der schmale Mund, der ihrem Gesicht einen leicht verkniffenen Ausdruck verlieh. Eine dunkle Ahnung schreckte Thutmosis für einen Augenblick, ließ ihn ahnen, dass er sich hier auf ein Spiel mit dem Gott Seth selbst einlassen würde, dass es vermutlich besser wäre, das Spielfeld zu räumen, solange dies noch möglich war. Doch er brauchte dringend Gold, um die Truppen, die er befehligte, so auszurüsten, dass er mit ihnen einen Feldzug wagen konnte, Gold, das ihm seine Stiefmutter verweigerte. Und hier war es im Überfluss vorhanden. Warum es also nicht von hier holen, um es für die Zukunft Ägyptens zu investieren.

Lässig legte er sich auf eine der beiden von Sklaven eilig herbeigeschleppten Liegen, nahm einen Becher Wein entgegen, ließ ihn jedoch von einem Sklavenjungen vorkosten, bevor er einen Schluck davon nahm und dann seinen Blick durch den Saal schweifen ließ, in dem die Stimmung inzwischen auf einen Tiefpunkt gesunken war. Während die Gäste betreten zu Pharao blickten, standen die für den Abend engagierten Mädchen und Jungen, die den Gästen zu Gefallen hätten sein sollen, unschlüssig herum, nicht wissend, wie sie sich jetzt verhalten sollten. Auf einen Wink Nebtus begannen die Musikanten erneut zu spielen, und die Mädchen und Jungen verschwanden lautlos in einem Nebenraum, wo sie den weiteren Verlauf des Abends abwarteten.

„Mir scheint, ich habe euer Fest ziemlich durcheinandergebracht", stellte Thutmosis amüsiert fest, während er einen erneuten Schluck Wein zu sich nahm.

„Das habt Ihr, Eure Majestät", erwiderte Nebtu lächelnd. „Niemand hier hat am heutigen Abend mit einer solchen Ehre gerechnet. Ich kann es kaum fassen, dass Ihr noch einmal mein Gast seid, nachdem Ihr so lange nichts mehr von Euch hören gelassen habt."

Thutmosis schmunzelte, während er Nebamun einen kurzen Blick zuwarf.

„Ich denke, mein Freund Nebamun hat sich deiner würdig angenommen und deine einsamen Nächte mit Leben gefüllt. Oder liege ich da falsch?"

Verlegen blickte Nebtu zu Nebamun, der genüsslich grinste. Eine Zornesfalte zeichnete sich auf Nebtus Stirn ab. Doch sie beherrschte sich, ihrem Unmut weiteren Ausdruck zu verleihen.

„Es waren einige angenehme Nächte, das gebe ich zu, Eure Majestät. Doch über das Bett hinaus hatten wir uns dann bald nichts mehr zu sagen."

„Wie ich hörte, gab es genügend andere, bei denen es ähnlich lief?", stieß Thutmosis nach.

„Irrtümer, Eure Majestät, die bei genauerem Hinsehen schnell ans Licht kamen. Die meisten wollten nicht mich, sondern meinen Besitz. So ist das nun einmal, wenn man als Frau ohne männlichen Schutz auf sich allein gestellt ist. Es dauert gewisse Zeit, die Spreu vom Weizen zu trennen."

Thutmosis nickte kurz. „Ich verstehe."

„Das glaube ich nicht", entgegnete Nebtu hitzig. „Für die meisten Männer bin ich Freiwild, Beute, die sie erlegen wollen. Selbst der edle Nebamun hat nicht nur mich, sondern auch meinen Besitz im Auge gehabt, als er um mich freite, oder irre ich mich da?"

„Beides gehört eben zusammen", entgegnete Nebamun leichthin. „Das eine ist die Krönung des anderen."

„Hört Ihr, Eure Majestät. Als Frau allein bin ich offensichtlich wie eine Speise ohne Gewürz. Mein Besitz hingegen ist genug Würze. Nur leider kann man sich leicht daran den Mund verbrennen."

„Ist es wirklich die Würze, die deinem Glück im Weg steht? Oder ist es nicht eher dein Ehrgeiz?", fragte Thutmosis plötzlich sehr ernst. „Stehst du nicht weit über vielen anderen mit dem, was die Götter dir gaben? Doch vermutlich ist das deiner Meinung nach noch nicht hoch genug? Warum sich mit Irdischem begnügen, wenn man nach den Sternen greifen kann? So ist es doch, Nebtu?"

„War es jemals ein Verbrechen, ehrgeizig zu sein, sich nicht mit Krumen abzugeben, sondern den Kuchen zu wollen? Geht es Euch nicht ähnlich, Eure Majestät?"

Nebtu zuckte erschrocken zusammen. Die Worte waren ihr herausgerutscht, ohne groß darüber nachzudenken. Sie hatte sich angegriffen gefühlt und zurückgeschlagen. Vermutlich hatte sie damit alles verdorben. Pharao würde gehen, und sie konnte froh sein, wenn ihre Worte keine weitreichenderen Konsequenzen hatten.

Einen Augenblick lang herrschte eisiges Schweigen. Dann brach Thutmosis in Gelächter aus.

„Ich sehe, wir verstehen uns", meinte er schließlich. „Wir sollten uns zurückziehen und den Leuten ihren Spaß gönnen. Solange ich hier bin, wird sich keiner trauen."

Überrascht schaute Nebtu Pharao an. Dann erhob sie sich wortlos und führte Pharao in ihr Schlafgemach.

Überrascht blickte Senenmut auf, als plötzlich mitten im Steinbruch eine Sänfte neben ihm hielt. Was sollte das? Fremde hatten im Steinbruch während der schwierigen Arbeiten an den beiden Obelisken für seine Königin nichts zu suchen. Die Arbeiten waren so diffizil, dass einer der beiden Kolosse, die seine Arbeiter dem Gestein bereits entrungen hatten, durch einen falschen Schlag gesprungen war und damit als unbrauchbar liegen gelassen werden musste. Wochenlange harte Arbeit war umsonst gewesen, und sie mussten einen neuen geeigneten Granitblock finden, um noch einmal von vorne zu beginnen.

Senenmut hatte vor Enttäuschung laut geflucht, als der Block in zwei Teile barst, etwas, was er sonst nie zu tun pflegte. Doch angesichts der Tatsache, dass er nun weitere Wochen in Assuan fern seiner Königin verbringen musste, um noch einmal von vorn zu beginnen, hatte ihn zu diesem Zornausbruch verleitet. Eine innere Stimme sagte ihm, dass er dringend nach Theben zurückkehren musste, weil am Hof Gerüchte kursierten, die ihn und seine Familie in Misskredit bringen sollten. Diese Warnung war zwischen den Zeilen der wöchentlichen Depeschen seines Bruders Senmen deutlich zu lesen gewesen. Doch er wollte keineswegs unverrichteter Dinge nach Theben zurückkehren und seine Königin enttäuschen. Also musste er ausharren, bis die Arbeiten soweit vollendet waren, dass er guten Gewissens nach Hause reisen konnte. Daher waren seine Nerven seit Tagen zum Zerreißen angespannt, und er packte persönlich in entscheidenden Momenten wie diesem mit an, um einen weiteren Fehlschlag zu vermeiden.

Das Eintreffen der Sänfte, deren Vorhänge zugezogen waren, irritierte ihn. Er war bereits im Begriff gewesen, nach den Wachen zu rufen, um den ungebetenen Gast von der Baustelle zu entfernen. Doch die Leibwache, die die Sänfte begleitete, war die königliche Leibwache. Das hielt ihn davon zurück. In dieser Sänfte musste sich ein Mitglied der königlichen Familie befinden. Sollte am Ende seine königliche Geliebte gekommen sein, um sich persönlich über den Fortschritt des Vorhabens zu informieren? Für einen Augenblick machte Senenmuts Herz einen Luftsprung. Doch sogleich fand er sich auf dem Boden wieder, denn aus der Sänfte stieg nicht Hatschepsut sondern sein ehemaliges Ziehkind Nofrure.

Nofrure stand da und starrte einen Augenblick auf den nackten, mit Schweiß überdeckten Oberkörper ihres einstigen Erziehers. Alles in ihr verzehrte sich nach diesem Mann, und es wurde Zeit, ihm das deutlich zu sagen und zu zeigen. Sie wollte ihn, mehr als alles andere auf der Welt. Alle ihre vielen Liebhaber waren nichts als ein billiger Versuch gewesen, diese Sehnsucht, die die Göttin Isis selbst ihr ins Herz gepflanzt haben musste, zu betäuben, zu ersticken. Doch das war ihr nie gelungen. Im Gegenteil. Jeder Liebhaber, den sie in ihr Bett geholt hatte, hatte in ihrem Innern nur eine noch größere Leere hinterlassen. Für einen flüchtigen Moment erinnerte sie sich an die Zeiten, in denen Senenmut sie liebevoll auf seinen Schoss genommen und ihr Geschichten von Göttern und Dämonen erzählt hatte. Er hatte ihr seine Pläne und Zeichnungen gezeigt für all die vielen Bauvorhaben, die er zu Ehren ihrer Mutter errichten wollte. Und sie hatte ihm staunend zugehört und ihn grenzenlos bewundert. Nun war sie hier, war gekommen, um ihn wissen zu lassen, wie es um sie stand, dass ihr Herz nur für ihn schlug und immer schlagen würde. Doch sie wusste, dass sie behutsam vorgehen musste, sonst würde er sich sofort von ihr abwenden.

„Eure Hoheit", hörte sie ihn sagen. „Was führt Euch hierher, auf diese schmutzige Baustelle?"

„Ich bin auf Elephantine gewesen, um der Göttin Satis zu huldigen und ein Opfer darzubringen. Auf meiner Rückreise werde ich noch den Tempel des Gottes Hapi aufsuchen, um auch ihm zu huldigen. Hier habe ich einen Zwischenhalt eingelegt, um nach dem Fortschritt deiner Arbeit zu schauen und sie zu bewundern. Ich bin überzeugt, du wirst dich auch diesmal übertreffen, meiner Mutter zu Ehren."

Senenmut lächelte verlegen. „Ich fühle mich geehrt, Prinzessin Nofrure. Doch Euer Lob kommt zu früh. Einer der beiden Granitblöcke ist beim Heraushauen gesprungen. Wochenlange Arbeit war umsonst. Eure Mutter hat mir in der Tat eine schwierige Aufgabe übertragen. Doch mit der Hilfe des Gottes Ptah wird es letztendlich gelingen. Ich hoffe es jedenfalls, denn es zieht mich nach Theben zurück."

„Willst du mir eure bisherige Arbeit nicht zeigen, damit ich in Theben meiner Mutter berichten kann?", fragte Nofrure interessiert, denn sie wusste, dass Senenmut nichts stolzer machen würde.

„Gerne" antwortete dieser begeistert und führte Nofrure, ihre Hand haltend, zu dem bereits aus dem Stein geschlagenen ersten Obelisken, der zum Abtransport bereits auf Rollen lag, auf denen man ihn zum Nil ziehen würde, um ihn dann auf eigens hierfür gebauten Transportflößen nach Theben zu bringen.

„Wirklich beeindruckend", gestand Nofrure, von der Größe des Obelisken überrascht. „Ich glaube, es gibt nichts, was du für die Frau, die du liebst, nicht vollbringen würdest."

„Ihr schmeichelt mir, Hoheit", antwortete Senenmut bescheiden. „Darf ich Euch zu einer Erfrischung in meine bescheidene Hütte einladen?"

„Eine Erfrischung wäre jetzt wirklich nicht zu verachten", stimmte Nofrure zu.

„Doch versprecht Euch nicht zu viel, Hoheit. Meine Hütte hier ist mehr als nur bescheiden und einer ägyptischen Prinzessin keinesfalls würdig."

Mit dir wäre mir die kleinste Hütte recht, dachte Nofrure. Doch sie schwieg und folgte Senenmut zu einer kleinen, mit Binsen abgedeckten Lehmhütte, in der außer einem Bett, einer Kiste, einem Tisch, der mit Papyrusrollen überfüllt war, und einem Stuhl nichts war.

„Mehr als nur bescheiden für den ersten Mann Ägyptens", stellte Nofrure nüchtern fest.

„Nehmt Platz, Prinzessin. " Senenmut rückte Nofrure den Stuhl zurecht und ließ sich selbst auf den im Raum ausliegenden Binsen nieder, während sein Diener davoneilte, um frisches Wasser, Wein, Datteln und zwei Becher zu besorgen und in die Hütte zu bringen.

„Für mich nur einen Schluck Wasser", bat Nofrure, nachdem der Diener Senenmuts zurückgekommen war.

„Bitte verzeiht diese unkönigliche Bewirtung. Wenn ich gewusst hätte, dass Eure Hoheit mir die Ehre gibt, hätte ich Euch gewiss anders empfangen."

Für einen kurzen Augenblick spürte Nofrure die alte Vertrautheit zwischen ihnen zurückkehren, die Wärme und Liebe, die er ihr als kleines Mädchen entgegengebracht hatte. Doch das Gefühl verflog schnell wieder, als einer der Arbeiter unvermittelt eintrat und Senenmut von einem Streit zwischen einem Aufseher und einem Steinmetz berichten wollte.

„Später", unterbrach Senenmut den hereinstürmenden Mann. „Wie du siehst, habe ich hohen Besuch."

Erst jetzt nahm der Mann Nofrure wahr, erbleichte, verneigte sich und verließ rückwärts die Hütte.

„Mir scheint, du hast tatsächlich alle Hände voll zu tun", lächelte Nofrure mitleidig. „Doch am heutigen Abend werden dich deine Arbeiter gewiss entbehren können. Komm auf mein Schiff, das im Hafen vor Anker liegt. Ich gebe ein kleines Festmahl, gewiss eine willkommene Abwechslung in deinem kargen Alltag."

Senenmut war versucht, die Einladung abzulehnen, da er abends für gewöhnlich über seinen Plänen brütete. Doch ein

Blick auf Nofrures erwartungsvolles Lächeln machte ihm dies unmöglich.

„Gerne, Hoheit", antwortete er daher widerwillig. „Ich freue mich, Eure Gesellschaft genießen zu dürfen."

Nofrure nickte hocherfreut, auch wenn sie spürte, dass er den Abend eigentlich lieber in seiner Hütte verbringen würde.

Senenmut begleitete die Prinzessin noch zurück zu ihrer Sänfte und versprach, am Abend pünktlich zu sein, bevor er sich vor Nofrure verneigte und zurück zur Baustelle eilte.

Was für ein merkwürdiges Mädchen, dachte er bei sich, wenn man sie so sieht, wirkt sie noch immer so klein und zerbrechlich wie früher. Fast konnte er nicht glauben, was im Allgemeinen über sie und ihren Lebenswandel erzählt wurde.

Als Senenmut am Abend die im Hafen vor Anker liegende königliche Barke betrat, wurde er von einem Diener unverzüglich zu der auf dem Deck unter einem Baldachin wartenden Prinzessin geführt, die ihn offensichtlich bereits erwartet hatte. Ihr anmutiger Körper, der in ein blaues, hauchdünnes Gewand gekleidet war, ruhte auf einer Liege. Ihr kunstvoll geschminktes Gesicht war von ihrem langen schwarzen Haar umrahmt, in das ein Netzwerk aus Gold gearbeitet war. Das goldene Diadem auf ihrem Kopf war mit Edelsteinen übersät. In seiner Mitte prangte der Kopf einer Uräusschlange, Symbol der Göttin Wadjet, aber auch des Gottes Apophis, des Feindes der Schöpfung und Gegners der Maat. Für einen Augenblick verspürte Senenmut beim Anblick der Uräusschlange ein leichtes Unwohlsein. Eine Ahnung beschlich ihn, die er jedoch schnell wieder aus seinen

Gedanken verscheuchte. Vor ihm lag Nofrure, seine Nofrure, für deren Erziehung er jahrelang verantwortlich gewesen war, mit der er gelacht und gescherzt hatte, die ihm vertraut war wie sein eigenes Kind, und die er liebte wie sein eigenes Kind, das er vermutlich nie haben würde. Doch so sehr er sich das ins Gedächtnis rief, wollte eine gewisse Spannung nicht von ihm abfallen. Gefahr lag in der Luft. Dieses Gefühl wollte nicht weichen.

Dankend nahm er auf der für ihn bereitgestellten Liege Platz, ließ sich von einem Diener mit Wasser verdünnten Wein einschenken und frisch gedünstetes Gemüse reichen, das mit Fladenbrot serviert wurde, während Nofrures Augen sich in seinen Körper zu bohren schienen, Augen, die denen ihrer Mutter so ähnlich waren.

„Lass es dir schmecken", meinte Nofrure lächelnd, sich selbst nur ein Stück Brot nehmend.

„Hast du keinen Appetit?", fragte Senenmut irritiert.

„Nicht übermäßig", gestand die Prinzessin. „Ich habe in letzter Zeit leichte Probleme mit dem Magen. Doch mein Arzt meint, diese würden wieder vergehen."

Senenmut nickte beruhigt, während er den nächsten Gang, frisch zubereiteten Fisch aus dem Nil, genoss.

„Auf der Baustelle ist das Essen oft sehr einfach und karg. Daher ist Eure Einladung eine willkommene Abwechslung, Prinzessin."

Nofrure lächelte huldvoll, während sie ihren nur mit Wasser gefüllten Becher erhob: „Auf die alten Zeiten, Senenmut. Ich erinnere mich noch genau, wie du zum ersten Mal in meine Gemächer kamst und dich als den neuen Erzieher der

Erbprinzessin vorstelltest. Dein Besuch war mir angekündigt worden, und ich habe damals gedacht, was soll ich mit einem dieser aufgeblasenen Emporkömmlinge meiner Mutter anfangen. Doch als ich dich dann sah, waren all meine Vorbehalte gegen dich verflogen. Weißt du, dass ich damals sehr in dich verliebt war?"

Senenmut, der gerade nach einer Entenkeule gegriffen hatte, die ein Diener auf einem Tablett reichte, lächelte amüsiert.

„Nein, das wusste ich nicht", antwortete er ehrlich. „Ich war gerade zu Eurem Erzieher ernannt worden, eine Ehre, die einem Emporkömmling wie mir nur selten zuteilwird. Daher war ich viel zu bedacht darauf, nichts falsch zu machen und einen guten Eindruck auf Euch zu hinterlassen, auch wenn ich noch nicht die geringste Vorstellung davon hatte, was ich als Euer Erzieher und Haushofmeister zu tun hätte. Das habe ich erst im Laufe der Zeit erfahren."

„Dann hast du dich gut verstellen können, denn du machtest auf mich durchaus einen kompetenten Eindruck. Ich habe seit diesem Tag von dir geschwärmt und habe mir von einem Bildhauer sogar eine Statue von dir anfertigen lassen, die ich jeden Abend anhimmelte. Später habe ich mir den Block, den meine Mutter in Auftrag gab, auf dem wir beide abgebildet sind, nachmachen und in meine Gemächer stellen lassen. Hast du nie etwas davon bemerkt?"

Senenmut grinste verlegen, bevor er erwiderte: „Ihr wart und seid die Erbprinzessin, die nach der Maat ihren Halbbruder Thutmosis hätte heiraten sollen. Daher wart Ihr für jeden Sterblichen unantastbar. Dass Eure Mutter andere Pläne hatte, hat sie mir erst im Laufe der Jahre zu verstehen gegeben. Sie wollte eigentlich, dass Ihr ihr einmal auf den

Thron nachfolgt. Dass die Dinge sich dann anders entwickelt haben, ist Schicksal. Ihr zeigtet kein Interesse daran zu herrschen, Pharao Thutmosis kein Interesse noch länger auf eine Heirat mit Euch zu warten. Daher hat er eine andere zu seiner großen Königsgemahlin gemacht."

Nofrure seufzte: „Ja, und mich dadurch ins Abseits gestellt. Ich weiß."

„Ihr müsst das verstehen, Prinzessin. Eure Mutter wollte nicht, dass Ihr, wie sie, einen Mann heiraten müsst, den Ihr verabscheut."

„Hat sie meinen Vater denn verabscheut?", fragte Nofrure spitz.

Senenmut zog scharf die Luft ein, während er sich in einer Schüssel die Finger vom Entenfett reinigte, bevor der nächste Gang aufgetragen wurde. Das Gespräch nahm immer mehr einen Verlauf, der ihm gar nicht behagte. Dieses Gespräch müsste eigentlich zwischen Mutter und Tochter geführt werden. Ihm stand es nicht zu, über diese Dinge zu sprechen, und schon gar nicht, sie zu bewerten.

„Sie hat ihn als ihren Halbbruder vermutlich gemocht", meinte er ausweichend.

„Aber als Herrscher für ungeeignet gehalten", ergänzte Nofrure. „Das hast du doch gedacht."

„Über diese Dinge solltet Ihr mit Eurer Mutter sprechen, Prinzessin. Ich bin nicht befugt, über die Gedanken und Pläne Eurer Mutter zu sprechen, schon gar nicht etwas hineinzuinterpretieren."

„Warum nicht?", hackte Nofrure nach. „Wenn ein Mensch ihre Gedanken kennt, dann du. Dir vertraut sie, mit dir teilt sie ihre Geheimnisse und das Bett."

Für einen kurzen Augenblick schloss Senenmut genervt die Augen. Jetzt wusste er, dass sich sein ungutes Gefühl bewahrheitete. Daher beschloss er, so schnell wie möglich den Abend zu beenden und auf seine Baustelle zurückzukehren.

„Es gibt Dinge, Prinzessin, über die spreche ich prinzipiell nicht. Dazu gehört alles, was zwischen Eurer Mutter und mir ist."

Doch Nofrure ließ nicht locker. „Ist es die Macht, das Ansehen, die Stellung, die sie dir bietet?"

„Nein, all das bedeutet mir nichts", fuhr Senenmut wütend auf, ärgerte sich jedoch sogleich darüber, sich zu einem solchen Gefühlsausbruch hinreißen gelassen zu haben. „Ich liebe Eure Mutter, seit ich ihr das erste Mal begegnet bin. Für sie würde ich jederzeit mein Leben geben", fügte er schwärmerisch hinzu.

Nofrure sah ihn lange schweigend an, während ein Diener Früchte und süße Kuchen zum Abschluss des Essens servierte. Senenmut nahm lediglich ein paar Feigen, um dem Schein zu genügen und dann so schnell wie möglich aufzubrechen, während Nofrure nach einem Stück Honiggebäck griff und daran nachdenklich knabberte. Schließlich meinte sie ernst: „Ich liebe dich noch immer, Senenmut. Ich habe noch nie einen anderen Mann als dich geliebt. Jeder, der das Bett mit mir teilte, hat nur eine noch größere Leere in mir hinterlassen, denn eigentlich wollte ich immer nur dich. Darum habe ich mich nie dagegen gewehrt, dass meine Mutter mich nicht mit Thutmosis verheiraten wollte, denn als seine Gemahlin wäre ich tatsächlich unantastbar geworden. So wie du meine Mutter liebst, so liebe ich dich und sehne mich nach Erfüllung. Hilflos musste ich eurer Liebe zusehen, hoffnungslos gefangen in meinen Gefühlen, während du noch immer nur das Kind und nicht die Frau in mir sehen konntest. Ich will dich. Heirate mich. Ich kann dir den Anspruch auf den Horusthron sichern, denn ich bin noch immer die Erbprinzessin, deren Ehemann nach den Gesetzen der Maat Anspruch auf den Thron hat. Meine Mutter wird dich nie heiraten. Niemals würde sie ihre Macht mit jemandem teilen. Ich schon, Senenmut."

Senenmut brauchte einige Zeit, um das ganze Ausmaß dessen zu erfassen, was Nofrure da eben gesagt hatte.

„Das ist Hochverrat", stieß er schließlich entsetzt hervor. „Wie könnt Ihr überhaupt auf solch irrige Ideen kommen?"

„Weil ich dich liebe, Senenmut, darum, viel mehr als meine Mutter dich liebt. Ein Wort von dir, und ich werde deine Frau."

Senenmut erhob sich von Entsetzen gepackt.

„Ich glaube, es ist jetzt wirklich Zeit für mich zu gehen. Habt Dank für Eure Einladung. Sie war eine willkommene Abwechslung. Und das, was Ihr eben sagtet, habe ich nie gehört. Meine Treue gehört Eurer Mutter. Nie würde ich sie derart hintergehen."

Senenmut wollte sich zum Gehen wenden, doch Nofrure hielt ihn zurück.

„Was stößt dich so an mir ab, dass du dich von mir abwendest? Was hat meine Mutter, was ich nicht habe? Bin ich nicht genauso schön wie sie, nur eben viel jünger. Warum willst du mich nicht? Warum ekelst du dich vor mir?"

Tränen glitzerten in ihren Augen, als sie Senenmut flehend anblickte. Senenmut konnte nicht umhin, Mitleid mit ihr zu empfinden, hatte auch er ihre Mutter einst verzweifelt geliebt und nie daran geglaubt, dass sie ihn eines Tages erhören würde.

„Ich ekele mich nicht vor Euch, Prinzessin. Ich werde Euch immer lieben wie ein Vater seine Tochter, aber nicht anders. Verzeiht mir."

Erneut wollte Senenmut sich zum Gehen wenden.

„Ich erwarte ein Kind, Senenmut. Wenn du jetzt gehst, werde ich allen erzählen, dass es dein Kind ist. Meine Mutter wird mir glauben, da bin ich mir ganz sicher."

Entsetzt wandte Senenmut sich ihr erneut zu.

„Das würdet Ihr nicht tun, Prinzessin. Das kann ich nicht glauben", stieß er gepresst hervor, in Nofrures Augen eine Antwort suchend. „Ist das Liebe, einen anderen vernichten zu wollen, wenn man ihn nicht haben kann?"

Sie starrten sich einen Augenblick lang schweigend an, jeder den anderen mit seinem Blick messend und plötzlich mit anderen Augen sehend.

Schließlich war es Nofrure, die dem Blick Senenmuts nicht länger standhalten konnte und weinend in sich zusammenfiel.

„Was soll ich denn jetzt machen, Senenmut? Sag es mir? Ich weiß es nicht," stieß sie unter Tränen hervor.

Senenmuts Gefühle schwankten zwischen Mitleid und Abscheu. Schließlich siegte sein Mitleid, denn immerhin war sie Hatschepsuts Tochter. Jahrelang war er ihr Erzieher gewesen, und dadurch fühlte er sich irgendwie immer noch für sie verantwortlich. Irgendetwas musste er falsch gemacht haben. Wie hatte er nur so blind sein und ihre Gefühle für ihn all die Jahre übersehen können? Daher fühlte er sich für das jetzige Desaster mit verantwortlich. Wie könnte er ihr jetzt, da sie in Schwierigkeiten steckte, einfach den Rücken kehren?

„Wer ist der Vater Eures Kindes, Nofrure?", fragte er ungewöhnlich sanft, sich erneut ihr gegenübersetzend.

„Ich weiß es nicht", antwortete diese ehrlich. „Es kommen mehrere in Frage."

Senenmut konnte ein unwilliges Schnaufen nicht unterdrücken.

„Und was habt Ihr jetzt vor, außer mich zu heiraten und zum Vater Eures Kindes zu machen, was ich zweifelsohne nicht überleben würde? Eure Mutter würde mich sofort hinrichten lassen. Wollt Ihr das Kind bekommen? "

„Meine Amme sagt, es sei zu spät, gegen die Schwangerschaft etwas zu unternehmen. Ich werde das Kind also bekommen müssen."

„Könnt Ihr vielleicht doch sagen, wer der Vater sein könnte?"

„Nein!", entgegnete Nofrure ärgerlich. „Es kommen drei, vier in Frage. Doch wenn ich einen von ihnen benenne, ist er des Todes. Meine Mutter würde keinen meiner Liebhaber schonen, verstehst du. Vielleicht wäre es um keinen von ihnen schade, denn die meisten von ihnen haben vermutlich mehr die Erbprinzessin als mich geliebt. Gier nach Macht hat sie in mein Bett getrieben, bestenfalls die Lust. Aber keiner hatte wirkliche Gefühle für mich."

Senenmut seufzte schwer, denn ihm wurde klar, wie schwer Nofrure an ihrer Geburt und Stellung trug. Er konnte nicht umhin, sich und Hatschepsut eine Mitschuld an dem Drama zu geben, das Nofrures Leben bestimmte. Beide hatten sie nur die Erbprinzessin in ihr gesehen, doch niemals den Menschen, der sich nach Liebe und Geborgenheit sehnte. Sie hatten sie wissentlich missbraucht und zum Spielball ihrer Interessen gemacht. Nun saß sie vor ihm, hilflos und zutiefst verletzt. Sein Zorn auf sie war verflogen. Er wusste, dass er ihr jetzt helfen musste.

„Hört zu, Hoheit. Meine Schwester Nofrethor besitzt unweit von hier ein Landgut, auf das Ihr Euch zurückziehen könnt, um in Ruhe nachzudenken, was geschehen soll. Dort könnt Ihr auch Euer Kind zur Welt bringen, ohne dass jemand jemals erfährt, wer Ihr seid. Wenn Ihr nach der Geburt an den Hof zurückkehrt, könnt Ihr das Kind dort in Pflege geben. Niemand muss etwas von der Geburt erfahren, vor allem dann nicht, wenn es ein Junge wird. Überlegt es Euch. Wenn Ihr einverstanden seid, werde ich meiner Schwester noch heute schreiben. Außer ihr und ihrem Gemahl wird niemand erfahren, wer Ihr seid. Niemand. Das verspreche ich Euch. Gebt mir Bescheid, wie Ihr Euch entschieden habt."

„Und meine Mutter? Wirst du es ihr sagen?"

Senenmut schaute sie nachdenklich an. „Nein, niemandem. Schreibt nach Theben, dass Ihr in Assuan bleibt, um in die Mysterien der Göttin Satis eingeführt zu werden. Ich werde alle Botschaften an Euch von Elephantine an das Gut weiterleiten lassen."

Sitre-In, die in der Kajüte die ganze Zeit über dem Gespräch gelauscht hatte, trat hinaus und verneigte sich vor Senenmut.

„Ich danke Euch, Herr. Ich denke, meine Herrin muss noch eine Nacht über Euer Angebot nachdenken, doch sie wird es annehmen."

Senenmut blickte erst die Amme an, die ihm entschlossen zunickte, dann Nofrure, die wie ein Häufchen Elend dasaß und weinte.

Er nickte der Amme kurz zu und verließ dann eilig das Schiff, tief erfüllt von Mitleid und Sorge um seinen einstigen Schützling, doch auch von einem schlechten Gewissen gegenüber Hatschepsut erfüllt, vor der er zum ersten Mal ein Geheimnis hatte.

Als Nebtu erwachte, dämmerte bereits der Morgen. Bald würde Re feuerrot am Horizont erscheinen, um den Tag über seinen Kreis zu ziehen und am Abend wieder am Horizont zu versinken, um sich die Nacht über durch die Unterwelt zu kämpfen und erneut die Finsternis zu besiegen. So war es Tag für Tag seit Menschengedenken. Und jeden Morgen erschien Re stets aufs Neue, um das Land am Nil mit seinen Strahlen zu erwärmen. Ihm zur Seite standen alle zu Osiris gewordenen Pharaonen, die ebenfalls schützend ihre Hand über das Land hielten.

Nebtu seufzte, während ihr Blick nachdenklich den Mann streifte, der an ihrer Seite schlief. Würde auch er eines Tages an Res Seite sitzen, um Ägypten zu schützen? Gewiss, wie sollte es auch anders sein. Er war Pharao, also war sein Schicksal vorbestimmt. Auch wenn er bis jetzt noch ein Pharao ohne Macht war, so würde er eines Tages zu einem der ganz Großen dieses Reichs werden. Das spürte Nebtu deutlich, wenn er an ihrer Seite weilte. Und sie würde Ruhm, Ansehen und Macht mit ihm teilen. Das hatte sie sich fest vorgenommen.

Seit drei Monden teilte er mit ihr das Bett. Nebtu wusste, dass er seit ihrer ersten Nacht weder die große königliche Gemahlin noch seinen Harem aufgesucht hatte. Er kam zu ihr, tobte und wütete sich aus, um am Morgen beschämt von dannen zu ziehen, sich fest vornehmend, sie nie wieder aufzusuchen. Doch er kam immer wieder, denn er brauchte, was er bei ihr fand. Bei ihr konnte er seine eigene tägliche Demütigung durch die Pharaonin Hatschepsut vergessen und sich abreagieren, indem er sie demütigte, ihr wehtat und sie brutal nahm, Dinge mit ihr tat, die er bei seiner ersten Gemahlin nie zu tun gewagt hätte. Und sie, sie genoss es, denn es war genau das, wonach sie sich bisher bei all ihren Liebhabern immer vergeblich gesehnt hatte. Daher war Nebtu sich sicher, dass sie beide füreinander bestimmt waren, weil sie einander gaben, was tief in ihrem Innern schon immer geschlummert hatte und bei ihrem Zusammentreffen zum Vorschein gekommen war.

Nebtu machte sich keine Illusionen darüber, dass er wegen ihres Reichtums zu ihr gekommen war. Und sie hatte auch nicht gezögert, ihm Gold für seine Truppen zu geben. Mehr noch, sie hatte mit seinem Einverständnis Leute beauftragt, Gerüchte über Senenmut zu säen, der nun schon seit vier Monden in Assuan weilte und sich daher wenig um diese Gerüchte kümmern konnte. Natürlich versuchte sein Stellvertreter und Bruder Senmen die Urheber der Verleumdungen ausfindig zu machen. Doch im Gegensatz zu Senenmut, dessen Spionagenetz perfekt funktionierte, war Senmen weitaus weniger erfolgreich.

Nebtu empfand es daher als Glück und Vorsehung der Götter, dass Senenmut mehr oder weniger hilflos von Assuan aus geschehen lassen musste, was in Theben derzeit vor sich ging.

Ein böses Lächeln glitt über ihre Gesichtszüge, während sie sich aus dem Bett erhob und zum Fenster trat, um die kühle Morgenluft tief einzuatmen. Alle Knochen im Leib taten ihr weh, große Blutergüsse traten immer deutlicher auf ihren Armen und Beinen hervor. Doch die Schmerzen kümmerten sie nicht. Zu einem gewissen Teil taten sie ihr sogar gut, denn durch sie spürte sie eine Lebendigkeit, die ihr bisher fremd gewesen war.

Senenmut! Es war ihr leicht gefallen, Böses zu säen, da nicht nur Senenmut, sondern auch Nofrure in Assuan weilte. Hier und dort eine anzügliche Bemerkung in den Schänken und Bordellen, auf dem Markt und bei den Kaufleuten fallen gelassen, und schon spannen die Menschen die Geschichte weiter, fügten ihre eigenen Fantasien hinzu, und bald wurde aus einer Woge eine Flut, die auch in den Kronrat und zur Pharaonin gedrungen war. Bisher zeigte die Pharaonin jedoch noch keinerlei Reaktion, sondern wartete geduldig auf Senenmuts Rückkehr, die schon für sehr bald angekündigt worden war. Die beiden Obelisken waren vollendet und befanden sich auf Flößen, die an langen Seilen auf dem Nil bis nach Theben gezogen werden sollten. Offensichtlich hatte Hatschepsuts Baumeister wieder einmal ihre Träume wahr werden lassen. Es blieb abzuwarten, wie Hatschepsut auf seine Rückkehr reagieren würde. Nebtu bezweifelte, dass die Gerüchte Hatschepsut bislang überzeugt hatten, dass sie Senenmut vom Hof entfernen würde. Doch was nicht war, das konnte durchaus noch werden. Manchmal kam einem von unerwarteter Seite das Schicksal zu Hilfe. Manchmal musste man auch weiter graben, um das Ziel zu erreichen. Sie würde sehen.

Nebtus Blick glitt zurück zum Bett, in dem Thutmosis sich eben aufgerichtet hatte und sie nachdenklich betrachtete.

„Hat mein Herr und Gebieter bereits ausgeschlafen, oder habe ich Euch geweckt?", fragte Nebtu höflich.

„Nein", erwiderte Thutmosis, dessen Blick sich in sie fraß. Doch so sehr er es auch immer wieder versuchte, es gelang ihm nicht, bis in ihr Innerstes vorzudringen, noch ihre Gedanken und Gefühle zu erraten. Vielleicht war es genau das, was ihn immer wieder veranlasste, ihr absichtlich wehzutun, körperlich wie seelisch. Dass sie sich dies gefallen ließ, es offensichtlich sogar genoss, hatte ihn am Anfang irritiert, und er hatte sich seiner Gewaltausbrüche geschämt. Inzwischen gehörten derartige Ausschweifungen zu ihrem Liebesspiel. Auch wenn er sich immer wieder dagegen wehrte, weil er spürte, dass ihn ihre Begegnungen abhängig machten, ihn herausforderten, immer weiterzugehen und sich so Genuss und Ablenkung zu verschaffen, sich bei ihr des Frusts zu entledigen, der sich seit Jahren in ihm aufgestaut hatte, so warnte ihn eine innere Stimme davor, diese Beziehung fortzusetzen. Er musste diese toxische Verbindung beenden, sich aus der Abhängigkeit lösen. Doch das war nicht so einfach, denn immerhin hatte Nebtu ihm erhebliche Mittel geliehen, um seine Truppen aufzurüsten und kriegsbereit zu machen. Darüber hinaus verband sie der gemeinsame Versuch, Senenmut zu vernichten, ein Unterfangen, das ihm durchaus auf die Füße fallen könnte, wenn er Nebtu verärgerte. Inzwischen wusste er, dass diese Frau unberechenbar war, in ihrer Liebe ebenso wie in ihrem Hass. Und die Verlockung, mit ihr erneut zu erleben, was er bei keiner anderen Frau bisher gefühlt hatte, ein seltsames Gemisch aus Hass, Abscheu und Begierde, trieb ihn immer wieder in ihre Arme. Immer häufiger fragte er sich aber auch, was der Preis sein würde, den er eines Tages für all dies würde zahlen müssen. Warum tat sie all das? Was wollte sie? Bisher hatte sie von ihm keinerlei Gegenleistung verlangt. Doch er war sich sicher, dass sie ihm eines Tages die Rechnung präsentieren würde.

„Ich werde gehen", sagte Thutmosis, sich den Lendenschurz um die Hüfte bindend. „Ich habe heute Morgen eine Übung draußen in der Wüste angeordnet, die ich nicht versäumen möchte."

„Darf ich Euch zuvor noch eine Erfrischung von meinen Dienerinnen reichen lassen?"

Thutmosis verneinte. „Mir bleibt dafür keine Zeit. Vielleicht das nächste Mal."

Nebtu wusste, dass er auch beim nächsten Mal nicht bleiben, wie immer fluchtartig in den Morgenstunden ihr Haus verlassen würde. Daher hielt sie den Augenblick für gekommen, ihren nächsten Trumpf auszuspielen.

„Natürlich, Majestät. Aber es gibt da etwas, das ich Euch sagen muss, bevor Ihr geht. Meine Amme ist sich inzwischen sicher, dass ich ein Kind erwarte, Euer Kind, Majestät."

Thutmosis starrte sie einen Augenblick lang ungläubig an. Dann meinte er zweifelnd: „Mein Kind? Bist du dir da sicher?"

„Ja, Eure Majestät. Ich bin im zweiten Monat. Seit drei Monden teile ich mit niemandem außer Euch das Bett, das schwöre ich. Ihr seid der Vater."

Innerlich fluchend, weil er eine solche Möglichkeit bisher mit keinem Gedanken in Erwägung gezogen hatte, erwiderte er ausweichend: „Lass uns das nächste Mal darüber sprechen. Ich muss jetzt gehen, sonst komme ich zu spät."

Dann verließ Pharao fluchtartig das Schlafgemach Nebtus und trat vor das Haus, wo seine Leibwache und Sänftenträger auf ihn warteten. Während er sich in seiner Sänfte niederließ und zur Kaserne getragen wurde, schossen ihm die unterschiedlichsten Gedanken durch den Kopf.

Thutmosis zweifelte nicht daran, dass Nebtu die Wahrheit sagte. Er wusste, dass sie seit ihrer ersten gemeinsamen Nacht niemanden mehr außer ihn empfangen hatte. Doch was sollte nun werden? Wäre sie ein billiges Schankmädchen, würde er ihr ein Einkommen für sich und das Kind zubilligen oder einen Ehemann suchen und sich zurückziehen. Doch Nebtu entstammte einer guten adligen Familie und war eine der reichsten Frauen Thebens. Sie würde er in keinem Fall derart abspeisen können. Ihr würde er mehr bieten müssen, vermutlich viel mehr. Zuerst einmal würde er in Erfahrung bringen müssen, was sie eigentlich von ihm wollte, denn dass sie mit ihrer Großzügigkeit und Zügellosigkeit einen Plan verfolgte, der Gedanke war ihm schon oft gekommen. Doch er hatte ihn jedes Mal wieder verdrängt und seiner Begierde freien Lauf gelassen, obwohl ihm tief in seinem Innern schon lange klar war, dass er in eine Falle lief.

Zu alldem kam nun auch noch Senenmut zurück nach Theben, offensichtlich völlig unbeschadet durch all die Gerüchte, die über ihn kursierten. Seine Stiefmutter zeigte sich durch sie unbeeindruckt, ahnte wohl, dass nichts als Verleumdungen dahintersteckten, die einen Keil zwischen sie und ihren ersten Berater treiben sollten. So würde Senenmut bei seiner Ankunft mit einem Festakt empfangen werden, der seine im Auftrag Hatschepsuts vollbrachten Leistungen würdigen sollte. Selbst Thutmosis konnte nicht umhin, ihm Respekt zu zollen, die beiden Obelisken in der kurzen Zeit dem Stein entrungen und nach Theben transportiert zu haben.

Thutmosis seufzte nachdenklich. Warum musste dieser Mann auch auf der Seite seiner Stiefmutter stehen. Er wäre ein genialer Verbündeter. So hingegen blieb Thutmosis nichts anderes übrig, als ihn zu vernichten, so wie er eines Tages all jene anderen vernichten würde, die heute auf der Seite seiner Stiefmutter standen.

In der Kaserne angekommen sprang er aus der Sänfte und befahl seinem Stallburschen, seine Pferde vor seinen Streitwagen zu spannen und diesen dann zu ihm zu bringen. Dann schaute er sich nach Nebamun um, der bereits vor den Ställen auf ihn zu warten schien.

Gemeinsam mit der marschbereiten Armee machten sie sich auf den Weg in die Wüste, um dort mehrere Tage Übungen zu absolvieren. Das ersparte es ihm immerhin, am Empfang Senenmuts und seinem Triumpf teilnehmen zu müssen.

Hatschepsut saß auf einem eigens zu diesem Anlass im Hafen von Theben aufgestellten Thron. Sie hatte das volle königliche Ornat angelegt. Auf dem Kopf trug sie die Doppelkrone Unter- und Oberägyptens, den Pharaonenbart hatte sie ums Kinn gebunden, Geisel und Krummstab hielt sie in den Händen. Um ihren Unterleib hatte sie einen Lendenschurz gebunden, der von einem schweren Goldgürtel gehalten wurde. Ihr Oberkörper wurde von einem breiten, aus

Edelsteinen bestehenden Kragen bedeckt, der ihre kleinen Brüste verbarg, die ihre Weiblichkeit verrieten.

Um sie herum hatten sich ihre engsten Vertrauten versammelt, um Senenmuts erneutes Meisterwerk in Augenschein zu nehmen. Abgeschirmt wurde die Gruppe von der Leibwache der Pharaonin. Dahinter hatte sich das Volk von Theben in den Straßen versammelt, um ebenfalls das Wunder zu bestaunen, das Senenmut nach Theben schaffte, damit es im Tempel von Karnak in die dafür ausgehobenen Senken eingelassen werden konnte. Die Spitzen der Obelisken würden künftig zu Ehren der Götter, mit Elektrum überzogen, schon von weitem sichtbar in den Himmel ragen.

Ein Hochgefühl erfüllte Hatschepsut. Endlich würde sie Senenmut wieder in die Arme schließen können, ihre Sorgen und Nöte mit ihm teilen und sicher sein, dass sein Spionagenetz alle Staatsfeinde zur Strecke brachte.

Natürlich waren ihr jene Verleumdungen, die über ihren ersten Berater in der Stadt kursierten, zu Ohren gekommen. Und im ersten Augenblick hatten sie ihr sehr wehgetan. Doch schon bald war Hatschepsut sich sicher gewesen, dass es sich um einen gemeinen Versuch handelte, Senenmut während seiner Abwesenheit in Misskredit zu bringen. Dennoch hatte sie Nachforschungen anstellen lassen mit dem Ergebnis, dass Nofrure ihren einstigen Erzieher nur einmal aufgesucht hatte und danach aus unbekanntem Grund weitergereist war. Dass sie sich nicht im Tempel der Satis aufhielt, wie sie in einem Schreiben an ihre Mutter behauptet hatte, hatte Hatschepsut zwar irritiert, doch keinesfalls ihr Misstrauen geschürt. Sie kannte den Lebenswandel ihrer Tochter und vermutete, dass sie sich irgendwo mit einem ihrer vielen Liebhaber zurückgezogen hatte, um mit ihm die Zweisamkeit zu genießen.

Natürlich missfiel der Pharaonin der Lebenswandel ihrer ältesten Tochter und Erbprinzessin. Doch in gewisser Weise gab sie sich daran eine Mitschuld. Viel früher hätte sie erkennen müssen, dass Nofrure zwar zur großen Königsgemahlin taugte, nicht aber zur Regentin. Sie hätte sie, der Maat entsprechend, schon als Kind nach dem Tod ihres Vaters mit ihrem Halbbruder Thutmosis verheiraten müssen. Dann wäre sie ihrer Bestimmung gefolgt und niemals so ziel- und haltlos geworden.

Hatschepsut seufzte schwer. Dann wandte sie sich dem Schiff zu, das als erstes in den Hafen einlief, auf dem Deck Senenmut, sichtlich stolz, seine Pharaonin nicht enttäuscht zu haben und ihr die beiden Obelisken heute zum Geschenk machen zu können.

Förmlich trat Senenmut, vom anlegenden Schiff schreitend, vor den Thron und kniete nieder: „Ich grüße meine Königin. Eurem Wunsch gemäß bringe ich zwei jeweils aus einem Block geschlagene Obelisken mit, die noch in hunderten von Jahren von der Größe Eurer Majestät künden werden."

Ebenso förmlich erwiderte Hatschepsut: „Ich danke meinem ersten Baumeister und Ratgeber und freue mich, ihn wieder in Theben begrüßen zu dürfen."

Senenmut erhob sich, trat neben den Thron und gab seinen Aufsehern Anweisung, die beiden Steinkolosse von den Flößen an Land ziehen zu lassen, damit sich jeder überzeugen konnte, dass sie makellos waren, um sie dann am nächsten Tag auf Rollen weiter bis zum Karnaktempel zu transportieren. All das lief wie eine perfekte Inszenierung ab. Niemand hätte die

Vertrautheit der beiden Hauptdarsteller ahnen können, wäre da nicht in beider Augen dieses Leuchten gewesen, das ihre Gesichter überstrahlte.

Es war bereits Mitternacht, als Hatschepsut sich erhob, um das Festmahl, das eigens zu Senenmuts Ehren veranstaltet wurde, zu verlassen. Nur wenige Augenblicke später erhob auch Senenmut sich, um der Pharaonin zu folgen.

„Endlich allein", atmete Hatschepsut auf, als sie Senenmut in ihr Schlafgemach treten sah.

Senenmut nickte zustimmend und lächelte glücklich, als er auf Hatschepsut zutrat, sie in die Arme schloss und küsste. Für einen kurzen Moment schien das alte Feuer der Leidenschaft zwischen ihnen erneut Funken zu schlagen, wich jedoch schnell wieder jener Vertrautheit, die seit Jahren zwischen ihnen herrschte. Keiner von beiden brauchte Worte, um das auszudrücken, was jeder von ihnen empfand.

Nachdem sie sich lange und intensiv geliebt hatten, lagen sie eine Weile erschöpft nebeneinander, bis Hatschepsut endlich die Stille brach.

„Seit du fortgegangen bist, haben die Verleumdungen gegen dich ein Ausmaß erreicht, dem dringend Einhalt geboten werden muss."

„Ich weiß, meine Königin. Mein Bruder hat mir davon geschrieben, hat die Urheber dieser Verleumdungskampagne aber nicht ausfindig machen können. Ich werde mich gleich morgen darum kümmern. Doch jetzt lasst uns den Augenblick genießen, auf den ich so lange warten musste und an nichts weiter denken, als dass diese Nacht niemals enden sollte."

„Du hast recht, mein genialer Liebhaber. Aber eine Frage habe ich dennoch."

„Kann das nicht bis morgen warten, meine Königin?"

„Nein", entgegnete Hatschepsut bestimmt. „Du bist der Letzte, der meine Tochter Nofrure gesehen hat. Mir schrieb sie, sie würde im Tempel der Göttin Satis auf Elephantine weilen, um sich in die geheimen Mysterien einweihen zu lassen. Doch dort ist sie nicht. Weißt du, wo sie sich aufhält?"

Senenmut sog die Luft tief ein, bevor er ausweichend erwiderte: „Mir sagte sie, sie würde sich einige Zeit zurückziehen, um sich zu erholen, denn sie fühle sich seit geraumer Zeit nicht wohl."

„Und da verschwindet sie einfach so, ohne mir Bescheid zu geben", fuhr Hatschepsut auf. „Sie ist die Gottesgemahlin Amuns und hat als solche Aufgaben zu erfüllen. Wie kann sie es wagen?"

„Lasst sie, Majestät. Ich bin sicher, sie wird bald wohlbehalten nach Theben zurückkehren", meinte Senenmut beschwichtigend.

Doch Hatschepsut wollte sich nicht beruhigen lassen: „Wenn du mehr weißt, als du behauptest, musst du mir das jetzt sagen, Senenmut. Ich bin ihre Mutter und muss wissen, wo sie ist und wie es ihr geht."

Senenmut seufzte schwer. Vor diesem Augenblick hatte er sich gefürchtet, denn nun befand er sich in einem wirklichen Gewissenskonflikt. Noch nie hatte er vor Hatschepsut Geheimnisse gehabt. Doch er hatte Nofrure sein Wort gegeben zu schweigen. Was sollte er jetzt tun. Seine Königin belügen?

„Eure Tochter bat mich darum, ihren Aufenthalt für mich zu behalten. Ich fühle mich an mein Wort gebunden, denn ich möchte ihr Vertrauen nicht missbrauchen. Bitte, meine Königin, seht mir mein Schweigen nach."

Misstrauisch betrachtete Hatschepsut ihren Geliebten. Zum ersten Mal kam ihr der Gedanke, dass an den vielen Gerüchten, die um Senenmut und Nofrure rankten, vielleicht doch ein Fünkchen Wahrheit stecken könnte.

„Du würdest mir sagen, wenn es etwas von Bedeutung wäre?", fragte sie mit Nachdruck.

„Selbstverständlich", entgegnete Senenmut und fühlte sich im gleichen Augenblick wie ein Betrüger. Was würde geschehen, wenn Nofrure sich umentschied, zu ihrem Kind stand und es mit nach Theben brachte, anstatt es auf dem Land einer Familie zur Pflege zu geben? Dann stand er vor Hatschepsut wie ein Verräter da. Doch trotz dieser Möglichkeit wollte er Nofrures Geheimnis nicht preisgeben.

1462 vor unserer Zeitrechnung

Senenmut und Ineni besichtigten die letzten fertiggestellten Arbeiten an der Punthalle. Detailgenau wurden hier die Einzelheiten der erfolgreichen Expedition dargestellt, die nun etliche Jahre zurücklag. Inzwischen waren die meisten der mitgebrachten Weihrauchbäume zu einer prächtigen Allee herangewachsen, die vom Nil zum Totentempel Hatschepsuts führte. Zufrieden mit dem Ergebnis nickten die beiden Baumeister sich zu.

„Die Königin wird zufrieden sein. Alles ist perfekt. Zu ihrem Sedfest werden wir den Tempel einweihen können", stellte Senenmut beruhigt fest.

„...und uns damit erneut den Zorn von Pharao Thutmosis zuziehen," warf Ineni ein, sich langsam zu Senenmut umwendend. „Es wird erzählt, der Pharaonin ginge es in letzter Zeit nicht gut. Ich hoffe, es ist nichts Ernstes. Wenn ihr etwas zustieße, könnten wir alle, die ihr treu gedient haben, mit einem tiefen Fall, wenn nicht sogar mit unserem Tod rechnen."

Irritiert blickte Senenmut seinen Kollegen an. „Du fürchtest um dein Leben?", fragte er überrascht.

Ineni seufzte schwer. „Wir alle haben der Pharaonin viel zu verdanken. Aber der Tag, an dem Thutmosis ihr das Zepter aus der Hand nehmen und die Macht an sich reißen wird, wird kommen. Hast du darüber noch nie nachgedacht?"

„Ehrlich gesagt, nein", erwidert Senenmut unwirsch. „Darüber will ich auch künftig nicht nachdenken, denn solche Gedanken empfinde ich als Hochverrat."

„Ich dachte mir, dass du das sagen würdest. Du bist mit ihr weit mehr verbunden als wir anderen. Dich wird Thutmosis daher als ersten zur Rechenschaft ziehen. Daher solltest gerade du dir Gedanken machen", mahnte Ineni.

Ärgerlich schüttelte Senenmut den Kopf. „Darüber will ich mir keine Gedanken machen. Der Pharaonin geht es gut, und daher wird sie noch viele Jahre erfolgreich über das Land herrschen."

„Wenn Thutmosis sie lässt", entgegnete Ineni. „Seit er diese Nebtu zu seiner Frau gemacht hat und sie in den Harem eingezogen ist, verfügt er über gewaltige Mittel, die er vermutlich nicht nur in die Aufrüstung des Heers steckt, wie dir wohl bekannt sein dürfte."

Senenmut lächelte grimmig. „Es ist mir bekannt", antwortete er ruhig. „Doch die Schmutzkampagnen, die er gegen mich schürt, zeigen keine Wirkung, solange unsere Königin mir vertraut."

„Das könnte sich ändern, meinst du nicht?", stieß Ineni warnend hervor.

Senenmut lächelte süffisant. „Du meinst, weil Nebtu reich und ehrgeizig ist und alles unternimmt, um einen Keil zwischen mich und die Pharaonin zu treiben?"

„Und ein Kind von Pharao erwartet. Sie wird für ihr Kind, wenn es ein Sohn wird, mehr wollen als irgendeinen Platz in der Thronfolge."

„Mag sein. Doch die große Königsgemahlin ist Satiah und ihr erstgeborener Sohn der Thronfolger. Daran kann auch Nebtus Reichtum nichts ändern."

„Trotzdem will sie an Thutmosis Seite an die Macht kommen und wird nicht ruhen, bis sie ihr Ziel erreicht hat. Davon bin ich überzeugt. Vermutlich hat sie etwas an sich, mit dem sie Thutmosis in ihren Bann zieht. Was auch immer das sein mag? Die große Königsgemahlin tut mir aufrichtig leid. Ihr einstmals vertrautes Verhältnis zu Pharao ist Vergangenheit. Offensichtlich beherrscht Thutmosis nun dieser Dämon Nebtu, der Seth opfert, und der nichts Gutes bringen wird."

Senenmut winkte ab. „Das mag im Augenblick vielleicht zutreffen. Doch Pharao wird schon bald aus diesem Alptraum erwachen und klarsehen. Davon bin ich überzeugt. Und jetzt entschuldige mich, denn ich würde noch gerne die Fortschritte an meinem Grab in Augenschein nehmen. Wenn sich deine Voraussagen erfüllen, werde ich es ja wohl bald brauchen", fügte Senenmut scherzend hinzu und wandte sich zum Gehen.

Die Arbeiten an seinem Grab, das zweite, das er in Auftrag gegeben hatte, da er in seinem ersten Grab seine Eltern beigesetzt hatte, machten Fortschritte. Zufrieden betrachtete er den Sternenhimmel an der Decke, der seine zukünftige letzte Ruhestätte schmückte. Nur wenige kannten das Geheimnis dieser Stätte, deren Grabkammer direkt unter dem Tempel Hatschepsuts lag, um auch im Jenseits bei ihr sein zu können. Auch auf den Türen von Hatschepsuts Totentempel hatte er überall heimlich sein Bild anbringen lassen, um der geliebten Frau auch nach dem Tod nahe zu bleiben, eigentlich ein Sakrileg, das jedoch nur derjenige entdecken konnte, der die Türen zum Allerheiligsten des Tempels schloss. Dies war nur der Fall, wenn die Pharaonin sich ins Allerheiligste zurückzog, um in aller Abgeschiedenheit mit den Göttern Zwiesprache zu halten. Sie hatte seine Bilder natürlich entdeckt und geschwiegen und damit wortlos ihre Zustimmung erteilt.

Nachdenklich schritt Senenmut die Treppen, die von seiner eigentlichen Grabkammer zum Ausgang führten, hinauf, während ihn eine merkwürdige Stimmung zu überwältigen drohte. Für einen kurzen Augenblick spürte er die Vergänglichkeit allen Seins und die Sinnlosigkeit all dessen, was er hier für sich und sein ewiges Leben geschaffen hatte. Die plötzliche Gewissheit, dass sein Leichnam nie hier ruhen würde, traf ihn wie ein Schlag. Eilig verließ er die Grabstätte und trat hinaus in die hell gleißende Sonne, um seine trüben Gedanken zu vertreiben. Doch die Ahnung, die ihn in seiner Grabkammer überwältigt hatte, wollte nicht mehr weichen. Aufgewühlt kehrte er in den Palast zurück.

Pharao Thutmosis inspizierte gerade die Waffenkammer der Division des Amun, als sein persönlicher Herold Intef sich ihm näherte, sich vor Pharao verneigte und ihm dann verkündete, dass seine Gemahlin Nebtu soeben eine gesunde Tochter zur Welt gebracht hatte.

Erleichterung zeichnete sich auf Thutmosis Gesicht ab, als er die Nachricht vernahm. Eine weitere Tochter also, daher unbedeutend für die Erbfolge, da er bereits andere Töchter hatte, allen voran seine erstgeborene Tochter Nefertari, die nach den Gesetzen der Maat die Erbprinzessin würde, sobald er der alleinige Herrscher über Ägypten war.

Thutmosis erinnerte sich jäh, mit welchem Widerwillen er Nebtu zu seiner Gemahlin gemacht hatte, nachdem sie von ihm ein Kind erwartete. Natürlich hatte er zunächst versucht, ihr einen geeigneten Ehemann zu vermitteln, der sich geehrt fühlte, Frau und Kind von Pharao zu übernehmen. Doch Nebtu hatte dies strikt abgelehnt. Ihr Kind war ein Kind

Pharaos und sollte als solches geboren und erzogen werden. Da Nebtu nicht irgendeine Frau aus dem Volk war, die man nach Belieben abschieben konnte, blieb Thutmosis nichts anderes übrig, als sie zu einer seiner Gemahlinnen zu machen und in seinen Harem aufzunehmen. Doch seit ihrer Eheschließung hatte er sie gemieden. Zum einen konnte er mit einer schwangeren Frau seine Neigungen nicht mehr wie bisher ausleben, um dem Kind nicht zu schaden. Zum anderen war ihm klar geworden, dass Nebtu sich nicht damit zufriedengeben würde, eine nachrangige Gattin Pharaos zu bleiben. Daher fühlte er sich nun erleichtert, dass sie wenigstens keinen Sohn geboren hatte, den sie zu einem Werkzeug ihrer Machtgelüste machen könnte.

Schon bald nach der Eheschließung mit Nebtu war er reumütig in Satiahs Arme zurückgekehrt. Hier hatte er jene Exzesse, die Nebtu ihm geboten hatte, schnell vergessen, froh darüber, dass seine Königin ihm keine Vorwürfe machte, sondern ihn liebevoll umsorgte, so wie es früher der Fall gewesen war.

Einmal hatte er versucht, mit Satiah über Nebtu und die Zeit mit ihr zu sprechen, ihr zu erklären, wie es so weit hatte kommen können. Doch diese hatte nur abgewinkt und ihm damit zu verstehen gegeben, dass sie das Thema nicht erörtern wolle.

„Lassen wir die Vergangenheit ruhen und konzentrieren wir uns auf die Zukunft. Wir leben. Und wir lieben uns, daran habe ich nie gezweifelt. Wir haben drei wohlgeratene Kinder, die gesund sind. Wir müssen den Göttern dankbar sein für all das, meinst du nicht?"

Thutmosis hatte gelächelt und Satiah zärtlich in die Arme geschlossen. Gemeinsam hatten sie eine Nacht voll Liebe und Zärtlichkeit erlebt, die Thutmosis im Grunde seines Herzens so viel mehr gegeben hatte als die Ausschweifungen, die er mit Nebtu erlebt hatte. Doch trotz der Versöhnung konnte er lange Zeit nicht ruhig schlafen, denn Nebtu war nun ein Teil seines Haushalts, reich, machthungrig und ehrgeizig. Ihr traute er alles zu, um an ihr Ziel zu gelangen. Er wusste, er musste fortan auf der Hut sein.

Als er am späten Nachmittag in den Palast zurückkehrte, um seiner Nebenfrau zur Geburt ein Geschenk zu überreichen und seine Tochter in Augenschein zu nehmen, fühlte er diese Last erneut schwer auf sein Gemüt drücken. Er fand Nebtu erschöpft in ihrem Schlafgemach vor. Mit dankenden Worten überreichte er ihr ein schweres, mit Edelsteinen übersätes Goldpektoral, ließ sich von der Amme seine neugeborene Tochter bringen, um sie kurz auf den Arm zu nehmen.

„Ich habe beschlossen, ihr den Namen Baket zu geben. Sobald du dich von der Geburt erholt hast, werden wir sie in den Tempel bringen und den Göttern weihen," bestimmte er.

Vorsichtig reichte er den Säugling, der fest schlief, dann an die Amme zurück und verließ das Schlafgemach seiner Gemahlin.

Enttäuscht blickte Nebtu ihm nach. Sie spürte, dass sich zwischen ihnen etwas verändert hatte, dass sie im Begriff war, die Macht über ihn zu verlieren. Doch das durfte sie nicht zulassen.

Nachdenklich studierte Hatschepsut die auf ihrem Schreibtisch liegenden Gnadengesuche der zum Tode verurteilten Grabräuber, die vor kurzem in der Totenstadt von Neferchaus Wachen auf frischer Tat ertappt worden waren. Sie sollten morgen früh am Zugang zur Totenstadt als Warnung für künftige Grabräuber gepfählt werden. Ein Urteil, das Hatschepsut gewiss nicht abmildern würde, denn es gab nichts Verwerflicheres, als die Ruhe der Toten zu stören, sie zu berauben und ihre Mumien zu schänden. Doch was nützte es schon, die paar Grabräuber unschädlich zu machen, solange es nicht gelang, an deren Hintermänner zu gelangen, die ihnen die Beute abnahmen, wenn nicht sogar losschickten, um dieses oder jenes Grab zu schänden. Es mussten Menschen sein, die sich in der Totenstadt bestens auskannten und wussten, wo sich ein Einbruch lohnen würde. Hatschepsuts Gedanken kreisten bei diesem Thema immer wieder um den gleichen Punkt. Die Auftraggeber konnten nur Priester oder Bauleiter sein, denn nur sie kannten die genaue Lage der Gräber und deren Inhalt. Doch bisher führte keine Spur zu ihnen. Sie waren vorsichtig, gaben sich selbst Mittelsmännern nicht zu erkennen, sondern agierten ausschließlich im Hintergrund, da sie die harten Strafen, die auf Grabräuberei standen, fürchteten.

Ärgerlich legte Hatschepsut die Gnadengesuche beiseite, als die Tür zu ihrem Arbeitszimmer geöffnet wurde und ihr Herold Cheriuf mit angespannter Mine eintrat und der Pharaonin eine Papyrusrolle überreichte.

„Diese Botschaft traf soeben von dem Landgut der Edlen Nofrether, der Schwester des Edlen Senenmut, ein. Sie scheint wichtig zu sein, Majestät. Der Bote steht draußen und wartet auf Antwort."

Hatschepsut nickte gelangweilt. - Immer ist alles wichtig - dachte sie bei sich, erbrach dann dennoch das Siegel, um die Nachricht zu lesen, während Cheriuf wartete, um zu erfahren, ob er sofort eine Antwort für den Boten erhalten würde.

Hatschepsut überflog die Hieroglyphen wieder und wieder, bis ihr der Sinn der Botschaft klar und deutlich vor Augen stand. Einen Augenblick schwankte sie, glaubte den Boden unter den Füßen zu verlieren. Das konnte, das durfte nicht wahr sein.

„Hol den Boten herein. Ich will ihn sprechen", befahl sie schließlich zitternd.

Als der Mann ängstlich hereinkam und vor der Pharaonin auf den Boden sank, hatte Hatschepsut sich äußerlich wieder gefasst, während innerlich langsam in ihr eine Welt zusammenbrach.

„Steh auf. Hast du noch eine Botschaft von Nofrether bei dir?"

„Ja, Eure Majestät. Es ist eine Botschaft für den Edlen Senenmut, den Bruder meiner Herrin. Doch zuerst wollte ich Euch die Nachricht übermitteln, bevor ich den Edlen Senenmut aufsuche."

„Gib mir die Nachricht", forderte Hatschepsut den Mann auf.

„Aber ich…"

„Gib sie mir", wiederholte die Pharaonin energisch.

Zögernd reichte der Mann ihr eine weitere versiegelte Papyrusrolle, die an den Haushofmeister Senenmut adressiert war. Zitternd griff Hatschepsut danach, erbrach das Siegel und begann zu lesen. Als sie geendet hatte, konnte sie ihre Tränen nicht länger verbergen. All das durfte nicht wahr sein. Wie konnten die Götter, nach allem, was sie für sie getan hatte, ihr das antun?

„Cheriuf, lass die königliche Barke bereit machen. Meine Dienerinnen sollen meine Sachen für eine Reise packen. In weniger als drei Stunden möchte ich Richtung Süden aufbrechen. Meine beiden Leibärzte und die beiden besten Hebammen der Stadt sollen uns begleiten. Niemand soll das Ziel meiner Reise erfahren, noch von diesem Boten hier. Er soll mit dir gehen und an Bord meiner Barke bleiben. Und du, du redest mit niemandem über all das hier, wenn dir dein Leben lieb ist. Hast du mich verstanden?", fügte sie an den Boten gewandt hinzu. Der Mann nickte nur ängstlich, unfähig, etwas zu erwidern.

„Soll ich den Edlen Senenmut von Eurer Abreise informieren?", fragte Cheriuf verwirrt. So außer sich hatte er die Pharaonin noch nie erlebt.

„Nein", antwortete Hatschepsut fest. „Schick nach meinem Schreiber. Ich werde ihm eine Nachricht zukommen lassen. Und sorge dafür, dass niemand von diesem Boten erfährt."

Cheriuf nickte. „Wie Eure Majestät befiehlt."

Die überstürzte Abreise Hatschepsuts löste die wildesten Spekulationen unter ihren Freunden und Feinden aus. Was mochte die Pharaonin dazu bewegt haben, Theben so hastig Richtung Süden zu verlassen?

Auch Senenmut konnte sich darauf keinen Reim machen. Warum hatte Hatschepsut nicht wenigstens mit ihm gesprochen oder ihn informiert? Welches außergewöhnliche Ereignis könnte sie so kopflos handeln lassen? Für einen Augenblick überflog ihn eine Ahnung. Doch er verwarf diese sofort wieder. Wenn mit Nofrure irgendetwas nicht stimmte, so hätte seine Schwester ihm Nachricht gesandt. Schließlich hatte er ihr eingeschärft, ihn über Nofrures Schwangerschaft auf dem Laufenden zu halten. Das konnte es also nicht sein. Aber was dann? Am liebsten hätte er Theben den Rücken gekehrt und wäre Hatschepsut nachgereist. Doch sie hatte ihn ausdrücklich aufgefordert, während ihrer Abwesenheit die Regierungsgeschäfte zu übernehmen. Er musste also in Theben bleiben und Pharao Thutmosis in Schach halten, der wieder einmal einen militärischen Schlag gegen die syrischen Fürsten verlangte, den Senenmut in Hatschepsuts Sinn abschmettern musste. Also blieb ihm nichts anderes übrig, als einen Boten zu seiner Schwester zu senden, um sich zu vergewissern, dass mit Nofrure alles in Ordnung war.

Die königliche Barke legte in den späten Nachmittagsstunden am Steg des Landguts von der Schwester Senenmuts, Nofrether, und deren Ehemann Sam an. Nur wenige Stunden zuvor hatte Hatschepsut ihre Ankunft durch ihren Herold ankündigen lassen und hatte damit das gesamte Anwesen in wilde Aufregung versetzt. Niemand hatte so schnell mit der Ankunft der Pharaonin gerechnet. Es musste so viel vorbereitet werden, um sie standesgemäß zu empfangen. Darüber hinaus lag Unheil in der Luft, denn der Grund für Hatschepsuts unerwarteten Besuch war alles andere als erfreulich. Leise verfluchte Nofrether ihren Bruder, der sie in diese heikle Situation gebracht hatte.

Während Hatschepsut von der Barke auf den Steg hinaustrat, hatte sie für die Familie und die versammelte Dienerschaft, die Aufstellung genommen hatte, um die Pharaonin würdig zu empfangen, keinen Blick.

„Wo ist sie?", herrschte sie die Schwester Senenmuts an, jegliche Begrüßung übergehend.

„Folgt mir, Hoheit. Ich führe Euch zu ihr", erwiderte Nofrether, den schmalen, mit Palmen gesäumten Weg zum Gutshaus voranschreitend. Hatschepsut folgte ihr, die mitgebrachten Ärzte und Hebammen schlossen sich auf einen Wink der Königin an.

Hatschepsut fand ihre Tochter in einem kleinen, abgedunkelten Raum blass und eingefallen auf einem Bett liegend vor. Sklaven fächelten der schweißnassen Prinzessin Luft zu, während eine Dienerin ständig die kalten Umschläge wechselte, die sie der fiebernden Prinzessin auf die Stirn legte. Nofrures Anblick war so erbärmlich, dass die Pharaonin für einen Moment den Blick abwenden musste, um die aufsteigenden Tränen zu verbergen. Da lag ihre Tochter, das Kind, das sie über alles liebte, auch wenn es sich nicht so entwickelt hatte, wie die Pharaonin sich das gewünscht hätte. Dieses Mädchen hätte ihr nach ihrem Willen auf den Thron folgen sollen. Dafür hatte Hatschepsut Nofrure erziehen lassen und sich erst viel zu spät eingestanden, dass sie für diese Aufgabe nicht geeignet war, noch ein Interesse daran hatte. Wie viel hatte sie falsch gemacht? Wie viel Schuld trug sie selbst an dem Schicksal ihrer Tochter?

Während die beiden Leibärzte der Pharaonin die Prinzessin untersuchten, wusste Hatschepsut auch ohne deren Diagnose, dass ihre Tochter im Sterben lag, dahingerafft von einem kleinen Bastard, der ihren Körper offensichtlich nicht verlassen konnte. Das stumme Kopfschütteln der beiden Ärzte nach der Untersuchung bestätigten Hatschepsut nur, was sie bereits wusste.

„Gebt ihr etwas gegen ihre Schmerzen", befahl Hatschepsut, während sie sich neben Nofrure auf das Bett setzte und schweigend deren Hand nahm.

Nachdem die Ärzte der Prinzessin etwas Mohnsaft eingeflößt hatten, befahl Hatschepsut: „Lasst uns allein. Alle. Du auch, Sitre-In", gebot sie den Anwesenden, dabei der am Fußende des Betts der Prinzessin stehenden, in Tränen aufgelösten Amme einen vernichtenden Blick zuwerfend.

„Wir könnten versuchen, das Kind zu retten, indem wir es durch einen Schnitt in den Unterleib der Prinzessin holen. Es könnte vielleicht leben, wenn wir schnell handeln", schlug einer der Ärzte vor.

„Hinaus", schrie Hatschepsut den Mann an. „Warum soll dieser kleine Bastard, der meine Tochter tötet, leben? Die Götter haben entschieden. Und jetzt lasst uns allein."

Es dauerte noch einige Stunden, bis Anubis den Raum betrat, um die Erbprinzessin Ägyptens ins Reich des Osiris zu begleiten. Zuvor erlangte Nofrure noch einmal das Bewusstsein.

„Mutter", flüsterte sie überrascht. Dann schaute sie ihre Mutter bittend an. „Vergib mir, Mutter, aber ich habe ihn so sehr geliebt und wollte ihn schon immer für mich. Doch er wollte mich nicht, hat immer nur dich geliebt."

„Von wem sprichst du?", fragte Hatschepsut irritiert.

„Senenmut", entgegnete Nofrure, während ihr Ka und Ba ihren Körper langsam verließen, um Anubis zu folgen.

Wie angewurzelt blieb Hatschepsut am Bett ihrer Tochter sitzen, die zarte, langsam kalt werdende Hand Nofrures fest in der ihren. Vor ihr taten sich plötzlich Abgründe auf, während Trauer und Schmerz sie überwältigten.

Erst in den frühen Morgenstunden wagte einer ihrer Ärzte den Raum vorsichtig zu betreten.

„Ihr solltet sie jetzt loslassen, Eure Majestät. Wir haben nach den Sempriestern geschickt, damit sie sie ins Haus des Todes überführen und für die Ewigkeit herrichten können. Ihr könnt jetzt nichts mehr für sie tun."

Mit leeren Augen blickte Hatschepsut den Arzt an. „Sag mir die Wahrheit. Hättet ihr sie retten können, wenn wir früher angekommen wären? Würde sie dann jetzt noch leben?"

„Vielleicht. Vielleicht nicht. Wer kann das sagen. Ist nicht unser aller Leben vorbestimmt. Sind wir nicht alle ein Spielball der Götter, die sich über uns lustig machen, während wir mit unserem Schicksal kämpfen und glauben, es bestimmen zu können? Eure Tochter war ohne Frage eine unglückliche, junge Frau, die an sich selbst zerbrochen ist. Ihr Überlebenswille hatte sie schon lange zuvor verlassen. Kommt jetzt, Majestät, damit die Sempriester ihre Arbeit tun können."

Schweigend erhob sich Hatschepsut, innerlich zu Stein erstarrt. Mit dem Tod Nofrures, ihrer über alles geliebten Tochter, war etwas in ihr zerbrochen, das nie wieder zusammengefügt werden konnte.

„Senenmut", flüsterte sie vor sich hin. Mit diesem Namen auf den Lippen war Nofrure gestorben. Quälende Fragen begann

Hatschepsut sich zu stellen. Warum hatte er Nofrure auf dieses abgelegene Gut geschickt, sie der Obhut seiner Schwester unterstellt und ihr den Zustand ihrer Tochter verschwiegen? Das allein war schon Verrat an ihrer Liebe. Hätte er ihr gesagt, dass Nofrure schwanger ist, hätte sie die besten Ärzte und Hebammen des Landes geschickt, und Nofrure wäre vielleicht nicht in den Händen dieser unfähigen Land- und Kräuterfrauen gestorben. Warum hatte er nicht mit ihr gesprochen, sondern alles zu verbergen gesucht? Das war ein nicht zu verzeihender Treuebruch. Der Verdacht, dass an all den Gerüchten, die um ihre Tochter und ihren einstigen Erzieher rankten, etwas Wahres sein könnte, verfestigte sich in ihrem Kopf. Unfähig klar zu denken, suchte sie in ihrer Verzweiflung einen Weg, ihren Schmerz und ihre eigene Schuld auf einen anderen abzuschieben, um die Last tragen zu können, die das Schicksal ihr aufgebürdet hatte.

Während die Pharaonin am Ufer des Nils stand und beobachtete, wie die Sempriester den Körper ihrer Tochter abtransportierten, um ihm die Organe zu entnehmen, bevor sie ihren Körper siebzig Tage in Natronlauge legen würden, um ihn für die Ewigkeit zu bewahren, befielen Hatschepsut immer neue Schreckensbilder, die Senenmuts Schuld an den Ereignissen belegten. So gelang es ihr, ihre Trauer in Zorn zu wandeln und Rache zu schwören.

Ein plötzlicher, stechender Schmerz in ihrem Rücken ließ sie innehalten. Immer öfter hatten sie in den letzten Wochen Rückenschmerzen überwältigt. Doch derart schmerzhaft waren sie bisher noch nie gewesen. Ärgerlich über sich selbst versuchte sie, die Schmerzen zu verdrängen. Doch das wollte ihr nicht gelingen. Der Schmerz wollte nicht weichen. Schließlich brach die Pharaonin erschöpft zusammen. Ihre Dienerinnen brachten sie zurück auf die königliche Barke, wo ihre beiden Ärzte sie ausgiebig untersuchten, aber keine Ursache für den Schmerz finden konnten.

Senenmut verstand die Welt nicht mehr. Seit ihrer Rückkehr weigerte sich Hatschepsut, ihn zu empfangen. Und gerade jetzt bräuchte die Pharaonin seine Zuwendung mehr als je zuvor, dessen war er sich sicher. Mit dem unvorhersehbaren Tod Nofrures fertig zu werden, den Verlust der geliebten Tochter zu verkraften, würde schwer genug werden. Hinzu kam aber nun auch noch eine Unpässlichkeit der Königin, deren Ursache die Ärzte nicht herausfanden. Obwohl sie schon bald nach ihrer Rückkehr die Regierungsgeschäfte wieder aufgenommen hatte, konnte die Pharaonin oft vor Schmerzen kaum noch an sich halten, wenn sie stundenlang auf ihrem Thron sitzen und Recht sprechen musste. Das hatten ihn ihre Leibärzte im Vertrauen wissen lassen.

Je länger Senenmut über das Verhalten Hatschepsuts nachdachte, umso mehr ahnte er, dass Hatschepsut ihm eine Mitschuld am Tod der Erbprinzessin zuschob, obwohl er nicht wusste, was er anderes hätte tun sollen. Noch immer schien ihm seine Handlungsweise richtig. Gewiss hätte seine Schwester beizeiten besseren ärztlichen Beistand für die Geburt anfordern sollen, da sich abgezeichnet haben musste, dass es eine schwere Geburt werden würde. Dass sie es nicht getan hatte, war verhängnisvoll, hätte das Schicksal Nofrures aber wahrscheinlich nicht ändern können. Vielleicht hätte er Hatschepsut auch in Nofrures Geheimnis einweihen müssen, auch wenn er der Prinzessin Stillschweigen gelobt hatte. Doch dies war nicht aus böser Absicht geschehen, sondern um Hatschepsut nicht weitere Sorgen zu bescheren, hatte sie doch auch so schon genug täglichen Ärger.

Immer mehr syrische Kleinfürsten fielen von Ägypten ab und weigerten sich, weiterhin Tribut zu zahlen. Die Parteigänger von Pharao Thutmosis nahmen darum zu. Immer mehr Mitglieder des Thronrats schlossen sich der Meinung Pharaos an, endlich militärische Präsenz zeigen zu müssen, um weiteren Treuebrüchen vorzubeugen und die Abtrünnigen hart zu strafen. Vermutlich hatten sie recht, musste Senenmut zugeben. Die Zeit des Friedens und Aufbaus hatte dem Land gutgetan. Doch sie konnte nicht ewig währen. Wenn Ägypten sich jetzt nicht behauptete, militärische Stärke zeigte und die Abtrünnigen strafte, würde seine Macht weiter schrumpfen. Das galt es zu verhindern. Das musste eigentlich auch Hatschepsut erkennen.

Gerne hätte er ihr geraten, ihr die Gefährlichkeit der Situation klar gemacht. Doch sie weigerte sich einfach, ihn zu empfangen, ihre Trauer mit ihm zu teilen, sondern behandelte ihn wie einen Aussätzigen, ließ ihn nichts erklären und nichts ins rechte Licht rücken. Durch diesen für jeden sichtbaren Bruch zwischen der Pharaonin und ihrem Haushofmeister war jeglicher Art von Spekulationen Tür und Tor geöffnet. Manche hofften und vertrauten darauf, dass sich das Verhältnis der beiden wieder einrenken würde, andere erfüllte es mit Häme und Schadenfreude. Sie warteten nur auf den endgültigen Fall des Emporkömmlings Senenmut. Niemand wusste, was zwischen den beiden vorgefallen war. Darum wurden immer neue, abenteuerliche Geschichten erfunden. Das ging sogar so weit, dass behauptet wurde, Senenmut sei der Vater von Nofrures Kind gewesen, dessen kleiner Körper von den Balsamierern aus dem Körper der Prinzessin entfernt worden war und mit ihr beerdigt werden sollte.

Nachdem der Leichnam der Prinzessin in Theben eingetroffen war, wo er in ein paar Tagen im Tal der Toten beigesetzt werden würde, hielt Senenmut es einfach nicht mehr länger aus. Nachdem ihm von Hapuseneb klar gemacht worden war, dass die Pharaonin seine Anwesenheit bei der Beisetzung ihrer Tochter nicht wünsche, sah er für sich nur noch eine Möglichkeit. Er musste zu Hatschepsut vordringen, um mit ihr zu sprechen und sich Klarheit zu verschaffen. Schlimmer als jetzt konnte ihr Verhältnis dadurch auch nicht werden. Aber immerhin würde er dann wissen, woran er war, denn wirklich verstehen konnte er ihre plötzliche Ablehnung nicht.

Hatschepsut schwirrte der Kopf. Was von all dem, was ihr in den letzten Tagen zugetragen worden war oder hinter vorgehaltener Hand getuschelt wurde, konnte sie glauben? Was entsprang Eifersucht und Missgunst, Intrigen und Verleumdungen? Oder war am Ende doch etwas Wahres an all den vielen Gerüchten? Sie wusste es nicht, vermochte kaum noch Wahrheit und Lüge zu trennen. In ihrer Trauer um Nofrure war sie so verletzlich wie nie zuvor in ihrem Leben. Die Vorwürfe gegen Senenmut häuften sich. Ob gerechtfertigt oder nicht, sie standen im Raum und fraßen an Hatschepsut. Könnte es sein, dass Hatschepsut dem einzigen Mann, für den sie jemals etwas empfunden hatte, zu viel Vertrauen geschenkt hatte, dass sein rasanter Aufstieg ihn gierig gemacht und er seine Grenzen überschritten hatte? Zweifel nagten wie Gift an ihrer Seele, ein Gift, das sich allmählich tief in ihr Inneres fraß.

Sie wusste inzwischen sicher von Nofrures Amme Sitre-In, dass Senenmut nicht der Vater des Kinds ihrer Tochter war, dass ihre Tochter den Vater nicht einmal benennen konnte angesichts des zügellosen Lebens, das diese geführt hatte. Doch warum hatte ihr niemand von diesem zügellosen, beschämenden Leben ihrer Tochter berichtet, damit sie diese in ihre Schranken hätte weisen können? Warum war sie so blind und unwissend geblieben? Vermutlich, weil ihr niemand die Wahrheit ins Gesicht sagen wollte angesichts der tiefen Liebe, die sie zu ihrer Tochter empfand? Nicht einmal Senenmut, dessen Aufgabe es gewesen war, Nofrure zu erziehen und auf die Aufgabe vorzubereiten, die sie ihr zugedacht hatte? Hatte er versagt und deshalb geschwiegen? Oder lag diese Katastrophe am Ende doch in der Tatsache begründet, dass sie von ihrer Tochter zu viel erwartet und sie damit überfordert hatte? Doch selbst wenn, wie hatte sie so tief sinken können, ohne dass sie als Mutter davon etwas mitbekommen hatte? Warum hatte ihr niemand ihrer Getreuen gesagt, welchem Lebenswandel ihre Tochter verfallen war. Und was hatte sie dazu getrieben? Ihre unerfüllte Liebe zu Senenmut, der dies beizeiten hätte merken und unterbinden müssen. Er konnte doch nicht so blind gewesen sein, nicht zu erkennen, dass aus der Schwärmerei eines jungen Mädchens ein Wahn geworden war, der sie völlig aus der Bahn geworfen und zum Spielball ihrer unzähligen Liebhaber gemacht hatte. Konnte oder wollte er das nicht sehen?

Hatschepsut fluchte leise vor sich hin. Sie fühlte, dass sie nach Nofrures Tod niemals mehr zu ihrer alten Kraft und Stärke zurückfinden würde. Tausende von Fragen quälten sie. Das peinliche Verhör, dem sie Sitre-In, der engsten Vertrauten ihrer Tochter, hatte unterziehen lassen, hatte nicht die erhoffte Klarheit gebracht, sondern nur noch mehr Fragen aufgeworfen, die sie in ihrem Innersten zutiefst schockierten. Vor allem der Verrat Nofrures, die Senenmut offensichtlich die Ehe angetragen hatte, um ihm auf den Horusthron zu helfen, verletzte sie. Dass ihre Tochter zu einer solchen Niedertracht fähig gewesen war, ihr die Macht und den Mann rauben zu wollen, ließen sie nicht los. Wie sehr musste sie ihre Mutter beneidet und gehasst haben. Doch spätestens zu diesem Zeitpunkt hätte Senenmut sie ins Vertrauen ziehen müssen, anstatt zu schweigen und Nofrure zu decken. Er hatte Nofrures Vorschlag zwar abgelehnt, aber trotzdem Hatschepsuts Vertrauen missbraucht. Er hätte ihr die Augen öffnen müssen, auch wenn ihr das wehgetan hätte, sie ihm vielleicht nicht einmal Glauben geschenkt hätte. Doch er wäre ehrlich gewesen.

Aufgebracht lief Hatschepsut im Thronsaal auf und ab. Wieder einmal hatte sie alle Bittsteller und um Gerechtigkeit suchende Menschen abgewiesen, weil sie sich außer Stande sah, sich die Sorgen und Nöte ihrer Untertanen anzuhören. Wenn sie tief in sich hineinhörte, wusste sie, dass sie ihren Zorn auf sich selbst über ihr eigenes Versagen auf Senenmut übertrug, da sie ihr Versagen sonst nicht mehr aushalten konnte. Deshalb konnte sie ihn in ihrer Gegenwart nicht mehr ertragen, wusste sie doch, dass ihre Tochter ihn ebenfalls geliebt hatte und deshalb untergegangen war. Er musste fort, denn seine Anwesenheit würde sie von nun an immer mit Nofrures Tod verbinden. Ja, es ging nicht anders, auch wenn sie genau wusste, dass sie diese Entscheidung bitter bereuen würde, dass sie den einzigen Menschen aus ihrer Umgebung entfernte, der ihr bedingungslos treu gewesen war und sie ihren Widersachern damit Tür und Tor öffnete.

Nachdenklich ließ sie sich auf den Horusthron fallen, den Platz, für den sie alles andere vernachlässigt hatte.

„Amun, mein Herr und Gott, sag mir, habe ich falsch gehandelt, als ich die Macht über dieses Land an mich gerissen habe und diesem Ziel alles andere hintenangestellt habe? Bist du mit mir, deiner Tochter, unzufrieden? Strafst du mich darum so hart und nimmst mir all jene, die mir etwas bedeuten? Ist Einsamkeit die Strafe für meine Eitelkeit?"

Ein tiefer Seufzer entrang sich Hatschepsut Kehle. Dann rief sie den an der Tür wartenden Cheriuf zu sich.

„Geh und hole meinen Schreiber. Ich habe ihm einige Erlasse zu diktieren."

Cheriuf verneigte sich vor Hatschepsut, bevor er dienstbeflissen davoneilte.

Als kurze Zeit später ihr Schreiber Menu seine Schilfmatte vor dem Thron ausbreitete, seine Schreibtafeln zur Hand nahm und die Binse in den Farbtopf tauchte, stand Hatschepsuts Entschluss fest, auch wenn sie ahnte, dass sie damit ihren eigenen Untergang über kurz oder lang besiegelte.

„Setze zuerst eine Urkunde auf, in der der Edle Senenmut all seiner Ämter enthoben wird", befahl sie, den entsetzten Blick ihres Geheimschreibers ignorierend. „Formuliere es, wie du willst. Du weißt selbst, was hineingehört. Eine Urkunde für Senenmut, eine an den Kronrat, der für die Verkündung in allen Provinzen des Landes sorgen soll. Schreib, damit ich es siegeln kann."

„Soll ich das nicht in Ruhe in meiner Schreibstube aufsetzen und dann Eurer Majestät zur Unterschrift vorlegen?"

„Nein", entgegnete Hatschepsut energisch. „Jetzt und hier."

Menu nickte gehorsam und begann zu schreiben, während Hatschepsut erschöpft vor sich hinstarrte. Sie wusste, wenn sie es jetzt nicht amtlich machte, würde ihr vielleicht der Mut dazu abhandenkommen. Doch genau das durfte nicht geschehen. Sie musste sich trennen und den Schmerz ertragen, wenn sie nicht täglich an Nofrures Tod und ihre Schuld erinnert werden wollte.

Nachdem Menu die Urkunden ausgestellt und Hatschepsut überreicht hatte, siegelte sie diese nach kurzem Überfliegen.

„Und jetzt setze ein Todesurteil für die Edle Sitre-In auf wegen Beteiligung an einer Verschwörung gegen meine Majestät", befahl Hatschepsut harsch.

„Aber…", versuchte Menu einzuwenden.

„Kein aber. Sie hat gestanden, davon gewusst zu haben, dass meine Tochter Senenmut ehelichen und ihm damit Anspruch auf den Horusthron verschaffen wollte. Das ist Hochverrat. Das Urteil soll noch heute durch erwürgen vollzogen werden."

Menu begann pflichtgemäß zu schreiben. Doch ihm war anzusehen, dass ihm diese ganze Aktion nicht behagte. Was, wenn die Pharaonin ihre Entscheidungen in wenigen Stunden bereute und ihm dann die Schuld daran zuschob? Man konnte nie sicher sein. Doch was blieb ihm anderes übrig als zu gehorchen.

Nachdem er geendet und die Pharaonin das Todesurteil gesiegelt und Cheriuf zum Vollzug übergeben hatte, befahl sie Menu: „Und nun setze eine Ernennungsurkunde für den Edlen Amenhotep zu meinem neuen Haushofmeister auf."

Als dies geschehen war, holte Hatschepsut zu ihrem letzten Schlag aus.

„Und nun verfasse noch eine Proklamation, die die gesamte Familie Senenmuts für alle Zeit aus Theben verbannt. Senenmut selbst wird aus Ägypten verbannt. Sollte er nach einer Frist von zwei Wochen noch im Land aufgegriffen werden, ist er des Todes, ebenso wie jedes Mitglied seiner Familie, sollte jemand von ihnen in der Reichshauptstadt aufgegriffen werden."

Ungläubig schaute Menu die Pharaonin an. Im Stillen fragte er sich, welchen Verbrechens sich Senenmut schuldig gemacht haben könnte, um eine derart harte Strafe zu erhalten. Für immer aus der Heimat verband, fern von seiner Familie und seinen Freunden, nach dem Tod nicht einbalsamiert und in sein vorbereitetes Grab gelegt werden zu können, sondern dem ewigen Leben beraubt, war ein hartes Urteil. All das erschien ihm unfassbar. Wie konnte der erste Mann nach dem Thron so tief fallen? Er verstand es nicht, aber er gehorchte, denn er hatte keine Wahl.

Hatschepsut siegelte erschöpft auch noch ihren letzten Befehl, bevor sie sich erhob, in ihre privaten Gemächer zurückzog und ihren Wächtern jede Störung untersagte. Sie hatte getan, was sie glaubte, um ihrer toten Tochter Willen tun zu müssen, auch wenn sie wusste, dass sie sich damit nur selbst bestrafte und ihren Feinden in die Hände spielte.

Fassungslos hielt Senenmut den mit dem königlichen Siegel versehenen Papyrus in den Händen. Was dort stand, konnte und wollte er einfach nicht glauben. Hatschepsut musste vor Schmerz über den Tod ihrer Tochter verrückt geworden sein. Doch welche Schuld traf ihn daran? Was hätte er in dieser verfahrenen Situation anders machen sollen? Gewiss, vielleicht hätte er Hatschepsut in das Geheimnis ihrer Tochter einweihen müssen. Doch dann hätte er Nofrures Vertrauen missbraucht und wäre sich wie ein Verräter vorgekommen.

Solange der Prinzessin nicht klar war, wie es mit dem Säugling nach der Geburt weitergehen sollte, hatte er es für richtig gehalten, die Angelegenheit geheim zu halten und die Pharaonin nicht damit zu belasten, hatte sie doch auch so genügend Probleme zu lösen.

Zitternd ließ er den Papyrus auf den vor ihm stehenden Tisch fallen und machte sich auf den Weg zu den Gemächern der Pharaonin. Dort versperrten ihm die Wachen der Königin jedoch den Zutritt. Alles reden half nichts. Sie ließen ihn nicht passieren. Letztendlich konnte er den Hauptmann der Wachen, der ihm gut bekannt war, dazu überreden, der Pharaonin seine Bitte um ein Gespräch zu übermitteln. Als dieser kopfschüttelnd zurückkam, packte Senenmut der Zorn. War das der Dank für all die Jahre, die er treu an ihrer Seite gestanden hatte? Wütend stieß er die beiden die Tür versperrenden Wachen beiseite, die von dem Angriff so überrascht waren, dass sie erst verzögert reagierten und dann, nachdem Senenmut die Tür bereits geöffnet hatte, nicht recht wussten, was sie nun tun sollten, denn immerhin war Senenmut einer der einflussreichsten Männer am Hof. Auch wenn zwischen ihm und der Pharaonin in den letzten Wochen eine ungewöhnliche Distanz geherrscht hatte, konnte diese bereits in wenigen Tagen der Vergangenheit angehören. Niemand wollte Senenmut dann zu seinem Feind haben. Daher stürmten sie zwar hinter Senenmut her, wagten es aber nicht, ihn gewaltsam zurückzuhalten, sondern blickten Hatschepsut fragend an.

„Er hat sich nicht aufhalten lassen, Eure Majestät", entschuldigte sich einer der beiden Wächter, während der andere seinen Speer auf Senenmuts Rücken gerichtet hielt. „Sollen wir ihn gewaltsam entfernen?"

Müde schüttelte Hatschepsut den Kopf.

„Schließt die Tür und lasst uns allein", gebot die Königin, die so sehr gehofft hatte, dass ihr diese Auseinandersetzung erspart bleiben würde.

„Wie kannst du es wagen, hier gewaltsam einzudringen?", stieß sie zornig hervor, nachdem die Wächter sich zurückgezogen hatten. „Allein für diese Unverschämtheit könnte ich dich hinrichten lassen."

„Ich bitte um Verzeihung, Eure Majestät. Ich hätte gerne einen anderen Weg gewählt. Aber Ihr habt mir keine Wahl gelassen, habt mir jedes Gespräch verwehrt."

„Und das mit gutem Grund. Genau das hier wollte ich uns ersparen", herrschte Hatschepsut ihren einstigen Geliebten an. „Ich habe dir meinen Willen kundgetan. Handle danach, sonst musst du die Konsequenzen tragen."

Unwillig schüttelte Senenmut den Kopf, während er feststellte, wie eingefallen und müde Hatschepsut aussah. Was war aus der blühenden, energischen, umwerfend schönen Frau von einst geworden? War diese Wandlung allein auf den Tod Nofrures zurückzuführen? Oder war da noch mehr, von dem er nichts wusste?

„Ich werde Euren Befehlen folgen, Eure Majestät. Doch ich finde, dass ich wenigstens eine Erklärung verdient habe. Was habe ich falsch gemacht? Womit habe ich Euch so gekränkt, dass Ihr mich des Landes, meiner geliebten Heimat beraubt? Ich habe stets mein Bestes gegeben, um Eure Wünsche zu erfüllen. Wofür diese harte Strafe?"

„Das fragst du noch? Warum hast du mir nicht gesagt, dass Nofrure ein Kind erwartet? Ich hätte ihr die besten Ärzte und

Hebammen geschickt. Vielleicht würde sie dann noch leben," stieß Hatschepsut vor Zorn bebend hervor.

„Ich hatte ihr mein Wort gegeben, Eure Majestät. Als sie zu mir kam, schien sie mir entwurzelt, unsicher und verzweifelt. Sie wusste nicht, wie es weitergehen sollte, ob sie das Kind nach der Geburt nicht am besten in Pflege geben sollte, anstatt es als ihr Kind großzuziehen. Um mit sich selbst ins Reine zu kommen, habe ich sie zu meiner Schwester geschickt, damit sie fern von Theben über sich und ihre Zukunft nachdenken kann."

„Und du darüber, ob du sie vielleicht doch heiratest und nach dem Horusthron greifst? Das ist Hochverrat, Senenmut!", brüllte Hatschepsut ihn an.

„Niemals, keinen einzigen Augenblick habe ich Derlei in Erwägung gezogen," brauste Senenmut auf. „Wie könnt Ihr so etwas auch nur einen Augenblick lang denken? Ich war Euch stets ein treuer Diener und wollte auch nie etwas anderes sein", beteuerte er.

„Dann hättest du mich über die Pläne, die meine Tochter gegen mich schmiedete, informieren müssen. Es wäre deine Pflicht gewesen."

Zornig funkelte Hatschepsut ihren jahrelangen Liebhaber an.

„Um dieses arme, verwirrte Mädchen noch tiefer in den Abgrund zu reißen. All ihre Pläne entsprangen einem Wahn, dem Wahn…"

„…dich zu lieben. Ich weiß. Sitre-In hat die Geheimnisse meiner Tochter unter Folter gebeichtet."

„Sie wird mit niemandem darüber reden. Sie war Nofrure treu ergeben, hat die Wunden in ihrem Herzen stets zu heilen versucht."

„Nein, das wird sie wirklich nicht mehr. Dafür habe ich gesorgt", entgegnete Hatschepsut kalt.

„Ihr meint, Ihr…" Senenmut stockte der Atem. Eine treue Dienerin, die nichts anderes getan hatte, als ihrer Herrin zu dienen, war auf Hatschepsuts Geheiß hingerichtet worden. Entsetzt stellte Senenmut fest, dass die Frau vor ihm nicht mehr die Frau war, die er bis vor kurzem angebetet und verehrt hatte, für die er sein Leben gegeben hätte. Und sie würde es auch nie wieder werden, denn der Schatten Nofrures stand nun zwischen ihnen, Nofrure, die geglaubt hatte, ihn zu lieben. Das war es, was Hatschepsut ihm tatsächlich vorwarf, ihre Liebe zu ihm genährt zu haben, obwohl er völlig ahnungslos gewesen war. Aber hätte er es nicht vielleicht bemerken und gegensteuern müssen? In seiner blinden Liebe zu Hatschepsut hatte er Nofrures Gefühle nicht einmal erahnt.

Von einer plötzlichen Kälte und Gefühllosigkeit ergriffen, verneigte Senenmut sich vor Hatschepsut: „Eure Majestät, ich werde Eurem Befehl Folge leisten und noch heute das Notwendigste zusammenpacken, um Ägypten zu verlassen. Ihr werdet mich nie wiedersehen, das verspreche ich Euch. Doch erlaubt mir, Euch zum Abschied noch einen Rat zu geben. Vergesst nicht, dass Ihr noch eine Tochter habt, die bisher immer im Schatten ihrer Schwester stand und die sich immer nach Eurer Liebe und Zuwendung gesehnt hat. Und noch etwas, Eure Majestät. Wappnet Euch, denn Euer Stiefsohn wird von Tag zu Tag stärker. Lasst Eure berechtigte Trauer nicht Macht über Euch bekommen, denn dann seid Ihr verloren."

Rückwärts gehend und sich noch einmal verneigend verließ Senenmut den Raum.

Hatschepsut blieb allein zurück, wohl wissend, dass sie den wichtigsten Pfeiler ihrer Macht soeben für immer verloren hatte. Es war ein Fehler ihn fortzuschicken, das wusste sie. Doch sie hätte seine Gegenwart nicht länger ertragen können, jetzt, da ihr bewusst war, dass Nofrure den gleiche Mann wie sie geliebt hatte und daran zerbrochen war. Schluchzend fiel sie in sich zusammen. Sie spürte, von nun an würde ihr die Macht mehr und mehr aus den Händen gleiten, denn sie hatte nicht mehr die Kraft, sich gegen das Schicksal aufzulehnen.

1460 vor unserer Zeitrechnung

Einer Statue gleich stand Thutmosis auf seinem Streitwagen, der von seinem Freund Nebamun durch die Widderallee Thebens zum Tempel von Karnak gelenkt wurde. In seinem Schlepptau marschierten die Kompanien des Amun und Seth, die siegreich von einer Strafexpedition aus Nubien zurückkehrt waren. Ihnen schlossen sich Wagenladungen mit Gold, Edelsteinen, kostbaren Leopardenfellen und wertvollen Hölzern an. Dahinter reihten sich in Ketten gelegte Gefangene in den Zug ein, die von Sklavenaufseher bewacht wurden, die mit der Peitsche keinesfalls zimperlich umgingen, wenn einer der Gefangenen vor Erschöpfung ins Stocken geriet. Ganz am Ende des Siegeszuges fuhr ein Wagen, auf dem ein aus Bambusstäben gefertigter Käfig stand. In ihm wurde der aufständische Häuptling mit seiner Familie, einer Frau und zwei Söhnen, zur Schau gestellt. Die Bevölkerung Thebens sparte nicht mit Hochrufen, mit denen sie das siegreiche Heer Pharaos willkommen hieß, während die Gefangenen Spott und Hohn über sich ergehen lassen mussten. Besondere Schmähungen mussten die Menschen im Käfig von der Bevölkerung erdulden, die mit Abfall und Steinen nach den Eingesperrten warf. Mancher der sie Bewachenden musste in Deckung gehen, um nicht von den Wurfgeschossen getroffen zu werden.

Zufrieden blickte Pharao Thutmosis auf das Geschehen. Die Menschen jubelten ihm zu, dem Sieger, der sich wieder einmal mit seinen Plänen für diese Strafexpedition gegen den Willen der Pharaonin durchgesetzt hatte.

Seit dem plötzlichen Verschwinden Senenmuts vor zwei Jahren hatte sich in Ägypten viel verändert. Was zwischen dem einst einflussreichsten Mann Ägyptens und der Pharaonin vorgefallen war, warum sie ihn so plötzlich entlassen und verbannt hatte, wusste niemand. Allein Hatschepsut hätte hierzu eine Begründung geben können, doch sie schwieg. Und mit ihrem Schweigen sanken ihr Einfluss und ihre Macht. Immer häufiger gelang es Thutmosis, sich im Kronrat mit seinem Willen durchzusetzen. Selbst engste Vertraute Hatschepsuts konnten oftmals nicht umhin, seinen Ansichten beizupflichten und für ihn zu stimmen, wenn es um die Planung von Strafexpeditionen ging. Noch war es ihm nicht gelungen, einen großen Eroberungsfeldzug gegen die rebellischen syrischen Kleinfürsten durchzusetzen. Doch auch dies war nur noch eine Frage der Zeit, konnte der Kronrat doch nicht länger umhin, die Begeisterung der Bevölkerung für jede Machtdemonstration Ägyptens zur Kenntnis zu nehmen. Das Volk wollte Kemts Größe bewiesen sehen, wollte Expansion und reiche Tributzahlungen der umliegenden Fürstentümer, um sich sicher zu fühlen und Ägyptens Wohlstand wachsen zu sehen. Dass das Menschenleben kostete, wurde dabei in Kauf genommen, denn mit jedem Feldzug kamen junge, kräftige Sklaven ins Land, die die Arbeiten auf den Feldern für die fehlenden Söhne übernehmen mussten.

Ja, es lief gut für ihn, seit Senenmuts Einfluss fehlte. Mit seinem Verschwinden hatte Hatschepsut viel von ihrer einstigen Strahlkraft eingebüßt. Da sie sich zu den Gründen für seine Entlassung niemals geäußert hatte, waren den unglaublichsten Gerüchten Tür und Tor geöffnet. Selbst er verstand diese für ihn so günstige Entwicklung bis jetzt nicht. Doch er profitierte in vielerlei Hinsicht davon, denn viele von

Hatschepsuts Getreuen fühlten, dass schon bald ein Wechsel auf dem Horusthron bevorstehen würde. Was würde aus ihnen und ihren Ämtern werden, wenn ein Pharao Thutmosis allein über Ägypten regierte? Nicht nur ihre angehäuften Güter, auch ihr Kopf war dann in Gefahr, denn keiner glaubte ernsthaft, dass Thutmosis ihnen ihre Treue zur Pharaonin vergeben würde. Darum versuchten manche bereits jetzt, dem künftigen Herrscher ihr Wohlwollen zu beweisen, indem sie ihn im Rat unterstützten. Voll Verachtung verzog Thutmosis das Gesicht, als er an diese Männer dachte. Wenn er etwas hasste, dann Treulosigkeit und Verrat. Mit solchen Männern konnte man kein Imperium aufbauen, denn sie würden immer wieder die Seite wechseln, wenn der Wind aus einer anderen Richtung wehte. Da waren ihm jene, die treu zur Pharaonin hielten, weitaus lieber, denn sie hatten wenigstens Ehre im Leib, auch wenn er keinen von ihnen länger an seiner Stelle belassen würde, einige sogar beseitigen musste, um sich sicher zu fühlen. Doch so weit war es noch nicht, denn noch lebte die Pharaonin, auch wenn immer häufiger getuschelt wurde, dass sie schwer krank sei. Aber auf derlei Gerüchte gab Thutmosis ebenfalls nichts. Er glaubte nur, was er mit eigenen Augen sah. Und die Frau, die ihn in vollem königlichen Ornat vor den beiden Eingangspylonen des Karnaktempels auf dem Horusthron sitzend empfing, ließ nach außen keinerlei Schwäche erkennen, auch wenn unter ihrer vielen Schminke Müdigkeit zu erahnen war. Würdevoll ließ sie den Siegeszug an sich vorbeimarschieren, nachdem sie ihren Neffen und Stiefsohn, dessen Streitwagen vor ihrem Thron zum Stehen gekommen war, begrüßt und ihm für seinen tapferen Sieg im Namen des Landes gedankt hatte. Ihre kurze Umarmung fiel distanziert wie immer aus. Dennoch glaubte Thutmosis zum ersten Mal, einen Hauch von Resignation darin zu spüren. Irritiert setzte er sich auf den für ihn bereitgestellten goldenen, mit Löwenköpfen verzierten Stuhl, neben dem seine Gemahlin Satiah saß, die ihm glücklich zulächelte, froh darüber, ihn wohlbehalten wieder in die Arme schließen zu können. Neben ihr sah er seine beiden Söhne sitzen, die ihren Vater sichtlich stolz anlächelten. Ein Bild von familiärer Eintracht, hinter dessen Fassade besser niemand blicken sollte, dachte Thutmosis angewidert, während er den Siegeszug von seinem Thron aus an Hatschepsuts Seite weiterverfolgte.

Im Palast wanderte Nebtu aufgebracht durch ihre Gemächer. Sie bebte vor Zorn, nicht zu dem öffentlichen Empfang ihres Gemahls geladen worden zu sein. Seit der Geburt ihrer Tochter fühlte sie sich missachtet und vernachlässigt. Nur ein einziges Mal war Pharao danach noch zu ihr ins Bett gekommen. Doch der Zauber früherer Tage hatte sich zwischen ihnen nicht wieder eingestellt, obwohl sie sich alle Mühe gegeben hatte, Pharao mit ihren Raffinessen erneut in ihren Bann zu ziehen. Es war ihr nicht gelungen, und am Ende der Nacht hatte sie sich des Gefühls nicht erwehren können, dass Pharao froh war, ihrer Gegenwart entfliehen zu können. Seither war er nicht zu ihr zurückgekehrt, und ihr Beisammensein war auch ohne Folgen geblieben. Dabei hatte sie so sehr gehofft, wenigstens einen Sohn in dieser Nacht empfangen zu haben. Ein Sohn hätte ihr den Einfluss und Respekt verschafft, den sie sich wünschte. Mit einem Sohn hätte sie heute niemand einfach übergehen können.

Wieder einmal fragte Nebtu sich, warum sie sich das alles angetan hatte. Sie war eine reiche, unabhängige und zufriedene Frau gewesen. Die Männer waren ihr zu Füßen gelegen. Sie hätte jeden haben können. Doch ihr Ehrgeiz hatte sie offensichtlich geblendet, denn es hatte ausgerechnet

Pharao sein müssen, den sie wollte, sich einredend, dass sie alle Hindernisse auf dem Weg zur großen königlichen Gemahlin leicht überwinden würde. Wie hatte sie sich nur so täuschen können?

Sie hatte ihre Freiheit aufgegeben, um im Harem Pharaos eine Nebengemahlin zu werden, gesegnet mit einer für die Erbfolge unwichtigen Tochter und einsamen Nächten. Sie war den Weisungen dieser Satiah, der großen Königsgemahlin, unterstellt, die ihr mit Kälte und Missachtung begegnete, da sie offensichtlich spürte, dass sie in ihr eine erbitterte Feindin und Konkurrentin vor sich hatte, die jede Gelegenheit nutzen würde, um sie zu vernichten.

Nebtu fluchte leise vor sich hin. Allein ihr Reichtum war ihr geblieben, den sie durch einen zuverlässigen Verwalter mehren ließ und der ihr die Mittel in die Hände spielte, um sich Freunde zu schaffen. Gekaufte Freunde zwar, aber besser als keine. Und Freundinnen natürlich, Haremsmädchen, die Pharao ebenso missachtete wie sie und die sich über ihre Geschenke freuten, da Pharao selbst ihnen über ihr zugeteiltes Budget hinaus nur wenig zukommen ließ. So gelang es ihr immerhin, die Stimmung gegen die große Königsgemahlin anzuheizen, die von Pharao jeden Wunsch erfüllt bekam.

Natürlich wusste Satiah von den Umtrieben, Sticheleien und kleinen Intrigen, die ihre Rivalin gegen sie anwandte. Doch sie war und blieb die Mutter des Thronfolgers, und solange Pharao sich nicht von ihr abwandte, konnte hinter ihrem Rücken geschehen was wollte. Niemand konnte ihr ihren Rang streitig machen.

Das wusste auch Nebtu. Und ihr war klar, dass es viel zu gefährlich wäre, für Satiahs Tod zu sorgen, denn Pharao würde den Tod seiner Gattin rückhaltlos aufklären und rächen. Nein, diesen Weg konnte sie nicht gehen. Ihr musste etwas anderes einfallen, um Satiah zu Fall zu bringen und ihre Stelle einzunehmen.

Mindestens einmal in der Woche suchte Hatschepsut ihren Totentempel in Deir-el-Bahari auf. Hier im Allerheiligsten der Göttin Hathor, versteckt hinter der Tür, nur sichtbar, wenn die Tür geschlossen wurde, konnte sie dem Antlitz ihres einstigen Geliebten nahe sein. Hier fühlte sie sich über Raum und Zeit hinweg mit ihm verbunden. Was hatte sie damals nur veranlasst, ihn fortzuschicken? War es wirklich als Verrat zu werten, dass er Nofrures Gedanken und Pläne vor ihr verheimlicht hatte? Vermutlich hatte er sie nur schützen wollen. Und doch hätte er die verräterischen Pläne ihrer Tochter mit ihr teilen müssen. Vielleicht hätte sie dann…? Es war müßig, darüber nachzudenken. Nofrure, ihre über alles geliebte Tochter, war tot. Sie lag nun schon seit über zwei Jahren in ihrem kalten Grab, daran zerbrochen, den gleichen Mann wie ihre Mutter zu lieben. Doch war das Senenmuts schuld gewesen? Nicht nur er, auch sie hätte erkennen müssen, wie es um die Tochter bestellt war, was in ihr vorging. Vielleicht hätte das alles dann verhindert werden können? Wer wusste das schon? Die Götter zogen zu ihrer Belustigung an den Fäden der menschlichen Schicksale und ließen sich nur selten bestechen.

Hatschepsut seufzte schwer, während sie vor dem Altar der Göttin Hathor niederkniete und für das Ka und Ba ihrer Tochter sowie das Wohlergehen ihres einstigen Geliebten betete.

Wo mochte er sein? Schon ein paar Wochen nach seinem Fortgang hatte Hatschepsut ihren Herold Cheriuf beauftragt, Senenmuts Aufenthaltsort ausfindig zu machen. Nach Wochen war dieser ergebnislos zurückgekehrt. In Memphis verlor sich die Spur ihres einstigen Haushofmeisters und Bauherren. Es wunderte Hatschepsut nicht. Wenn ein Senenmut nicht gefunden werden wollte, wurde er das auch nicht. Dabei hätte sie ihm so gerne mitgeteilt, wie sehr sie ihr von Trauer überschattetes vorschnelles Handeln bereute, auch wenn sie dies nicht rückgängig machen könnte, ohne das Gesicht zu verlieren. Doch auch das hatte wahrscheinlich sein Gutes, denn so musste er nicht miterleben wie die Frau, die er geliebt hatte, von Tag zu Tag mehr verfiel.

Hatschepsut wusste, dass sie krank war, todkrank. Es hatte harmlos angefangen mit gelegentlichen Schmerzen in den Knochen und Schwellungen. Mit der Zeit waren die Schmerzen stärker geworden, bis sie schließlich ihre Bewegungsfähigkeit einschränkten. Es gab Tage, an denen sich die Pharaonin nur noch gestützt auf einen Stock fortbewegen konnte. Dann hatten ihre Ärzte in ihrem Rücken Geschwülste entdeckt, die vermutlich die Ursache für die zunehmenden Schmerzen waren. Bedauernd hatten sie mit den Schultern gezückt und gemeint, dass sie mehr, als ihr schmerzbetäubende Mittel zu geben, nicht tun könnten.

In den letzten Tagen und Wochen hatte sie diese Mittel immer häufiger genommen. Dennoch fiel es ihr immer schwerer, ihr Leiden zu verheimlichen und weiterhin Kraft und Stärke nach außen auszustrahlen. Der Tag, an dem sie ihre Hinfälligkeit nicht mehr länger verbergen konnte, rückte immer näher und damit auch der Tag, an dem Thutmosis sie vom Horusthron drängen und die Macht an sich reißen würde. Ihr blieb nicht mehr viel Zeit. Darum hatte sie Hapuseneb angewiesen, die Fertigstellung ihres Grabs mit Eile voranzutreiben. Fragend hatte er sie angesehen. Doch sie hatte sich abgewandt, denn sie wollte nicht, dass er ihre Schwäche sah. Sie wusste, für viele ihrer Getreuen wäre ihr Tod eine Katastrophe, denn Thutmosis würde nicht zögern, sich für all die Jahre, in denen sie ihn niedergehalten hatte, zu rächen. Die meisten mussten vermutlich sogar um ihr Leben bangen, allen voran Hapuseneb, aber auch Neshi, Thuti, Djehuti, Senmiach und wie sie alle hießen. Im besten Fall würden sie aus dem Dienst entlassen und in die Verbannung geschickt, im schlimmsten Fall würden ihre Namen aus allen Inschriften und Gräbern gelöscht, damit sie dem Vergessen anheimfielen.

Wieder stieß Hatschepsut einen tiefen Seufzer aus. Vermutlich blühte ihrem Andenken ein ähnliches Schicksal. Zu lange hatte Thutmosis sich zurückdrängen und ihrem Willen fügen müssen, um diese Schmach nicht bitter zu rächen. Ein flüchtiges Lächeln glitt über Hatschepsuts Gesichtszüge. Wenigstens blieb dieses Schicksal ihrem einstigen Geliebten erspart. Wo auch immer er sich aufhielt, er war in Sicherheit. Der Arm Pharaos konnte ihn nicht erreichen. Vielleicht war das der Wille der Götter, die ihre Lieblinge schützten. Und dass Senenmut mit seinen vielen Talenten und Begabungen ein Liebling der Götter war, daran hegte Hatschepsut keinen Zweifel. Amun hatte ihn ihr zur Seite gestellt, um Großes zu vollbringen wie diesen Tempel.

Mühsam raffte Hatschepsut sich auf, verließ das Heiligtum der Hathor und stieg in die vor der Tür wartende Sänfte, die sie zurück in den Palast bringen würde.

Während sie von der Ferne noch einmal einen Blick zurück auf das Wunderwerk von Deir-el-Bahari warf, das Senenmut für sie geschaffen hatte, sprach sie sich selbst Mut zu. Solange noch Leben in ihr war, würde sie versuchen, die Kraft aufzubringen, um wie bisher weiterzumachen und sich keine Blöße zu geben. Still betete sie zu Amun, dass dies noch lange der Fall sein möge.

Fast immer, wenn sie in Theben weilte, fand Meritre die Zeit, der großen Königsgemahlin Satiah einen Besuch abzustatten. Sie waren im Laufe der Jahre, seit Meritre Satiah das Leben gerettet hatte, Freundinnen geworden, auch wenn beide Frauen von ihrem Charakter und ihrer Wesensart sehr unterschiedlich waren. Aber vielleicht hatte gerade dieser Unterschied die Brücke zwischen ihnen gebaut.

Satiah war noch immer eine Schönheit. Trotz der drei Geburten, die hinter ihr lagen, war ihr Körper nicht unförmig geworden, ihre weichen Gesichtszüge wiesen nur wenige Lachfältchen auf und ihr freundliches, aufgeschlossenes Wesen machten ihre Gesellschaft angenehm. Die große Königsgemahlin war alles andere als abgehoben und unnahbar, wie man es eigentlich hätte erwarten können, sondern einfühlsam und mitfühlend, aber auch scharfsinnig und intelligent.

An Intelligenz, Scharfsinn und Einfühlungsvermögen mangelte es auch Meritre nicht. Doch die mangelnde Beachtung und Gleichgültigkeit ihrer Umgebung, die ihre Kindheit geprägt hatten, hatte sie auch verschlossen und misstrauisch werden lassen, was sie für ihre Umgebung oftmals merkwürdig erscheinen ließ. Dennoch vertraute Satiah Meritre wie kaum einem anderen Menschen und teilte mit ihr ihre Sorgen, Ängste, Befürchtungen und ihren Kummer.

Für Satiah war es eine schlimme Zeit gewesen, als Thutmosis sich von ihr abgewandt und Nebtu seine ganze Aufmerksamkeit geschenkt hatte. Während viele sich in jener Zeit von ihr distanziert hatten, weil sie in Nebtu den aufsteigenden Stern am Hof gesehen hatten, hatte Meritre stets zu ihr gehalten, sie getröstet und ihr versichert, dass Pharao an ihre Seite zurückkehren würde. So war es gekommen. Auch hatte Satiah Meritres Rat beherzigt, Pharao keine Vorwürfe zu machen, ihn nicht mit eifersüchtigen Szenen zu plagen, sondern das Vergangene einfach auf sich beruhen zu lassen, ohne bohrende Fragen zu stellen. Es war Satiah am Anfang schwergefallen, Meritres Rat zu befolgen und Thutmosis mit offenen Armen wieder bei sich aufzunehmen, denn seine Missachtung hatte sie zutiefst verletzt. Doch dass ihre Beziehung nach diesem Vorfall tiefer und fester als je zuvor wurde, dafür war sie nicht nur dankbar, sondern wusste auch, dass ihre verzeihende Haltung dazu beigetragen hatte. Sie brachte der Göttin Hathor unzählige Opfer und Spenden dar, unendlich dankbar dafür, dass ihre Liebe am Ende über alle Laster gesiegt hatte.

Doch das Problem, das Nebtu für sie darstellte, war damit nicht erledigt, sondern lebte nun in ihrer unmittelbaren Umgebung und belauerte die große Königsgemahlin wie eine Schlange, die jeden Augenblick zubeißen würde.

„Sie hasst mich, und sie will mich vernichten, Meritre", sprach Satiah ihre Befürchtungen offen aus. „Inzwischen lasse ich jede Speise, jedes Getränk mehrmals vorkosten, ehe ich es zu mir nehme."

„Übertreibst du nicht ein wenig, Satiah? Welchen Vorteil würde es ihr bringen, dich zu beseitigen? Thutmosis hat sich von ihr abgewandt. Dein Tod würde ihn ihr nicht zurückbringen", sagte Meritre ungläubig.

„Warum sonst schmeißt sie im Harem mit teuren Geschenken an Pharaos Frauen um sich. Um die Frauen gegen mich aufzubringen und mir zu verdeutlichen, was für ein armes Geschöpf ich bin. Sie hetzt und intrigiert gegen mich. Und ich stehe dem hilflos gegenüber."

„Du bist nicht hilflos", entgegnete Meritre aufmunternd. „Hast du schon einmal mit Pharao darüber gesprochen. Weiß er, was für eine falsche Schlange seine einstige Geliebte ist?"

Satiah schüttelte den Kopf. „Er hat genügend eigene Probleme. Deine Mutter verweigert ihm nach wie vor einen Feldzug gegen die syrischen Kleinfürsten, obwohl diese immer dreister werden. Seit Jahren verweigern sie den Tribut, was die Schatzkammern Ägyptens bei der regen Bautätigkeit deiner Mutter geleert hat. Thutmosis sagt, dass wir uns das nicht länger gefallen lassen dürfen, dass wir ein Exempel vollziehen müssen, um uns Respekt zu verschaffen. Aber deine Mutter weigert sich, ihm die Mittel dafür zu bewilligen. Und er selbst kann sie nicht aufbringen, denn du weißt, wie knapp ihn deine Mutter hält, um ihn unter Kontrolle zu halten."

Meritre seufzte. Ihre Mutter, das war ein Thema, auf das sie gar nicht gern zu sprechen kam. Nach Nofrures Tod und Senenmuts plötzlichem Verschwinden hatte sie gehofft, ihrer Mutter näherkommen zu können, endlich. Darin hatte sie sich jedoch geirrt. Am Grab Nofrures waren sich die beiden Frauen das letzte Mal begegnet. Doch der gemeinsame Schmerz hatte die Mauer zwischen ihnen nicht einreißen können. Im Gegenteil. Hatschepsuts stumme Blicke hatten wie eine

Anklage auf ihr gelastet. Meritre hatte keinen Augenblick daran gezweifelt, dass ihre Mutter lieber ihren Sarkophag als den ihrer Schwester in die kalte Grabkammer tragen lassen würde. Meritre hatte sich von ihr abgewandt und sie nie wieder aufgesucht, auch nicht, als ihr Gerüchte zu Ohren kamen, dass die Pharaonin schwer erkrankt sei. Es berührt sie nicht. Für diese Frau konnte sie einfach nichts mehr als Gleichgültigkeit empfinden. Mochte sie lange leiden, bis der Tod sie erlöste, das war die einzige Empfindung gewesen, zu der sie noch fähig war.

„Es ist unvernünftig, Thutmosis nicht mit diesem Feldzug zu betrauen. Da gebe ich dir recht. Ich vermute, sie könnte es nicht ertragen, ihn noch einmal als Sieger triumphierend in Theben empfangen zu müssen. Alles, wofür ihre Regierungszeit steht, ist, den Frieden zu wahren. Thutmosis einen notwendigen Krieg zu verweigern ist für sie daher folgerichtig. Der Verlust der beiden wichtigsten Menschen in ihrem Leben hat sie nur noch halsstarriger gemacht."

„Sie ist einsam, Meritre. Und wahrscheinlich sehr krank, auch wenn sie dafür sorgt, dass nichts davon nach außen dringt", entgegnete Satiah mitfühlend.

Für einen Augenblick verlor Meritre ihre Selbstbeherrschung. „Nichts geschieht ohne Grund. Ihre Einsamkeit nicht und auch nicht ihre Krankheit. Ich kann für sie kein Mitleid empfinden."

„Aber Meritre. Sie ist die Pharaonin und deine Mutter. Wie kannst du so etwas sagen?"

„Mutter?" Meritre lächelte bitter. „Ich hatte nie eine Mutter, Satiah, immer nur Ammen, Kinderfrauen, Dienerinnen und Leibwächter. Meine Mutter war und ist eine Fremde. Ich kann für sie kein Mitleid empfinden. Aber ich habe von Hapuseneb gehört, dass der Kronrat Thutmosis damit beauftragen wird, die Grenzen zu Syrien zu sichern und Gaza zu befestigen. Die Grenzen unseres Landes zu sichern, dagegen kann selbst Hatschepsut nichts haben. Was dein Mann dann daraus macht, nun, das liegt vor Ort in seinem Ermessen." Ein verschwörerisches Lächeln huschte über Meritres Gesicht. „Und das, was hier im Harem vor sich geht, solltest du mit deinem Gemahl besprechen oder selbst aktiv werden, denn immerhin bist du hier die Herrin, und dein Befehl ist Gesetz. Fürchte dich nicht vor einer Schlange, sondern schlage ihr rechtzeitig den Kopf ab, auch wenn ich nach wie vor glaube, dass Nebtu dich zwar hasst, aber in deinem Tod keinen Vorteil sieht, solange Thutmosis sich ihr nicht erneut zuwendet."

Nachdenklich nickte Satiah. „Vermutlich hast du recht. Aber meinen Gemahl werde ich nicht mit derartigen Kleinigkeiten belästigen. Und ich freue mich für ihn, wenn er endlich mit einem Heer in den Norden aufbrechen darf, auch wenn ich bei jeder bisher von ihm geführten Strafexpedition nach Nubien Angst hatte, dass ihm etwas zustoßen könnte."

„Das wird es nicht, glaub mir", entgegnete Meritre mit leuchtenden Augen. „Dein Mann ist der geborene Soldat. Die Götter werden schützend ihre Hand über ihn halten."

Obwohl Satiah Thutmosis die Umtriebe ihrer Rivalin verschwieg, erfuhr Thutmosis davon. Ipu, seine Amme und Mutter der großen Königsgemahlin, konnte das stille Leiden ihrer Tochter nicht länger mitansehen und berichtete Pharao von den Machenschaften seiner Gemahlin Nebtu, denn sie fürchtete um das Leben ihrer Tochter. Bei einer Frau wie

Nebtu, die es gewohnt war, alles zu bekommen, was sie sich wünschte, musste man mit allem rechnen. Sie hatte nicht gelernt zu verlieren.

Zornentbrannt ließ Pharao sie in sein Arbeitszimmer rufen. Hier, in diesem kalten, nüchternen Raum, dessen Wände mit Jagd- und Kriegsszenen bemalt waren, nur eine Statue Amuns aus der gegenüberliegenden Ecke auf seinen Schreibtisch blickte und außer seinem mit Löwenköpfen gezierten Stuhl, seinem aus Ebenholz gefertigten Schreibtisch und einer Kiste voller Papyrus keine weiteren Einrichtungsgegenstände zu finden waren, fühlte er sich vor ihren Avancen sicher.

Als der Palastherold Intef Nebtu meldete, glaubte Pharao sich gewappnet. Das strahlende Lächeln ignorierend, mit dem ihn seine Gemahlin begrüßte, kam er sogleich zur Sache.

„Mir ist zu Ohren gekommen, dass in meinem Frauenhaus Unfrieden herrscht. Die Ursache hierfür scheint an dir zu liegen. Mit deinem Vermögen, deinen großzügigen Geschenken glaubst du offensichtlich, dir Freundschaften kaufen und meine Frauen gegen Satiah aufwiegeln zu können. Das kann ich nicht dulden. Ich warne dich. Wenn du noch länger gegen meine erste Gemahlin intrigierst, werde ich dich in die Verbannung schicken, irgendwo hin, wo du keinen weiteren Schaden anrichten kannst."

Süffisant lächelnd erwiderte Nebtu: „Ich bin mir keiner Schuld bewusst, mein König. Ein paar kleine tröstende Gaben an Frauen, die Eure Majestät vergessen zu haben scheint, so wie mich, sind wohl kein Verbrechen? Ich verstehe nicht, warum die große Königsgemahlin daran Anstoß nimm?"

„Es war nicht die große Königsgemahlin, die sich über dich beschwert hat. Über derlei Dinge ist Satiah erhaben. Und doch gibt es diese Beschwerde, die gegen dich gerichtet ist. Es sind auch nicht die Geschenke, die ich verwerflich finde, sondern die Absicht, die dahintersteckt. Du versuchst die Frauen meines Harems gegen meine erste Gemahlin aufzuhetzen, indem du sie mit Zuwendungen bestichst. Das kann und werde ich nicht dulden. Hast du mich verstanden?"

Wider Willen blickte Pharao seine unliebsam gewordene Gemahlin an, um seinen Worten Nachdruck zu verleihen, und konnte nicht umhin, sich des Zaubers, den diese Frau einst auf ihn ausgeübt hatte, völlig zu entziehen. Sie war noch immer eine schöne Frau, der man die Geburt ihrer Tochter nicht mehr ansah, die dadurch eher noch schöner geworden war.

Nebtus eigens für diesen Anlass sorgsam von ihren Dienerinnen geschminktes Gesicht lächelte Pharao unschuldig an, und für einen Augenblick glaubte sie zu spüren, dass der alte Zauber, der zwischen ihnen geherrscht hatte, zurückkehrte. Verführerisch löste sie den Gürtel ihres Gewands und ließ es über ihre Schultern zu Boden gleiten.

„Ich möchte meinem Herrn und Gebieter gewiss keinen Ärger bereiten. Ich wünsche mir nur, dass er mir wieder ein wenig seiner Aufmerksamkeit schenkt. Wenn ich ihn mit meinen Zuwendungen verärgert habe, dann möge er mich bestrafen, wie ich es verdient habe. Doch wendet Euch bitte nicht länger von mir ab, Majestät."

Thutmosis schluckte. Er spürte, wie sich seine Männlichkeit regte, wie die einstige Faszination zurückkehrte, die diese Frau auf ihn ausgeübt hatte. Als Nebtu nackt auf ihn zuging und ihn zu küssen versuchte, konnte er sich ihr nicht entziehen, ließ es geschehen. Und als sie niederkniete, unter seinem Lendenschurz sein erigiertes Glied hervorholte und zwischen ihren Lippen zu bearbeiten begann, stöhnte er behaglich auf. Doch als sie schließlich versuchte, ihn in sich aufzunehmen, erwachte Thutmosis aus seinem Alptraum und stieß sie so heftig von sich, dass sie unsanft gegen die Wand prallte.

„Ich will das nicht mehr, nie mehr", brummte er, zornig über sich selbst. Wie hatte er sich für einen Moment so vergessen können und wieder im Netz dieser Spinne landen? „Geh zurück in deine Gemächer und gib Ruhe. Das zwischen uns ist vorbei, endgültig vorbei."

„Aber es war doch schön. Warum muss es vorbei sein? Ich begreife das nicht", fragte Nebtu, sich langsam erhebend und nach der Stelle an ihrem Kopf tastend, an der sie gegen die Wand geknallt war und wo sich langsam eine Beule bildete.

„Es ist vorbei", herrschte Thutmosis sie an. „Begreife das endlich. Ich will dich nicht mehr. Nie wieder werde ich meinen Samen in dir vergießen, nie wieder. Eine solche Natter, die aus deinem Schoß hervorgehen würde, werde ich nicht zeugen. Ganz bestimmt nicht."

Nebtu stand vor ihm, zutiefst enttäuscht und gedemütigt.

„Warum habt Ihr mich dann überhaupt geheiratet, wenn Ihr meiner so überdrüssig seid? Ohne Euch hätte ich ein freies, selbstbestimmtes Leben führen können und wäre keine Gefangene in einem goldenen Käfig."

„Weil du es unbedingt wolltest, vergiss das nicht. Du hättest jeden Mann haben können, den du dir wünscht. Ich hätte dafür gesorgt, dass er dich trotz deines Kindes nimmt. Aber du wolltest unter allen Umständen Königin werden und eine Prinzessin zur Welt bringen. Ein Prinz wäre dir noch lieber gewesen, denn er hätte dir noch mehr Einfluss verschafft. Ich bin froh, dass es ein Mädchen ist, das ich da gezeugt habe, denn mit ihr kannst du keinen großen Schaden anrichten. Ein weiteres wirst du von mir gewiss nicht bekommen. Und jetzt zieh dich an und geh. Und sollte mir je wieder zu Ohren kommen, dass du gegen Satiah intrigierst, dann glaube mir, dass ich es wahr mache und dich verbannen werde."

Den Tränen nahe streifte Nebtu sich ihr Gewand über. Niemals zuvor in ihrem Leben war sie so erniedrigt worden. Einen letzten hasserfüllten Blick auf Pharao werfend schwor sie sich, dass Thutmosis den heutigen Tag noch bitter bereuen würde. Und wenn es das Letzte war, was sie in ihrem Leben tun würde. Für diese Schmach, die er ihr heute zugefügt hatte, würde sie sich bitter rächen.

Nachdenklich blickte Thutmosis Nebtu nach. Tief in seinem Innern spürte er, dass er einen verhängnisvollen Fehler begangen hatte. Er hätte sie nicht so nah an sich herankommen lassen dürfen, hätte seinen Zorn auf sich selbst nicht an ihr auslassen dürfen. Doch nun war es geschehen und auch nicht mehr rückgängig zu machen. Ärgerlich verscheuchte er den Gedanken an Nebtu. Schließlich hatte er im Augenblick Bedeutenderes zu bedenken. Mit der Erlaubnis des Kronrats mit einem Heer bis nach Syrien zu ziehen, um die Grenzen zu sichern und Gaza zu befestigen, würde er sich nicht zufriedengeben. Er würde gegen einige der rebellischen syrischen Fürsten Krieg führen, mit oder ohne Hatschepsuts Genehmigung. Und er würde als Sieger nach Hause zurückkehren. Hatschepsut war nicht länger die Frau, die ihn für sein eigenmächtiges Handeln zur Verantwortung ziehen konnte, denn nach Nofrures Tod und Senenmuts Fall konnte ihm niemand mehr seinen Anspruch auf die Macht streitig machen. Meritre, die als Erbprinzessin Nofrure nachgefolgt war, hegte keinerlei Ambitionen und würde sich als Priesterin vermutlich auch keinen Ehemann suchen, der sich ihm entgegenstellen würde. Daher konnte Thutmosis, der Pharao ohne Macht und Einfluss, sich endlich sicher fühlen.

1459 vor unserer Zeitrechnung

Das Neujahrsfest näherte sich bereits, und noch immer hatte Thutmosis es nicht geschafft, mit einem ausreichend großen, gut ausgerüsteten Heer nach Norden aufzubrechen. Ihm war bewusst, dass die Zeit allmählich drängte, denn in Syrien hatte sich unter Führung des Fürsten von Kadesch eine Verschwörung gegen die ägyptische Vorherrschaft in der Region gebildet. Die meisten Kleinfürsten Syriens waren fest entschlossen, sich von Ägypten zu lösen und für ihre Freiheit zu kämpfen. Das, was Pharao Thutmosis schon immer vorausgesehen hatte, war eingetreten. Keiner der aufständischen Fürsten glaubte inzwischen noch an eine ernsthafte Gegenwehr des Gegners, denn zu lange hatten die Ägypter sich mit einer Antwort auf die Rebellion zurückgehalten.

Nicht nur der Kronrat, auch die Pharaonin konnten vor der drohenden Gefahr nicht länger die Augen verschließen. Daher erhielt der junge Pharao alle Unterstützung, die er für einen erfolgreichen Feldzug in Asien benötigte.

Doch das war es nicht, was Thutmosis von dem lang ersehnten Krieg abhielt. Erst waren es nur Gerüchte gewesen, doch in der Zwischenzeit wusste jeder bei Hof, dass die Pharaonin Hatschepsut schwer krank war, ihre Tage gezählt waren. Geschwüre, die sich inzwischen in ihrem ganzen Körper ausbreiteten, machten ihr jeden Tag zur Qual. Auch wenn sie noch immer versuchte, sich nichts anmerken zu lassen, konnte sie ihren Zustand allmählich nicht mehr verbergen. Oft gelang es ihr nur mit Mohnsaft, ihre Schmerzen für einige Zeit zu betäuben, um ihren Aufgaben nachzukommen. Immer häufiger musste sie Thutmosis als ihren Stellvertreter mit der Teilnahme an religiösen Zeremonien und Einweihungen beauftragen, da sie selbst dazu nicht in der Lage war.

Hatschepsuts Ärzte bestätigten Pharao schließlich, was offensichtlich war. Die Pharaonin lag im Sterben. Mit ihrem schleichenden Tod zog im Palast die Furcht ein, denn viele ihrer Getreuen ahnten, was sie nach dem Tod der Königin erwartete. Manche versuchten das Blatt zu wenden, indem sie probierten, sich dem jungen Pharao zuzuwenden, andere zogen sich aus ihren Ämtern zurück in der Hoffnung, sich dem Zorn und der Rache des jungen Pharaos so zu entziehen. Nur wenige ihrer engsten Vertrauten hielten Stellung und waren bereit, mit ihrer Pharaonin unterzugehen, wussten sie doch, dass Pharao Thutmosis sie bei seiner Machtergreifung gewiss nicht vergessen würde.

Pharao Thutmosis befand sich daher in einer Konfliktsituation. Sollte er mit seinen Truppen nach Norden aufbrechen, um dort den Aufstand niederzuschlagen oder weiter auf Hatschepsuts Tod warten, um erst einmal in Theben Ordnung zu schaffen und seine Macht zu festigen. Doch niemand konnte ihm sagen, wie lange das Siechtum der Pharaonin sich noch hinziehen würde.

„Wir sollten endlich aufbrechen, Eure Majestät", meinte Nebamun während ihres täglichen Kampftrainings. „Hatschepsut ist zäh. Sie wehrt sich gegen den Tod mit allem, was ihr zur Verfügung steht. Im Norden hingegen schließen sich dem Fürsten von Kadesch immer neue Fürsten und Kleinkönige an, da sie von uns keine Reaktion befürchten. Wir sollten sie schnellstmöglich besiegen und ihre Anführer hinrichten und dann im Eilmarsch nach Theben zurückkehren.

Wer könnte sich Euch als siegreich heimkehrenden Feldherren entgegenstellen? Unsere Rückkehr wird ein Triumpf werden. Niemand wird es wagen, sich Eurem Herrschaftsanspruch zu widersetzen."

„Vielleicht, vielleicht auch nicht", erwiderte Thutmosis nachdenklich, einen Pfeil aus dem Köcher ziehend. Konzentriert legte er an, zielte und traf den Rand der aufgestellten Scheibe. Ärgerlich senkte er den Bogen. „Vergiss nicht, hier in Theben wissen viele genau, was geschieht, wenn ich zurückkehre. Ich werde unter den Verrätern, die mir jahrelang meinen Anspruch auf den Thron vorenthalten haben, keine Gnade walten lassen. Daher werden sie versuchen, mich zu stürzen oder meine Rückkehr zu verhindern."

„Eure Majestät fürchtet sich nicht wirklich vor diesen erbärmlichen Kreaturen, die ohne Hatschepsut führerlos sind."

„Nein, das tue ich nicht. Wirklich nicht, Nebamun. Aber ich möchte nicht, dass es bei meiner Rückkehr zu einem Bürgerkrieg kommt. Verstehst du?"

„Wer sollte sich Euch in den Weg stellen, Majestät. Außer Euch und Euren Kindern gibt es nur noch die Erbprinzessin Meritre. Sie wird Euch gewiss keine Steine in den Weg legen, denn sie ist nicht wie ihre Mutter, machthungrig und von Ehrgeiz besessen. Sie ist Priesterin und achtet die Maat, nach der es nur einen männlichen Horus geben kann. Mit den Machenschaften ihrer Mutter war sie nie einverstanden."

„Ja, ich weiß. Ich schätze sie. Dennoch wäre es mir lieber, es gäbe sie nicht. Nicht sie würde gegen mich intrigieren, aber andere könnten sie benutzen."

Wieder legte Thutmosis einen Pfeil in seinen Bogen, zielte und traf diesmal fast die Mitte der Zielscheibe.

„Ein hervorragender Schuss, Eure Majestät", bemerkte Nebamun anerkennend, legte selbst einen Pfeil in seinen Bogen und schoss. Der Pfeil sauste durch die Luft und blieb neben dem Pharaos stecken.

„Auch ein guter Schuss", lobte Thutmosis, sich Nebamun zuwendend. Lange blickte er seinem Freund in die Augen.

„Soll ich das Problem vor unserer Abreise für Euch lösen, Eure Majestät?", fragte Nebamun schließlich.

Einen kurzen Augenblick zögerte Thutmosis, dann schüttelte er energisch den Kopf. „Nein. Lass sie ihn Ruhe. Sie ist nicht wie ihre Mutter und kann auch nichts für deren Handeln. Aber du hast recht. Wir werden aufbrechen, die Revolte niederschlagen und Syrien in Schutt und Asche legen, wenn es sein muss. Danach wird es niemand mehr wagen, sich gegen mich zu erheben."

Lachend nickte Nebamun. „Das ist, was ich von meinem Pharao hören wollte."

Zwei Wochen nach dieser Unterredung brachen die Divisionen des Amun und Seth unter der Führung Pharaos auf. In Memphis schlossen sich ihnen noch Teile der Division des Ptah an, sodass Thutmosis mit einer riesigen Streitmacht Richtung Gaza marschierte.

Hatschepsut spürte, dass ihr Ende nahte. Zu den Sitzungen des Rats ließ sie sich in einer Sänfte tragen, da sie nur noch wenige Schritte auf einem Stock gestützt laufen konnte, wobei ihr jeder Schritt höllische Schmerzen verursachte. Ihre Anweisungen, Urteile, Aufträge und Schenkungen musste ihr Schreiber Menu neben ihrer Liege sitzend aufnehmen und mit ihrem Siegel versehen, da sie sich auch dazu nicht mehr in der Lage fühlte. Der schmerzbetäubende Mohnsaft half ihr zwar zeitweise, ihre Schmerzen zu ertragen, aber er machte sie schläfrig, und Hatschepsut wollte die letzten Tage ihres Lebens nicht in einem Dämmerzustand verbringen, sondern bei klarem Verstand ihre letzten Anweisungen geben.

Hapuseneb war zu ihr gekommen und hatte ihr mitgeteilt, dass ihr Grab fertiggestellt worden sei und nun jederzeit ihre Mumie aufnehmen könne. Dabei hatte er sie mit Augen angeblickt, die ihr sagten, dass auch seine Begräbnisstätte fertig sei und auf seine Mumie warte.

„Es tut mir leid", hatte sie gesagt. Doch er hatte nur den Kopf geschüttelt und erwidert: „Ich bereue nichts, meine Königin. Und ich würde immer wieder genauso handeln."

Liebevoll hatte Hatschepsut ihm die Hand gedrückt. „Danke", war alles, was sie erwiderte.

Nach und nach kamen andere Getreue, um von ihr Abschied zu nehmen. Viele von ihnen empfing sie mit Tränen in den Augen, denn sie ahnte, dass sie nach ihrem Tod Thutmosis Rache ausgesetzt sein würden. Und er würde gnadenlos aufräumen, das wussten alle. Viel zu lange hatte er auf die ihm zustehende Macht verzichten müssen, verdrängt von einer Frau, die ihn bestohlen und der Lächerlichkeit preisgegeben hatte.

In stillen Augenblicken suchten Hatschepsut Erinnerungen heim. Die Bilder zweier Menschen verfolgten sie nicht nur im Schlaf, sondern auch in ihren Tagträumen. Anklagend stand

Nofrure vor ihr, die geliebte Tochter, aus der sie ihr Ebenbild hatte formen wollen, ohne zu erkennen, dass diese nach Liebe und Geborgenheit und nicht nach Macht und Unsterblichkeit gesucht hatte. Und Senenmut erschien ihr immer wieder, voll Unverständnis für ihr Handeln, für seinen Fall, sich keiner Schuld bewusst, verraten von der Frau, für die er ohne Zögern sein Leben gegeben hätte. Nein, warf sich Hatschepsut immer wieder vor, er hatte das Schicksal, das ihn ereilt hatte, nicht verdient. Doch immerhin war er nun vermutlich in Sicherheit und musste weder ihr Siechtum noch den Fall ihrer Getreuen mit ansehen, noch konnte Pharao Thutmosis sich an ihm rächen. Dieser Gedanke tröstete sie ein wenig. Ganz zum Schluss aber tauchte ein Bild vor ihr auf, das sie mit Wehmut erfüllte. Meritre, die ungeliebte, vergessene Tochter, der sie von allen Menschen ihrer Umgebung vermutlich das größte Unrecht angetan hatte, denn sie hatte sie einfach missachtet und vergessen. Wann immer sie an diese Tochter dachte, spürte sie Schuld in sich aufsteigen. Innerlich bat sie die Göttin Isis um Vergebung für das, was sie als Mutter falsch gemacht hatte. Dann fielen ihr Senenmuts letzte Worte ein, die dieser Tochter gegolten hatten. Sie waren eine Warnung gewesen. Doch sie hatte sie in den Wind geschlagen. Nun war es zu spät für eine Versöhnung, denn Meritre weigerte sich, ihre Mutter auf ihrem Krankenlager aufzusuchen. Zwischen ihnen stand eine Mauer, die selbst der nahende Tod nicht mehr einreißen konnte.

1458-1457 vor unserer Zeitrechnung

Pharaos Heer war im Eilmarsch über das Karmelgebirge bis zur Festung von Megiddo vorgedrungen, wo es auf die versammelten Truppen der syrischen Fürsten traf, die im Begriff gewesen waren, auf die Grenze Ägyptens zuzumarschieren, dadurch ermutigt, dass sie bislang auf keinerlei nennenswerte Verteidigung des Gegners gestoßen waren.

Der Angriff Pharaos kam so überraschend, dass er nur auf wenig Gegenwehr stieß, da niemand damit gerechnet hatte, dass Pharao diesen gefährlichen Weg über das Gebirge wählen würde. Vermutlich hätte die Schlacht zu einem überwältigenden Sieg des ägyptischen Heers geführt, hätten Pharaos Soldaten, gierig nach Beute, nicht vorschnell mit der Plünderung des feindlichen Lagers begonnen, anstatt den Gegner zuvor endgültig zu vernichten. So hatten die Syrer sich in die Festung von Megiddo zurückziehen können, die nun seit Monaten von Pharaos Truppen belagert wurde.

Mit jedem verstreichenden Tag, den Pharao vor den Mauern Megiddos zubringen musste, wurde er unruhiger. Zwar herrschten in der Festung inzwischen Hunger und Seuchen, die die Gegner Tag für Tag dezimierten, aber an ein Aufgeben des Feindes war bislang nicht zu denken. Mehrmals hatte Thutmosis Spezialkommandos losgesandt, um an uneinsichtiger Stelle einen Tunnel unter der Stadtmauer hindurch in die Stadt zu graben. Doch jedes Mal waren seine Soldaten entdeckt und mit großen Verlusten abgewehrt worden.

„Uns bleibt nur eins, wenn wir nicht in einem Jahr immer noch hier ausharren wollen", meinte Thutmosis schließlich bei einer Lagebesprechung seiner Offiziere im Kommandozelt. „Wir müssen stürmen."

„Das wird viele Verluste mit sich bringen", gab Amenemheb, einer seiner Offiziere, zu bedenken.

„Schon möglich", erwiderte Thutmosis ärgerlich. „Aber vielleicht lernen meine Soldaten dann, was es für Folgen hat zu plündern, bevor die Arbeit getan ist. Wir alle müssten hier nicht ausharren, wenn meine Soldaten meinen Befehlen gefolgt wären."

„Lasst uns einen letzten Versuch wagen, sie zur Aufgabe der Festung zu bewegen, Eure Majestät", schlug Nebamun vor. „Wir sollten ihnen ein Angebot unterbreiten, das Hoffnung lässt."

„Wozu? Wir haben ihnen mehrmals milde Bedingungen für die Übergabe angeboten. Jetzt sollen die Waffen sprechen. Der Hunger und die Krankheiten haben sie mürbe gemacht. Es sollte nicht allzu schwer sein, die Mauern zu stürmen und das Tor zu öffnen, um unsere Truppen einzulassen."

In die Runde seiner Offiziere blickend, schienen einige Pharaos Meinung zu teilen, während andere erhebliche Verluste zu befürchten schienen. Doch keiner wagte es, Pharao zu widersprechen.

Dieser trat an seinen Schreibtisch, auf dem eine Karte der Festung und deren Umgebung ausgebreitet lag.

„Wir täuschen hier am Haupttor einen Angriff mit den Divisionen des Seth und Ptah vor und warten, bis die syrischen Befehlshaber ihre Soldaten zu diesem Tor beordern, um den Angriff abzuwehren. Wenn nur noch wenige Soldaten auf dem Rest der Stadtmauer verteilt sind, versuchen einige ausgewählte Freiwillige die Stadtmauer am Osttor zu erklimmen und die Wachen auszuschalten. Die Bogenschützen der Division des Amun werden sich in diesem Wald verbergen und ihnen Feuerschutz gewähren, sobald sie losstürmen. Sollte es diesen Männern gelingen, in die Festung einzudringen, sollen sie das Osttor öffnen und die Division des Amun einlassen. Diese kämpft sich in der Festung zum Haupttor durch und lässt unsere restlichen Truppen hinein. Und diesmal gilt: Wer plündert, bevor die Festung vollständig in unserer Hand ist, wird hingerichtet."

Thutmosis blickte in die Runde seiner Hauptleute. Niemand wagte es, Pharao anzusehen, der offensichtlich nach einem freiwilligen Führer des Sturmtrupps suchte. Schließlich war es Amenemheb, der die entscheidende Frage stellte.

„Woher sollen wir die Freiwilligen nehmen? Ich glaube nicht, dass sich jemand melden wird, um diese Aufgabe zu übernehmen, Eure Majestät. Es ist ein Todeskommando."

Alle blickten betreten zu Pharao, dessen Blick verächtlich über sie hinwegstreifte. Schließlich war es Nebamun, der das Schweigen brach.

„Ich werde gehen und einen Trupp zusammenstellen, den ich selbst anführen werde, Eure Majestät."

Thutmosis wollte etwas einwenden, wollte seinen besten Freund und Vertrauten nicht mit dieser todbringenden Aufgabe betrauen, wusste aber sogleich, dass er das nicht durfte. Müde nickte er.

„Einverstanden, Nebamun. Nimm nur die Besten mit, die du finden kannst, Männer, die vor nichts zurückschrecken, um ihr Heimatland zu verteidigen. Dreißig müssten für diese Aufgabe ausreichen. Wenn die es nicht schaffen, schaffen wir es gar nicht. Wer überlebt, das sag ihnen, soll reich entlohnt werden. Wer fällt, dessen Familie wird aus dem Staatsschatz versorgt werden. Übermorgen werden unsere Truppen gegen Nachmittag das Haupttor angreifen, nachdem sie den ganzen Vormittag über so auffällig wie möglich unsere Sturmleitern und Rammpflöcke von Kriegsgefangenen und Bauern aus der Umgebung in Stellung bringen lassen. Das wird ihre Befehlshaber zu einer Entscheidung zwingen. Sehen wir, ob sie tatsächlich auf ihre eigenen Leute schießen werden. Sollten sie es tun, werden wir die Gefallenen durch ihre Frauen und Kinder ersetzen. Das wird sie endgültig in einen Konflikt stürzen und zu Diskussionen und Meinungsverschiedenheiten unter ihnen führen. Vielleicht können wir so einen Angriff doch noch vermeiden und sie zu einer Aufgabe der Festung bringen. Ihr werdet mit eurem Angriff bis zur Abenddämmerung warten", fuhr er, noch einmal an Nebamun gewandt, fort. „Dann können unsere Bogenschützen noch immer die Männer auf der Mauer erkennen und treffen, bevor sie unter euch allzu großen Schaden anrichten. Unser Vorteil liegt in der Überraschung und in der Schnelligkeit. Wenn es zu lange dauert, wird Verstärkung eintreffen. Dann war alles umsonst."

Nebamun nickte stumm. Dann löste sich die Runde auf, um mit den Vorbereitungen zu beginnen.

Lange standen die die Festung verteidigenden syrischen Hauptleute unter der Führung des Fürsten von Kadesch und dem Festungskommandanten am Morgen des geplanten Angriffs auf der Stadtmauer des Haupttors. Misstrauisch beobachteten sie die Aktivitäten des Feindes. Bauern und Kriegsgefangene zogen Leitern zum Sturm auf die Mauer, sowie schwere Baumstämme zum Aufbrechen des Tors bis kurz vor die Festungsmauer heran. Aufseher, ausgerüstet mit Peitsche, Kurzschwert und Streitkolben trieben sie erbarmungslos an. Dabei dienten ihnen gefesselte Gefangenen, die sie vor sich her stießen, als Schutzschild vor feindlichen Pfeilen.

„Was soll das werden?", fragte der Festungskommandant ärgerlich. „Glauben sie wirklich, damit in die Festung eindringen zu können? Das wird sie viel Blutzoll kosten, ohne dass sie etwas erreichen."

„Sie haben schon viel erreicht", entgegnete der Fürst von Kadesch resigniert. „Wir sitzen hier wie Kaninchen in der Falle fest. Keiner kommt hinein oder hinaus. Unsere Leute leiden Hunger, sind krank und sterben wie die Fliegen. Und nun müssen wir ihnen auch noch befehlen, auf ihre eigenen Leute, Brüder, Väter, Söhne und Freunde zu schießen, wenn wir verhindern wollen, dass sie mit ihren Leitern zu nah an unsere Mauer herankommen. Wenn wir das von ihnen verlangen, werden sie sich gegen uns wenden. Es wird eine Rebellion geben. Da bin ich mir sicher. Nein, wir sollten einen Kurier zu Pharao senden und eine ehrenvolle Übergabe der Festung aushandeln, bevor es dafür zu spät ist. Sonst haben wir nicht die geringste Chance, das hier zu überleben. Selbst wenn wir diesen Angriff zurückwerfen können, wird das unsere Lage nicht verbessern. Im Gegenteil. Pharaos Zorn auf uns wird wachsen, je länger er warten muss und je größer seine Verluste werden."

Die meisten der anwesenden Hauptleute stimmten dem Fürsten zu, sahen auch sie die Ausweglosigkeit ihrer Lage ein. Nur der Festungskommandant wollte sich noch nicht geschlagen geben, ahnte er doch, dass nach einer Übergabe seine Festung geschleift werden würde. Doch gegen die Mehrzahl der aufständischen Fürsten hatte er keine Chance. So öffnete sich gegen Mittag das Haupttor der Festung und ein Kurier des Fürsten von Kadesch trat hinaus mit einer Botschaft an Pharao.

Von Wachen umgeben wurde der Bote vor Pharao geführt. Dieser empfing den Mann würdevoll auf einem Stuhl thronend, vor dem der Bote niederkniete und darauf wartete, die Erlaubnis zum Sprechen zu erhalten. Zu beiden Seiten Pharaos standen seine Heerführer, neugierig auf das Angebot, das aus der Festung kam. Angstschweiß drang aus den Poren des Gesandten, als er schließlich seine Botschaft kundtat, während Pharaos Blick abschätzend auf ihm ruhte. Ihm war bewusst, dass der abgeschlagene Kopf des Überbringers einer unliebsamen Botschaft oftmals als Antwort zurückgesandt wurde, auch wenn das Leben eines Boten eigentlich unantastbar sein sollte. Doch daran hatte sich noch kein verärgerter Fürst gehalten.

Nachdem der Bote geendet hatte, blickte Pharao ihn mit ausdruckloser Mine an.

„Glauben diese aufständischen syrischen Fürsten tatsächlich, mir Bedingungen für eine kampflose Übergabe der Festung stellen zu können? Ich verlange, dass sie sich bedingungslos ergeben und meiner Gnade oder Ungnade ausliefern. Wenn nicht, dann werden wir stürmen. Und für jeden meiner Männer, der fällt, werden drei gefangene Gegner hingerichtet und alle erbeuteten Frauen und Kinder in die

Sklaverei verschleppt werden. Sollten wir jedoch diesen sinnlosen Kampf vermeiden können und die rebellischen Fürsten, allen voran Durusha, der Fürst von Kadesch, bereit sein, mir erneut einen Treueeid zu leisten, werde ich mich großmütig erweisen. Nur Bedingungen lasse ich mir keine stellen. Ich gebe euch bis morgen Mittag Zeit, die Sache zu überdenken. Danach werden wir stürmen. Und wenn die Gefangenen und Bauern als Schutzschild für meine Männer nicht ausreichen, werden ihre Frauen und Kinder sie ersetzen, denn dann kenne ich keine Gnade mehr. Und jetzt geh und berichte deinem Herrn, was der Sohn des Gottes Amun, Inhaber des Horusthrons, gesagt hat."

Eilig stapfte der Bote, froh darüber seinen Kopf behalten zu haben, in die Festung zurück, um Pharaos Bedingungen für eine Übergabe zu überbringen.

Lange berieten die Fürsten, was sie tun sollten. Eine Übergabe der Festung ohne Garantien des Gegners war eine unübliche und gefährliche Sache. Aber hatten sie eine andere Wahl, als sich Pharao bedingungslos zu ergeben? Die Lage in der Festung war katastrophal, die Kampfmoral auf einem Tiefpunkt, und es stand zu befürchten, dass eine Revolte ausbrechen würde, sobald an die Soldaten der Befehl erging, auf ihre eigenen Leute zu schießen. Nur der Festungskommandant beharrte darauf, die Festung bis zum letzten Mann zu verteidigen und lieber einen ehrenvollen Tod zu sterben als zu kapitulieren. Nachdem er bei den Fürsten keinen Zuspruch finden konnte und sich weiterhin störrisch weigerte, den Festungsschlüssel, den er einst als Symbol seiner Befehlsgewalt über Megiddo erhalten hatte, herauszugeben, wurde er kurzerhand in den Kerker geworfen und der Schlüssel aus der Schatulle genommen, um ihn feierlich Pharao zu übergeben.

Eine unendliche Erleichterung stellte sich bei Pharao nach der Unterwerfung und Übergabe der Festung ein. Er war froh darüber, dass seine Gegner nicht ahnten, wie sehr er selbst unter Zeitdruck stand. Die monatelange Belagerung während der Wintermonate war auch an seinen Soldaten nicht spurlos vorübergegangen. Auch wenn seine Soldaten nicht über Hunger klagen mussten, so mussten Versorgungstrupps doch täglich tiefer ins Land ausschwärmen, um ausreichende Nahrungsmittel für die Truppen auf umliegenden Gehöften aufzutreiben. Dabei kam es immer wieder zu Massakern an der Bevölkerung, die sich weigerte, Getreide und Vieh abzugeben. Und auch Vergewaltigungen und gegenseitiges Totschlagen, oft wegen Kleinigkeiten, waren an der Tagesordnung, da das Warten die Männer gereizt machte und sie Ablenkung benötigten. Ein Funke reichte aus, um einen Streit tödlich enden zu lassen. Schon lange reichten die täglichen Waffenübungen nicht mehr aus, um das heiße Blut abzukühlen.

Doch dies war keineswegs der einzige Grund, der Thutmosis nach Hause zog. Verlässliche Quellen hielten ihn über den Gesundheitszustand seiner Tante und Stiefmutter auf dem Laufenden. Die letzten Botschaften waren eindeutig gewesen. Hatschepsut lag im Sterben. Er musste dringend nach Theben zurückkehren, um seine Herrschaft zu sichern und aufzuräumen, sich an all jenen rächen, die ihm so lange im Weg gestanden hatten.

„Ich werde so schnell wie möglich mit dem Heer des Amun und Seth nach Hause aufbrechen", erklärte er Nebamun bei einem Gespräch unter vier Augen in seinem Zelt. „Sobald die Fürsten mir erneut Treue geschworen haben, marschieren wir los. Du bleibst mit der Division des Ptah zurück, um sicherzustellen, dass meine Bedingungen für einen Frieden erfüllt werden. Besonders wichtig ist, dass sie dir ihre Söhne als Geiseln ausliefern, damit wir künftig einen Garant für ihre Bündnistreue haben. Wir werden sie in Theben erziehen, mit unserer Lebensweise vertraut machen und so zu zukünftigen treuen Verbündeten machen."

„Eine geniale Idee, Hoheit", erwiderte Nebamun grinsend. „Das hat ihnen von all unseren Bedingungen am wenigsten gefallen."

„Ich weiß", erwiderte Pharao schmunzelnd. „Aber es bleibt ihnen keine andere Wahl, wenn sie ihre Macht behalten wollen. Nur dieser Festungskommandant bleibt störrisch. Wir werden ihn zur Abschreckung öffentlich hinrichten, damit jedem klar ist, dass sich niemand ungestraft meinem Willen widersetzen kann."

„Schade um den Mann", warf Nebamun mit Bedauern ein. „Er ist meiner Meinung nach der Einzige unter all diesen Schurken, der Charakter besitzt."

„Gewiss", antwortete Thutmosis ernst. „Aber es bleibt mir keine andere Wahl. Ich muss ein Exempel statuieren, damit man mein Wort in Zukunft ernst nimmt. Sorge dafür, dass man ihn in einen Käfig sperrt, der an der Stadtmauer aufgehängt wird. Dort soll er hängen bleiben, bis seine sterblichen Überreste verfault sind. Bei Todesstrafe ist es verboten, ihm Essen oder Trinken zu geben. Es wäre auch unvernünftig, denn es würde seine Todesqualen nur verlängern."

„Wie Eure Majestät befiehlt", erwiderte Nebamun.

„Und noch etwas, Nebamun", stieß Pharao hervor, seinen mit Wein gefüllten Becher absetzend. „Du bist mein bester

Mann, auf den ich nicht verzichten kann. Dir vertraue ich blind. Darum bringe dein Leben nie wieder derart in Gefahr. Ich kann es mir nicht leisten, dich zu verlieren."

„Aber Eure Majestät", wandte dieser ein. „Niemand hätte sich freiwillig gemeldet, wenn ich nicht mit gutem Beispiel vorangegangen wäre."

„Das mag richtig sein. Dann hätte ich eben jemanden bestimmt, aber gewiss nicht dich. Schon deshalb war ich froh, dass eine Stürmung im letzten Augenblick abgewendet werden konnte. Dennoch. Tu das nie wieder. Ich brauche dich, verstehst du?"

Nebamun nickte hocherfreut, denn es kam selten vor, dass Pharao eine Schwäche für jemanden so offen eingestand.

Im Eiltempo kehrte Thutmosis mit einem kleinen Trupp seiner besten Streitwagenfahrer nach Theben zurück, während der lange Tross von 15.000 Soldaten mit der Kriegsbeute, darunter 340 Gefangenen, Pferden, Rinder- und Schafherden, Streitwagen, erbeuteten Rüstungen und Waffen sich langsam Richtung Heimat wälzte.

Vor Theben schlug die kleine Truppe ein Lager auf, und Thutmosis begab sich am nächsten Morgen als Bauer verkleidet zusammen mit seinem Herold Intef in die Stadt, um die Lage zu erkunden und nicht eventuell von den Anhängern Hatschepsuts bei seinem Eintreffen überrumpelt zu werden. Er wusste nur zu gut, dass Menschen, die in die Enge getrieben werden, oft zu Verzweiflungstaten neigen.

In der Stadt herrschte eine bedrückte Stimmung. Auf dem Markt war weit weniger Betrieb als sonst. Die Menschen, die unterwegs waren, gingen schweigend ihren Erledigungen nach. Einem Bäcker, bei dem die beiden Männer je einen Honigkuchen erstanden, stellten sie schließlich die Frage, die sie interessierte: „Mir scheint heute wenig Kundschaft unterwegs zu sein. Was ist los in der Stadt. Sonst sind die Märkte um diese Zeit voll."

Der Bäcker schaute Intef forschend an. „Ihr seid gewiss nicht aus der Gegend, sonst wüsstet ihr, dass unsere Pharaonin im Sterben liegt. Und unser Pharao ist mit seinen Truppen irgendwo in Asien. Niemand weiß so recht, was passieren wird, wenn unsere Herrscherin zu Osiris gegangen ist. Alle fürchten sich vor Unruhen. Deshalb bleiben sie lieber zu Hause."

„Nein", erwiderte Intef überrascht. „Wir kommen vom Land. Da braucht es immer geraume Zeit, bis Neuigkeiten eintreffen. Aber sag, gibt es denn Anzeichen für Unruhen?"

„Wie man es nimmt", meinte der Bäcker vielsagend. „Die Parteigänger von Hatschepsut und Thutmosis beäugen sich gegenseitig. Jeder wartet auf eine Reaktion des anderen. Sobald unsere Königin tot ist, wird sich zeigen, was die da oben planen. Wenn ihr einen guten Rat von mir hören wollt, dann erledigt eure Geschäfte und kehrt so schnell wie möglich nach Hause zurück."

Thutmosis und Intef nickten dem Bäcker dankend zu und bogen in eine Seitenstraße ein, wo sie in einer schattigen Ecke stehen blieben und genüsslich ihren Kuchen aßen.

„Wir müssen wissen, was im Palast vor sich geht", meinte Intef dann nachdenklich. „Wir haben zu wenige Männer bei uns, um uns erfolgreich gegen einen Überfall zu wehren."

„Ich glaube nicht, dass wir das müssen. Ich bin davon überzeugt, dass die Menschen sich vor allem fürchten, weil kein neuer Horus für die Machtübernahme bereitsteht. Das verunsichert sie. Um sicher zu gehen, werde ich Satiah aufsuchen. Sie wird mir sagen können, ob ich bei meiner Ankunft einen Anschlag oder eine Festsetzung zu befürchten habe."

„Aber wie wollt Ihr ungesehen zu ihr vordringen, Eure Majestät? Wenn man Euch entdeckt?"

„Wir werden mit einem kleinen Ruderboot zu einer versteckten Anlegestelle des Palastgartens gelangen. In der Nähe kommen alle Dienerinnen der Frauen meines Harems vorbei, auch die meiner Gemahlin. Sie holen auf diesem Weg aus der Palastküche die Mahlzeiten für ihre Herrschaften. Einer von ihnen werde ich eine Botschaft für Satiah übermitteln und sie zu dem Steg beordern, den sie gut kennt. Wir haben uns dort als Kinder oft getroffen und unsere Erlebnisse, unseren Kummer, unsere Sorgen und Geheimnisse ausgetauscht."

Im Schilfdickicht verborgen mussten die beiden Männer nicht lange warten. Es war Mittagszeit und viele Dienerinnen waren unterwegs, um für ihre Herrinnen aus der Küche das Gewünschte zu holen.

Pharao und Intef beobachteten das Geschehen eine Zeitlang, bis Thutmosis eine junge Frau entdeckte, die er für vertrauenswürdig hielt und diese mit einem Steinwurf auf sich aufmerksam machte.

Von etwas hart am Kopf getroffen, lief die Dienerin in die Richtung, aus der sie den Angriff vermutete, und blickte sich suchend um. Zutiefst erschrocken sah sie sich plötzlich Pharao gegenüber.

„Eure Majestät", stieß sie überrascht hervor und wollte sich zu Boden werfen. Intef legte ihr von hinten eine Hand auf den Mund, hob sie empor und schleppte sie in das Schilfdickicht, während Pharao den Finger auf seinen Mund legte und ihr damit zu verstehen gab, dass sie ruhig bleiben solle. Das Mädchen nickte ängstlich und gab damit zu verstehen, dass sie begriffen hatte.

„Eure Majestät", flüsterte sie, nachdem Intef sie losgelassen hatte. „Was macht Ihr hier?"

„Ich muss mit meiner Gemahlin sprechen. Vorher darf niemand erfahren, dass ich hier bin. Hast du das verstanden? Sage meiner Gemahlin, dass ich sie am Steg erwarte. Sie weiß, wo das ist. Und außer ihr sag niemandem, dass ich hier bin. Kann ich mich darauf verlassen?"

Das Mädchen nickte dienstbeflissen und setzte dann ihren Weg zur Palastküche fort, um ihrer Herrin einen Teller mit Feigen und etwas Brot zu bringen.

Wartend legten Thutmosis und Intef sich ins Schilf und dösten vor sich hin, bis am späten Nachmittag endlich ein leises Rascheln im Schilf zu vernehmen war.

Satiah blickte sich suchend um, während sie immer wieder einen Blick zurückwarf. Doch niemand schien ihr zu folgen.

„Thutmosis", flüsterte sie, bis sie die beiden sich aus dem Schilf erhebenden Männer entdeckte. Freudig warf sie sich in die Arme ihres Gemahls, der sie kurz küsste und dann mit sich hinunter ins Schilf zog.

„Ich bin so froh, dich heil wiederzusehen. Doch was ist geschehen? Warum schleichst du dich wie ein Bettler zur Hintertür des Palasts? Ein Herold kam vor zwei Tagen im Palast an mit der Mitteilung, dass ihr bei Megiddo einen großen Sieg errungen habt. Warum dann diese Heimlichkeiten?"

„Es heißt, meine Tante liegt im Sterben. Wenn das zutrifft, habe ich allen Grund, vorsichtig zu sein. Stimmt es, dass Hatschepsut dabei ist, ins Reich des Osiris einzutreten?"

„Ihre Ärzte sagen, sie wird den morgigen Tag nicht mehr erleben. Der Hohepriester des Amun weicht seit Tagen nicht von ihrem Bett. Er betet für sie und verbrennt Weihrauch, um die bösen Geister zu vertreiben. Doch ich vermute, er weiß genau, dass all das sie nicht retten kann."

„Und ihn auch nicht", zischte Thutmosis, während er Satiah eindringlich anschaute. „Was ich dir jetzt sage, ist äußerst wichtig, Satiah. Der Hauptmann der Palastwache ist mir nach Hatschepsuts Tod treu ergeben. Das hat er in einem früheren Gespräch durchblicken lassen. Ruf ihn zu dir und sende ihn heute Abend vor die Stadtmauer des Nordtors, wo ihn Intef abfangen und zu mir bringen wird. Dort wird er weitere Befehle erhalten. Wenn ich morgen mit meinem kleinen Trupp Streitwagen in die Stadt einziehe, muss ich sicher sein, dass der Palast in meiner Hand ist und meine Gegner festgesetzt sind und nichts mehr gegen mich unternehmen können. Alles muss schnell und geräuschlos vor sich gehen."

„Du meinst, sie könnten gegen ihren Pharao vorgehen?", fragte Satiah überrascht.

„Menschen, denen Verbannung, Gefängnis oder gar der Tod drohen, sind zu allem fähig", antwortete Thutmosis grimmig.

„Ich darf ihnen keine Möglichkeit bieten, sich gegen mich zur Wehr zu setzen. Nur so kann ich Unruhen vermeiden. Wirst du tun, worum ich dich bitte?"

„Natürlich, mein Gemahl", antwortete Satiah entschlossen.

Thutmosis nickte zufrieden. „Dann lauf jetzt zurück. Ich werde unterdessen in mein Lager zurückkehren und meinem Kriegsschreiber Tjanenis alle nötigen Befehle diktieren. Und sei bitte vorsichtig, Satiah."

Mit einem flüchtigen Kuss verabschiedete er sich von seiner Gemahlin, stieg mit Intef in das kleine Ruderboot, und die beiden kehrten in die Stadt zurück. Vor dem Stadttor verabschiedeten sich die beiden Männer. Während Intef auf den Kommandanten der Palastwache wartete, eilte Thutmosis in sein Lager zurück und diktierte Tjanenis seine Anweisungen.

Als Thutmosis mit seinen Männern am nächsten Nachmittag mit seinem Streitwagen durch das Nordtor zum Palast fuhr, standen die Menschen am Straßenrand und jubelten ihrem Pharao zu. Wie ein Lauffeuer hatte sich das Eintreffen Pharaos und die in der Nacht durchgeführten Verhaftungen der Gefolgsleute Hatschepsuts herumgesprochen. Vor dem Eingang zum Palast kam Pharao mit seinem Streitwagen zum Stehen. Hier hatte die Palastwache Aufstellung genommen und Dedi, Hauptmann der Palastwache, trat auf Pharao zu und sank vor ihm auf die Knie.

„Eure Majestät, ich habe all Eure Befehle ausgeführt bis auf einen. Der Hohepriester des Amun, Hapuseneb, sitzt noch immer am Bett Eurer Tante und betet für sie. Ihn dort mit

Gewalt fortzuholen, schien mir unangebracht. Er ist ein mächtiger Mann, der bei seinen Priestern ebenso wie bei dem Volk sehr beliebt ist. Ihn zu verhaften, hätte zu Unruhen führen können."

„Meine Tante, ist sie...?

„Entgegen allen Erwartungen der Ärzte lebt sie noch immer. Es scheint, als warte sie auf etwas ganz Bestimmtes, vielleicht auf Eure Rückkehr."

Thutmosis fluchte leicht vor sich hin. Die Machtübernahme wäre einfacher vonstattengegangen, wenn die Königin in der Nacht gestorben wäre.

„Sie wird aber nicht wieder...?"

„Gewiss nicht, Eure Majestät. Es kann sich nur noch um Stunden handeln."

Thutmosis nickte, während er die Stufen zum Palast hinaufeilte und geradewegs auf das Schlafgemach Hatschepsuts zuschritt. Die vor der Tür stehenden Wachen zogen ihre vor der Tür gekreuzten Lanzen zurück, verneigten sich vor Pharao und ließen ihn dann ungehindert passieren.

Beim Betreten des Raums schlug Thutmosis sofort der Geruch von Weihrauch und Tod entgegen. Er brauchte einen Augenblick, bis seine Augen sich an das fahle Licht gewöhnt hatten. Auf dem Bett, nur mit einem Leinentuch bedeckt, lag die Pharaonin Hatschepsut, klein, abgemagert und zerbrechlich. Zwei Ärzte und zwei Dienerinnen Hatschepsuts waren anwesend sowie zwei Sklavenjungen, die der Pharaonin mit Fächern aus Straußenfedern Luft zufächelten. Neben ihrem Bett saß Hapuseneb, der Hohepriester, der eine Hand Hatschepsuts hielt und sie anlächelte. Für einen

Augenblick schaute er auf und neigte leicht den Kopf, als Thutmosis den Raum betrat. Dann wandte er sich wieder Hatschepsut zu, als wäre Pharao gar nicht vorhanden.

„Du kommst spät, aber nicht zu spät", erhob Hatschepsut plötzlich ihre Stimme. „Und du hast deinen Krieg gewonnen, wie mir berichtet wurde."

„Ja, das habe ich", entgegnete Thutmosis fest.

Hatschepsut seufzte. „Ich habe immer versucht, einen Krieg zu vermeiden."

„Dieser Krieg war unvermeidbar", stieß Thutmosis zornig hervor.

„Ich weiß", erwiderte Hatschepsut beschwichtigend. „Ich weiß. Mit meinem Tod bricht ein neues Zeitalter heran. Du wirst ein großer Pharao werden, Thutmosis. Davon war ich schon immer überzeugt."

„Warum hast du mich dann so lange von der Macht ferngehalten?", stieß Thutmosis mit Unverständnis in der Stimme hervor.

„Weil die Zeit für dich noch nicht reif war. Glaub mir, ich habe mir meine Entscheidungen nicht leicht gemacht. Ich gebe sogar zu, dass ich an manchen Tagen darüber nachgedacht habe, dich zu beseitigen. Aber…"

„Aber was? Was hat dich umgestimmt. Nofrures Unfähigkeit oder dein Gewissen?"

Hatschepsut lächelte milde. „Beides, mein Junge. In mancher Stunde habe ich mir sogar gewünscht, ich hätte einen Sohn wie dich. Aber die Götter haben anders entschieden. Und irgendwann habe ich begriffen, dass es gut ist, so wie es ist. Wenn ich jetzt in das Reich des Osiris gehe und auf der Waage der Maat meine Taten gewogen werden, dann bin ich davon überzeugt, dass ich als gerecht gelten werde. Ich habe dem Reich einundzwanzig Jahre Frieden und Wohlstand geschenkt, die Götter geehrt, ihnen Tempel gebaut und niemals unnötig Blut vergossen. Und auch du solltest kein unnötiges Blut vergießen, denn letztendlich fällt alles Böse und Ungerechte auf dich zurück. Die Götter lassen nichts ungestraft. Glaube mir das."

Mühsam rang Hatschepsut nach Luft, während sich ihr brechender Blick an Thutmosis festzusaugen schien. Für einen Augenblick konnte Thutmosis sich diesem sengenden Blick, in dem die letzte Kraft einer Sterbenden lag, nicht entziehen. Doch dann riss er sich los.

„Du meinst, ich soll all jene verschonen, die mir jahrelang mein Geburtsrecht streitig gemacht haben. Das kann ich nicht. Und das werde ich nicht."

Kurz streifte sein Blick Hapuseneb, der genau wusste, was auf ihn wartete. Doch er ließ keinerlei Angst erkennen. Pharao musste sich eingestehen, dass der Mann am Bett seiner Tante nicht nur Mut, sondern auch Charakterstärke besaß, wie fast alle Getreue Hatschepsuts. Doch genau das war der Grund, warum er keinen von ihnen verschonen durfte.

Während sein Blick zurück zu seiner Tante wanderte, stellte er fest, dass diese lautlos gegangen war. Hatschepsut, die erste Frau, die selbst den Horusthron bestiegen hatte, lebte nicht mehr.

Auch Hapuseneb bemerkte es. Sanft, fast zärtlich, kreuzte er ihre Hände über ihrer Brust und befahl dann einer der

Dienerinnen, die Sempriester zu benachrichtigen, um den Leichnam der Pharaonin zu überführen. Dann schaute er zu Pharao, der noch immer auf den Leichnam starrte und zu begreifen suchte, dass all das, wonach er seit Jahren gestrebt hatte, nun erreicht war. Von dieser Stunde an war er Alleinherrscher. Niemals mehr würde ihn jemand bevormunden. Sein Wort war künftig Gesetz.

Wie aus einem Traum erwachend, fiel sein Blick auf den wartenden Hohepriester.

„Du weißt, was kommt?"

„Das habe ich immer gewusst, Eure Majestät."

„Für uns alle wäre es besser, wenn du selbst Hand an dich legen würdest. Ich möchte einen Aufstand unter den Priestern des Amun, der mächtigsten Kaste im Land, vermeiden."

Hapuseneb nickte. „Gebt mir Euer Wort, dass Ihr meine Familie dann verschont und meinen Leichnam einbalsamieren und in mein Grab bringen lasst."

„Einverstanden. Aber dein Begräbnis wird in aller Stille nur im engsten Familienkreis vollzogen, ohne Freunde und Priester. Nur ein paar Klagefrauen sind erlaubt. Einer deiner Söhne soll das Opfer an deinem Grab vollziehen."

„Ich werde es genauso in meinem Abschiedsbrief anordnen, Eure Majestät. Wenn Ihr jetzt erlaubt, würde ich gerne nach Hause gehen, um von meiner Familie Abschied zu nehmen."

Einen Augenblick zögerte Pharao. Konnte er diesen Mann einfach gehen lassen? Was, wenn er nicht nach Hause, sondern in den Tempel ging und seine Parteigänger aufwiegelte. Doch sogleich verwarf Thutmosis diesen Gedanken wieder.

Hapuseneb war ein Mann von Ehre. Er würde sich an ihre Absprache halten.

„Geh, aber lass dir nicht zu lange Zeit mit deinem Tod. Deines Amtes als Hohepriester bist du ab sofort enthoben."

Hapuseneb nickte. „Keine Sorge, Majestät. Ich kenne meine Pflicht."

Noch einen letzten Blick auf die Frau werfend, die den Weg vor ihm gegangen war und der er nun folgen würde, wandte er sich zum Gehen.

„Wie im Leben, so auch im Tod", flüsterte er, während die Sempriester den Raum betraten, um den Leichnam Hatschepsuts ins Haus des Todes zu überführen.

Nachdem alle gegangen waren, atmete Thutmosis erleichtert auf. Er war von heute an Pharao, Alleinherrscher über Ägypten. Niemand würde ihm je wieder Vorschriften machen.

Thutmosis III.

1455 vor unserer Zeitrechnung

Mit Genugtuung empfing Pharao Thutmosis im Thronsaal des Palasts von Theben die Abgesandten der unterworfenen Fürsten aus den syrischen und nubischen Ländern. Seit er Alleinherrscher über Ägypten und seine Vasallenstaaten war, hatte er jedes Jahr Feldzüge in die eine oder andere Region der Randstaaten unternommen, um die Stärke Ägyptens zu demonstrieren und seinen Einflussbereich auszudehnen. Seither flossen die Tributzahlungen reichlich in das Land am Nil, was wohl auch daran lag, dass er die Söhne der Vasallenfürsten zur Erziehung an seinen Hof geholt hatte, um sie im Sinne Ägyptens heranzuziehen und gegebenenfalls als Geiseln zu nutzen, sollte doch noch der eine oder andere Herrscher versuchen, sich Ägyptens Vorherrschaft zu entziehen. Dass diese Gefahr bestand, war Thutmosis klar, denn im Norden wuchs eine Großmacht heran, die Ägypten über kurz oder lang die Stirn bieten würde. Schon jetzt versuchte Mitanni immer wieder, Aufstände gegen das Land am Nil anzuzetteln.

Pharao wusste, dass er mit dem Reich Mitanni in absehbarer Zeit aneinandergeraten würde. Ein Krieg war unvermeidbar, denn nur eine von beiden Mächten konnte die Vorherrschaft über die syrischen und palästinensischen Provinzen ausüben. Darum erschien es ihm umso wichtiger, den verschleppten Söhnen der Fürsten Kleinasiens und Nubiens, Ägyptens Kultur nahezubringen, Freundschaften aufzubauen, um sie eines Tages als zuverlässige künftige Herrscher und Vasallen in ihre Heimat zu entlassen. Daher hatte er auch mit Befriedigung wahrgenommen, wie sich zwischen dem Kronprinzen Amenemhat und Zidanta, dem Sohn Durushas, des Königs von Kadesch, eine Freundschaft zu entwickeln schien, die wahrscheinlich auch nach einer Rückkehr Zidantas nach Kadesch bestand haben würde. Daher förderte er das Zusammensein der beiden, auch wenn seine Gemahlin Satiah die beiden jungen Männer nicht allzu gerne zusammen sah und auch seine Kundschafter ihn regelmäßig vor einer zu großen Nähe der beiden warnten.

Lächelnd streifte sein Blick das aus Nubien stammende, in Holzkisten verstaute Gold, das dessen Gesandter als Vertreter der nubischen Stämme vor Pharao in den Thronsaal schleppen ließ. Zufrieden nickte er dem Mann zu und entließ ihn dann mit einem Wink. Einen Augenblick folgte sein Blick noch dem rückwärts den Thronsaal verlassenden Mann, bevor er den seiner neben ihm sitzenden Gemahlin Satiah suchte. Wieder einmal gratulierte er sich dazu, dass seine Wahl vor langer Zeit auf diese Frau gefallen war. Zwar teilten sie nicht mehr allzu oft das Bett miteinander. Für derartige Bedürfnisse gab es wesentlich jüngere Frauen, die nur auf einen Wink von Pharao warteten. Doch die tiefe Verbundenheit und Vertrautheit, die sich in all den Jahren ihrer Ehe zwischen ihnen eingestellt hatte, machte sie für ihn unersetzbar. Sie verstanden sich ohne Worte, wussten immer, was in dem anderen vor sich ging. Nur in diesem einen Punkt waren sie sich uneinig. Er konnte Satiahs Misstrauen und ihre Vorbehalte gegen Zidanta nicht verstehen. Was sah sie in dem jungen stolzen Mann, was er nicht sehen konnte? Wut und Hass, zwar gut verborgen hinter einer Maske aus Unterwürfigkeit und Freundlichkeit, aber in seinen dunkel blitzenden Augen durchaus sichtbar, hatte Satiah ihm zu verstehen gegeben. Er hatte abgewunken, doch sich dann später erinnert, wie lange er seine wahren Gefühle hatte verstecken müssen. Es war ihm von Tag zu Tag schwerer gefallen, sich in Geduld zu üben.

Erst Hatschepsuts Tod hatte ihn befreit. Und seine Rache für all die Jahre der Unterdrückung war grausam ausgefallen. Die Mumie seiner Tante hatte er nicht in ihr für eine Pharaonin ausgestattetes Grab bringen lassen, sondern hatte ihren Sarkophag in die Grabkammer ihres Vaters Thutmosis I. transportieren und ihre Mumie dort namenlos beisetzen lassen. Niemals sollte die Usurpatorin der Macht in einem Pharao würdigen Grab beigesetzt werden. Überhaupt sollte nichts mehr an diese für ihn schmachvolle Zeit erinnern. Darum hatte er ihre Kartusche aus den Königslisten entfernen und durch seinen Namen überschreiben lassen. Ihre Bildnisse hatte er, wo immer es ging, auskratzen oder durch seine Bildnisse übermalen lassen. Ihre Statuen waren zerschlagen worden, und ihre Obelisken im Karnaktempel waren eingemauert worden, damit niemand mehr Senenmuts Meisterwerke bestaunen konnte. Nichts von Hatschepsuts Herrschaft sollte der Nachwelt erhalten bleiben. Auch ihre treuen Wegbegleiter hatte er fast alle hinrichten und ihre Namen aus ihren Gräbern auskratzen lassen, damit sie dem Vergessen anheimfielen und ihnen ein Leben nach dem Tod versagt blieb. Manche hatten vorher Selbstmord begangen, was Thutmosis immerhin Respekt für ihr konsequentes Handeln abgerungen hatte. Nur wenigen hatte er verziehen. Und nur vorerst nicht ersetzbare Männer hatte er unter strengen Auflagen in ihren Ämtern belassen.

Ja, verborgener Hass konnte ernsthafte Konsequenzen nach sich ziehen. Doch diesen wohlbekannten Hass konnte er bei Zidanta nicht erkennen. Seine Freundschaft zum Thronfolger schien, wenn überhaupt, vielleicht etwas Berechnendes an sich zu haben. Doch das fand Pharao nicht verwerflich, sah er dennoch einen Vorteil für beide Seiten darin. Für Zidanta war es vielleicht einmal hilfreich, ein gutes Verhältnis zum künftigen Pharao Ägyptens zu haben. Für Amenemhat war es gut, einen reiferen Freund zu besitzen, der ihm in der Zukunft auch als Herrscher die Freundschaft und Treue halten würde.

Während sein Herold Intef den nächsten Gesandten ankündigte und Kisten mit Abgaben hereingeschleppt wurden, lehnte Thutmosis sich entspannt zurück. Er stellte fest, dass er durchaus nach den langen Jahren des Wartens nun endlich zufrieden sein konnte. Er hatte eine liebende Ehefrau, mit der er über alles Sprechen und seine Sorgen teilen konnte, zwei prachtvolle Söhne und zwei wunderschöne Töchter. Seine Macht war gefestigt und unter seiner Herrschaft hatte sich Ägyptens Herrschaftsbereich nicht nur ausgedehnt, sondern auch sein Reichtum war gewachsen. Und das war erst der Anfang seiner Regierungszeit, denn er hatte noch viel vor.

Seit Jahren zeigte die zweite Gemahlin Pharaos, Nebtu, nach außen hin unterwürfige Gelassenheit, auch wenn es in ihrem Innersten brodelte. Seit Pharao sich von ihr zurückgezogen und sie in ihre Schranken verwiesen hatte, sann sie auf Rache. Tief verletzt durch die erlittenen Demütigungen, mit der Pharao sie immer wieder strafte, ob absichtlich oder aus Gedankenlosigkeit spielte dabei keine Rolle, beobachtete sie die Geschehnisse am Hof genau und wartete geduldig auf eine Gelegenheit, Pharao für das zu strafen, was er ihr angetan hatte. Gleich einer Spinne saß sie in ihrem Netz und wartete auf Beute, die sie in dem jungen Fürstensohn Zidanta gefunden zu haben glaubte. Auch sie hatte den versteckten Groll in dem jungen Mann erkannt, der zwar an Pharaos Hof ehrenhaft und zuvorkommend behandelt wurde, sich aber dennoch wie ein Gefangener in einem Käfig vorkam, nicht frei zu gehen, wohin er eigentlich wollte, nach Hause. Diese

Demütigung beherrschte sein ganzes Denken, auch wenn er davon ausging, sich so gut im Griff zu haben, dass niemand hinter seine Maske blicken konnte.

Doch als Gleichgesinnte, die von ähnlichen Gefühlen beherrscht wurde, hatte Nebtu seine Unzufriedenheit und den daraus resultierenden Zorn erkannt. Und so hatte sie begonnen, sich darüber Gedanken zu machen, wie sie dies für ihre Zwecke nutzen könnte.

Zu Beginn ihrer unbändigen Wut auf Pharao angesichts seiner Missachtung ihrer Person und der Bevorzugung ihrer Rivalin Satiah, hatte sie sich vorgenommen, Satiah zu beseitigen. Doch schon bald hatte sie eingesehen, dass sie durch deren Tod keinesfalls an deren Stelle rücken, sondern vielleicht sogar des Mordes verdächtigt werden würde. Selbst wenn man ihr nichts nachweisen könnte, weil sie ihre Spuren gut verwischen würde, blieb ein Makel an ihr haften, und Pharao würde sich ihrer auf die eine oder andere Art entledigen, um an seiner Brust keine Schlange zu nähren. Ihr war klar geworden, dass ihre Rache weitaus einfallsreicher ausfallen musste. Anstatt direkt auf ihr Ziel loszugehen, musste sie dieses allmählich zerstören und genussvoll dabei zusehen, wie es sich vor Schmerzen wand und zerbrach. Das Recht dazu glaubte sie auf ihrer Seite, schließlich hatte Pharao sie ihrer Meinung nach grundlos von seiner Seite gestoßen, aus seinem Bett verband, das seither leer geblieben war. Damit hatte er ihr die Chance genommen, einen Sohn zu bekommen, der den Söhnen Satiahs ebenbürtig gewesen wäre. In langen, unerfüllten Nächten war ihr nichts anderes geblieben, als ihren Hass zu nähren, während sie verzweifelt versuchte, sich Befriedigung zu verschaffen.

Oft fragte sie sich, warum sie nicht irgendeinen Adligen zu ihrem Gemahl genommen hatte. Dann wäre sie eine freie und unabhängige Frau geblieben, die tun und lassen konnte, was ihr beliebte. Kein Ehemann hätte sie zurechtweisen können, denn angesichts ihres Vermögens wäre sie unabhängig geblieben. Doch als Gemahlin Pharaos war es gefährlich, sich einen Liebhaber zu nehmen und von diesem gar ein Kind zu empfangen. Bei Entdeckung hätte dies den Tod ihres Liebhabers und den ihren bedeutet. Daher saß sie in einer Falle, die sie selbst aufgestellt hatte, in dem irrigen Glauben, große königliche Gemahlin werden und Satiah ablösen zu können. Inzwischen wusste sie es besser. Doch diese Einsicht kam zu spät. Alles, was ihr geblieben war, war ihr Hass und ihre Aussicht auf Rache. Ihre Chance glaubte sie nun in Zidanta gefunden zu haben, hinter dessen Maske sie die gleichen Abgründe vermutete wie bei sich.

Alle im Festsaal erhoben sich von ihren Plätzen, als Pharaos Herold Intef mit seinem Zeremonienstab drei Mal auf den Boden klopfte, um die Ankunft Pharaos und seiner großen Königsgemahlin Satiah anzukündigen. Jeder der Anwesenden warf sich zu Boden und erhob sich erst, als Pharao mit einem Wink die Erlaubnis dazu erteilte, während er selbst auf einem erhöhten Podium mit seiner Gemahlin Platz nahm.

Thutmosis Blick schweifte kurz über die Anwesenden. In seiner unmittelbaren Nähe unterhalb seines Throns hatten seine Söhne Amenemhat und Sa-Amun sowie seine zwei Töchter Nefertari und Baket Platz gefunden, Baket in Begleitung ihrer Amme, die das Kind rechtzeitig zu Bett bringen würde, da derlei Festgelage bis tief in die Nacht gehen konnten. Ebenso anwesend waren seine vier anderen

Gemahlinnen, Nebtu, Manhat, Mahnta und Manawa. Seine Mutter Isis hatte ihren Platz neben Thutmosis und Satiah auf der Empore bereits eingenommen. Seit Hatschepsuts Tod wurde ihr jene lang vorenthaltene Anerkennung als Mitglied der königlichen Familie endlich zugestanden.

Unterhalb der königlichen Familie hatten Adlige, hohe Beamte und Offiziere ihre Tische von Sklaven zugewiesen bekommen, die nun auf einen Wink Pharaos mit dem Ausschenken des Weins an die Gäste begannen.

Nicht weit von Pharaos Empore entfernt hatten die Söhne jener syrischen Fürsten Platz gefunden, die Pharao als Garantie für das Wohlverhalten der Väter an den ägyptischen Hof verschleppt hatte und die wie Gäste Pharaos behandelt wurden, solange ihre Väter Pharao die Treue hielten. Besonderes Augenmerk wurde von Pharaos Spionen dabei auf Zidanta gelegt, den bislang einzigen Sohn des Fürsten von Kadesch, dem wohl mächtigsten und einflussreichsten unter den syrischen Fürsten. Seit einiger Zeit stand sein Vater Durusha im Verdacht, heimlich mit der aufstrebenden Macht Mitanni in geheimer Verbindung zu stehen. Das machte die scheinbare Freundschaft zwischen dem Kronprinzen und dem Fürstensohn besonders heikel, denn Amenemhat schlug die Warnungen seiner Erzieher und Ausbilder in den Wind, sich vor dem Freund in Acht zu nehmen. Er vertraute blind auf die Ehrlichkeit und Ehre des Freundes und wollte von Vorsicht nichts wissen.

Nebtu, die den jungen Syrer von ihren Spionen ebenfalls überwachen ließ, ahnte, dass sich hinter der freundlichen Fassade des jungen Mannes Abgründe verbargen. Der Blick, mit dem er Pharao bedachte, sobald er sich unbeobachtet glaubte, sprach für sich. Sie war sich sicher, dass der Prinz nichts Gutes im Schilde führte. Doch auch ihre Spione hatten bislang nichts herausfinden können mit dem sie den jungen Prinzen unter Druck setzen könnte, um ihn für ihre persönlichen Rachepläne zu missbrauchen. Dennoch war sie davon überzeugt, ihn über kurz oder lang bei etwas zu ertappen, das ihn seinen Kopf kosten würde, würde es entdeckt werden.

Der Abend war bereits weit vorangeschritten, als Zidanta sich von seinem Tisch erhob, um in dem sich an den Festsaal anschließenden Garten ein wenig frische Luft zu schnappen und so seinen von zu viel Wein berauschten Kopf wieder klar zu bekommen. Seufzend ließ er sich auf einer unter einer alten Sykomore stehenden Bank nieder, um seine zwiespältigen Gedanken zu ordnen.

Seit er am Hof von Theben lebte, hatte er die ägyptische Kultur kennen und einigermaßen verstehen gelernt, auch wenn es ihm ein Rätsel geblieben war, wie Menschen, die das Leben im Hier und Jetzt durchaus zu schätzen wussten, so viel Aufwand betreiben konnten, um sich eine Wohnstätte für die Ewigkeit zu errichten und ihren Leichnam vor dem Verfall zu bewahren. Auch die ägyptischen Götter waren ihm fremd geblieben. Baal und Astarte, das waren seine Götter, denen er Treue gelobt hatte, ebenso wie seiner Heimat, die er von Tag zu Tag mehr vermisste. Das üppige Leben am ägyptischen Hof war ihm zuwider, denn es drohte jeden, der Teil davon war, allmählich zu verweichlichen, eine Tatsache, die Pharao in sein Kalkül einbezogen hatte.

Pharao! Sobald Zidanta an diesen Mann dachte, der einem Gott gleich von seinen Untergebenen verehrt wurde, durchströmten ihn die unterschiedlichsten Gefühle. Er verstand diesen Mann nicht, der ohne Zweifel ein genialer

Feldherr und Stratege war, sich aber jahrelang von seiner Tante ins Abseits hatte drängen lassen. Wieso? Zidanta zweifelte nicht daran, dass Pharao willensstark und machthungrig war und auch durchaus hart und grausam sein konnte, stellte sich ihm jemand in den Weg. Er erschien ihm wie ein gefährliches Raubtier, das aufgehalten werden musste, bevor es zu gefräßig wurde. Darin teilte er die Meinung seines Vaters, König Durushas, der in aller Heimlichkeit mit dem Fürsten von Mitanni korrespondierte, um die Vormachtstellung Ägyptens in Syrien und Palästina zu brechen. Dies wusste er aus geheimen Nachrichten, die ihm sein Vater von als Händler verkleideten Spionen zukommen ließ und die er seinerseits mit Berichten über die Ereignisse bei Hof informierte. In dieser Hinsicht hatte sich seine Beziehung zum Thronfolger in der Vergangenheit als aufschlussreich erwiesen. Allerdings hatte dessen Mitteilbereitschaft in den letzten Wochen erheblich nachgelassen, was Zidanta nicht wunderte. Er wusste, dass er von Pharaos Spionen beobachtet wurde wie alle Geiseln. Seit dem Beginn seiner Freundschaft zum Thronfolger stand er jedoch unter besonderer Beobachtung. Vermutlich hatte man Amenemhat auch vor allzu viel Redseligkeit ihm gegenüber gewarnt.

Zidanta seufzte. Er wusste, dass er sich auf ein gefährliches Spiel eingelassen hatte, das ihn jederzeit seinen Kopf kosten könnte. Doch er fühlte sich seiner Heimat verpflichtet. Und er hasste Pharao Thutmosis, der Syrien und Palästina nicht nur unterjocht, gedemütigt und zu Vasallen Ägyptens gemacht hatte, sondern auch die Schätze und Rohstoffe seiner Heimat raubte, sodass Ägypten immer reicher und mächtiger wurde, während die Vasallenstaaten bluteten. Wie er von einigen Soldaten in einer Kneipe am Hafen erfahren hatte, plante Pharao erneut einen Feldzug in den Norden bis an die Grenze

Mitannis, um das aufstrebende Land klein zu halten. Sobald er mehr über das geplante Unternehmen in Erfahrung gebracht haben würde, würde er seinem Vater eine Warnung zukommen lassen. Doch es war schwer, an gute Informationen zu gelangen, denn über diesen geplanten Feldzug schwieg sich der Kronprinz aus.

Wieder stieß Zidanta einen Seufzer aus. Wie könnte er mehr erfahren, ohne sich selbst in Gefahr zu bringen? Nur wenige Offiziere schienen in die genauen Pläne Pharaos eingeweiht zu sein. Doch die redeten nicht mit ihm darüber. Und ein Bestechungsversuch war gefährlich und musste gut überlegt sein. Wie leicht geriet man an den Falschen und wurde verhaftet. In Zidantas Kopf drehte sich plötzlich alles. Seine Gedanken überschlugen sich, offensichtlich ein Tribut, den der viele Wein forderte.

„So allein, mein Prinz?"

Erschreckt blickte Zidanta auf. Er war so sehr in seine Gedanken vertieft gewesen, dass er das Nahen einer anderen Person nicht bemerkt hatte. Nun blickte er in das immer noch schöne Gesicht der zweiten Gemahlin Pharaos.

„Hoheit", stieß er überrascht hervor, sich erhebend und verneigend. „Verzeiht, aber ich habe Euch nicht kommen gehört."

„Das macht nichts", entgegnete Nebtu lächelnd, sich neben den Prinzen auf die Bank niedersetzend.

Misstrauisch schaute der Prinz sich um. In einiger Entfernung entdeckte er eine Dienerin und zwei Leibwächter, die die zweite Gemahlin Pharaos begleiteten, aber offensichtlich Anweisung hatten, außerhalb der Hörweite zu bleiben.

„Der Abend ist lau und angenehm. Er lädt geradezu zum Verweilen im Garten ein", bemerkte Nebtu leichthin, während sie amüsiert ihr vorsichtig abwartendes Gegenüber betrachtete, das sie zum ersten Mal aus der Nähe sah. Ein hübscher Junge, stellte sie sachlich fest, mit langem schwarzem, dicht gelocktem Haar, einem gepflegten Bart um den vollen Mund, einer geraden, schmalen Nase, über der sie schwarze, feurige Augen verwirrt anstarrten. Und auch der Rest schien nicht zu verachten zu sein. Unter dem feinen, langen Wollgewand zeichnete sich ein breiter, muskulöser, durchtrainierter Oberkörper mit festen Armen ab. Gewiss wäre dieser junge Mann das Risiko der Untreue wert, stellte sie für sich fest. Doch ein solches Risiko durfte sie nicht eingehen. Sie wollte Rache, mehr als alles andere. Und nichts konnte grausamer sein als die Rache einer verschmähten, enttäuschten Frau. Das würde Pharao schon noch begreifen. Doch dann würde es zu spät sein.

„Was macht ein junger Mann wie du um diese Stunde allein im Palastgarten. Normalerweise findet man hier um diese Zeit nur Pärchen, die sich der Lust hingeben. – Dein Blick sagt mir, dass dich Sorgen plagen?"

Fragend schaute Nebtu den Prinzen an.

„Was macht eine so hohe Frau wie Ihr um diese Stunde allein im Garten?", gab Zidanta die Frage zurück.

„Ob im Garten, im Festsaal oder in meinen Gemächern, was spielt das für eine Rolle? Ich denke, es ist ein offenes Geheimnis, dass ich immer allein bin, grundlos verschmäht von Pharao, der sich lieber einer jungen Sklavin als seiner

Gemahlin widmet", erwiderte Nebtu bitter. „Ich würde sagen, heute Abend haben sich an diesem Ort zwei verlorene, einsame Herzen getroffen, die von ihren Sorgen und Nöten verfolgt werden."

Misstrauisch kniff Zidanta die Augen zusammen. Der Alkohol machte es ihm schwer, einen klaren Gedanken zu fassen. Innerlich verfluchte er sich dafür, so leichtsinnig gewesen zu sein, auf einem Fest Pharaos so viel zu trinken. Deutlich spürte er, dass er auf der Hut sein musste vor dieser Frau, die ihn hemmungslos und verführerisch anlächelte, deren Aura aber nichts Gutes ahnen ließ. Gleich einem Dämon schien sie die bösen Kräfte des Gottes Seth heraufzubeschwören.

„Ich wüsste nicht, von welchen Nöten Ihr sprecht, Hoheit. Es ist ein schöner Abend und ein gelungenes Fest Pharaos. Doch ich muss gestehen, dass ich etwas zu viel Wein getrunken habe. Darum habe ich mich hierher zurückgezogen, um wieder einen klaren Kopf zu bekommen."

Ein wissendes Lächeln zeigte sich auf Nebtus stark geschminktem Gesicht.

„Ich verstehe. Du hast versucht, deinen Unmut im Alkohol zu ertränken angesichts der Macht, die von Pharaos Person ausgeht", meinte sie wissend. „Es ist für dich schwer zu ertragen, ihn jeden Tag aufs Neue in seiner Herrlichkeit und Pracht ansehen zu müssen. Nein! Widersprich mir nicht. Ich sehe es dir an, wie sehr du ihn hasst, auch wenn du es gut zu verbergen suchst."

„Nichts wisst Ihr, Hoheit, gar nichts", antwortete Zidanta aufgebracht.

„Lassen wir das", wandte Nebtu abwinkend ein, um eine Eskalation zu vermeiden. Schließlich war sie hierhergekommen, um den wunden Punkt des jungen Mannes ausfindig zu machen, und nicht um sich zu streiten. „Ich vermute, du vermisst deine Heimat, was nur verständlich ist. Ägypten ist ein geheimnisvolles, wundersames Land, dessen Schönheit vermutlich nur der erkennt, der hier geboren und aufgewachsen ist. Dieses Land und sein Reichtum sind ein Geschenk des Gottes Hapi, der Jahr für Jahr die fruchtbare Überschwemmung bringt und damit eine reiche Ernte sichert. Wir leben vom Nil, denn um uns herum gibt es sonst nur Wüste. Bei euch ist das anders. Und auch die Menschen sind anders. Vor allem eure Frauen zeigen sich nicht so freizügig wie die Ägypterinnen, die ihre Reize gern zur Schau stellen."

„Das stimmt", brummte Zidanta missmutig. „Eure Frauen sind oftmals mehr als nur schamlos in ihren durchsichtigen Gewändern und übermäßig geschminkten Gesichtern. Nur Huren laufen bei uns derart freizügig herum. Unsere Frauen von Stand bedecken ihr Haar und oftmals auch ihr Gesicht, wenn sie in der Öffentlichkeit sind."

„Unsere Frauen stoßen dich ab?", hakte Nebtu neugierig nach.

„Ja, allerdings", antwortete Zidanta kurz angebunden.

„Aber als junger Mann hat man doch Bedürfnisse. Gibst du denen nie nach?"

Zidanta seufzte. „Doch. Zuweilen sendet mir der Kronprinz eine Sklavin, die mir zu Willen ist. Das sind Mädchen, die sich offensichtlich darauf verstehen, einem Mann Befriedigung zu verschaffen. Natürlich mache ich davon Gebrauch, denn ich möchte den Kronprinzen nicht verärgern. Schließlich ist er der einzige Mensch, der mehr als eine Geisel in mir sieht. Doch hinterher fühle ich mich zumeist nur beschmutzt, denn ich weiß, dass das gleiche Mädchen morgen bei einem anderen liegen und das Gleiche tun wird, wie eben noch mit mir."

Nebtu nickte verstehend, während in ihrem Kopf eine Idee Gestalt annahm. Schon morgen würde sie ihren Verwalter damit beauftragen, auf dem Sklavenmarkt ein Mädchen zu finden, das den Vorstellungen des jungen Mannes entsprach. Vielleicht ließ sich auf diese Art und Weise mehr über den jungen Mann in Erfahrung bringen. Sie brauchte dringend etwas, mit dem sie den Syrer gefügig machen konnte, denn er war der Schlüssel zum Kronprinzen, zu dem ihr der Weg versperrt war.

Lächelnd erhob sich Pharaos zweite Gemahlin von der Bank.

„Ich wünsche dir noch einen schönen Abend, Prinz Zidanta. Und denke nicht allzu schlecht von uns, denn ihre Reize zu zeigen, macht noch lange nicht alle Ägypterinnen zu Huren. So mancher Ägypter ist stolz darauf, sich mit der Schönheit seiner Gemahlin brüsten zu können. Dass das bei euch anders ist, dass ihr eure Frauen vor anderen lieber versteckt, hat mit Treue und Loyalität wenig zu tun. Im Gegenteil. Als gleichrangige Partnerin ihres Mannes ist eine ägyptische Frau vielleicht sogar der beste und treuste Freund ihres Mannes. Denk darüber einmal nach."

Zidanta erhob sich ebenfalls und verneigte sich leicht, um die zweite Gemahlin Pharaos gebührend zu verabschieden. Ihr nachblickend wusste er nicht so recht, was er von dem eben Erlebten halten sollte. Doch eins war ihm nur zu bewusst. Diese Frau war alles andere als eine gleichberechtigte Partnerin Pharaos, eine Tatsache, die Bitterkeit und Hass in ihr hervorgerufen hatten. Sie war eine Schlange, die Pharao an seiner Brust nährte, eine Erkenntnis, die in Zukunft durchaus nützlich sein könnte.

Eine Weile saß der junge Prinz noch nachdenklich auf der Bank. Schließlich erhob er sich, entschlossen, nicht mehr auf das Fest zurückzukehren. Für den Morgen war ein Jagdausflug mit dem Kronprinzen verabredet, bei dem er seinen Rausch überwunden haben musste. Schließlich unterlagen solche Ausflüge stets einem gewissen Wettbewerb zwischen dem zwei Jahre jüngeren Kronprinzen Amenemhat und ihm. Daher gebot es sein Ehrgefühl, sich dem Kronprinzen zumindest ebenbürtig zu zeigen.

Amenemhat war zum Aufbruch bereit, als Zidanta bei den Ställen erschien. Pferdeknechte hatten bereits je zwei Pferde vor die Streitwagen der jungen Männer gespannt, und Diener brachten gerade Pfeile und Bogen sowie Speere herbei, die die beiden Prinzen für die Jagd benötigten.

Lachend winkte Amenemhat Zidanta zu.

„Na, deinen Rausch ausgeschlafen?", fragte er scherzend. „Dann können wir ja endlich los. Südlich der Stadt soll es einen Löwen geben, der die Dörfer der Umgebung unsicher macht, Vieh reißt und sogar ein Kind beim Wasserholen angegriffen und tödlich verletzt hat. Wollen sehen, ob wir die Bestie nicht stellen und erledigen können, damit die Bewohner der Gegend wieder ruhig schlafen können."

„Na, dann wollen wir", erwiderte Zidanta, auf seinen Streitwagen springend und die Zügel seiner Pferde von dem neben dem Streitwagen wartenden Diener entgegennehmend.

Gemeinsam lenkten sie ihre Wagen in die Wüste hinaus, wo der Unterschlupf der Bestie vermutet wurde, gefolgt von der Leibwache des Prinzen, die mit einigem Abstand den beiden Männern folgte.

Zidanta genoss die Jagdausflüge mit dem Prinzen stets. Sie gaben ihm ein Gefühl von Freiheit zurück, welches er innerhalb der engen Palastmauern vermisste. Dort wurde ihm immer wieder allzu deutlich gezeigt, dass er ein Gefangener Pharaos war, der für das Wohlverhalten seines Vaters bürgte. Hier in der Wüste, Seite an Seite mit dem Kronprinzen, verloren sich diese Schranken, und die beiden jungen Männer waren nur noch Konkurrenten, die sich an Mut und Geschicklichkeit zu übertreffen suchten.

Überhaupt war Zidantas Verhältnis zu dem Kronprinzen gespalten. Während er Pharao Thutmosis dafür hasste, dass er ihn nach Ägypten verschleppt hatte und zwang, sich die ägyptische Kultur zu eigen zu machen, konnte er diesen Hass nicht auf den Sohn übertragen. Auch wenn er keine aufrichtige Freundschaft für den jungen Mann empfand, weil er der Sohn seines Vaters war und diesem eines Tages auf den Horusthron folgen und damit der neue Unterdrücker Syriens und Palästinas werden würde, so musste er doch anerkennen, dass dieser ihn als ebenbürtigen Prinzen behandelte. Seine Zuneigung war nicht geheuchelt, sondern echt, obwohl seine Mutter, seine Amme und seine Erzieher und Ausbilder ihn immer wieder davor warnten, dem Fremden zu sehr zu vertrauen. Allein Pharao begrüßte diese Freundschaft, vermutlich, weil er sich für die Zukunft dadurch Bündnistreue versprach. Doch da irrte er, denn Zidanta würde seine Wurzeln nie vergessen, noch seinem Volk und dessen Interessen untreu werden.

Während sie Seite an Seite ihre Streitwagen in südliche Richtung in die Wüste hinauslenkten, gefolgt von einer Schwadron Leibwächter, die sich am vermuteten Aufenthaltsort des Löwen in vier Richtungen aufteilten, um diesen mit viel Lärm aufzuscheuchen, leuchteten die Augen Amenemhats auf. Ihn hatte das Jagdfieber ergriffen. Und auch Zidanta konnte sich einer gewissen Erregung nicht entziehen. Beide sprengten sie auf einen vor ihnen liegenden Gebirgszug zu, Amenemhat voraus, dicht gefolgt von Zidanta, als der Wagen des Thronfolgers über einen Stein sprengte, der Wagen ins Schwanken geriet und schließlich kippte. Es gelang Zidanta gerade noch, sein Gefährt zur Seite zu lenken, um nicht über den Kronprinzen hinwegzurollen.

Leicht benommen landete der Kronprinz im Sand, während Zidanta seinen Wagen nur langsam zum Stehen brachte. In diesem Augenblick sprang eine Löwin hinter einem der Felsblöcke hervor und stürzte sich mit weit aufgerissenem Maul in kurzen Sätzen auf den am Boden liegenden Prinzen, in ihm ein leichtes Opfer vermutend.

Amenemhat gelang es gerade noch, sein Messer aus dem Gürtel zu ziehen. Doch das Raubtier war schneller. Bevor er zustechen konnte, hatte die Bestie seinen Arm gepackt und sich darin verbissen. Ein unsäglicher Schmerz erfasste den Prinzen. Mit aufsteigender Panik begriff er, dass seine Leibwächter und Zidanta noch viel zu weit entfernt waren, um ihm rechtzeitig zu Hilfe zu eilen. Die Pranke der Raubkatze streifte sein Gesicht und hinterließ blutige Spuren. Und wieder wollte die Katze mit ihren scharfen Krallen auf ihn einhauen, als sie plötzlich über ihm zusammensackte und ihr auf ihn prallendes Gewicht ihm für einen Augenblick den Atem raubte. Kurze Zeit später stand Zidanta neben ihm und zerrte das tödliche getroffene Tier von ihm herunter, während er versuchte, den Arm des Kronprinzen aus dem Gebiss des Tiers zu befreien.

Nur allmählich begriff der Kronprinz, was geschehen war, während er tapfer versuchte, den Schmerz in Arm und Gesicht zu ignorieren.

„Das war ein Meisterschuss", stieß er gepresst hervor, während er den Pfeil im Körper der Bestie betrachtete.

Wenig später war auch die Leibwache des Kronprinzen herangeeilt. Besorgt schauten die Männer auf den Prinzen, der in der Zwischenzeit das Bewusstsein verloren hatte. Ihnen allen stand die Angst ins Gesicht geschrieben. Sollte Amenemhat sterben, dann wäre auch ihr Leben verwirkt, weil sie versagt hatte. Allein Zidanta behielt die Nerven.

„Eilt ins nächste Dorf. Seht, ob es dort einen Arzt oder eine Heilkundige gibt", befahl er zwei Männern. „Und bringt saubere Leinentücher mit. Ihr zwei eilt in den Palast und holt Hilfe von dort. Der Rest von euch versucht, eine Trage zusammenzubauen, damit wir den Prinzen transportieren können. Beeilt euch."

Wortlos befolgten die Männer die Befehle des fremden Prinzen, froh darüber, dass dieser die Führung übernommen hatte.

Als wenige Stunden später der schwerverletzte Prinz auf einer Trage den Palast erreichte, gefolgt von einem Team Ärzten, die Königin Satiah ausgesandt hatte, um dem Sohn zu helfen, war dieser noch immer nicht bei Bewusstsein. Seine Stirn glühte. Kalter Schweiß bedeckte seinen Körper.

Weinend stand Satiah im Palasthof und starrte auf den zerschundenen Körper ihres Sohns, als dieser den Palast erreichte. Man hatte ihr genauesten berichtet, was geschehen war. Sofort hatte sie einen Boten zu Pharao gesandt. Doch es würde dauern, bis dieser von seiner Inspektionsreise in den Norden zurückkehren würde. So war sie allein auf sich gestellt. Und sie erinnerte sich angesichts der hilflos dreinschauenden Ärzte, wer schon einmal ein Wunder vollbracht hatte.

„Bringt den Prinzen in seine Gemächer und holt Meritre, die Priesterin der Isis. Eilt euch!", befahl sie, sich dann Zidanta zuwendend. „Und dir sei Dank. Ich werde nie vergessen, was du heute für meinen Sohn getan hast. Ohne dein beherztes Eingreifen wäre er jetzt tot. Dafür werde ich dir immer verpflichtet sein."

Dann folgte sie den Dienern, die ihren Sohn auf seiner Trage in seine Gemächer trugen, wo seine Wunden mit Salben bestrichen und sauberem Leinen verbunden wurden. Dann wartete die Königin neben dem Bett ihres Sohns geduldig auf das Eintreffen Meritres, während Dienerinnen ständig kalte Kompressen auf die Stirn des fiebernden Prinzen legten.

Nebtu erfuhr von dem Unfall des Kronprinzen, während sie die Sklavinnen, die ihr Verwalter Maja ihr vorführen ließ, begutachtete. Dabei war ihr ein dunkelhaariges, schwarzäugiges, zierliches Mädchen von etwa vierzehn Jahren besonders ins Auge gefallen. Die Kleine versprach, einmal ganz zur Frau herangereift, eine Schönheit zu werden. Ihrem Aussehen nach stammte sie von Phöniziern ab. Ihrer Haltung und ihrem Auftreten entnahm Nebtu, dass sie in einem guten Haus aufgewachsen war. An ihrem Knie hielt sich ein etwa fünfjähriger Junge ängstlich fest, der sich ohne seine große Schwester offensichtlich verloren fühlte.

Mit einem Wink befahl sie das Mädchen näher zu sich heran, während sie Maja mit der Hand zu verstehen gab, die anderen Mädchen zu dem im Vestibül wartenden Sklavenhändler zurückzubringen.

„Wie heißt du und woher stammst du?", fragte die Gemahlin Pharaos, das Mädchen aus der Nähe taxierend.

„Tanita, Euer Gnaden, das bedeutet in meiner Sprache so viel wie Herrin der Schlangen. Und das ist mein Bruder Hamilkar."

„Du bist nicht als Sklavin geboren, nehme ich an?", fragte Nebtu interessiert.

„Nein, Herrin, mein Bruder und ich sind erst vor kurzem in die Sklaverei geraten. Piraten haben das Schiff, auf dem wir von Byblos nach Tyros reisen wollten, aufgebracht. Die meisten der Passagiere haben sie getötet, darunter auch meine Eltern. Nur die, von denen sie sich auf dem Sklavenmarkt einen guten Preis erhofften, ließen sie am Leben."

„Ich nehme an, sie haben dich unversehrt gelassen, damit sie für dich einen höheren Preis erzielen", forschte Nebtu.

Das Mädchen nickte verschämt, doch Nebtus scharfem Blick entging nicht, dass die Kleine keineswegs so unbedarft war, wie sie vorgab.

„Hüterin der Schlangen, ein ungewöhnlicher Name für ein Mädchen wie dich", stellte sie fest.

„Mein Vater versprach mich bei meiner Geburt der Göttin Derketo von Askalon als Dank für den Schutz der Göttin bei einem Sturm, den er und seine Männer nur knapp überlebt haben. Darum der Name, Herrin."

„Dann ist dein Vater also Kaufmann gewesen. Vermutlich bist du von klein auf für den Dienst an der Göttin ausgebildet worden?"

„Ja, Herrin. Mir wurden Tanz und das Lyraspiel von Kind an beigebracht. Außerdem erhielt ich Gesangsunterricht, und ich wurde in der Keilschrift unterrichtet."

Ein Lächeln glitt über Nebtus Gesicht.

„Kauf das Mädchen und den Jungen. Vielleicht brauche ich die Kleine ja gar nicht mehr. Aber sicher ist sicher", wandte sich die zweite Gemahlin Pharaos an ihren Verwalter. Vielleicht, fügte sie im Gedanken hinzu, haben die Götter ja ein Einsehen, und der Kronprinz stirbt von allein, ohne dass ich mir die Hände schmutzig machen muss. Doch selbst dann liegt noch immer genügend Arbeit vor mir, um meine Rache zu vollenden.

Als die Priesterin Meritre, aus dem Süden des Reichs angereist, wo sie Kranke versorgt hatte, drei Tage später den Raum betrat, in dem der Kronprinz vor sich hindämmerte, wichen die umstehenden Ärzte und Diener respektvoll zurück. Nur der herbeigeeilte Pharao und die große Königsgemahlin Satiah wichen nicht von der Seite ihres Sohns.

In Satiahs Augen trat ein Hoffnungsschimmer, als sie die Priesterin erkannte. Sie hatte Meritre seit dem Tod ihrer Mutter, der Pharaonin Hatschepsut, nicht mehr gesehen. Die vielen Aufgaben und Pflichten, die ihr Amt als große Königsgemahlin an Pharaos Seite seither von ihr forderten, hatten ihr kaum Zeit gelassen, alte Freundschaften zu pflegen. Und Meritre schien von sich aus den Hof zu meiden, gerade als ob ihr hier unliebsame Erinnerungen folgten.

Meritre nickte Pharao und der großen Königsgemahlin kurz zu, bevor sie an das Bett des Kronprinzen trat und diesen sorgfältig untersuchte. Als sie schließlich von dem Kranken aufblickte, meinte sie ruhig. „Wenn es gelingt, die Infektion, die das Raubtier vermutlich mit seinen Zähnen beim Biss in den Arm im Körper des Prinzen ausgelöst hat, zu bezwingen, wird er überleben. Doch sein Gesicht wird von Narben entstellt bleiben, und sein Arm, sollte es gelingen, ihn zu retten, wird lahmen. Das Tier hat zu viele Muskeln, Sehnen und Nerven durchtrennt, um diesen wieder gebrauchen zu können. Es tut mir leid, euch keine bessere Prognose stellen zu können."

„Hauptsache er bleibt am Leben", antwortete Satiah hoffnungsvoll. „Bitte übernimm du seine Behandlung. Wenn es jemandem gelingt, ihn zu retten, dann dir, Prinzessin Meritre."

Meritre blickte von der großen Königsgemahlin hinüber zu Pharao, der zustimmend nickte.

„Die Königin hat recht. Wir vertrauen dir sein Leben an. Sollte er trotz deiner Bemühungen sterben, so war es der Wille der Götter, und niemand wird dir etwas nachtragen, Prinzessin Meritre."

Ein Schauer lief der Priesterin über den Rücken, als sie dem Blick Pharaos begegnete. Alte, längst überwunden geglaubte Gefühle bemächtigten sich ihrer. Warum nur, warum, so fragte sie sich, löste dieser Mann noch immer diese völlige Verwirrtheit in ihr aus, sobald sie ihm begegnete? Er gehörte zu Satiah, das hatte die Vergangenheit mehr als einmal bewiesen. Sie war seine große Königsgemahlin. Und der zweite Platz kam für eine Tochter Hatschepsuts, der einzigen noch lebenden Erbprinzessin, nicht zu. Ihre Liebe konnte und durfte keine Erfüllung finden. Trotzdem konnte sie ihre Gefühle für Pharao nicht verdrängen.

„Ich danke euch für euer Vertrauen, Majestät. Ich versichere euch, mein Bestes zu geben und hoffe, dass die Götter ein Einsehen haben."

Pharao erwiderte den Blick der Priesterin, der Tochter Hatschepsuts, der Frau, die ihn jahrelang von der Macht ferngehalten hatte. Gewiss, sie war noch immer nicht wirklich schön. Trotzdem umgab sie eine Aura, der er sich nicht entziehen konnte. War es ihr Blick, ihr Lächeln, ihre heilenden Hände? Was auch immer es sein mochte, diese Frau übte auf ihn eine Faszination aus, die er sich nicht erklären konnte.

1452 vor unserer Zeitrechnung

Wie so oft in den letzten Monaten besuchte Kronprinz Amenemhat seine Mutter Satiah in ihren Gemächern. Zu ihnen hatte sich seine Schwester Nefertari gesellt, um die Einzelheiten der bevorstehenden Hochzeit zwischen Bruder und Schwester zu besprechen.

Nefertari war seit ihrer Geburt auf diese Hochzeit vorbereitet worden, auf die Rolle, die ihr als Erbprinzessin innerhalb der königlichen Familie zukam, so wie ihr Bruder Amenemhat auf die seine als Falke im Nest, als Thronfolger. Doch so richtig glücklich war keiner von beiden über diese als selbstverständlich erachtete Eheschließung.

Seit seinem Jagdunfall war Amenemhat ein Krüppel, gezeichnet durch ein entstelltes Gesicht und einen nutzlosen, lahmen rechten Arm, der zu nichts mehr taugte. Oft wünschte er sich, diesen Unfall nicht überlebt zu haben, denn als Thronfolger müsste er eigentlich Kraft und Stärke ausstrahlen, um dem Volk Zuversicht und Hoffnung zu geben. Doch diese Eigenschaften waren dem jungen Prinzen gänzlich verloren gegangen. Er haderte mit seinem Schicksal, zog sich immer mehr aus der Öffentlichkeit zurück, um von seiner Umgebung nicht entsetzt angestarrt zu werden. Noch schlimmer war es, bei offiziellen Anlässen neben seinem vor Kraft und Energie strotzenden Vater stehen zu müssen. In diesen Augenblicken schmerzten ihn seine eigenen Unzulänglichkeiten noch mehr, denn neben ihm stand ein Mann, wie Ägypten einen Pharao brauchte, kriegerisch und selbstbewusst, ein Schutzschild für das Reich. Er hingegen, ein von Selbstzweifeln geplagter Mann, fühlte sich neben Pharao nutzlos und deplatziert.

Warum nur hatten seine Eltern an ihm als Thronfolger festgehalten? Warum hatten sie nicht Sa-Amun an seiner statt zum Thronfolger ernannt und ihn das Dasein eines Hohepriesters führen lassen, bei dem es nicht auf den Gebrauch beider Arme ankam? Amenemhat war bewusst, dass er nie wie sein Vater in den Krieg ziehen und ein Heer als leuchtendes Vorbild in die Schlacht führen würde, wie ein Pharao dies sollte. Er hatte Mühe, mit seiner verbliebenen Hand die Zügel eines Streitwagens zu halten und die Pferde zu lenken. Pfeil und Bogen zu spannen war ihm unmöglich. Und selbst eine Keule zu schwingen, fiel ihm schwer, denn trotz allem Trainierens konnte er den linken Arm nicht so weit kräftigen, dass der Schlag mit einer Keule wirkliche Auswirkungen auf einen Gegner hatte. Er war nutzlos geworden für das Land, dessen Mittler zwischen dem Volk und den Göttern er einmal werden sollte. Letztendlich war er davon überzeugt, dass auch seine Eltern dies erkannt hatten, es sich aber nicht eingestehen wollten. Und darum nun diese Hochzeit mit der Erbprinzessin, seiner Schwester, die sich seit seinem Unfall vor dieser Ehe ebenso graute wie er. Doch vor allem seine Mutter wollte nicht sehen, was doch offensichtlich war. Er war nicht mehr fähig, die Zügel dieses Landes erfolgreich in die Hand zu nehmen. Die Götter hatten sich gegen ihn entschieden, und dieses Urteil war er bereit zu akzeptieren, vermutlich auch sein Vater, nur seine Mutter nicht. Was blinde Liebe doch anrichten konnte. Wie oft hatte er zu verstehen gegeben, dass er bereit sei, zu Gunsten seines Bruders zurückzutreten. Seinen Vater hatte er vielleicht überzeugt, und er schien Willens, die schwere Last von den Schultern des Sohns zu nehmen. Doch seine Mutter beharrte darauf, dass er als Erstgeborener Anspruch auf den Thron habe.

Auch Nefertari haderte mit der Entscheidung der Eltern. Dass sie eines Tages ihren Bruder heiraten müsste, das war ihr von Kindheit an klar gemacht worden. Für die Erbprinzessin, die Frau, die das göttliche Blut weiterreichte, gab es keine Wahlmöglichkeit. Sie musste den Thronfolger ehelichen, um ihn vor den Göttern und dem Volk zu legitimieren. Doch was war ihr Bruder noch für ein Thronfolger, ein Mann, der mit sich und seinem Schicksal haderte. Ein Pharao musste Stärke ausstrahlen. Doch ihr Bruder war ein gebrochener Mann, der sich in Selbstmitleid erging. Solch ein Mann an der Spitze des Reichs würde Ägypten nur schaden. Darüber hatte sie mit ihrem Vater in einem vertraulichen Gespräch gesprochen, ihn zu überzeugen versucht, ihren Bruder Sa-Amun zum Thronfolger zu ernennen. Doch Pharao hatte dies abgelehnt, nicht weil er an Amenemhats Fähigkeiten glaubte, sondern weil es ihre Aufgabe nach der Hochzeit war, dem Volk einen Thronfolger zu schenken, zu dessen Gunsten der Kronprinz entweder zurücktreten oder ihn zum Mitregenten machen könnte, der die Schwächen des Vaters deckte.

Das also sollte ihr Schicksal sein, solange mit ihrem Bruder das Kopfkissen zu teilen, bis sie einen gesunden, kräftigen Sohn gebar. Und wenn es Mädchen werden würden? Was dann? Dann könne man noch immer auf Sa-Amun zurückgreifen, hatte ihr Vater gesagt, auch wenn er diesen ebenfalls nicht für geeignet hielt, Pharao zu werden. Sa-Amun hatte weder für das Militär noch den Krieg, weder für den Kampf und noch für Eroberungen je Interesse gezeigt, hatte bei allen Kampfübungen stets versagt, ebenso wie auf der Jagd oder beim Wagenrennen. Er fühlte sich in der Rolle des Hohepriesters der Maat wohl. Mit den Stundenpriestern konnte er stundenlang die Konstellation der Sterne beobachten und über deren Bedeutung diskutieren,

Horoskope erstellen und Handlungsempfehlungen abgeben. Doch selbst handeln war nicht seins. Er war zum Gelehrten geboren und nicht zum Erbprinzen. Darin zumindest musste Pharao der großen Königsgemahlin recht geben, auch wenn sie seit Amenemhats Unfall sonst oft verschiedener Meinung waren.

Gehorsam hatte Nefertari Pharaos Entscheidung über ihre Zukunft hingenommen, wie es von ihr erwartet wurde. Und so saß sie nun hier und besprach mit Bruder und Mutter die bevorstehende Zeremonie noch einmal in allen Einzelheiten. Es sollte ein großes Ereignis werden, das dem Volk in Erinnerung bleiben würde, denn die ganze Stadt war eingeladen, an der Hochzeit teilzuhaben. Essen und Trinken für alle würden aus dem Staatsschatz bezahlt werden.

Schon bald darauf wollte Thutmosis mit dem Heer nach Norden aufbrechen, wo nicht nur einige syrische Fürsten die üblichen Tributzahlungen nicht geleistet hatten, sondern Mitanni rüstete, um sich syrische Provinzen einzuverleiben. Das musste Pharao rechtzeitig unterbinden, bevor sich das Ganze zu einer wirklichen Gefahr für Ägypten entwickeln konnte.

Seit seiner Machtübernahme war Pharao Thutmosis jedes Jahr in den Norden aufgebrochen, um militärische Präsenz zu zeigen, auch wenn es nach der Schlacht von Megiddo nur zu einzelnen Scharmützeln mit einigen Aufständischen gekommen war, die das ägyptische Militär mit Leichtigkeit niedergeschlagen hatte. Doch dass diesmal eine größere Schlacht bevorstand, dass Ägypten es mit der heranwachsenden Großmacht von Mitanni aufnehmen musste, die die Grenzen Ägyptens in den syrischen Provinzen bedrohte, war Pharao bewusst. Gerade darum wollte er zuvor in seinem Haus alles ordnen. Dazu gehörte diese Hochzeit und die Hoffnung, bei seiner Rückkehr einen gesunden Enkel in die Arme schließen zu dürfen.

Pharaos zweite Gemahlin Nebtu beobachtete die Entwicklung innerhalb der königlichen Familie mit großer Schadenfreude. Seit dem tragischen Unfall des Kronprinzen hatte sich in dem innigen Verhältnis zwischen Pharao und seiner großen Königsgemahlin Satiah etwas verändert. Die Vertrautheit der beiden war einer gewissen Distanz zueinander gewichen. Keiner der beiden fühlte sich in der Lage, diese Wand wieder einzureißen. Grund hierfür war der gesundheitliche Zustand des Kronprinzen. Er war von klein auf dazu erzogen worden, in die Fußstapfen seines Vaters zu treten und hatte versprochen, ein ebenso energischer und kriegerischer Herrscher wie dieser zu werden. All diese Hoffnungen hatte der Unfall zerstört, denn Amenemhat war danach nicht mehr derselbe. Er spürte seine Unzulänglichkeiten jeden Tag aufs Neue. Ihm war bewusst, dass er nie auf einem Streitwagen das ägyptische Heer in den Kampf führen würde, sondern stets einen anderen an seiner statt senden musste. Genau genommen war er froh, sich überhaupt noch auf einem Streitwagen halten zu können. So viel er auch übte, er würde seinen linken Arm nie wie einst seinen rechten gebrauchen können. Das hatte er schließlich einsehen müssen.

Auch Pharao Thutmosis hatte dies erkannt und hoffte darum auf einen gesunden Enkel, der die Dynastie fortführte, denn Sa-Amun war keine Alternative zu seinem Bruder. Während sich Amenemhat für das Militär von klein auf begeistert hatte, war seinem Bruder alles Kriegerische fremd geblieben. Er war der geborene Gelehrte, interessierte sich für die Mysterien der Götter, den Lauf der Sterne, den Bau von Tempeln und letztendlich auch für Ackerbau und Viehzucht, nicht aber für das Militär. Doch Ägypten würde auch in Zukunft einen starken Pharao brauchen, der sich auf das Kriegshandwerk verstand und Ägyptens Machtbereich verteidigte. Wie schnell ein Land an Einfluss, Macht und Reichtum verlor, sobald es die Zügel lockerließ, hatte er während der Regierungszeit seiner Tante Hatschepsut gesehen. Für ihn war sie keinen Tag zu früh gestorben, um Ägyptens Machtverlust noch aufzuhalten.

Doch seine Gemahlin weigerte sich, all diese politischen Realitäten zu sehen. Seit dem Unfall ihres ältesten Sohns und seinen damit verbundenen Gebrechen stellte sie sich schützend vor diesen und verteidigte seine Geburtsrechte vehement, sogar gegen Amenemhats Einsicht, dass seine körperlichen Beeinträchtigungen ihm als Pharao hinderlich sein würden.

Eine Zeitlang hatte Nebtu daher die Hoffnung gehegt, dass Pharao sich erneut ihr zuwenden könnte. Doch schon bald musste sie erkennen, dass dies nie der Fall sein würde. Pharao verachtete sie und sich selbst wegen der zurückliegenden Exzesse, die er in einer Phase der Schwäche und Frustration mit ihr erlebt hatte. Er wollte diese Zeit aus seinem Gedächtnis streichen und damit auch sie. Der Schmerz, der dieser Erkenntnis folgte, ließ ihr Inneres vollständig erkalten und sie ihre Rachegedanken immer weiter schmieden.

Ein böses Lächeln umspielte ihren Mund, als sie daran dachte, wie sie Zidanta das Mädchen Tanita zugespielt hatte, nachdem sie diese instruiert hatte.

Tanita, der nur ihr kleiner Bruder geblieben war, den sie über alles liebte, hatte keine andere Möglichkeit gesehen, als bei dem Spiel der zweiten Gemahlin Pharaos mitzuspielen, wollte sie die Zukunft ihres Bruders nicht gefährden. Vor die Wahl gestellt, dass Nebtu ihren Bruder an einen Steinbruchbesitzer weiterverkaufen oder aber auf ihrem Landgut zu einem angesehenen Schreiber erziehen lassen könnte, willigte sie in alles ein, was die Gemahlin Pharaos von ihr forderte.

Sie im Haushalt Zidantas als Dienerin unterzubringen, war Nebtu dann mit Hilfe von Pharaos Gattin Manawa gelungen, der sie einen Gefallen schuldete, den sie vorgab mit dem Mädchen begleichen zu wollen. Diese hatte das ihr überlassene Mädchen nichtsahnend auf Anregung Nebtus dann dem syrischen Prinzen als Dank für die Rettung des Kronprinzen als Geschenk übergeben, auch wenn sie die Großzügigkeit Nebtus zuerst misstrauisch beäugt hatte. Welchen Grund sollte die zweite Gemahlin Pharaos haben, dem syrischen Prinzen über sie ein so kostbares Geschenk wie dieses gebildete Mädchen zukommen zu lassen und dafür nicht einmal den Dank des Prinzen haben zu wollen? Schließlich hatte sie ihre Bedenken jedoch beiseitegeschoben und mit Freude selbst den Dank des Prinzen und Pharaos entgegengenommen.

Seither erstattete Tanita der zweiten Gemahlin Pharaos regelmäßig über die Aktivitäten Zidantas Bericht. Zu Beginn fielen diese noch dürftig aus, denn der syrische Prinz war ungemein vorsichtig und misstrauisch. Doch schon bald hatte sie dessen Herz erobert und teilte regelmäßig das Kopfkissen mit ihm. Auch wenn er ihr noch immer nichts von seinen geheimen Verbindungen erzählte, so fand sie doch schnell heraus, mit wem der Prinz sich wo traf, um vertrauliche Nachrichten nach Hause zu senden. Ihr Wissen reichte sie an

Nebtu weiter, im Vertrauen darauf, dass es ihrem Bruder gut ging. Was diese mit den Informationen anstellen würde, ahnte sie nicht, wollte es auch nicht wissen, denn mit der Zeit begann sie, für Zidanta Gefühle zu entwickeln, die sie selbst nicht für möglich gehalten hätte. Darum fiel es ihr immer schwerer, diesen zu hintergehen. Die Möglichkeit, sich eines Tages zwischen dem Prinzen und ihrem Bruder entscheiden zu müssen, bedrückte sie mit der Zeit immer mehr. Doch darauf nahm Nebtu, die das Problem sehr wohl erkannte, keine Rücksicht.

Die bevorstehende Hochzeit des Thronfolgers mit der Erbprinzessin war der Zeitpunkt, an dem sie sich entschloss, ihr Wissen endlich zu gebrauchen.

„Du hast die Männer abgefangen?", fragte sie ihren Verwalter Maja, der ihr volles Vertrauen genoss.

„Ja, Herrin. Sie befinden sich im Kerker auf Eurem Weingut bei Sakkara. Leider hatten sie, wie befürchtet, nichts Schriftliches bei sich. Aber unter der Folter werden wir sie zum Reden bringen, das verspreche ich Euch."

„Gut", erwiderte Nebtu zufrieden. „Lass sie vorerst in Ruhe. Ich denke, es ist an der Zeit, mit dem syrischen Prinzen ein Gespräch zu führen. Die Festlichkeiten heute Abend sind ein guter Zeitpunkt, sich der Mitarbeit des Syrers zu versichern."

Zidanta saß auf dem bei Festlichkeiten Pharaos stets zugewiesenen Platz unter all den anderen Fürstensöhnen, die Pharao als Geiseln für das Wohlverhalten ihrer Väter bei sich behielt. Manche von ihnen hatte er inzwischen nach dem Tod des Vaters in die Heimat entlassen, sich jedoch zuvor ihre

Treue und Loyalität zusichern lassen. In diesem Punkt war Pharaos Kalkül vermutlich aufgegangen, denn die meisten unter ihnen hatten Ägyptens Kultur und Lebensweise bewundernd verinnerlicht und würden Ägypten tatsächlich die Treue halten.

Anfänglich hatte Zidanta versucht, mit diesen Söhnen vorsichtig ins Gespräch zu kommen, um deren Gesinnung zu erkunden. Doch schon bald hatte er dies aufgegeben, denn er hatte erkennen müssen, dass die Mehrzahl Pharao in Zukunft die Treue halten würde. Vielleicht gab es unter ihnen den einen oder anderen, der seine Gedanken teilte, doch es erschien ihm zu gefährlich, sie in seine Machenschaften und geheimen Verbindungen einzuweihen, denn ein Verrat war immer möglich und würde ihn entweder für den Rest seines Lebens in den Kerker Pharaos bringen, wenn nicht sogar den Kopf kosten. Das wollte er unter keinen Umständen riskieren. Daher hielt er es für sicherer, keine Mitwisser zu haben.

Alle im Saal erhoben und verneigten sich, als Pharao, gefolgt von der großen Königsgemahlin Satiah, dem Thronfolger Amenemhat, seinen Töchtern Nefertari und Baket sowie seinen anderen vier Hauptgemahlinnen den Saal betrat. Nachdem diese ihre Plätze eingenommen hatten, begannen Diener Pharaos den teuren syrischen Wein auszuschenken, den Pharao regelmäßig als Tributzahlung aus den syrischen Provinzen erhielt. Gleichzeitig erschienen andere Diener mit Platten, auf denen gebratenes Entenfleisch mit Gemüse gereicht wurden. Wie so häufig fehlte Prinz Sa-Amun, der derartige Festlichkeiten für gewöhnlich mied.

Für einen kurzen Augenblick traf ihn der Blick des Thronfolgers. Zidanta wurde bewusst, wie sehr sich ihr Verhältnis seit dem tragischen Jagdunfall abgekühlt hatte. Der

Kronprinz ging ihm seither aus dem Weg. Zidanta glaubte, den Grund dafür zu kennen. Er schämte sich seiner Unzulänglichkeiten, die ihm zu schaffen machten. Hatten sie sich in früheren Zeiten oft miteinander gemessen, so kam es nun nur noch selten vor, dass sie mit dem Streitwagen ausfuhren und Amenemhat ihm bei der Entenjagd entlang des Nilufers zuschaute. Manchmal hatte Zidanta das Gefühl, dass Amenemhat es ihm zum Vorwurf machte, ihn seinerzeit gerettet zu haben. Der stolze Prinz empfand es als Demütigung, mit seinen Gebrechen leben zu müssen.

Zidanta seufzte, während er darüber nachdachte, wie sich diese Schwäche des künftigen Pharaos einmal auf Syrien auswirken würde. Doch sogleich scheuchte er diesen Gedanken wieder beiseite. Pharao Thutmosis stand in der Blüte seines Lebens, würde vermutlich noch lange regieren und plante, wie er in Erfahrung gebracht hatte, einen militärischen Schlag gegen Mitanni, das Land, das begehrlich nach den syrischen Provinzen Ägyptens schielte. Von dieser militärischen Auseinandersetzung der beiden Großmächte würde viel für die Zukunft der syrischen Provinzen und ihrer Unabhängigkeit abhängen.

Zidanta nahm einen großen Schluck von dem köstlichen Wein, den Pharao ausschenken ließ und den seine Diener sogleich nachfüllten. Dann langte er kräftig bei den vielen Köstlichkeiten zu, die Pharaos Diener nacheinander servierten. Gebratene Gänse, Gazellen, Hasen und Wachteln wurden mit Blattsalaten, Bohnen, Knoblauch, Gurken, Lauch, Erbsen und verschiedenen gewürzten Broten gereicht, ebenso wie frisch gefangener Fisch aus dem Nil. Wassermelonen, Datteln, Feigen, Granatäpfel, Weintrauben und Honigkuchen rundeten das Mahl ab, während die Wärme im Saal durch das Essen, den Wein und die Salbkegel, die einen angenehmen

Duft verströmten, stieg. Akrobaten, Tänzerinnen und Zauberer unterhielten die Gäste während der einzelnen Gänge zu den sanften Klängen von Musik, die aus dem Hintergrund ertönte.

Es war ein angenehmer Abend, und Zidanta fühlte sich so entspannt wie lange nicht mehr. Er hatte seine Pflicht gegenüber seinem Land erfüllt. Seine Boten waren unterwegs in die Heimat, um nicht nur seinen Vater, sondern auch Mitanni vor dem kommenden Feldzug Pharaos zu warnen. Alles, was er hatte in Erfahrung bringen können, hatte er diesen mit auf den Weg gegeben. Alles Weitere lag nun nicht mehr in seiner Macht. Ein Diener trat an ihn heran und Zidanta hob, ohne aufzublicken, seinen Becher, um nachfüllen zu lassen.

„Verzeiht, Herr, aber ich habe eine Nachricht für Euch. Die zweite Gemahlin Pharaos erwartet Euch im Garten, dort, wo Ihr ihr schon einmal begegnet seid. Ihr wüsstet schon. Ich soll Euch sagen, es wäre besser für Euch, ihre Einladung nicht auszuschlagen."

Überrascht stellte der Syrer seinen Becher auf dem kleinen, vor ihm stehenden Tisch ab.

„Was will die Gemahlin Pharaos von mir?", fragte er verblüfft, während ein Gefühl von Verwirrtheit langsam einer gewissen Unsicherheit wich. Eine böse Ahnung bemächtigte sich seiner, die er jedoch gleich wieder beiseiteschob. Nein, es war unmöglich, dass ihm jemand auf die Schliche gekommen war. Dazu war er immer zu vorsichtig gewesen, hatte nie etwas schriftlich festgehalten.

„Was will die edle Dame Nebtu von mir?", fragte er noch einmal nach, in einem forschen Ton, der seine Unsicherheit verbergen sollte.

„Das kann ich Euch nicht sagen, Herr. Ich weiß es nicht. Doch ihre Aufforderung klang bestimmt. Vielleicht wäre es besser, ihr zu folgen", erwiderte der Diener, verneigte sich kurz und verschwand, ehe Zidanta weitere unangenehme Fragen stellen konnte.

Zidantas Blick wanderte zu dem Platz, an dem Nebtu noch vor wenigen Augenblicken gesessen hatte. Sie war fort, wartete vermutlich auf ihn auf jener Bank, auf der er schon einmal auf sie getroffen war. Was konnte diese Frau von ihm wollen, eine in Ungnade gefallene Ehefrau Pharaos? Auf diese Frage wollte ihm keine Antwort einfallen. Um es herauszubekommen, musste er wohl oder übel ihrer Einladung folgen. Daher wartete er noch kurze Zeit, bevor auch er sich erhob und durch das Vestibül in den Garten trat. Dort fand er die zweite Gemahlin Pharaos tatsächlich auf jener Bank wieder, auf der er einst gesessen hatte.

Nebtus Blick war auf die im Wasser treibenden Lotusblüten gerichtet, als sie Zidanta kommen hörte. Einen Augenblick lang schlug ihr Herz bis zum Hals angesichts dessen, was sie zu tun gedachte. Noch war es nicht zu spät, noch war nichts geschehen, was man ihr vorwerfen konnte. Sie konnte noch immer zurück. Doch der Gedanke daran, wie Pharao sie hatte fallen lassen, wie er sie seither ignorierte als sei sie irgendeine ihm überlassene Sklavin, die in seinem Harem lebte, an der er aber keinerlei Interesse hatte, ließ ihre innerliche Wunde erneut bluten. Sie war eine der besten Partien im Land gewesen, hätte jeden Mann haben und ihre Freiheit behalten können. Stattdessen saß sie in Pharaos Harem fest, ungeliebt, unbefriedigt und einsam, rief sie sich rasch ins Gedächtnis zurück. Das war der Dank für die wilden Nächte, die sie Pharao geschenkt hatte. Nein, so leicht würde dieser Mann ihr nicht davonkommen. Mehr als alles wollte sie ihn leiden sehen. Lange genug hatte sie auf diesen Augenblick gewartet. Nun würde sie ihn auch nutzen.

„Eure Hoheit wünscht mich zu sprechen?", fragte Zidanta neugierig. „Was kann ich für Euch tun?"

„Setze dich, Prinz Zidanta."

Nebtu wartete, bis der Prinz neben ihr Platz genommen hatte, bevor sie weitersprach. „Ich würde sagen, dass ich eher etwas für dich tun kann als du für mich."

„Was sollte das sein, Eure Hoheit?", fragte Zidanta voll Spott in der Stimme, hinter der er seine Anspannung zu verstecken suchte. Er hatte Nebtu nie für eine harmlose Frau gehalten, immer in ihr eine reiche, verwöhnte Frau gesehen, die es gewohnt war, das zu bekommen, was sie sich in den Kopf gesetzt hatte. Wenn nicht, würde sie ohne Zweifel ihre Krallen ausfahren lassen.

„Wie wäre es mit Schweigen?", erwiderte sie tonlos, während sie sich ihm zuwandte und ihre Augen plötzlich einen harten Ausdruck annahmen. „Schweigen darüber, dass du ein Verräter bist, eine Schlange, die Pharao an seiner Brust nährt, während du alles versuchst, ihn zu beißen?"

„Wie kommt Ihr auf so etwas?", fragte Zidanta herablassend, während seine Gedanken sich überschlugen. Was könnte diese Frau wissen, was beweisen? Er war immer derart vorsichtig gewesen. Nie hatte er etwas schriftlich weitergegeben. Selbst wenn sie etwas ahnte, würde sie deshalb noch lange nichts beweisen können.

Nebtu lächelte milde, während ihre Augen jedoch hart wie Stein blieben. Wortlos zog sie aus ihrem Gürtel ein Medaillon der Göttin Astarte hervor, das Erkennungszeichen der Boten, die mit Zidanta Kontakt aufnahmen. Gewöhnlich traten sie als Händler oder Handwerker auf, die den Prinzen aufsuchten oder zu deren Ständen auf dem Markt er ging. Nie waren es die gleichen Männer, um keinen Verdacht zu erregen. Doch alle führten dieses Medaillon mit sich, um sich zu legitimieren.

„Ein schönes Schmuckstück", bemerkte Zidanta lässig. „Wo habt Ihr es her?"

„Ich besitze mehrere davon, alle von Männern, die dir bekannt sein dürften. Meine Männer haben sie im Nildelta abgefangen, wo sie auf einem phönizischen Schiff eine Passage in die Heimat ergattern wollten. Ich gebe zu, zuerst zeigten sie sich nicht sehr gesprächig. Doch ich verfüge über ausgezeichnete Folterknechte, die über kurz oder lang jeden zum Reden bringen."

„Was wollt Ihr?", fauchte Zidanta, der für einen Moment die Fassung verlor. „Warum geht Ihr mit Eurem Wissen nicht zu Pharao, der sich gewiss erkenntlich zeigen würde?"

„Weil ich daran kein Interesse habe. Pharao hat mich benutzt und dann fallengelassen. Das bedarf einer Antwort, die ihn ebenso schmerzt, wie er mir wehgetan hat", antwortete Nebtu kühl.

„Und was wollt Ihr dann von mir?", fragte Zidanta nervös.

„Einen kleinen Gefallen, mehr nicht", erwiderte die zweite Gemahlin Pharaos sachlich.

„Und welcher sollte das sein?", fragte Zidanta misstrauisch. „Was kann ich tun, um Euch zur Mittäterin meines Verrats zu machen? Pharao beseitigen, um Euch Eure Genugtuung zu verschaffen?"

„Nicht ganz", antwortete Nebtu kühl. „Dann wäre es zu schnell vorbei. Nein, er soll leiden, so wie ich leide. Daher sollst du dafür sorgen, dass der Thronfolger seine nächste Fahrt mit dem Streitwagen nicht überlebt. Es ist ganz einfach. Ein Rad könnte brechen, ein Zügel reißen oder das Pferd scheuen, weil ihm etwas wehtut. Es gibt viele Möglichkeiten. Ich überlasse es dir. Aber warte nicht zu lange. Es muss vor der Hochzeit mit Nefertari geschehen, denn ich möchte nicht, dass er seine Schwester in der Hochzeitsnacht vielleicht gar noch schwängert."

Nebtu erhob sich, warf Zidanta einen letzten fordernden Blick zu und verschwand dann Richtung Festsaal. Zurück blieb ein fassungsloser Prinz, der nicht glauben konnte, was eben geschehen war und noch weniger wusste, was er nun tun sollte.

Schweißnass schreckte Zidanta aus dem Schlaf, erfasst von einer Panik, die ihn seit dem Gespräch mit der königlichen Gemahlin Nebtu fest im Griff hatte. Gleichgültig wie er es drehte, er sah keinen Ausweg aus dem Dilemma, in dem er sich befand. Wenn Nebtu seine geheimen Machenschaften verriet, würde Pharao ihn im besten Fall in den finstersten Kerker werfen und dort verrecken lassen. Vielleicht wäre das sogar eine noch schlimmere Strafe als hingerichtet zu werden? Doch wenn er ihre Forderung erfüllte, dafür sorgte, dass der Kronprinz bei einem Unfall ums Leben kam, was würde dann geschehen? Würde sie ihn in Ruhe lassen oder weitere Forderungen stellen? Es war wohl davon auszugehen, dass sie den Fisch, den sie gefangen hatte, nicht vom Haken lassen würde. Nur, wie hatte sie überhaupt auf seine geheimen Verbindungen in die Heimat kommen können? Sie alle waren immer über alle Maßen vorsichtig gewesen. Er wurde daher den Verdacht nicht los, dass sie jemand verraten hatte. Doch wer? Darauf fand er ebenso wenig eine Antwort wie auf die Frage, was er nun tun sollte. Fliehen wäre gewiss eine Möglichkeit. Doch selbst wenn die Flucht gelingen würde, würde Pharao von seinem Vater seine Auslieferung verlangen. Und dieser befand sich nicht in der Lage, diese zu verweigern. Das war also auch keine Lösung. Und weiter an den Hof von Mitanni fliehen? Auch das könnte schlecht enden, plante Pharao im Augenblick doch einen großen Feldzug gegen dieses Land. Letztendlich würde er tun müssen, was Nebtu von ihm forderte, wenn er überleben wollte. Zwar tat es ihm um Amenemhat leid, um die Freundschaft, die sie vor dessen Unfall verbunden hatte. Aber hier ging es erst einmal um sein Überleben und die Möglichkeit, seine Arbeit fortsetzen zu können. Alles Weitere würde sich später finden.

Verschlafen regte Tanita sich neben ihm.

„Was ist, mein Herr? Findet Ihr wieder keinen Schlaf? Legt Euch hin und versucht es. Ihr braucht ein wenig Ruhe. In letzter Zeit haben sich tiefe schwarze Ringe unter Euren Augen gebildet, die Euch so gar nicht stehen."

Zärtlich zog das Mädchen Zidanta zu sich heran, nahm ihn in den Arm und versuchte, ihn zur Ruhe zu bringen, was ihr jedoch in den seltensten Fällen gelang.

Seit einiger Zeit spürte sie eine Veränderung, die mit dem syrischen Prinzen vor sich ging. Er kam ihr wie ein gehetztes Tier auf der Flucht vor. Es musste etwas geschehen sein, das ihn aus seiner Mitte gerissen hatte. Tanita hoffte sehr, dass dies nichts mit den Berichten zu tun hatte, die sie in gewissen Abständen an die königliche Gemahlin Nebtu weiterleitete. Sie hatte Zidanta schätzen und lieben gelernt. Stets hatte er sie mit Respekt behandelt und erst in sein Bett geholt, als sie dazu bereit gewesen war. Das Letzte, was sie daher wollte, war, ihn in Schwierigkeiten zu bringen, waren sie beide doch in gewisser Weise Leidensgenossen, gefangen in einem fremden Land, das niemals ihre Heimat werden würde.

Zu Beginn der Veränderung hatte sie Zidanta mehrmals gefragt, was ihn bedrücke, ob sie ihm helfen könne. Doch er hatte sich nur von ihr abgewendet und gemurmelt, es sei besser für sie, wenn sie von all dem nichts wisse. Das hatte ihr schlechtes Gewissen jedoch nur noch weiter genährt, denn sie war sich sicher, dass Nebtu diese plötzliche Veränderung Zidantas auf die eine oder andere Weise zu verantworten hatte. Doch letztendlich steckte auch sie in einem Dilemma, aus dem sie keinen Ausweg sah. Sie wollte weder ihrem Bruder noch ihrem Geliebten schaden. Doch wie sollte ihr das gelingen?

1450 vor unserer Zeitrechnung

Das Heer Pharaos stand zum Abmarsch vor den Toren Thebens bereit. Es war der zweite Monat des Peret. Die Aussaat war zum größten Teil erfolgt, sodass viele Bauern sich in die Fußtruppen des Heers einreihen konnten, um die Armee auf dem Marsch in den Norden zu verstärken.

Inebni, der Kommandant der Division des Amun, gab im Morgengrauen das Zeichen zum Aufbruch nach Memphis, der alten Reichshauptstadt, in der sich die Division des Ptah unter der Führung General Amenemhebs ihnen anschließen würde. Ziel waren diesmal keine syrischen Kleinfürstentümer, die sich beim Eintreffen von Pharaos Heer zumeist ergaben, sondern der eigentliche Feind Ägyptens, der seinen Machtbereich immer wieder auf die syrischen Provinzen Ägyptens auszuweiten versuchte – Mitanni.

Während sich das Heer langsam in Bewegung setzte, blickte Pharao, der sich an die Spitze der Streitwagenfahrer gesetzt hatte, noch einmal zurück. Nur ungern ließ er Satiah mit dem Schmerz und der Trauer, die ihr der Tod ihres ältesten Sohns, des Kronprinzen Amenemhat, bereitet hatte, zurück. Doch dieser Feldzug war lange zuvor beschlossen worden und duldete keinen weiteren Aufschub. Er wäre nicht Pharao, wenn er seine persönlichen Gefühle vor die Interessen des Reichs stellen würde.

Immerhin hatte er den Aufbruch so weit hinausgeschoben, bis er seinen Sohn zu Grabe getragen hatte. Dass der Kronprinz so kurz vor der Hochzeit mit seiner Schwester Nefertari auf tragische Weise bei einem Achsenbruch seines Streitwagens gestorben war, hatte auch ihn tief getroffen. Doch während Satiah über den Tod des geliebten Sohns nicht hinwegzukommen schien, sah Pharao darin auch ein Zeichen der Götter, dass er den Horusthron eines Tages einem starken und gesunden Nachfolger übergeben sollte. So hatte er noch während der Einbalsamierung seines Sohns verfügt, dass sein zweitgeborener Sohn Sa-Amun nicht nur zum neuen Thronfolger aufstieg, sondern Pharao auf seinen Feldzug begleiten und bei der Rückkehr seine Schwester Nefertari zu heiraten habe.

Widerwillig hatte Sa-Amun dem Vater gehorcht, denn sich Pharao zu widersetzen, hätte er nicht gewagt. Doch er hatte seinem Vater deutlich gemacht, dass er nicht zum Soldaten tauge und bei allem Bemühen nie ein richtiger Soldat, und schon gar kein guter Feldherr aus ihm werden würde. Pharao hatte dies schweigend zur Kenntnis genommen, wusste er doch tief in seinem Innern, dass der Sohn recht hatte und sich diese Tatsache nicht mehr ändern ließ. Dennoch hatte er auf Sa-Amuns Teilnahme am Feldzug beharrt in der Hoffnung, dass selbst ein Mann wie sein Sohn sich während dieser Zeit militärische Grundkenntnisse aneignen könnte, die ihm einmal nützlich sein würden.

„Ein Herrscher muss sich nicht zwingend an die Spitze seiner Armee stellen und seine Männer in die Schlacht führen. Oft reicht es aus, Männer um sich zu scharen, die seine mangelnden Fähigkeiten ausgleichen und denen er vertrauen kann", hatte Pharao erwidert.

Nun stand Sa-Amun neben ihm auf einem Streitwagen, die Zügel der Pferde unsicher in der Hand, während er versuchte, eine einigermaßen gute Haltung zu bewahren. Doch so richtig wollte ihm das nicht gelingen.

„Es war ein Fehler, seinerzeit alle Hoffnungen für die Zukunft des Reichs auf Amenemhat zu setzen und die Ausbildung Sa-Amuns derart zu vernachlässigen", meinte er an Nebamun gewandt. „Bitte nimm dich seiner in den nächsten Wochen an und schau, was sich von dem Versäumten noch nachholen lässt."

Nebamun nickte verstehend. „Ich werde es versuchen, mein Gebieter. Doch in die Schlacht würde ich ihn nicht mitnehmen, mein König. Er ist für Ägypten zu kostbar, um sein Leben leichtfertig aufs Spiel zu setzen."

Thutmosis nickte zwar zustimmend, doch innerlich sagte er sich, dass Sa-Amun eigentlich nur zeugungsfähig sein müsse, um dem Reich einen Erben zu schenken, den er dann nach seinen Ansprüchen an einen Pharao erziehen und formen konnte. Mehr erwartete er von diesem Sohn genau genommen nicht. Darum betete er zu den Göttern, dass sie das Leben Sa-Amuns zumindest so lange erhielten, bis die Zukunft des Reichs gesichert war.

In Byblos machte das Heer Pharaos halt, und Pharao beauftragte phönizische Handwerker mit dem Bau kleinerer Boote, die leicht auseinander und wieder zusammengebaut werden konnten, um mit ihrer Hilfe mühelos über den Euphrat setzen zu können. Die Teile dieser Boote luden die Ägypter auf Ochsenkarren und transportierten sie durch das syrische Hinterland bis an den Euphrat.

Bei der Festung Karkemis, die die Grenze zum Reich der Mitanni markierte, stießen das ägyptische und das mitannische Heer aufeinander. Die Schlacht tobte den ganzen Tag über und kostete viele Soldaten auf beiden Seiten das

Leben. Doch schließlich gewannen die Ägypter die Oberhand. Die Mitanni flohen panisch ins Hinterland, während die ägyptischen Truppen in das Grenzland einfielen, plünderten und mit reicher Beute zurückkehrten.

Mehr als zufrieden über den Sieg über den Rivalen ließ Thutmosis das ägyptische Lager vor den Toren Karkemis aufschlagen. In bester Laune schlug er seinen versammelten Offizieren vor, die gekommen waren, um mit Pharao den großen Sieg zu feiern, am nächsten Morgen gemeinsam auf die Jagd zu gehen.

„Es sollen sich in der Gegend wilde Elefanten herumtreiben, die in den Dörfern immer wieder großen Schaden anrichten, indem sie Hütten, Tiere und Menschen niedertrampeln. Es wäre doch eine willkommene Abwechslung und eine schöne Trophäe, einen solchen Dickhäuter zu stellen und niederzustrecken", schlug er der angeheiterten Runde vor. „Wir sollten diesen Mitanni zeigen, wie man seine Bevölkerung vor solchen Bestien schützt."

Von der Schlacht und dem vergossenen Blut noch erhitzt und erleichtert darüber, mit dem Leben davongekommen zu sein, waren die Offiziere Pharaos nur zu bereit, sich diesen Spaß zu gönnen und auf diese Weise vielleicht sogar den Stoßzahn einer solchen Bestie als Beweis ihrer Tapferkeit mit nach Hause zu bringen. Sieg und Wein hatten sie derart berauscht, dass sie es sich nicht nehmen lassen wollten, noch einmal in Konkurrenz zueinander zu treten und dem Feind hinter den Festungsmauern zu zeigen, was sie vermochten.

Während die Militärschreiber Pharaos am nächsten Morgen die gemachte Beute in ihre Listen eintrugen, die Waffen, Streitwagen, Pferde, Schafe, Ziegen, Schmuck, Silber,

Lebensmittel und letztendlich Menschen beinhalteten, ließ Pharao sich seinen Streitwagen bringen und schloss zu seinen Offizieren auf, die mit ihm an dieser Jagd teilnehmen wollten. Fußsoldaten dienten als Treiber, die, auf Trommeln schlagend, durch die Wälder der Umgebung streiften und dabei einen Höllenlärm machten, während die Männer auf ihren Streitwagen auf die Beute warteten, die aufgescheucht aus dem Wald hervorpreschen würde.

Gazellen, Hirsche und Wildschweine wurden von den Pfeilen der Jäger niedergestreckt. Auch zwei Löwinnen tauchten zornig fauchend auf. Bereit zum Angriff sprinteten sie auf die Streitwagen zu. Eine von ihnen starb im Pfeilhagel der Wagenlenker, die andere tödlich getroffen von Pharaos Speer. Doch von den Elefanten, auf die die Jagdgruppe eigentlich hoffte, schien weit und breit nichts zu sehen. Die Treiber näherten sich inzwischen fast dem Waldrand, an dem die Jäger angespannt auf das warteten, was der Wald preisgab, als ganz plötzlich zwei Elefanten aus dem Gehölz schossen und sich den Störenfrieden entgegenwarfen.

Vom Jagdfieber gepackt lenkte Thutmosis seinen Streitwagen aufs einen der beiden Elefanten zu, den Speer wurfbereit auf das wild brüllende Tier gerichtet, das ihm zornig entgegenkam. Seine Jagdgenossen schlossen langsam zu ihm auf, wohl wissend, dass sie den Ruhm dieser Jagd ihrem Herrscher überlassen mussten, wollten sie nicht dessen Unwillen auf sich ziehen.

Thutmosis zielte, doch der Speer verletzte das Tier nicht tödlich, sondern machte das verwundete Tier nur noch wütender. Mit nicht geahnter Geschwindigkeit stürmte es auf Pharao zu und packte mit seinem Rüssel das Gefährt des Königs, um es in die Luft zu werfen, während Pharao vergeblich versuchte, den Elefanten mit seinem gezogenen Schwert zu verwunden. Die vor den Wagen gespannten Pferde erfasste Panik. Sie stiegen von Angst gepackt auf und rissen verzweifelt an den Riemen, die sie am Wagen hielten. Ein Tritt des Elefanten brach einem der beiden Pferde das Bein. Gleichzeitig drohte der Streitwagen Pharaos in die Luft geschleudert zu werden.

Nebamun und Amenemheb waren die ersten, die dem bedrängten Pharao zu Hilfe eilten. Während Amenemheb seinen Wagen neben das aufgebrachte Tier lenkte und mit einem wuchtigen Schlag seines Schwerts den Rüssel des Tiers vom Körper trennte, stieß Nebamun dem Tier von der anderen Seite kommend seinen Speer in die Brust. Tödlich getroffen sackte der Elefant kläglich brüllend in sich zusammen.

„Ist Euch etwas passiert, Majestät?", fragte Amenemheb besorgt, während er von seinem Wagen sprang und auf Pharao zueilte. Dieser schüttelte nur kurz den Kopf, noch immer den Tod vor Augen, der ihn um ein Haar ereilt hätte.

„Nein. Dank eures mutigen Eingreifens nicht. Ihr habt mir vermutlich das Leben gerettet. Das werde ich euch nie vergessen."

Dann wandte Thutmosis sich seinem einen Pferd zu, das der Koloss unter sich begraben hatte und das noch immer schmerzerfüllt wieherte. Beruhigend sprach er auf es ein, bevor er es mit seinem Schwert von seinen Schmerzen erlöste.

Unterdessen hatten seine restlichen Offiziere den anderen Elefanten ebenfalls erlegt.

Während Thutmosis am Abend im Beisein seiner Offiziere in seinem Zelt Amenemheb und Nebamun das Ehrengold verlieh, eine schwere Goldkette mit einem eingearbeiteten Horusfalken, war ihm nur zu bewusst, wie nah er dem Tod gewesen war. Und die Frage, was nach ihm kommen würde, was passieren würde, wenn er plötzlich den Tod fände, beschäftigte ihn mehr als sonst. Seinen Sohn Sa-Amun betrachtend musste er sich erneut eingestehen, dass dieser niemals das Durchsetzungsvermögen und die Tatkraft aufbringen würde, Ägypten ein guter Herrscher und Verteidiger seiner Grenzen zu werden. Schon den ganzen Feldzug über war Sa-Amun anzumerken gewesen, dass er sich unter den Offizieren seines Vaters unwohl fühlte und das Lagerleben verabscheute. Seine Männer, die bereitwillig für Pharao jederzeit ihr Leben opfern würden, würden diesen Sohn niemals mit der gleichen Achtung und dem gleichen Respekt behandeln wie ihn. Was sollte er tun? Zerknirscht hob er den Weinbecher an seine Lippen und ertränkte seine Sorgen in dem guten syrischen Wein, den sie erbeutet hatten. Morgen war auch noch ein Tag, darüber nachzudenken, sagte er sich. Heute galt es, das Leben zu feiern, das ihm beinahe genommen worden wäre.

Nebtu saß im Atrium der Villa ihres Landguts, das etwas südlich von Theben lag und das sie aufgesucht hatte, um einmal selbst nach dem Rechten zu schauen und für ein paar Tage den engen Mauern des Palasts zu entfliehen. Hier war sie aufgewachsen. Hier fühlte sie sich frei und konnte ungestört ihre Gedanken ordnen und ihren nächsten Plan ausreifen lassen. Sie erwartete Zidanta, den Sohn des Fürsten von Kadesch, der ihrer Einladung nur widerwillig zugesagt hatte, ahnte er doch, dass Nebtu ihn erneut erpressen und für ihre Rachepläne benutzen wollte.

Lange hatte Zidanta auf dem Weg zu dem Landgut darüber nachgedacht, wie er sich der Schlinge, die Nebtu um seinen Hals gelegt hatte, entziehen könnte. Würde sie ihn wirklich verraten? Musste sie nicht fürchten, dass er ihre Rolle bei der Ermordung des Kronprinzen preisgeben würde, sollte sie ihn der Polizei ausliefern? Es fiel ihm schwer, die Gedanken dieser Frau richtig einzuschätzen. Was wollte sie? Worauf zielte sie ab? Er wusste es nicht. Daher blieb ihm vorerst keine andere Wahl, als sich der königlichen Gemahlin und ihren Absichten zu stellen, wollte er von ihr nicht verraten werden.

Nebtu empfing ihn in den frühen Nachmittagsstunden auf einer gepolsterten Bank in ihrem Atrium. Offensichtlich genoss sie den Blick auf ihren Gartenteich, in dem Lotusblüten schwammen und in dessen Mitte die Statue der Göttin Isis stand.

„Nimm Platz", lud sie ihren Gast ein, auf einen ihr gegenüberstehenden Sessel deutend. „Ich hoffe, du hattest einen angenehmen Weg hierher?"

Ohne seine Antwort abzuwarten, befahl sie ihrem neben ihr stehenden Verwalter Maja, Wein, Früchte und eine Platte kaltes Fleisch mit frischem Brot bringen zu lassen und sich dann zurückzuziehen.

„Schön habt Ihr es hier, Hoheit", merkte Zidanta anerkennend an, während sie auf das Gewünschte warteten.

„Ja", entgegnete Nebtu. „Es ist schön hier. Ich wollte, ich könnte öfter hier weilen. Doch der Hof ist eine Schlangengrube. Daher ist es nicht ratsam, allzu lange fortzubleiben und den Überblick zu verlieren. Doch solange Pharao im Norden weilt, tut sich dort nicht allzu viel. Daher gönne ich mir diese Auszeit. Hier kann ich in Ruhe nachdenken. Du verstehst, was ich meine?"

Nervös rutschte Zidanta auf seinem Sessel hin und her. Er verstand durchaus, was sie meinte, und war gespannt, was als Nächstes kommen würde.

Nachdem eine Dienerin eine Schüssel mit Wasser und saubere Leinentücher gebracht hatte, um die Hände zu reinigen, brachte ein Diener zwei Becher und eine Karaffe mit Wein sowie einen Krug Wasser. Zwei andere Dienerinnen brachten Platten mit Obst und kaltem Fleisch sowie einen Korb mit frisch gebackenem Brot.

Zidanta griff hungrig zu, ließ seinen Wein jedoch mit viel Wasser verdünnen. Ihm war klar, dass er einen kühlen Kopf in der Gegenwart dieser Frau bewahren musste.

Nachdem Nebtu Zidanta eine Weile beim Essen zugesehen und sich vergewissert hatte, dass sie allein waren, meinte sie lächelnd: „Ich muss dich beglückwünschen. Du hast deine Aufgabe zufriedenstellend erledigt. Niemand hat Verdacht geschöpft. Respekt."

Zidanta brummte missmutig: „Das war bei dem Gesundheitszustand Amenemhats auch nicht zu erwarten. Jeder wusste, wie unbeholfen er seinen Streitwagen lenkte. Die kleinste Unebenheit des Bodens konnte er nicht mehr ausgleichen."

„Bedauerlich, aber nicht zu ändern. Ägypten bleibt somit ein lahmer Pharao erspart. Doch noch sind wir beide nicht am Ende unserer Mission."

„Was meint Ihr damit?", fragte Zidanta, während ihm der Bissen Fleisch, den er gerade hinunterschlucken wollte, im Hals stecken blieb. Ein Hustenanfall schüttelte ihn.

Nebtu lächelte nur vielsagend. „Verschluck dich nur nicht. Ich brauche dich noch."

„Habe ich es doch geahnt. Ihr wollt mich nicht vom Haken lassen, sondern weiter für Eure Zwecke missbrauchen", zischte er wütend, nachdem er den Brocken Fleisch hinuntergeschluckt hatte.

„Beruhige dich. Das nächste Mal wird es dir wesentlich leichter fallen, deine Aufgabe zu erledigen. Irgendwann macht es dir vermutlich gar nichts mehr aus, ein Menschenleben auszulöschen. Es ist wie in einer Schlacht. Das erste Mal ist immer am schwierigsten. Doch mit der Zeit wird es Routine. Und du willst doch nicht, dass ich deine Kuriere der Polizei ausliefere?"

„Was wollt Ihr?", stieß Zidanta wütend hervor. „Und vergesst nicht. Wenn ich falle, dann nehme ich Euch mit."

Nebtu lachte. „Das glaube ich nicht. Sollte man dich wegen Spionage verhaften, wirst du gewiss nicht preisgeben, dass du den Thronfolger ermordet hast. Solltest du es tun, überlege dir, was man nicht nur mit dir, sondern vermutlich auch mit deinem Land und deiner Familie tun würde. Nein, du würdest schweigen und dich für den Rest deines Lebens einsperren oder schnell hinrichten lassen."

„Was wollt Ihr von mir?", stieß Zidanta fluchend hervor, einsehend, dass Nebtu vermutlich recht hatte.

„Für dich dürfte das wohl eine Kleinigkeit sein, verfügst du doch über ausreichende Kontakte. Finde einen Händler unter euch Syrern, der Zugang zum Palast hat und der Erbprinzessin diese Salbe verkauft. Wie ihre Großtante Hatschepsut leidet sie an einem Ausschlag, für den bisher kein Arzt ein Mittel gefunden hat. Das ist alles. Danach liegt es bei dir, diesen Händler so schnell wie möglich außer Landes zu bringen oder, was meiner Meinung nach die bessere Alternative wäre, für immer verschwinden zu lassen. Doch das überlasse ich dir. Auch diesmal wird niemand Verdacht schöpfen, wenn du dich an meine Empfehlungen hältst."

Entsetzt schüttelte Zidanta den Kopf. „Warum die Erbprinzessin? Was habt Ihr gegen sie? Sie tut doch niemandem etwas."

Nebtu lachte laut. „Noch nicht. Und dass das in Zukunft so bleibt, dafür werden wir sorgen. Pharao will sie mit Sa-Amun vermählen, weil er auf einen gesunden Enkel hofft, den er zu seinem Nachfolger machen kann, denn von Sa-Amuns Qualitäten ist er nicht überzeugt. Darum muss sie weg, bevor sie heiraten und schwanger werden kann. Sonst würde die Sache nur noch komplizierter werden."

„Hasst Ihr Euer Land so sehr, dass Ihr ihm wissentlich Schaden zufügen wollt?", fragte Zidanta entsetzt.

„Ich will ihm nicht schaden. Wenn Nefertari tot ist, gibt es nur noch eine Erbprinzessin – meine Tochter Baket. Also, säume nicht. Wie ich hörte, befindet sich Pharao nach einem erfolgreichen Feldzug gegen Mitanni auf dem Rückmarsch. Die Sache sollte vor seiner Rückkehr erledigt sein."

„Was seid Ihr nur für ein Ungeheuer, Majestät. Selbst der Gott Seth muss sich vor Euch fürchten", stieß Zidanta aufgebracht hervor, griff die Salbe und stürmte aus dem Haus, ohne sich noch einmal umzublicken.

Lächelnd blickte Nebtu ihm nach. Sie wusste, er würde seine Aufgabe zu ihrer Zufriedenheit erledigen. Nur den Händler würde er vermutlich zu schonen versuchen. Doch das war kein Problem. Ihn würde sie von ihren Leuten beseitigen lassen, um sicher zu sein, dass er nichts verraten konnte, was auf Zidanta hinwies, sollte der Mord trotz aller Vorsicht entdeckt werden. Schließlich war sie mit dem syrischen Prinzen noch nicht fertig.

Es begann mit einem trockenen Hals, gefolgt von Übelkeit und Bauchkrämpfen, die Prinzessin Nefertari von jetzt auf nachher auf das Krankenlager warfen. Die beunruhigten Dienerinnen der Prinzessin verständigten schließlich die große Königsgemahlin vom plötzlichen Unwohlsein der Tochter, deren Ursache ihnen ein Rätsel war.

Sofort eilte Satiah an die Seite ihrer Tochter, die zitternd, von heftigen Krämpfen geplagt auf ihrem Bett lag, umringt von eilig herbeigerufenen Ärzten, die hilflos rätselten, was die Ursache für diese plötzliche Erkrankung sein mochte. Manche vermuteten, dass die Prinzessin etwas Verdorbenes zu sich genommen haben könnte. Doch eine diesbezügliche Befragung der Dienerinnen brachte keine dahingehenden Erkenntnisse. Hinter vorgehaltener Hand sprachen manche von ihnen daraufhin von Gift, das im Spiel sein könnte. Doch niemand wagte es, diese Befürchtung laut auszusprechen, denn wer sollte die allgemein beliebte Prinzessin töten wollen? Das erschien den meisten von ihnen undenkbar.

Nachdem sich der Zustand Nefertaris weiter verschlimmerte und alle Versuche der Ärzte, den Zustand der Prinzessin zu verbessern, ohne Erfolg blieben, ließ die Königin den ersten

Palastherold Nehy zu sich rufen: „Hol die Priesterin Meritre so schnell du kannst hierher. Wenn jemand der Prinzessin noch helfen kann, dann sie."

Ergeben verneigte sich der Herold vor der großen Königsgemahlin und machte sich sofort auf den Weg. Doch der Weg zum Isistempel war weit und die Straßen Thebens überfüllt. Daher brauchte er geraume Zeit, um sich mit seiner Sänfte einen Weg durch die Straßen der Stadt zu bahnen, auch wenn seine Leibwache die Menschen rücksichtslos beiseite scheuchte. Bis er in Begleitung der Priesterin in den Palast zurückkehren konnte, war bereits der Abend angebrochen.

Nefertaris Körper war inzwischen halbseitig gelähmt und ihr Herz raste wie wild in ihrer Brust. Satiah, die neben dem Bett der Tochter saß und weinte, verzweifelt, angesichts der Hilflosigkeit, die sich über dem Raum ausgebreitet hatte, blickte erleichtert auf, als sie die Isispriesterin hereinkommen sah.

„Den Göttern sei Dank. Du bist gekommen. Bitte hilf ihr", wandte sie sich an Meritre. „Es kann unmöglich der Wille der Götter sein, dass ich nach meinem Sohn nun auch meine Tochter verliere."

Meritre nickte verstehend und wandte sich dann unverzüglich der Kranken zu. Sie brauchte nicht lange, um zu erkennen, dass hier niemand mehr helfen konnte. Traurig blickte sie zu Satiah auf und schüttelte den Kopf.

„Hier kann niemand mehr etwas tun. Es tut mir leid."

Ein spitzer Schrei entwich der Königin, bevor sie niedergeschmettert in sich zusammenbrach.

„Wie kann das sein? Was ist mit ihr?", stieß sie schließlich schluchzend hervor.

„Ich vermute, es handelt sich um Gift. Wenn diese Vermutung zutrifft, dann hätte ihr ohnehin niemand mehr helfen können."

„Aber wie, was, warum?", stotterte die Königin entsetzt.

Meritre zuckte mit den Schultern. „Ich weiß es nicht. Du solltest den Obersten der königlichen Schutzwache, Dedi, rufen lassen und mit einer Untersuchung beauftragen, Schwester. Hier hat jemand seine Finger im Spiel, der der königlichen Familie offensichtlich schaden will."

Die Königin nickte zwar, war im Augenblick offensichtlich jedoch überfordert, diese Aufgabe zu übernehmen. Daher fasste Meritre sich ein Herz und beauftragte den ersten Herold Nehy, sich dieser Aufgabe anzunehmen. Dann zog Meritre sich ebenfalls einen Stuhl an das Bett der Sterbenden heran und nahm Platz.

Der Todeskampf der Prinzessin dauerte noch gut eine Stunde, bis ihr Herz aufhörte zu schlagen, ihr Ka ihren Körper verließ und sie Osiris Boten ins Reich der Toten folgte, um sich dort vor dessen Gericht zu rechtfertigen.

Zurück blieb eine völlig fassungslose Königin, die Meritre von ihren Dienerinnen in ihre Gemächer bringen und einen Beruhigungstrank reichen ließ.

Während die Sempriester kamen, um den Leichnam der Prinzessin ins Haus des Todes zu überführen, setzte Meritre sich mit Dedi zusammen und erläuterte ihm ihren Verdacht, woraufhin zuerst die Dienerinnen der Prinzessin verhört wurden. Es dauerte nicht lange, bis sie auf den am Vortag anwesenden Händler stießen, einen Syrer, offensichtlich aus Kadesch stammend, der der Prinzessin eine angebliche Wundersalbe gegen ihren Ausschlag verkauft hatte. Eine genauere Untersuchung der Salbe ergab schnell, dass diese mit dem Gift des Eisenhuts versetzt war, ein Gift, das häufig bei den Syrern, Babyloniern, Mitanni und Assyrer benutzt wurde. Dedi leitete sofort die Suche nach diesem Händler ein.

Die Soldaten der Leibwache fanden seine Leiche zwei Tage später in der Scheune einer Herberge außerhalb der Stadt. Jemand hatte dem Mann die Kehle durchgeschnitten. Vergeblich wurde nach Komplizen oder Kontaktpersonen des Mannes geforscht. Letztendlich blieb Dedi nichts anderes übrig, als seine weiteren Ermittlungen einzustellen. Es würde wohl ein Geheimnis bleiben, wer den Tod der Prinzessin veranlasst hatte und warum. Doch vor allem Meritre war klar geworden, dass der königlichen Familie weitere Gefahr drohte, solange der Sachverhalt nicht aufgeklärt und die Auftraggeber gefunden waren. Mit Nachdruck versuchte sie Satiah davon zu überzeugen, weiterhin alles zu unternehmen, um dem Verbrechen auf den Grund zu gehen. Sie kam an Satiah jedoch nicht mehr heran. Die große Königsgemahlin vergrub sich in ihrem Schmerz. Es schien, als wäre ihr Lebenswille mit der Tochter gestorben.

Als Pharao die Nachricht vom Tod seiner Tochter Nefertari von einem Boten auf dem Rückmarsch der Truppen nach Ägypten überbracht wurde, erfasste er sofort die Tragweite der Nachricht. Tiefe Trauer mischte sich mit Zorn, als er Näheres über die Umstände ihres Todes erfuhr. Wer könnte Derartiges veranlasst haben und warum? Nefertari hatte seines Wissens nach keine Feinde gehabt. Also musste sie jemandem im Weg gestanden haben, oder der Mörder wollte eigentlich ihn und die königliche Familie als solches treffen. Eine andere Erklärung konnte er für den feigen Mord an seiner Tochter nicht finden. Doch wem nützte ihr Tod? Je länger er darüber nachdachte, umso mehr kristallisierte sich der Gedanke heraus, dass nur Baket als neue Erbprinzessin von Nefertaris Tod profitierte. Doch dem Mädchen traute er ein solches Verbrechen nicht zu, ihrer Mutter allerdings schon. Dann gab es da Meritre, die letzte lebende Tochter Hatschepsuts. Diesen Gedanken verwarf er jedoch ebenfalls gleich wieder, denn bei ihr war er sicher, dass sie nicht nach Macht strebte. Auch ein ehemaliger Vertrauter Hatschepsuts könnte sich natürlich für seinen Sturz nach dem Tod der Pharaonin an ihm rächen wollen. Es gab unzählige Männer, die dafür in Frage kamen. Und schließlich durfte er auch all die Prinzen, die an seinem Hof als Geiseln lebten, nicht außer Betracht lassen. Vielleicht hegte einer von ihnen heimlich Rachegedanken für die Demütigung, die seiner Familie angetan worden war. Einmal nach Theben zurückgekehrt würde er alle in Verdacht stehenden Personen von seiner Polizei überwachen lassen und nicht eher ruhen, bis er den Schuldigen gefunden hatte.

1447 vor unserer Zeitrechnung

Als Thutmosis die Gemächer seiner Gemahlin Satiah aufsuchte, um sich vor dem Aufbruch zu einem erneuten Feldzug von ihr zu verabschieden, übermannte ihn, wie häufig in den letzten Monaten, ein Gefühl der Hoffnungslosigkeit. Seit dem Tod Nefertaris hatte sich die Königin verändert. In sich zurückgezogen verließ sie nur noch selten ihre Gemächer und weigerte sich immer häufiger, an religiösen Zeremonien, Staatsempfängen oder Feierlichkeiten teilzunehmen. Zu Beginn hatte Thutmosis noch gehofft, dass sich ihre Trauer legen und sie zu sich selbst zurückfinden würde. Doch inzwischen waren seit dem Tod ihrer Tochter drei Jahre vergangen und nichts hatte sich an dem Gemütszustand der Königin geändert. Ihre Seele sei krank, hatten die behandelnden Ärzte diagnostiziert und bedauernd mit den Schultern gezuckt. Sie konnten der Königin nicht helfen, solange sie sich nicht helfen lassen wollte. Und Satiah wollte sich nicht helfen lassen, sondern versank immer tiefer in ihre Schwermut.

Ein einziges Mal war in ihr ein Lebensfunke erwacht. Als Thutmosis ihr mitteilte, dass er Sa-Amun als Thronfolger mit auf den Feldzug gegen die Mitanni nehmen würde, war in ihre trüben Augen plötzlich das alte Feuer zurückgekehrt.

„Lass ihn hier. Ich bitte dich. Nimm mir nicht auch noch diesen Sohn", hatte sie Thutmosis angefleht. „Ich weiß, wenn du ihn mitnimmst, wird er nicht mehr zurückkehren."

„Das ist Unsinn", hatte er ihr geantwortet. „Nefertari ist hier in Theben und nicht im Feldlager gestorben, vergiss das nicht. Der Thronfolger gehört nun einmal bei einem solchen

Unternehmen an die Seite Pharaos. Er muss seinem Volk beweisen, dass er in der Lage ist, das Reich gegen seine Feinde zu verteidigen. Er muss sich den Respekt seiner Soldaten verdienen. Und", fügte er hinzu, „Im Feldlager kann ich wesentlich besser auf ihn Acht geben als hier in Theben."

„Lass ihn hier. Ich bitte dich", beharrte Satiah.

Doch Thutmosis schüttelte energisch den Kopf. „Das kann ich nicht, und das weißt du auch", erwiderte er bedauernd. „Er ist nicht irgendjemand, sondern der künftige Herrscher dieses Landes. Das ist ein Privileg, das Opfer fordert."

Damit war für Thutmosis alles gesagt gewesen, und er hatte sich umgedreht und Satiah allein gelassen, um weiterer Diskussionen zu entgehen.

Schon lange verstand er seine erste Gemahlin nicht mehr. Hatte er zu Beginn ihrer Erkrankung noch Verständnis gezeigt und darauf vertraut, dass die Zeit ihre Wunden heilen würde, so war ihm im Laufe der Zeit klar geworden, dass Satiah nie mehr die Alte werden würde. Sie würde ihm nie mehr eine Stütze bei der Bewältigung seiner Verantwortung für Ägypten sein, sondern war ihm inzwischen zur Last geworden. Doch sie war und blieb die große königliche Gemahlin, auch wenn sie ihre Pflichten immer seltener wahrnahm.

Es war schließlich Meritre gewesen, die ihm erklärt hatte, dass die Königin nichts gegen die Schwermut, die sie niederdrückte, tun könne, dass dies eine Krankheit sei, die niemand aufhalten könne und diese letztendlich in einer Todessehnsucht enden würde, von der nur der Tod sie erlösen konnte.

Überhaupt war Meritre ihm in den letzten drei Jahren zu einer wichtigen Stütze geworden, denn mit ihr konnte er reden und sich austauschen, wie er es früher mit Satiah hatte tun können. Gemeinsam hatten sie nach Nefertaris Mörder gesucht, hatten unzählige Verdächtige verhören und überwachen lassen. Doch am Ende hatten sie einsehen müssen, dass der Tod der Prinzessin wohl unaufgeklärt und ungesühnt bleiben würde. Und damit war Thutmosis letzte Hoffnung geschwunden, Satiah in die Welt der Lebenden zurückzuholen.

Seufzend ließ er sich von einer Dienerin Satiahs melden, bevor er das Gemach seiner ersten Gemahlin betrat. Wie sehr vermisste er sie an seiner Seite, hoffte vergeblich auf das Leuchten ihrer Augen bei seinem Erscheinen. Sein Blick verlor sich im trüben Dunkel ihrer Hoffnungslosigkeit.

„Ich wollte nicht aufbrechen, ohne dich noch einmal zu sehen. Wir werden lange fortbleiben. Ein weiter und beschwerlicher Weg liegt vor uns. Lass dich darum noch einmal in die Arme schließen", fügte er hinzu, obwohl ihn dieser letzte Satz Überwindung kostete, denn schon lange hatte er in Satiahs Gegenwart das Gefühl, einer dieser Welt entrückten Frau gegenüberzustehen. Dennoch überwand er sich und schloss die Frau, die er einst über alles geliebt hatte, in seine Arme.

Satiah ließ es geschehen. Doch weder ihr Körper noch ihr Gesicht zeigten eine Regung. Enttäuscht ließ Pharao sie los. Was hatte er erwartet, nachdem er ihre Bitte, den Thronfolger nicht auf den Feldzug mitzunehmen, entschieden abgelehnt hatte?

„Ich werde auf unseren Sohn aufpassen, das verspreche ich dir. Und ich werde ihn heil zu dir zurückbringen", versuchte er ihr eine Regung zu entlocken.

„Der Wille der Götter geschieht", murmelte Satiah unbeteiligt, während sie einen Schritt zurücktrat, um zwischen sich und Pharao Distanz zu schaffen.

Thutmosis nickte stumm. Dann wandte er sich ohne einen weiteren Blick um und verließ die Gemächer der Königin.

Im Hof wartete Nebamun auf Pharao. Gemeinsam bestiegen sie Pharaos Streitwagen, um zu den vor den Toren der Stadt lagernden Truppen zu stoßen.

Von einem Fenster aus einen letzten Blick auf Pharao erhaschend eilte Meritre zurück in die Gemächer der Königin. Sie war vor einiger Zeit auf Pharaos Bitte in den Palast gezogen, um sich besser um die kranke große königliche Gemahlin kümmern zu können.

„Er ist fort", berichtete sie der vor sich hinstarrenden Königin.

„Er wird zurückkehren", prophezeite Satiah finster. „Aber mein Sohn nicht."

Während seiner Abwesenheit hatte Pharao den Wesiren Ober- und Unterägyptens, Ahmose Pennechbet und A-cheper-Re, zusammen mit seiner Mutter Isis die Macht über Ägypten übertragen.

Mit wachsender Sorge hatte die Königinnenmutter das Drama, das sich innerhalb der königlichen Familie abspielte, beobachtet. Der frühe Tod ihrer beiden Enkelkinder Amenemhat und Nefertari hatte auch sie schwer getroffen. Doch nun auch noch den Verfall der großen Königsgemahlin Satiah mitansehen zu müssen, war für die alternde Königin mehr als sie ertragen konnte, wusste sie doch, wie sehr ihr Sohn seine Gemahlin liebte. Dass er ihr für einige Zeit den Rücken gekehrt und sich Nebtu zugewandt hatte, hatte an dieser Liebe nichts geändert. Männer waren eben nun einmal so. Von Zeit zu Zeit brauchten sie eine gewisse Abwechslung, um dann zu dem Altbekannten aus Überzeugung zurückzukehren. All das wäre nichts Besonderes gewesen, wenn er sich mit Nebtu nicht offensichtlich eine Schlange ins Haus geholt hätte, die mit dem ihr zugewiesenen Platz haderte.

Isis konnte nicht sagen warum. Es war nichts als eine dunkle Ahnung, die sie Nebtu aus tiefstem Herzen verabscheuen ließ. Ein Blick in die kalten, berechnenden Augen dieser Frau ließen sie jedoch jedes Mal aufs Neue erschaudern. Von dieser Frau ging nichts Gutes aus. Hinter ihrer freundlichen Fassade taten sich Abgründe auf, davon war Isis überzeugt.

Darum fiel es ihr zusehends schwerer, öffentliche Aufgaben und religiöse Pflichten, die nach Satiahs Ausfall ihr und der zweiten Gemahlin Pharaos zufielen, gemeinsam mit dieser zu erfüllen. Doch es blieb ihr nichts anderes übrig, wollte sie ihren Sohn nach besten Kräften unterstützen und die Lücke, die Satiahs Krankheit hinterließ, füllen.

Während sie sich auf den Weg zur täglichen Ratssitzung machte, musste sie plötzlich lächeln. Der Gedanke, was Königin Hatschepsut wohl sagen würde, wenn sie wüsste, dass ihre einstige Rivalin an dieser teilnahm, amüsierte sie einen Augenblick lang und machte ihr wieder einmal deutlich, wie veränderlich das Leben doch war. Einst von Hatschepsut in jeder möglichen Situation gedemütigt und von allen öffentlichen Veranstaltungen nach dem Tod ihres Gemahles Thutmosis II. ausgeschlossen, war sie heute diejenige, die die Ratssitzungen leitete. Das Schicksal war doch zuweilen recht launisch, der Ratschluss der Götter undurchschaubar.

Wie immer, wenn sie an die Pharaonin Hatschepsut dachte, bemächtigten sich ihrer widerstreitende Gefühle. Hatschepsut hatte sie gehasst, nicht etwa, weil sie mit ihrem Bruder Thutmosis das Bett teilte und seine ganze Liebe besaß, sondern weil sie von ihm etwas bekommen hatte, das er seiner ersten Gemahlin und Schwester Hatschepsut nicht gegeben hatte – einen Sohn. Isis konnte sich gut vorstellen, welche Überwindung es die stolze Frau gekostet haben musste, nach Nofrures Geburt noch einmal Pharao beizuliegen, um einen Sohn zu zeugen, der das Erbe seines Vaters einmal antreten würde. Wieder eine Tochter zu bekommen, während die Rivalin einen Sohn geboren hatte, war für sie vermutlich die größte Demütigung, die man dieser stolzen Frau hatte antun können. Doch der Wille der Götter geschieht, und ihr Ratschluss ist für die Menschen unergründlich. Sie hatte einem gesunden Knaben das Leben geschenkt, während Hatschepsut erneut nur eine Tochter gebar, Meritre, ein gesundes, kleines Wesen, das Zeit ihres Lebens von ihrer Mutter übersehen wurde. Gewiss, Meritre war nicht die Schönheit, die Nofrure gewesen war. Doch über das Aussehen hinaus besaß sie weit mehr Qualitäten als ihre leichtlebige Schwester, die sich in der Liebe ihrer Mutter sonnte, während die andere Tochter im Dunkeln gedieh. Das Leben war einfach ungerecht, denn Hatschepsut hatte nie begriffen, welches Juwel ihr die Götter mit dieser Tochter geschenkt hatten. Sobald man über den ersten Blick hinaussah, die Aura der Prinzessin spürte, ihren scharfen Verstand auf sich wirken ließ und erfasste, welches Wissen sich im Kopf dieser lernbegierigen Frau angesammelt hatte, musste man von ihr einfach tief beeindruckt sein. Doch Hatschepsut hatte all dies nie bemerkt, hatte dem Mädchen im Stillen immer den Vorwurf gemacht, kein Junge geworden zu sein, der Thronerbe, den sie sich gewünscht hatte.

Lange Zeit war auch Isis zu Meritre auf Distanz gegangen, wollte mit ihr ebenso wenig zu tun haben wie ihre Mutter. Doch seit sich Meritre Satiahs angenommen hatte, waren die beiden Frauen einander zwangsläufig nähergekommen, und Isis hatte erkennen müssen, welches Potenzial in der Isispriesterin steckte und wie ungerecht auch sie vom Schicksal bedacht worden war. Trotzdem war in der Prinzessin keine Spur von Verbitterung zu finden. Im Gegenteil. Sie umsorgte andere mit voller Hingabe, ohne sich dabei in den Vordergrund zu schieben. Für eine Prinzessin von ihrem Rang, letzte weibliche Trägerin des königlichen Bluts von Thutmosis I., war diese Bescheidenheit mehr als außergewöhnlich. Darum hatte Isis sie lange Zeit misstrauisch beäugt, war schließlich jedoch zu dem Schluss gekommen, dass nichts Hinterhältiges, Missgünstiges an der Prinzessin war. Und in den letzten Wochen vor dem Aufbruch ihres Sohns nach Syrien, um sich dort dem Heer der Mitanni zu stellen und dessen König in seine Schranken zu weisen, glaubte sie auch das streng gehütete Geheimnis der Prinzessin erkannt zu haben. Ohne irgendeine Hoffnung zu hegen, gehörte ihr Herz ihrem Halbbruder Thutmosis. Das Leuchten in ihren Augen, wann immer Thutmosis das Wort an sie richtete, hatte sie verraten. Und dennoch tat sie selbstlos alles, um Satiah zu helfen. Sie war eine wirklich bemerkenswerte Frau.

Vor der Tür zum Ratssaal angekommen, streifte sie ihre Gedanken beiseite, um sich ganz auf das zu konzentrieren, was am heutigen Vormittag besprochen werden sollte. Während die wachhabenden Soldaten beiseitetraten und der Herold die Ankunft der Königinmutter den versammelten Ministern verkündete, hatte Isis sich die Themen des Tages und die anstehenden Probleme ins Gedächtnis gerufen. Zielstrebig schritt sie auf den Thronsessel zu, nahm darauf Platz, während die beiden Wesire des Reichs sich links und rechts neben ihr niederließen und man zur Tagesordnung überging.

Nebtu genoss die Aufmerksamkeit, die ihr entgegengebracht wurde, seit Satiah sich mehr und mehr aus der Öffentlichkeit zurückgezogen hatte. Heute führte sie eine große Prozession an, die in den Tempel von Karnak führte, um dort dem Gott Amun ein Opfer darzubringen und ihn um die siegreiche Rückkehr Pharaos zu bitten.

Die jubelnden Menschen, die den Straßenrand säumten, vermittelten ihr ein Gefühl von Macht und Größe. Sie fragte sich, wie es wohl wäre, immer diese Aufmerksamkeit und Anbetung zu genießen. Doch sogleich verwarf sie diesen Gedanken wieder. Selbst wenn Satiah starb, und vermutlich würde sie dies bald, würde Pharao sie nie zur großen Königsgemahlin erheben, denn seine einstige Liebe und Zuneigung zu ihr war nicht nur für immer erloschen, nein, er misstraute ihr seit dem Tod Nefertaris auch. Allein Baket, ihre gemeinsame und inzwischen einzige Tochter Pharaos, war das Bindeglied zwischen ihnen, das selbst Pharao nicht zerreißen konnte. Für einen kurzen Augenblick überschattete Zorn ihr Gesicht. Sie hatte diesem Mann ihre Freiheit geopfert. Zum

Dank dafür hatte er sie vergessen. Selbst Manawa, Manhat und der kürzlich verstorbenen Mahnta hatte er stets mehr Aufmerksamkeit geschenkt als ihr. Ein bitteres Lächeln umspielte ihren Mund. Nichts ging über den Hass einer verschmähten Frau. Doch sie hatte sich gerächt, bitter gerächt, auch wenn ihr Racheplan noch nicht vollendet war, denn Sa-Amun lebte noch. Aber auch sein Tod war längst beschlossene Sache.

Es war schwierig gewesen, Zidanta davon zu überzeugen, ihr diesen letzten Wunsch zu erfüllen. Lange hatte er ihren Beteuerungen, ihn dann für immer in Ruhe zu lassen, nicht geglaubt. Doch letztendlich hatte sie ihn doch durch ihre Drohungen, Pharao von seiner Schuld zu berichten, überzeugen können, seinem Vater eine geheime Botschaft nach Kadesch zu senden, die diesen bat, auf Pharaos Kriegszug einen Attentäter in das ägyptische Heer zu schleusen, der den letzten Sohn Satiahs tötete. Nichts war leichter und unverdächtiger auf einem Feldzug als ein Streitwagen, der plötzlich brach, oder ein verirrter Pfeil, der den Prinzen traf. Nebtu war sicher, dass auch dieser letzte Mord gelingen würde. Daran würde Satiah endgültig zerbrechen und Thutmosis die Frau, die er liebte, für immer verlieren. Alles andere würde sich dann zeigen. Mit Sicherheit würde ihre Tochter Baket schlagartig in den Mittelpunkt rücken, denn sie wäre von da an das einzige legitime Kind Pharaos.

Die Prozession kam im Innenhof des Tempels zum Stehen, wo der Hohepriester des Amun, Mencheperreseneb, die Gemahlin Pharaos empfing, um sie in das Innere des Tempels zu geleiten und mit ihr die Opferriten zu vollziehen.

Tanita konnte keinen Schlaf finden. So viele unterschiedliche Gedanken stürmten auf sie ein, ließen sie nicht zur Ruhe kommen. Sie fühlte sich schuldig, ahnte sie doch inzwischen, dass Nebtu sie benutzte, um ihren Herrn Zidanta zu erpressen. Worum es bei der Erpressung genau ging, ahnte sie nicht, doch sie spürte, dass Zidanta sich immer mehr durch Nebtu in die Enge getrieben fühlte und immer häufiger unter Alpträumen litt, sich unruhig nachts im Bett hin- und herwarf, um irgendwann in der Nacht schweißnass zu erwachen und nicht mehr einschlafen zu können. Dann stand er gewöhnlich stundenlang am Fenster und blickte gedankenverloren in den Garten hinaus, ohne wirklich etwas in der Dunkelheit zu erkennen. Er war ein Getriebener, der wusste, was gut und richtig war, aber nicht danach handeln konnte. Das hatte Tanita seit längerem erkannt, denn ihr ging es ähnlich. Was zu Beginn ihrer Liebschaft von ihrer Seite nur aus Pflichterfüllung getan worden war, hatte mit der Zeit Gefühle in ihr wachsen lassen, die sie nicht für möglich gehalten hätte. Und nun erwartete sie auch noch ein Kind von Zidanta, was die Situation für sie noch schwieriger machte. Wie sollte sie damit umgehen, dass sie den Vater ihres Kindes derart hinterging? Sie wusste es nicht, wusste nicht, wem sie sich mehr verpflichtet fühlte, ihrem kleinen Bruder, der in der Hand dieser grausamen Frau war oder dem Kind, das unter ihrem Herzen heranwuchs und damit dem Mann, der der Vater war.

Lautlos erhob sie sich aus dem Bett, um Zidanta, der unruhig neben ihr schlief, nicht zu wecken. Den Tränen nah blickte sie in das Dunkel hinaus, wo nur der Lockruf eines Vogels und das Plätschern eines Brunnens zu hören waren. Die Auswegslosigkeit ihrer Situation machte ihr zu schaffen. Es erschien ihr unmöglich, Zidanta die Wahrheit zu sagen, ihm anzuvertrauen, dass sie von Königin Nebtu zur Spionage gezwungen wurde, dass das Leben ihres kleinen Bruders von ihrem Wohlverhalten abhing. Nie würde er ihr diesen Verrat verzeihen können. Was sollte dann aus dem Kind werden, das sie erwartete. Es wurde Zeit, dass sie dem Prinzen von ihrem Zustand erzählte, denn lange würde sie ihn nicht mehr geheim halten können. Ein Seufzer entrang sich ihrer Kehle. Wenn sie doch nur wüsste, was Nebtu ihm antat, wozu sie ihn zwang, sich ihrem Willen zu beugen. Tanita ahnte, dass es sich um etwas Schlimmes handeln musste, etwas, das dem Ehrgefühl Zidantas widersprach. Sonst würde ihn all das gewiss nicht so mitnehmen, wie es dies offensichtlich tat. Doch hinter das Geheimnis der beiden zu kommen, bedeutete vermutlich den Tod. Vielleicht wäre das jedoch die Lösung ihres Problems, nicht mehr sie würde sich zwischen richtig und falsch entscheiden müssen, sondern andere würden ihr diese Entscheidung abnehmen. Alles wäre vielleicht ganz einfach, wäre da nicht dieses Kind, das sie bereits jetzt über alles liebte.

„Kannst du auch nicht schlafen?"

Zärtlich legte sich von hinten Zidantas Arm um sie und zog sie an sich. „Es sind verrückte Zeiten, in denen wir leben", meinte er dann nachdenklich. „Die Götter spielen mit uns und machen sich über uns lustig, lassen uns wie Puppen nach ihren Vorgaben tanzen, gefangen in ihren gewobenen Schicksalsfäden."

Tanita nickte nachdenklich. „Ich glaube, Ihr habt recht, Herr. Wer glaubt, Herr seines Schicksals zu sein, ist ein Narr."

„Das hast du also auch schon erkannt, meine Schöne."

Lächelnd drehte er ihr Gesicht zu sich herum. „Du weinst? Was ist los? Du kannst mir alles sagen. Mich kann vermutlich nichts mehr erschüttern."

„Was gibt es da groß zu sagen, Herr. Ich bin mir sicher, dass ich ein Kind erwarte."

Das Lächeln auf Zidantas Gesicht wurde breiter. „Aber das ist doch kein Grund zu weinen. Ich freue mich auf dieses Kind und werde es anerkennen. Wenn ich eines Tages in die Heimat zurückkehren darf, wenn mein Vater, die Götter mögen ihm ein langes Leben gewähren, gestorben ist, dann werde ich dich und das Kind mitnehmen. Das verspreche ich dir."

Tanita nickte gedankenverloren, sagte aber nichts, denn sie ahnte, dass diese Zeit, sollte sie überhaupt jemals kommen, noch lange auf sich warten lassen würde.

Zidanta hingegen schwor sich, sich nicht noch länger von Nebtu benutzen zu lassen. Allein die Bitte an seinen Vater richten zu müssen, einen Attentäter zu suchen, der den Kronprinzen Sa-Amun während des Feldzugs ermordete, war mehr gewesen, als er für sein Leben und seine Sicherheit zu tun eigentlich bereit gewesen war. Dennoch hatte er es getan, wohl wissend, würde dieser Komplott jemals aufgedeckt werden, würde nicht nur er Pharaos Zorn auf sich ziehen, sondern Pharao würde auch ganz Kadesch dem Erdboden gleich machen und dessen Bevölkerung auslöschen. Das war ein viel zu hoher Preis. Darum musste es ihm gelingen, Nebtu unschädlich zu machen, bevor diese dergleichen mit ihm tat. Denn eines war sicher. Sobald die Gemahlin Pharaos ihn nicht mehr brauchte, würde sie versuchen, sich seiner zu entledigen, um einen unliebsamen Zeugen für immer zum Schweigen zu bringen. Es kam also darauf an, wer von ihnen beiden schneller sein würde. Doch noch hatte er nicht die geringste Ahnung, wie es ihm das gelingen könnte, Nebtu zu beseitigen.

Bei Aleppo prallten die Heere der Ägypter und Mitanni aufeinander.

Am Vorabend der Schlacht trafen die ägyptischen Heerführer im Kommandozelt zusammen, um die Lage zu besprechen und eine Strategie auszuarbeiten.

Pharao Thutmosis betrachtete eine Weile die von seinen Generälen gezeichnete Karte der Umgebung, bevor er kurzentschlossen nickte.

„Wir greifen sie morgen früh bei Sonnenaufgang von drei Seiten an. Unsere Fußtruppen werden wir aufteilen und vom linken und rechten Flügel angreifen lassen. In der ersten Reihe postieren wir unsere Bogenschützen, die mit ihren Pfeilen unter den feindlichen Truppen aufräumen werden, bevor unsere Fußtruppen mit Speeren, Keulen und Schwertern sich dem Feind zum Nahkampf stellen. General Amenemheb wird den linken Flügel befehligen, General Neferchau erhält den Oberbefehl über den rechten Flügel."

Für einen kurzen Moment streifte Pharaos Blick den des Kronprinzen Sa- Amun, der sich in den letzten Monaten alle Mühe gegeben hatte, den Anforderungen eines ägyptischen Heerführers zu entsprechen und nun auf ein Kommando gehofft hatte. Deutlich zeichnete sich nun die Enttäuschung über die Entscheidung seines Vaters auf seinem Gesicht ab. Thutmosis wusste, wie sehr er seinen Sohn mit seiner Entscheidung enttäuschte. Doch er hatte Satiah versprochen, Sa-Amun unversehrt nach Theben zurückzubringen und wusste, dass jede Schlacht ihre Tücken hatte. Ein feindlicher Durchbruch durch die ägyptischen Fußtruppen könnte auch einen Heerführer auf seinem Streitwagen in Schwierigkeiten bringen.

„Ich selbst werden die Mitte anführen, die wir mit unseren Streitwagen angreifen werden. Wir preschen durch ihre Mitte, machen alles nieder, was sich uns in den Weg stellt, machen nach unserem Durchbruch kehrt, teilen uns in zwei Gruppen auf und greifen ihren linken und rechten Flügel von hinten an, bis wir sie eingekreist haben. Bedenkt dabei, dass sie uns herausgefordert und angegriffen haben. Gnade ist daher überflüssig. Wer sich ergibt, wird versklavt. Wer flieht, wird bis an den Rand der Ebene verfolgt, darüber hinaus nicht, um nicht in einen Hinterhalt zu geraten. Kronprinz Sa- Amun wird mit unseren Ersatztruppen im Lager zurückbleiben und von hier aus den nötigen Nachschub koordinieren, und, falls uns die Götter nicht gnädig gestimmt sind, das Lager verteidigen. Noch Fragen?" Niemand antwortete Pharao, der in die Runde blickte und schließlich zufrieden nickte. „Gut, dann sehen wir uns morgen früh auf dem Schlachtfeld."

Die Generäle Pharaos nickten und verließen nacheinander das Kommandozelt. Nur Kronprinz Sa-Amun blieb zurück.

„Warum tust du das, Vater? Warum demütigst du mich derart vor den anderen?", fragte er Thutmosis, nachdem sie unter sich waren.

„Es ist gewiss nicht meine Absicht, dich zu demütigen, mein Sohn. Aber du bist der Kronprinz und mein einziger noch lebender Sohn. Dein Leben ist zu kostbar, um es leichtfertig in einer Schlacht aufs Spiel zu setzen. Das musst du verstehen."

„Nein, Vater, das verstehe ich nicht. Du weißt, ich habe es nie angestrebt, Kronprinz zu werden. Im Tempel, bei den Gelehrten, habe ich mich wohl gefühlt. Das Schicksal hat anders entschieden und mich zu etwas gedrängt, was ich nie sein wollte. Ich habe es schweren Herzens akzeptiert und mich im Kampf ausbilden lassen. Aber nicht, um mich nun im Kommandozelt zu verkriechen. Ich will beweisen, dass ich würdig bin, Kronprinz von Ägypten zu sein. Doch wie soll ich das, wenn du mich vom Geschehen fernhältst?"

„Ich verstehe dich. Und trotzdem bleibt es bei meiner Entscheidung. Außer dir gibt es niemanden, der mir auf den Thron folgen könnte. Ägypten würde im Chaos versinken, wenn uns beiden etwas zustieße. Außerdem habe ich deiner Mutter versprochen, dich heil nach Hause zurückzubringen. Du bist ihr von ihren Kindern als Einziger geblieben. Wenn dir etwas zustoßen würde, das würde sie nicht überleben."

„Aber…"

„Kein aber, mein Sohn. Meine Entscheidung steht fest. Du wirst im Lager bleiben. Hast du mich verstanden?"

„Ja, Vater", erwiderte Sa-Amun mit Bitterkeit in der Stimme. Auf diese Weise würde er nie beweisen können, was in ihm steckte. Doch Befehl war Befehl. Pharao durfte er sich nicht widersetzen. Daher verließ er das Kommandozelt ohne ein weiteres Wort.

Vor dem Zelt traf er auf Nebamun, der bereits seit längerem von der Entscheidung Pharaos wusste und dem Prinzen die Enttäuschung im Gesicht ablesen konnte.

„Kopf hoch, Eure Hoheit", versuchte er den Prinzen aufzuheitern. „Der Feind ist hartnäckig. Es wird noch genügend Schlachten geben, in denen Ihr Euch beweisen könnt."

„Glaubst du das wirklich?", fragte er Nebamun. „Mein Vater glaubt offensichtlich, mich beschützen zu können. Doch da irrt er sich. Der Wille der Götter geschieht. Daher kann niemand vor seinem Schicksal davonlaufen."

Eiligen Schritts passierte Sa-Amun Nebamun, um in seinem Zelt ungestört seinen Ärger zu ertränken.

Während am kommenden Morgen die beiden Heere aufeinanderprallten, versuchte Sa-Amun im Kommandozelt den Überblick zu behalten. Ständig ließen sich Kuriere bei ihm melden, die ihm die Truppenbewegungen und den Stand der Schlacht mitteilten oder Verstärkung für gewisse Frontstellungen anforderten. Am frühen Nachmittag hatten die ägyptischen Truppen sich durchgesetzt. Die feindlichen Linien lösten sich langsam auf und ergriffen die Flucht. Der Sieg Pharaos lag in greifbarer Nähe.

Zufrieden löste Sa-Amun sich von den vor ihm liegenden Karten im Kommandozelt, um für einen kurzen Augenblick Luft zu schnappen und sich davon zu überzeugen, dass die feindlichen Truppen tatsächlich die Flucht ergriffen. Vorbei an den beiden wachhabenden Soldaten vor seinem Zelt stellte er sich auf einen der Nachschubstreitwagen, um sich einen besseren Überblick über die Lage zu verschaffen. Während er konzentriert in Richtung der Front blickte, sackte er plötzlich in sich zusammen, getroffen von einem in mitannischer Machart angefertigten Speer, der seine Brust durchbohrt hatte. Bis die wachhabenden Soldaten begriffen, was geschehen war, konnte niemand mehr sagen, woher der Speer gekommen war, oder wer ihn geworfen hatte. Nur dass der Prinz tödlich getroffen worden war, dass jede Hilfe zu spät kam, konnten sie feststellen.

Sofort wurde ein Kurier mit der schrecklichen Nachricht zu Pharao gesandt, der seinem Fahrer Nebamun den Befehl erteilte, ihn sofort zum Lager zurückzubringen, um sich davon zu überzeugen, was er nicht glauben wollte. Erst als er den Kronprinzen tot aufgebahrt auf seiner Liege in seinem Zelt vorfand, begriff er die grausame Wahrheit. Sa-Amun war tot. Der letzte legitime Erbe seiner Dynastie lebte nicht mehr.

Mit versteinertem Gesicht ließ er sich berichten, was geschehen war. Nachdem er die Verfolgung des fliehenden Feindes abgebrochen hatte, ließ er das gesamte Lager auf den Kopf stellen, um einen Hinweis auf den Attentäter zu finden, der den Kronprinzen ermordet hatte und aus dem Lager stammen musste. Doch die Suche blieb ergebnislos. Auch wenn Pharao überzeugt war, dass es kein Zufall war, dass der Speer Sa-Amun getroffen hatte, dass der Kronprinz gezielt ermordet worden war, endeten die Untersuchungen in einer Sackgasse.

Am Abend allein mit Nebamun in seinem Zelt, während die Leiche seines Sohns von Priestern in Salz eingelegt wurde, um sie so nach Hause transportieren zu können, wich seine Betroffenheit allmählich einem gewaltigen Zorn.

„Mein Haus scheint verflucht zu sein", sinnierte er vor sich hin. „Drei gesunde Kinder habe ich gehabt. Nun lebt keins mehr von ihnen. Wie können die Götter das zulassen? Was habe ich ihnen getan, dass sie mich so strafen? Ich weiß es nicht, Nebamun. Satiah hat mich gewarnt. Sie wollte nicht, dass ich Sa-Amun mit auf den Feldzug nehme. Ich habe ihr versprochen, den Jungen wieder gesund nach Hause zu bringen. Und nun. Nun bringe ich ihr einen kalten Leichnam zurück. Ich habe versagt, völlig versagt."

Mit einem Wink zitierte er den Mundschenk herbei und befahl ihm, Wein und zwei Becher zu bringen. Diese Nacht würde er nur in volltrunkenem Zustand überstehen.

Nebamun setzte sich neben Pharao. Er wartete einen Augenblick, bis er ihm die Frage stellte, die seine Offiziere draußen im Augenblick am meisten beschäftigte.

„Es tut mir aufrichtig leid, Eure Majestät. Wir alle trauern um den Kronprinzen. Noch gestern sagte er zu mir, dass unser aller Schicksal in den Händen der Götter liege, gleichgültig wo wir uns befinden."

„Ja, er war zornig auf mich, weil ich ihn von der Schlacht fernhalten wollte. Hätte ich ihn mitgenommen, vielleicht würde er dann noch leben?"

„Wenn das stimmt, was er sagte, wohl kaum. Er glaubte an den Willen der Götter und darum wohl auch daran, dass sie sein Ende vorausbestimmt haben."

„Sein Tod war menschengemacht, Nebamun. Jemand, der mich hasst, wollte mich treffen, nicht ihn. Ich bin schuld. Ich hätte besser auf ihn aufpassen müssen."

Der Mundschenk kehrte mit dem Gewünschten zurück, reichte Pharao und Nebamun einen Becher und füllte ihn bis zum Rand. Pharao leerte seinen Becher in einem Zug und ließ ihn sofort wieder füllen, während Nebamun an seinem nur nippte.

„Unsere Heerführer müssen wissen, wie es weitergehen soll, Majestät. Setzen wir den Feinden nach? Wir könnten sie leicht bis über ihre Grenze in ihr Land verfolgen."

„Nein", entgegnete Thutmosis hart. „Ich kann den Leichnam meines Sohns unmöglich allein nach Hause zu Satiah senden. Für dieses Mal lassen wir sie ziehen. Jetzt gibt es Wichtigeres. Ich muss nach Hause, meinen Sohn beisetzen, Satiah beistehen und herausfinden, wer hinter all diesen Morden steckt. Inzwischen bin ich mir nicht einmal mehr sicher, ob Amenemhat wirklich einem Unfall zum Opfer fiel, oder ob auch er das Opfer eines Anschlags wurde. Glaube mir, ich werde nicht ruhen, bis ich weiß, wer das zu verantworten hat. Hat man den Speerwerfer inzwischen ausfindig gemacht?"

„Nein, Eure Majestät. Alle waren auf die Schlacht konzentriert. Niemand hat etwas bemerkt, kann einen Hinweis geben."

Zornig trank Pharao seinen Becher erneut in einem Zug leer. Dann gab er Anweisung: „Lass den Befehl zum Aufbruch in die Heimat geben. Alle Gefangenen, die wir heute gemacht haben, sollen noch diese Nacht mit den Keulen hingerichtet werden. Auf dem Weg nach Ägypten will ich keinen dieser Verräter und Meuchelmörder zu Gesicht bekommen."

„Aber…", versuchte Nebamun diesen grausamen Befehl abzumildern.

Doch Pharao duldete keinen Widerspruch. „Kein aber. Ich will es so. Die Geier sollen ihre Kadaver fressen. Vielleicht überlegt es sich dieser mitannische Hund auf seinem Thron dann das nächste Mal, ob er es wagt, Ägypten herauszufordern."

Nebamun nickte, wusste er doch, dass er in der düsteren Stimmung, in der Pharao sich befand, nichts an dem Schicksal der Gefangenen würde ändern können.

„Wenn du alles in Auftrag gegeben hast, komm zurück und lass uns trinken", rief Pharao Nebamun hinterher, der aufgestanden war, um Pharaos Befehle weiterzuleiten. „Ich ertrage es heute Nacht nicht, allein zu sein."

Schreiend schreckte Satiah aus dem Schlaf. Draußen war es noch dunkel. Nur ein paar Sterne leuchteten in ihr Schlafgemach und ließen sie langsam erkennen, dass sie sich in ihrem Bett befand. Dennoch verfolgte sie das Bild weiter, das sie aus dem Schlaf gerissen hatte, wollte nicht vor ihrem inneren Auge weichen – Sa-Amun, bleich auf einer Bahre liegend, mit einem großen, roten Loch in seiner Brust. Satiah wusste, dass dies mehr als ein Traum gewesen war, den ihr die Götter geschickt hatten. Es war eine Botschaft. Sa-Amun lebte nicht mehr. Er befand sich auf dem Weg in eine andere Welt, begleitet von Anubis, der seine Hand hielt.

Satiahs Dienerinnen, die bei dem ersten Schrei ihrer Herrin aufgeschreckt in ihr Schlafgemach geeilt waren, standen ratlos um ihre Gebieterin herum, die mit schreckgeweiteten Augen in eine ungewisse Ferne starrte und dort etwas zu sehen schien, das allen anderen verborgen blieb.

Nach vielen vergeblichen Versuchen die Königin anzusprechen, sie aus ihrer Erstarrung zu reißen, riefen sie nach dem Leibarzt der Königin. Doch auch dem gelang es nicht, die große königliche Gemahlin aus ihrem Alptraum zu befreien. Schließlich wussten die Dienerinnen sich keinen anderen Rat, als nach der Isispriesterin zu schicken, die seit Satiahs Erkrankung Gemächer im königlichen Palast bezogen hatte und nur noch zu Feierlichkeiten der Göttin Isis und ihres

Gemahls Osiris in den Tempel ging, um die beiden und ihren Sohn Horus zu ehren.

Als Meritre das Schlafgemach der Königin betrat, war zwischenzeitlich fast der gesamte Harem Pharaos auf den Beinen, entweder um herauszufinden, was mitten in der Nacht für einen solchen Aufruhr gesorgt haben könnte oder in dem Versuch, Satiah hilfreich zur Seite zu stehen. Meritres Blick durchmaß den Raum und blieb schließlich an der zu Stein erstarrten Königin hängen.

„Geht hinaus. Lasst mich mit der Königin allein", befahl sie unverzüglich, um Satiah vor weiteren neugierigen Blicken zu schützen. „Nur du, Baki, als ihre engste Vertraute unter ihren Dienerinnen kannst bleiben."

Nachdem alle außer Baki gegangen waren, setzte Meritre sich zu Satiah auf das Bett, nahm sie schützend in den Arm und wiegte die Königin hin und her wie ein kleines Kind, das schlecht geträumt hatte.

Allmählich löste sich die Erstarrung der Königin und Tränen rannen ihr über die Wangen.

„Er ist tot. Sa- Amun ist tot", stieß sie schließlich schluchzend hervor. „Was habe ich den Göttern nur getan, dass sie mich derart hart bestrafen? Alle meine Kinder sind tot. Auf meiner Ehe mit Pharao liegt ein Fluch. Mit meiner Liebe zu Thutmosis habe ich die Götter offensichtlich erzürnt. Anders kann es nicht sein. Niemals hätte ich große königliche Gemahlin werden dürfen. Dieser Platz hat mir niemals zugestanden. Zur Strafe für diese Anmaßung mussten alle meine Kinder sterben."

„Das ist doch Unsinn", erwiderte Meritre sanft. „So grausam sind allein die Menschen, nicht aber die Götter. Glaube mir, Schwester, du warst für Thutmosis bestimmt. Die Göttin Hathor selbst wacht über euch und eure Liebe."

Unwillig schüttelte Satiah den Kopf. „Wenn das so wäre, hätte sie es nicht zugelassen, dass alle meine Kinder sterben. Ich habe deiner Schwester Nofrure, der Erbprinzessin, den Mann gestohlen. Nun werde ich dafür bestraft."

„Das glaube ich nicht", erwiderte Meritre mit Nachdruck. „Woher willst du überhaupt wissen, dass Sa-Amun tot ist. Er lebt gewiss und wird gesund und munter zu dir zurückkehren."

„Nein", antwortete Satiah fest. „Ich weiß es einfach. Er ist tot. Ich habe ihn in meinem Traum gesehen, tot auf einer Bahre liegend, ein tiefes Loch in seiner Brust. Und ich bin schuld, denn ich habe mich gegen Amuns Willen zur großen königlichen Gemahlin krönen lassen."

Ein Schauer durchfuhr Meritre. Im selben Augenblick war sie sich sicher, dass die Königin recht behalten würde, dass Sa-Amun auf dem Weg in das Reich des Osiris war. Woher die Königin diese Gewissheit nahm, konnte sie nicht sagen, aber sie glaubte ihr.

„Geh und hole der Königin einen Beruhigungstrunk", befahl sie Baki, während sie die Königin weiterhin sanft hin- und herwiegte.

„Alles wird sich aufklären und als haltlose Befürchtung herausstellen, Schwester", versuchte sie die Königin zu beruhigen, auch wenn sie ahnte, dass dies nicht der Wahrheit entsprach.

„Nein", schluchzte die Königin. „Ich weiß es besser. Es wird Zeit, dass ich den Platz an Pharaos Seite räume und zu meinen Kindern in die Anderswelt gehe. Sie warten dort auf mich, rufen mich."

Energisch schüttelte Meritre den Kopf. „Nein, Pharao braucht dich, Schwester. Seine Liebe gehört dir. Daran darfst du nicht zweifeln."

„Das tue ich auch nicht", antwortete Satiah leise. „Aber alles hat seine Zeit. Es wird Zeit, dass ich meinen Platz räume für die wirkliche Königin Ägyptens."

„Wer sollte das sein?", fragte Meritre mild. „Du bist die Königin Ägyptens, sonst niemand. Dich liebt er. Darum braucht er dich an seiner Seite, einen Menschen, dem er vertrauen kann."

Mit Tränen in den Augen starrte Satiah vor sich hin, während Meritre ihr langsam den Beruhigungstrank einflößte, der schnell seine Wirkung zeigte. Die Königin fiel in einen tiefen, traumlosen Schlaf.

Als Meritre sich erhob, um das Schlafgemach der Königin zu verlassen, blickte sie in das besorgte Gesicht der Königinnenmutter Isis, die von einer Dienerin ebenfalls geweckt worden war und in die Gemächer ihrer Schwiegertochter geeilt war.

„Wie geht es ihr?", fragte sie die Priesterin der Isis auf dem Weg nach draußen.

Meritre schluckte einen Augenblick schwer, bevor sie erwiderte. „Ich glaube, sie wird sterben. Ich habe schon oft Menschen gesehen, die der Lebensmut verlassen hat. Sie beschließen zu gehen, legen sich hin und sterben. So ist es auch mit der Königin. Sollte sich herausstellen, dass Sa-Amun wirklich tot ist, glaube ich kaum, dass irgendjemand sie überreden kann, ins Leben zurückzukehren, selbst Pharao nicht. So traurig dies auch sein mag, für sie wird es dann der einzige Ausweg aus ihrem Schmerz sein."

„Aber niemand weiß, ob Sa-Amun wirklich tot ist", wandte Isis ein.

„Nein, im Augenblick weiß das niemand. Aber ich befürchte, dass die Königin recht behalten wird. Auch das habe ich schon oft erlebt. Mütter verbindet mit ihren Kindern eine besondere Kraft, die sie spüren lässt, wenn etwas nicht stimmt. Darum glaube ich Satiah."

Seufzend blickte Isis einen Augenblick den Gang zurück, während die beiden Frauen gemeinsam durch die Flure des Harems gingen.

„Sie zu verlieren, würde Pharao tief treffen. Ich weiß nicht, wie er das überwinden soll. Sie war und ist seine große Liebe", sagte Isis nachdenklich.

„Ich weiß", erwiderte Meritre traurig, während auch ihr Blick den Gang entlangwanderte. Die meisten der Haremsbewohner hatten sich inzwischen wieder schlafen gelegt. In den Gängen brannten nur noch wenige Fackeln, die diese in ein gespenstisches Halbdunkel hüllten. Trotzdem fesselte plötzlich die Gestalt einer jungen Frau Meritres Blick, die eilig den Gang entlangschlich und aus Nebtus Gemächern zu kommen schien. Für einen Moment stutzte die Isispriesterin, versuchte sich zu erinnern, wo sie die junge Frau schon einmal gesehen hatte. Doch es wollte ihr nicht einfallen. Daher wandte sie sich erneut der Königinnenmutter zu. Ernst meinte sie: „Ich glaube, bei all dem, was geschehen ist, haben nicht die Götter ihre Hände im Spiel, sondern die Menschen. Wenn ich mir auf all das nur einen Reim machen könnte. Wem nützen all diese Tode?"

Isis blieb wie angewurzelt stehen. „Du glaubst, dass jemand alle Kinder Pharaos auf dem Gewissen hat, dass wir einen Mehrfachmörder unter uns haben?", fragte sie entsetzt.

Meritre schaute die alte Frau fest an. „Ja, das glaube ich. Ich weiß nur noch nicht, wer der Nutznießer all dieser Tode ist. An einen Zufall glaube ich jedoch inzwischen nicht mehr. Ich wünsche dir eine gute Nacht."

„Das wünsche ich dir auch", antwortete die Königinmutter, sich der Ungeheuerlichkeit der Annahme der Priesterin bewusst werdend. „Ich werde die Wachen vor den Gemächern der Königin in jedem Fall verstärken lassen und mehrfach alles vorkosten lassen, was die Königin zu sich nimmt. Mit allem anderen müssen wir auf die Rückkehr Pharaos warten. Ich bete jedenfalls zu den Göttern, dass er den Kronprinzen Sa-Amun lebend nach Hause bringt. Noch einen Enkel zu verlieren ist mehr, als mein altes Herz verkraften kann."

Während die beiden Frauen sich trennten, um jede in ihr Schlafgemach zurückzukehren, wollte Meritre die junge Frau, die durch die Gänge geschlichen war, nicht aus dem Kopf gehen. Wo hatte sie diese Frau nur schon gesehen, und was wollte sie mitten in der Nacht in Nebtus Gemächern? Etwas tief in ihrem Innern sagte ihr, dass sie hier einem Geheimnis auf der Spur war.

1446 vor unserer Zeitrechnung

Im ersten Monat des Schemu, rechtzeitig zur Ernte, kehrte das siegreiche Heer Pharaos nach Ägypten zurück. Trotz des militärischen Erfolgs war die Stimmung unter den Truppen getrübt. Der Tod des letzten Sohns Pharaos überschattete alles.

In Memphis, der alten Reichshauptstadt Ägyptens, angekommen, zog sich die Division des Ptah in ihre Kasernen zurück, während die Division des Amun sich weiter nilaufwärts nach Theben auf den Weg machte. Der Leichnam des Kronprinzen wurde auf eine Nilbarke gebracht, die ihn flussaufwärts nach Hause bringen sollte, wo er den Sempriestern zur Mumifizierung übergeben werden würde.

Thutmosis, der sich im alten Königspalast von Memphis ein paar Tage Ruhe gönnen wollte, um darüber nachzudenken, wie er Satiah sein Versagen gestehen sollte, wurde hier von einem Boten seiner Mutter aufgesucht. Isis forderte ihn darin auf, sofort nach Theben zurückzukehren, da die große Königsgemahlin zwei Tage zuvor für immer die Augen geschlossen hatte und ihr Ka sich auf dem Weg ins Totenreich befand. So wie Meritre es vorausgesehen hatte, hatte ihr Herz, verlassen von allem Lebensmut, von einem Tag auf den nächsten einfach aufgehört zu schlagen.

Beim Erhalt dieser Botschaft brach Pharao fassungslos in sich zusammen. Er wollte es erst nicht glauben. Hatte sich denn alles gegen ihn verschworen? Womit hatte er die Götter derart erzürnt, dass sie ihm alles raubten, was ihm lieb und teuer war, erst seine Kinder und nun auch noch seine Gemahlin? Alle Diener und Dienerinnen aus seinem Gemach werfend, saß er wie versteinert da, um seinen Schmerz in den Griff zu bekommen. Wer immer versuchte, sich ihm zu nähern, gleichgültig ob Diener, Berater oder General, wurde mit harschen Worten und der Drohung harter Strafen hinausgeworfen. Schließlich wussten die Bediensteten keinen anderen Rat, als Nebamun zu rufen, den einzigen Mann, dem sie zutrauten, sich Pharao gefahrlos nähern zu können.

Dieser hörte sich an, was vorgefallen war und dass Pharao sie alle ohne Erklärung aus seiner Umgebung verbannt hatte. Niemand wusste, was ihn derart aus der Bahn geworfen hatte, dass er niemanden in seiner Umgebung duldete.

Nebamun hörte zu, und ihm wurde schnell klar, dass etwas wirklich Schreckliches geschehen sein musste, das den Herrscher Ägyptens tief getroffen hatte. Beherzt ließ er sich von einem Diener eine Amphore mit Wein und zwei Becher bringen, scheuchte die beiden Türwächter, die Anweisung hatten, niemanden durchzulassen, beiseite und betrat das Gemach, in dem Pharao noch immer wie erstarrt vor sich hinblickte.

„Was ist geschehen, mein Gebieter? Warum verschanzt Ihr Euch hier und weist alle ab? Wie kann ich Euch helfen?"

Wütend blickte Thutmosis auf. Niemand durfte es wagen, seinen Befehl, alleingelassen zu werden, zu missachten. Einen Augenblick lang war er daher versucht, auch seinen alten Freund Nebamun hinauszuwerfen. Doch dann glätteten sich seine Gesichtszüge. Wenn ihn in diesem Augenblick jemand verstehen konnte, erahnen konnte, wie er sich fühlte und welche Selbstzweifel plötzlich an ihm nagten, dann Nebamun.

„Sie ist tot. Satiah ist tot. Und ich bin schuld. Ich habe ihr versprochen, auf Sa-Amun aufzupassen. Ich habe versagt. Aus Furcht vor ihrem Schmerz habe ich ihr nicht einmal einen

Boten gesandt, um ihr Sa-Amuns Tod mitzuteilen. Sie muss es gefühlt haben. Wie sonst…" Pharao versagte die Stimme.

Lange schwieg Nebamun, wagte es nicht, zu antworten. Als er schließlich doch zu einer Erwiderung ansetzen wollte, hob Pharao gebieterisch die Hand.

„Ich bin von den Göttern verflucht. Sie strafen mich, weil ich den Thron Ägyptens bestiegen habe. Vielleicht hatte Hatschepsut recht. Vielleicht…"

„Nein", stieß Nebamun heftig hervor. „Solche Gedanken dürft Ihr nicht einen Augenblick lang hegen, Majestät. Ihr seid der Pharao, der Ägypten zu einer bisher nicht gekannten Größe geführt hat. Syrien, Palästina und Nubien huldigen Euch heute, erkennen Euch als Herrscher an und zahlen Tribut. Ägypten ist dadurch so reich und mächtig wie nie zuvor. Wie könnt Ihr da nur einen Augenblick lang zweifeln?"

„Und warum löschen die Götter dann meinen Samen aus und rufen die Frau zu sich, die mir seit meiner frühesten Jugend zur Seite stand, mit mir Sorgen und Nöte geteilt und die Demütigungen durch meine Tante mit mir ertragen hat? Warum, Nebamun?"

„Majestät, Ihr wisst so gut wie ich, dass nicht die Götter, sondern Menschen für den Tod Eurer Kinder verantwortlich sind. Vielleicht war der Tod Amenemhats wirklich ein Unfall, auch wenn ich dies zwischenzeitlich wie Ihr in Zweifel ziehe. Aber Eure anderen beiden Kinder sind ermordet worden. Das haben Menschen zu verantworten. Und darum muss endlich Licht in diese Verbrechen gebracht werden. Unsere geliebte Königin aber ist an gebrochenem Herzen gestorben. Sie hat den Tod ihrer Kinder nicht überwinden können. Doch Ihr, Majestät, Ihr seid der Pharao dieses Landes, der Größte, den es je hatte. Ihr dürft nicht an Euch zweifeln, denn dieses Land braucht Eure Führung. Vergesst das nicht. Ihr seid der verlängerte Arm der Götter auf Erden, und nur Ihr könnt diesem Land eine gute Zukunft bieten. Menschliche Gefühle dürfen der großen Aufgabe, die Euch die Götter gestellt haben, nicht im Weg stehen. Trauert um Eure geliebte Königin, so wie das ganze Land trauern wird. Doch dann kehrt auf Euren Platz zurück, auf den Euch der Gott Amun gesetzt hat."

Lange starrte Pharao finster vor sich hin. Schließlich wandte er sich Nebamun zu und meinte: „Du bist ein wirklicher Freund. Und ich weiß, du meinst es gut. Aber wie soll ich ohne Satiah weitermachen, mit der Schuld leben, dass ich versagt habe. Wie den Mörder finden? Schon bei Nefertaris Tod habe ich nichts unversucht gelassen, das Verbrechen aufzuklären. Es ist mir nicht gelungen. Daran ist Satiah zerbrochen. Dann habe ich ihr auch den letzten Sohn geraubt, obwohl sie mich angefleht hatte, ihn in Theben zu lassen. Das Wissen um diese Schuld frisst mich auf."

„Nicht Ihr habt getötet, Majestät, sondern irgendein Ungeheuer, das Euch so leiden sehen wollte, wie Ihr nun leidet. Gönnt ihm diese Genugtuung nicht. Das ist der erste Schritt in Richtung Gerechtigkeit, die die Toten verdienen."

Nebamun öffnete die Amphore, die er bei sich trug, füllte einen Becher und reichte ihn Pharao. Dann füllte er einen zweiten.

„Lasst uns auf die Königin trinken und darauf, dass wir ihr und Euren Kindern Gerechtigkeit verschaffen. Nur dann wird der Gott Seth aus dem Palast weichen und Frieden einkehren."

Seufzend hob Thutmosis seinen Becher.

„Auf die große Königsgemahlin Satiah, die einzige Frau, die ich jemals geliebt habe."

Sie tranken einen Schluck.

„Morgen in aller Frühe breche ich nach Theben auf. Nur du wirst mich begleiten. General Amenemheb wird die Division des Amun nach Theben zurückführen. Und danke, mein Freund. Niemand außer dir hätte es gewagt, mich in einem solchen Augenblick an das zu erinnern, was meine Pflicht ist. Du hast recht, in erster Linie bin ich den Göttern und meinem Volk verpflichtet. Erst danach dürfen meine persönlichen Belange kommen. Doch ich werde sie nicht außer Acht lassen. Das schwöre ich bei Maat, der Göttin der Gerechtigkeit."

Die Jahreszeit Schemu näherte sich ihrem Ende. Die Felder waren zum größten Teil abgeerntet. Überall im Land fanden Dankesfeiern zu Ehren der Götter Min und Hapi statt, die die Nilschwemme übermäßig hatten ausfallen lassen und damit den ägyptischen Bauern fruchtbaren Nilschlamm und reiche Ernten geschenkt hatten. Niemand in Pharaos Reich würde im kommenden Jahr hungern müssen.

An einem klaren Morgen machte sich der Trauerzug mit den Sarkophagen der großen Königsgemahlin Satiah und dem Kronprinzen Sa-Amun auf den Weg, die Mumien zu ihrer letzten Ruhestätte zu begleiten. Angeführt von Priestern des Amun, Anubis und Osiris, die den Zug begleiteten, um am Grab die letzten Riten an den Verstorbenen zu vollziehen, folgten Pharao Thutmosis und seine Mutter Isis in Sänften, denen sich seine Gemahlinnen Nebtu, Manawa und Manhat sowie seine Tochter Baket und seine Schwester Meritre, ebenfalls in Sänften getragen, anschlossen. Ihnen folgten die auf Schlitten gesetzten, von Ochsen gezogenen Särge der beiden Verstorbenen. Ipu, die Mutter der großen königlichen Gemahlin Satiah, lief gramgebeugt zu Fuß hinter dem Sarg ihrer Tochter her. Dahinter folgten die amtlichen Klagefrauen, die sich während des ganzen Wegs immer wieder Sand aufs Haupt streuten und sich mit ihren Fingernägeln blutige Striemen zufügten, während sie klägliche Laute von sich gaben. Dahinter schritt der gesamte Hofstaat, sowie die engsten Dienerinnen der Königin, um von der Herrscherin Abschied zu nehmen. Den Schluss des Zugs bildeten Diener, die auf Schlitten und Packtieren all das mit sich führten, was den beiden Verstorbenen im Jenseits das Leben angenehm machen sollte. Möbel, Kleider, Schmuck, Speisen, Geschirr, Waffen, Spiele, Kosmetik, an nichts sollte es ihnen im Totenreich fehlen.

Vor dem offenen Grab kam der Zug zum Stehen. Die Sarkophage wurden von den Schlitten gehoben und gegen den Felsen des Grabs gelehnt. Während Priester die letzten Opfer für die Verstorbenen vor dem Grabeingang vollzogen, nahm der Hofstaat von seiner Königin und dem Kronprinzen Abschied. Danach vollzogen die Priester des Osiris und Anubis an den in ihren Sarkophagen ruhenden Mumien im Beisein Pharaos die Zeremonie der Mundöffnung, bevor Diener die Toten mit all ihren Grabbeigaben in das Innere der Grabkammer schleppten. Thutmosis hatte beschlossen, Satiah und Sa-Amun gemeinsam in einem Grab zu bestatten, damit die Mutter auch im Tod nicht auf ihren geliebten Sohn verzichten musste.

Nachdem der letzte Gegenstand in das Grab gebracht worden war, schritt Pharao noch einmal in die Grabkammer hinunter, um für immer Abschied zu nehmen von der Frau, die er geliebt hatte und dem Sohn, mit dessen Tod sein Traum von einer neuen, erfolgreichen Dynastie gestorben war. Niemand war ihm geblieben außer Baket, die Tochter Nebtus, die ihm jedoch nicht so nahe stand, wie Nefertari ihm gestanden hatte.

Als Pharao schließlich das Grab verlassen hatte, kamen Arbeiter herbeigeeilt, um einen schweren Stein vor den Eingang zu ziehen und damit die Kammer für immer zu verschließen und darüber mit Geröll zu verdecken, damit niemand die Ruhe der Toten allzu leicht stören könnte. Unweit der Grabkammer hatte Thutmosis die Errichtung eines Gedenktempels in Auftrag gegeben, der sich jedoch noch im Bau befand. Hierher wollte er eines Tages kommen, um der Toten zu gedenken und Opfer für sie und ihr Ka und Ba darzubringen.

Nachdem die Toten in ihrer letzten Ruhestätte ihren Frieden gefunden hatten, zogen die Trauernden sich in Zelte zurück, die eigens für diesen Tag von einer Unzahl von Dienern am Abend zuvor aufgebaut worden waren, um darin ein festliches Abschiedsessen zu zelebrieren. Pharao und die königliche Familie hatten ein Zelt für sich, denn Pharao hatte ausdrücklich darum gebeten, an diesem Tag keinen seiner Offiziere, Beamten, Edlen oder Verwalter in seiner Nähe zu haben.

Nachdem die königliche Familie in aller Stille die servierten Speisen zu sich genommen hatte, war es schließlich die Königinmutter, die das Schweigen brach.

„Lasst uns auf die Verstorbenen trinken und darauf, dass ihr Herz als gerechtfertigt auf der Waage der Maat befunden wird."

Pharao nickte seiner Mutter zu, hob seinen Becher an die Lippen und trank einen Schluck. Dann meinte er an Isis gewandt: „Was soll nun werden? Ich habe keine große königliche Gemahlin mehr, die an meiner Seite auf dem Thron Ägyptens sitzt und keinen Erben, der während eines Feldzugs an meiner Seite ist oder mich in Theben im Rat vertritt. Ich bitte dich, Mutter, den Platz an meiner Seite einzunehmen, bis ich eine Frau gefunden habe, die dieser großen Aufgabe gewachsen ist und würdig, die Geierhaube zu tragen."

Überrascht schaute Isis ihren Sohn an. „Ich fühle mich geehrt, Thutmosis", erwiderte sie dann ernst. „Aber eine solche Aufgabe zu übernehmen, dafür bin ich zu alt. Auch wenn es dir im Augenblick noch schwerfällt, so musst du doch daran denken, nach einer geeigneten Frau Ausschau zu halten."

Während Isis dies sagte, entging ihr das lauernde Funkeln in Nebtus Augen nicht. Sie hatte nie verstanden, was ihren Sohn eine Zeitlang zu dieser Frau hingezogen hatte. Auch wenn sie einer der besten und reichsten Familien Ägyptens entsprang, so hatte sie doch etwas Gieriges und Bösartiges an sich, das Isis erneut zutiefst abstieß. Daher hütete die Königinmutter sich auch davor, mehr von dem preiszugeben, was sie dachte. Dies würde sie im geeigneten Augenblick mit ihrem Sohn unter vier Augen besprechen. Doch zuvor würde sie einen ihrer Vertrauten nach Dendera senden, um im Tempel der Göttin Hathor die dort lebenden Sternendeuter nach der Zukunft zu befragen.

Nach dem Tod Satiahs war Meritre zurück in ihre Gemächer beim Isistempel gezogen. Sie brauchte diesen Abstand zum

Hof, um ihr aufgewühltes Inneres zur Ruhe zu bringen. Satiah, die sie sehr geschätzt hatte, langsam sterben zu sehen, ohne ihr helfen zu können, hatte sie viel Kraft gekostet. Noch betroffener hatte sie die tiefe Trauer gemacht, die Pharao nach seiner Rückkehr erfasst hatte. Daher war sie froh, der bedrückten Stimmung im Palast entfliehen zu können. Ohne Verzögerung hatte sie ihre Arbeit als heilende Priesterin wieder aufgenommen, um Ablenkung zu finden.

Eines Morgens trat eine ihrer Dienerinnen in ihr Arbeitszimmer, um einen wartenden Boten zu melden. Die Isispriesterin war gerade dabei, mit Hilfe von Tempelsklavinnen verschiedene Mixturen zu brauen. Trotzdem hörte sie sich die Bitte des im Vorraum wartenden Dieners an, der sie bat, in die Wohnung des Prinzen Zidanta zu kommen, um seiner Lieblingssklavin bei der Geburt seines Kindes beizustehen, die sich komplizierter als vorhergesehen gestaltete. Meritre überlegte nicht lange und wies ihre Sänftenträger an, ihre Sänfte zu bringen und dem Diener zu folgen.

Im Haus des Prinzen von Kadesch angekommen, führte eine Dienerin sie unverzüglich zu der Gebärenden, die nur noch kraftlos wimmernd auf einem Bett lag und sich offensichtlich bereits selbst aufgegeben hatte.

Der neben dem Bett stehende Prinz fiel beim Eintreten Meritres vor dieser auf die Knie und bat: „Sie ist nur eine Sklavin, Eure Hoheit. Doch sie bedeutet mir viel. Ich bitte Euch, ihr zu helfen, wenn es in Eurer Macht steht."

„Es spielt für mich keine Rolle, wer meine Hilfe braucht. Wenn es in meiner Macht steht und es der Wille der Götter ist, werde ich helfen. Geh hinaus und warte dort. Hier bist du vorerst überflüssig."

Nachdem Zidanta den Raum verlassen hatte, trat Meritre beherzt an das Bett Tanitas, die offensichtlich viel Blut verloren hatte.

„Das Kind liegt quer", klärte sie eine der anwesenden Hebammen auf. „Wir wissen nicht weiter. Wenn nicht ein Wunder geschieht, sind sie und das Kind verloren."

Meritre nickte und begann den Bauch der Gebärenden vorsichtig abzutasten. Sich der Schwangeren zuwendend, erstarrte sie für einen kurzen Augenblick. Dies war die Frau, die nachts aus den Gemächern Königin Nebtus geschlichen war. Sie gehörte also zu Prinz Zidanta. Doch was hatte sie dann bei Nebtu nachts zu suchen gehabt? Meritre beschloss, dieser Angelegenheit zu einem späteren Zeitpunkt auf den Grund zu gehen. Zunächst galt es, der Frau zu helfen, ihr Kind auf die Welt zu bringen.

„Ich werde jetzt in dich fassen und versuchen, das Kind in die richtige Lage zu bringen, damit es geboren werden kann. Das wird sehr schmerzhaft sein. Aber eine andere Möglichkeit gibt es nicht, dich und das Kind zu retten. Du musst jetzt sehr tapfer sein." Sie wies eine der wartenden Hebammen an, der Gebärenden ein wenig Mohnsaft einzuflößen, um die Schmerzen zu lindern. Dann begann Meritre mit dem Drehen des kleinen Körpers, während ihr durch den Kopf ging, wie vielen Frauen sie bei der Geburt ihres Kinds bereits geholfen hatte, während ihr Leib bis zu diesem Tag leer geblieben war. Dabei hätte auch sie so gerne geboren, ein kleines Wesen ihr Eigen genannt und in Liebe großgezogen. Doch Mutterfreuden würden ihr wohl für immer versagt bleiben, denn als Erbprinzessin würden sie und ihr Kind dem herrschenden Horus gefährlich werden können. Dies wohl wissend hatte sie sich stets gegen eine Heirat und Familie entschieden.

Eine gute Stunde später hielt die völlig erschöpfte Tanita einen gesunden Sohn in ihren Armen.

„Sie hat viel Blut verloren", erklärte sie dem strahlenden Vater. „Doch wenn sie kein Fieber bekommt, wird sie durchkommen. Ihr Schicksal liegt nun in den Händen der Götter."

„Ich danke Euch, Priesterin. Sagt mir, was ich tun kann, um meine Schuld Euch gegenüber abzutragen?"

Meritre sah ihn einen Augenblick lang nachdenklich an. Die widersprüchlichsten Gedanken gingen ihr durch den Kopf. Doch sie schwieg. Es war besser, nichts zu sagen und erst einmal Nachforschungen anzustellen, die den in ihr keimenden Verdacht entkräften oder bestätigen würden.

„Bring der Göttin Isis ein Dankesopfer dar, damit sie dir auch in Zukunft gewogen bleibt", erwiderte sie, bevor sie ihren Trägern befahl, ihre Sänfte zu holen und sie so schnell wie möglich fortzubringen. Die Aura, die dieses Haus umgab, ließ sie nichts Gutes vermuten.

Zu Hause angekommen rief sie drei ihrer treu ergebenen Tempelsklaven zu sich und beauftragte sie, Zidanta von nun an rund um die Uhr zu überwachen. Über jede Begegnung wollte sie unverzüglich unterrichtet werden. Darüber hinaus beauftragte sie eine ihrer Dienerinnen, sich unter den Dienerinnen Nebtus umzuhören, um zu erfahren, in welcher Verbindung die Sklavin Tanita mit der Königin Nebtu stand.

Dann rief sie ihre Gehilfinnen zusammen und setzte ihre unterbrochene Arbeit fort.

Königin Isis empfing den betagten Stundenpriester der Göttin Hathor, der eigens für diese Audienz nach Theben gereist war, in ihren Privatgemächern. Nachdem sie dem grauhaarigen Priester einen Sessel angeboten hatte und von einer Dienerin Datteln, Feigen, Brot und Wein hatte bringen lassen, wartete sie geduldig, bis der Mann sich gestärkt hatte.

„Ich bin dir sehr dankbar, dass du persönlich gekommen bist. Ich erinnere mich, dass du es warst, der meinem Sohn bei seiner Geburt prophezeite, dass er einst ein großer Pharao dieses Landes werden würde. Deine Voraussage ist eingetroffen. Umso mehr interessiert es mich heute, was du über die Zukunft meines Sohns in den Sternen gelesen hast."

Der alte Priester lächelte, dankbar darüber, dass die Königinmutter sich seiner erinnerte.

„Ich will Eure Majestät nicht mit Details langweilen, die mich zu meinen Erkenntnissen geführt haben. Nur so viel. Eurem Haus droht noch immer Gefahr, solange der Schlange, die unter euch weilt, nicht der Kopf abgeschlagen wurde. Doch beruhigt Euch. Es wird nicht mehr lange dauern, bis die Wahrheit ans Licht kommt. Die, der Amun die Weitsicht schenkt, euch von dem Ungeziefer zu befreien, sie wird die zukünftige Königin Ägyptens und Mutter des Thronfolgers werden."

Einen Moment lang grübelte Isis über die Worte des Priesters nach, dann fragte sie direkt: „Und wer ist diese Frau?"

Ein mildes Lächeln glitt über das Gesicht des alten Mannes.

„Es braucht vermutlich noch einige Umwege, um die rechtmäßige Königin Ägyptens auf den Horusthron zu setzen. Doch sie ist die Einzige, die sich mit Recht große königliche Gemahlin nennen darf. Glaubt mir, Königin. Der Wille der Götter geschieht. Vertraut ihrem Urteil, und alles wird sich von selbst fügen. Mehr kann ich Euch dazu nicht sagen. Wartet einfach ab."

Isis seufzte. Gerne hätte sie mehr erfahren. Doch sie würde von dem Priester keine näheren, eindeutigen Prophezeiungen erhalten. Darum nickte sie nur und schwieg.

Mit einer reichen Spende an den Tempel der Göttin Hathor entließ sie den alten Mann und fasste sich schweren Herzens in Geduld.

Erstaunt blickte Thutmosis auf, als sein Herold Nehy eintrat und Pharao die Bitte Meritres um eine Audienz vortrug. Er hatte Meritre seit der Beisetzung Satiahs und Sa-Amuns nicht mehr gesehen und ihre Gesellschaft auf eine gewisse Art und Weise vermisst. Ihre Gegenwart, ihre sanfte und doch stets sachliche Art hatten immer wieder eine beruhigende Wirkung auf ihn. Selbst sein größter Kummer, seine vielfältigsten Sorgen wurden in ihrem Beisein kleiner.

„Lass sie eintreten", befahl er daher sofort, froh darüber, für einige Zeit seinem Alltag zu entfliehen. „Und schick eine Dienerin, uns Wein, Honiggebäck und Früchte zu bringen."

Als wenige Augenblicke später Meritre durch die schwere, mit silbernen Einlegearbeiten verzierte Ebenholztüre trat, lächelte er ihr erfreut entgegen.

„Was immer dich zu mir führt, Schwester, ich freue mich, dich zu sehen."

„Es sind leider ernste Angelegenheiten, die mich heute zu dir führen und die keinen Aufschub dulden, Bruder, sonst wäre ich nicht so überraschend hier erschienen", erwiderte Meritre, der anzusehen war, dass ihr nicht zum Lachen zu Mute war.

Auch Thutmosis gefror schlagartig das Lächeln im Gesicht.

„Setz dich, Schwester", meinte er, auf einen bequemen Sessel deutend, während er sich ihr gegenüber niederließ.

Die eintretende Dienerin, die das von Pharao gewünschte auf einem kleinen Tischchen absetzte, entfernte sich auf Pharaos Wunsch sofort wieder, ohne die beiden mit dem Gebrachten bedient zu haben.

„Sprich, Schwester, was ist so ernst, dass du dein Lächeln verloren hast?"

„Sind wir hier allein und ungestört?", fragte Meritre vorsichtig. Als Pharao ihr dies nickend bestätigte, begann Meritre zu erzählen.

„In den Nächten, in denen ich hier im Palast nächtigte, um jederzeit nach der großen Königsgemahlin sehen zu können, begegnete mir eines Nachts auf den Korridoren des Harems eine junge Frau, die sich aus den Gemächern Nebtus schlich und nicht zu deren Personal gehörte. Ich wunderte mich darüber, zumal ich mir sicher war, dass ich diese Frau schon einmal anderweitig gesehen hatte. Doch mir wollte nicht einfallen, wo. Schließlich vergaß ich diesen Vorfall wieder, maß ihm keine weitere Bedeutung bei. Bis ich vor einigen Wochen von Prinz Zidantas Diener in das Haus des Prinzen gerufen wurde, um seiner Liebligssklavin bei einer schweren

Geburt beizustehen. In dieser Sklavin mit Namen Tanita erkannte ich jene Frau wieder, die nachts in aller Heimlichkeit Nebtu aufgesucht hatte. Da mir all dies merkwürdig vorkam, beauftragte ich drei Tempelsklaven, das Haus Zidantas zu überwachen und mir jede Merkwürdigkeit mitzuteilen. Darüber hinaus wies ich eine meiner Dienerinnen an, sich unter das Personal Nebtus zu mischen, um mehr über diese Tanita zu erfahren."

Meritre machte eine kurze Pause, in der sie Pharao anblickte, um festzustellen, ob sie seine volle Aufmerksamkeit besaß. Als sie sich sicher war, dass Pharao ihrer Erzählung folgte, fuhr sie fort: „Von den Dienerinnen Nebtus erfuhr meine Dienerin, dass diese Tanita phönizischer Abstammung ist und einen jüngeren Bruder hat, der auf Nebtus Gütern arbeitet. Die Königin hat das Geschwisterpaar, das bei einem Piratenüberfall beide Eltern verlor und in die Sklaverei verkauft worden war, erworben. Doch nicht nur das. Über die vermutlich ahnungslose Manawa hat sie das Mädchen Zidanta zugespielt, als angeblichen Dank für die Rettung des Kronprinzen Amenemhat. Seither, Bruder, sucht sie regelmäßig Nebtu auf, um sie über das, was in Zidantas Haus vor sich geht, zu informieren."

„Schön und gut, Meritre. Aber das allein ist nicht besonders interessant."

„Nein, das nicht. Dennoch habe ich mir die Frage gestellt, warum Königin Nebtu ihr großzügiges Geschenk nicht selbst dem Prinzen überreicht hat. Der Grund dafür wurde mir klar, als meine Tempelsklaven mir Bericht erstatteten. Auch Prinz Zidanta geht gerne nachts aus dem Haus, sucht die Tavernen im Hafen auf, in denen sich syrische Händler und Kaufleute auf der Durchreise aufhalten. Sobald sie ihn erblicken, verlassen sie das Gasthaus und treffen sich mit dem Prinzen in dunklen Lagerhäusern, in denen sie sich unbeobachtet fühlen. Was genau sie dort miteinander besprechen, konnten meine Männer nicht erlauschen. Aber es gehört nicht viel Fantasie dazu, es sich zusammenzureimen. Denn Tagsüber ist der Prinz häufig in den Kasernen unterwegs, gibt diesem oder jenem Soldaten ein Bier aus, um ihn unbemerkt auszufragen. Und auch einige Hofbeamte haben mit dem Prinzen Freundschaft geschlossen, besuchen seine Feste und werden das eine oder andere Mal mit ihm dabei über Dinge sprechen, die sie eigentlich für sich behalten sollten."

„Du meinst, er spioniert für seinen Vater, den König von Kadesch?", fragte Thutmosis überrascht.

„Der sein Wissen vermutlich an die Mitanni weiterleitet. Ja, ich glaube, dass es so ist. Er ist dabei sehr vorsichtig. Nie trifft er sich mit den gleichen Händlern oder Kaufleuten. Und dennoch…"

Pharaos Gesicht verzog sich vor Zorn.

„Das wird dieser Halunke büßen. Ich werde ihn festnehmen und verhören lassen. Glaube mir, unter der Folter wird er schon reden."

„Und Ägypten beschwört damit einen handfesten Skandal herauf, denn solange der König von Kadesch sich nicht gegen Kemt wendet, ist das Leben seines Sohns garantiert. Nein, Bruder, du solltest anders agieren, um unserem Vasallen keinen Grund zu liefern, sich gegen uns zu erheben."

„Und was sollte ich deiner Meinung nach sonst tun? Einen Spion in unserem Land, der den Feind mit Informationen beliefert, und seien diese noch so banal, kann ich nicht dulden."

„Ich weiß", erwiderte Meritre ruhig. „Das sollst du auch nicht. Aber auf eine Frage sollten wir zuvor eine Antwort finden. Warum kommt die Sklavin Tanita nachts heimlich zu Königin Nebtu? Doch wohl nur, um diese über die Machenschaften des Prinzen zu informieren, Informationen, die diese aber für sich behält und zu ihrem Vorteil nutzt. Verstehst du?"

Thutmosis sah seine Halbschwester nachdenklich an. Doch er vermochte ihren Gedankengängen beim besten Willen nicht zu folgen.

Seufzend führte Meritre ihre Überlegungen weiter aus.

„Als Ägypterin, ja, als Königin von Ägypten, wäre es Nebtus Pflicht, dich über das, was Zidanta heimlich treibt, zu informieren. Sie aber hat es offensichtlich vorgezogen, Zidanta mit ihrem Wissen zu erpressen. Und was, Bruder, beschäftigt eine Frau wie sie, die es gewohnt ist, alles zu bekommen, was sie will, mehr, als plötzlich zu scheitern, sich ungerecht behandelt zu fühlen? Rache!"

Thutmosis erbleichte. Zutiefst erschüttert wollte er diesen Verdacht nicht wahrhaben, auch wenn Meritres Ausführungen so logisch waren, dass er sich ihnen nicht entziehen konnte.

„Und jetzt? Was soll ich tun? Selbst wenn du recht hast, kann ich ihr nichts beweisen."

„Ich habe lange nachgedacht, Bruder. Nur wenn wir die Morde an deinen Kindern schonungslos aufklären, können deine zukünftigen Kinder in Sicherheit aufwachsen. Darum schlage ich dir Folgendes vor. Sende Prinz Zidanta zurück nach Kadesch mit der Begründung, dass du der Bündnistreue des Königs von Kadesch vertraust. Gib ihm reiche Freundschaftsgeschenke mit auf den Weg und Begleitschutz bis an die ägyptische Grenze, wo ihm Leute seines Vaters weiteres Geleit geben sollen. Lass ihn auf fremdem Territorium von unseren als Räuber verkleideten Männern überfallen und ihn und seine Sklavin sowie seinen Sohn so lange foltern, bis du erfahren hast, was geschehen ist. Natürlich darf niemand von Zidantas Begleitern diesen Überfall überleben, damit es keine Zeugen gibt. Wenn deine Männer zurück sind, weißt du mehr."

Lange starrte Thutmosis vor sich hin, bis er sich endlich Meritre zuwandte.

„Ich sollte dich in den Kronrat bestellen, Schwester. Einen besseren Berater als dich werde ich dort nicht finden. Ich werde tun, was du mir vorschlägst, denn es ist äußerst klug. Allein wegen seiner Spionage hat Zidanta den Tod verdient. Auf welche Weise er stirbt, ist daher unerheblich. Doch wenn wir ihn öffentlich verurteilen, wird es, wie du sagst, Verwicklungen mit unseren Vasallen geben. Und einen Prinzen können wir offiziell auch nicht einfach foltern, um ihm seine Geheimnisse zu entlocken."

Erleichterung zeichnete sich auf Meritres Gesicht ab. Es war ihr schwer gefallen, ihrem Bruder die Abgründe aufzuzeigen, auf die sie gestoßen war. Doch sie hatte keinen anderen Ausweg gesehen. Beruhigt erhob sie sich nun, um sich zu verabschieden.

Auch Pharao erhob sich. Doch anstatt Meritre gehen zu lassen, hielt er sie am Arm fest, zog sie zu sich heran und küsste sie, beseelt von einer Leidenschaft, die er lange nicht mehr empfunden hatte.

Willig gab Meritre sich seinem Kuss hin. War es nicht dieser Augenblick, nach dem sie sich ein Leben lang gesehnt hatte, den sie sich in einsamen Nächten tausendfach ausgemalt hatte? Doch dann versteifte sich ihr Körper, und sie drückte ihren Halbbruder leicht von sich.

Überrascht löste Pharao die Umarmung und schaute sie forschend an.

„Was hast du?", fragte er schließlich.

„Du und ich, das geht nicht, Thutmosis. Das darf nicht geschehen."

Verwirrt schaute Pharao sie an. „Was spricht dagegen?"

„Dass ich die Tochter Hatschepsuts bin, der Frau, die dir jahrelang die Macht gestohlen hat."

„Das ist kein Grund, Meritre. Du bist nicht wie deine Mutter, im Gegenteil. Du hast wie ich unter ihr gelitten, warst ein unnötiges Übel, das sie ertragen musste. Was für eine faszinierende, kluge Frau du bist, hat sie nie erkannt, weil sie nur Augen für ihre geliebte Nofrure hatte und deren Fehler geflissentlich übersehen wollte."

„Ich habe sie eben enttäuscht, weil ich nicht der Sohn wurde, den sie sich erhofft hatte. Noch einmal das Bett mit ihrem Bruder teilen zu müssen, um schwanger zu werden, und dann nur mich zur Welt zu bringen, muss wohl eine herbe Enttäuschung für sie gewesen sein. Darum wollte sie nur eins, mich vergessen."

Darüber zu sprechen, ließ all die bitteren Erinnerungen in Meritre wieder erwachen. Den Tränen nahe wandte sie ihr Gesicht ab, um Pharao ihren Schmerz nicht sehen zu lassen. Doch er verstand auch so.

„Du und ich, wir haben beide damals schwere Zeiten durchlebt. Wärst du ein Sohn geworden, wäre ich heute vermutlich nicht mehr am Leben. Wäre Nofrure eine andere gewesen und hätte in die Pläne deiner Mutter gepasst, wäre ich heute ebenfalls tot. Doch das Schicksal hat es anders gewollt. Sie hat mich als notwendiges Übel hingenommen, als sie erkannte, dass es außer mir keinen möglichen Nachfolger gibt."

Meritre seufzte. „Und mich wollte sie nach Nofrures Tod als Tochter akzeptieren. Doch da war es zu spät. Ich konnte ihr nicht verzeihen. Weißt du, dass ich bei meiner Geburt den Namen Meritre Hatschepsut erhielt? Ich habe ihn nie verwendet, denn ich wollte durch nichts an meine Mutter erinnert werden."

„Wenn uns diese Erfahrung mit ihr eint, dann sag mir doch, was dagegenspricht, dich, Meritre Hatschepsut, zu meiner großen königlichen Gemahlin zu machen, die mit mir den Horusthron teilt?"

Meritre seufzte leise. „Vielleicht die Tatsache, dass auch du mich jahrelang übersehen hast, dass du Satiah gewählt hast, weil du sie aufrichtig liebtest."

Thutmosis blickte betroffen zu Boden. Er verstand durchaus, was Meritre meinte. Doch er war nicht gewillt, so leicht aufzugeben.

„Ich war damals jung und einsam. Satiah war die Einzige, die immer da war, mit der ich frei sprechen konnte, über alles, was mich beschäftigte, was mir Angst machte, mich bedrohte. Sie war einfach da, hat mir zugehört, mich verstanden. Sie zur Frau zu wählen, war etwas, mit dem ich deine Mutter verärgern konnte und gleichzeitig deutlich machen, dass ich nicht ewig mit mir spielen lassen würde. Gewiss, ich habe Satiah aufrichtig geliebt. In ihrer Gegenwart konnte ich all die Demütigungen vergessen, die deine Mutter mir immer wieder zufügte. Ohne sie hätte ich all das vermutlich nicht ertragen und den Fehler gemacht, auf den deine Mutter wartete, um mich beiseiteschieben zu können. Verstehst du das?"

„Ich habe das durchaus verstanden, schon immer. Ich hingegen habe mich von ihr befreit, indem ich mich zur Priesterin der Isis weihen ließ und mich damit ihrer Macht entzog. Als Priesterin konnte sie mich nicht zwingen, zu heiraten und ihr den Erben zu schenken, den sie sich nach Nofrures Tod sehnlichst wünschte."

Thutmosis schwieg eine Weile nachdenklich. „Du hast es getan, damit sie mich nicht doch noch beseitigen lassen kann", stellte er schließlich fest. „Das ich das jetzt erst begreife, ich Narr."

Abermals griff er nach Meritre und schloss sie in seine Arme. Sie ließ es geschehen, auch wenn ihr Körper sich erneut versteifte.

„Ich will dich nicht drängen, Schwester. Denk in Ruhe darüber nach und entscheide frei. Doch eins sollst du wissen. Ich möchte dich nicht zur großen Königsgemahlin machen, weil du die Erbprinzessin bist, die Frau, die als einzige das göttliche Blut unseres Großvaters weitergeben kann, sondern weil du ein ganz besonderer Mensch bist, dem dieser Platz gebührt. Uns trennt eigentlich nichts außer unseren eigenen Bedenken. Doch uns verbindet sehr viel."

Meritre seufzte. Sie liebte diesen Mann, der sie jetzt in seinen Armen hielt, bereits ihr ganzes Leben lang. Sollte sie ihn nun zurückweisen, nur weil sie befürchtete, dass er sie nie so lieben würde, wie er Satiah geliebt hatte? Wäre das nicht töricht?

„Du hast recht. Ich werde darüber nachdenken, wenn die Zeit dazu gekommen ist. Vorerst gilt es jedoch, das aufzuklären, was geschehen ist. Nur so lässt sich künftiges Unheil vermeiden. Und bis dahin bitte ich dich, niemandem von unserem Gespräch zu erzählen."

Thutmosis nickte, sich mit Meritres Antwort vorerst zufriedengebend.

Strahlend kehrte Zidanta von der Audienz, zu der Pharao ihn bestellt hatte, zurück. Niemals hätte er damit gerechnet, dass Pharao ihn vor dem Tod seines Vaters nach Hause zurückkehren lassen würde. Natürlich hatte er den Grund hierfür im Stillen hinterfragt, hatte jedoch keine andere Ursache erkennen können als dessen guten Willen, den er seinem Verbündeten König Durusha mit dieser Geste zeigen wollte. Zidanta war sich sicher, dass Pharao nichts von den Umtrieben ahnte, die in Kadesch vor sich gingen, von den Verschwörern, die bereit waren, alles zu riskieren, um die Vorherrschaft Ägyptens über Kleinasien zu brechen. Dazu war den Gegnern Ägyptens jedes Mittel recht, auch die Zusammenarbeit mit dem Erzfeind Kemts – Mitanni.

Gleichzeitig machte sich in dem Prinzen auch eine unglaubliche Erleichterung breit, denn endlich würde er den Erpressungen Königin Nebtus entkommen. In Kadesch hatte sie keine Macht mehr über ihn. Selbst wenn dann seine Beteiligung an den Morden aufgedeckt werden sollte, konnten Pharaos Schergen ihn nicht mehr verhaften, sondern lediglich Krieg gegen Kadesch führen. Doch zu einem Befreiungskrieg, der mit Mitannis Hilfe ohnehin längst fällig war, würde es ohnehin kommen. Alles würde sich nun für ihn zum Guten wenden. Davon war er überzeugt.

Tanita hingegen ergriffen gemischte Gefühle, als sie von der bevorstehenden Abreise erfuhr. Auch sie fühlte Erleichterung bei dem Gedanken daran, den Mann, den sie zu lieben gelernt hatte und der der Vater ihres Sohns war, nicht mehr verraten zu müssen. Gleichzeitig bedeutete diese Abreise aber auch, ihren kleinen Bruder zurücklassen zu müssen. Würde Nebtu ihr Wort halten und ihn weiterhin gut behandeln, wenn sie ihr nicht mehr nützlich war? Tanita wusste es nicht, traute der Königin aber jede Grausamkeit zu. Allein die Tatsache, dass sie keine Wahl hatte, dass sie Zidanta gehörte und ihm folgen musste, wo immer er hinging, beruhigte ihr Gewissen ein wenig.

Die Vorbereitungen für die Abreise des Prinzen zogen sich in die Länge. Doch eines Morgens war es dann so weit. Im Hafen lag eine der königlichen Barken bereit, den Heimkehrer an Bord zu nehmen und ins Nildelta zu bringen, von wo aus die Reise über Land weitergehen sollte. Pharao hatte dem syrischen Prinzen für seine Weiterreise eine Eskorte ägyptischer Soldaten gestellt, die ihn bis zur Landesgrenze begleiten sollten. Dort würden ihn zehn gut bewaffnete Soldaten seines Vaters als Schutz für die Weiterreise erwarten.

Nebamun hatte sich für den Überfall auf den Prinzen eine enge Schlucht ausgesucht, durch die die Reisegruppe auf jeden Fall kommen musste. Hinter Felsen oberhalb der Schlucht versteckt war es ein Leichtes, auf die Begleiter des Prinzen mit Pfeil und Bogen zu schießen und, ohne selbst in ein Kampfgeschehen verstrickt zu werden, zu töten. Die Wenigen, die den tödlichen Pfeilen entkommen konnten, wurden am Ausgang der Schlucht von den Ägyptern erwartet und niedergemetzelt, während Zidanta mit Tanita und ihrem Kind gefangengenommen und in die Berge verschleppt wurde. Hier erwartete Nebamun ihn mit weiteren Soldaten.

Unsanft wurden die beiden Gefangenen, die jeder wie ein Gepäckstück, einen Knebel im Mund und einem Sack über dem Kopf, auf Karren gelegt und bis in das ägyptische Lager gebracht worden waren, von den Karren heruntergezerrt und gebunden in eines der Zelte gestoßen, die die Ägypter im dichten Wald aufgeschlagen hatten.

„Ist alles ohne Zwischenfälle abgelaufen?", fragte Nebamun den Offizier, den er mit dem Überfall beauftragt hatte.

Dieser nickte zufrieden. „Es war ein Kinderspiel. Sie waren absolut arglos. Unser Angriff hat sie völlig überrascht. Keiner der Soldaten und Diener ist uns entkommen. Es gibt keine Zeugen."

Nebamun nickte zufrieden, während ihm einer seiner Männer das Baby zeigte, das er in ein Tuch eingeschlagen mit sich geführt hatte.

„Was sollen wir mit dem Kleinen machen?"

Nebamun warf einen kurzen Blick auf das Kind und seufzte bedauernd.

„Legt es auf meine Liege. Vielleicht können wir es noch brauchen. Und dann stärkt euch. Wir werden die beiden noch eine Weile im Ungewissen darüber lassen, was hier vor sich geht. Das steigert die Spannung", meinte er spöttisch, während ein grausames Lächeln seine Mundwinkel umspielte. Sollte das, was Pharao vermutete, zutreffend sein, konnten sie mit keinerlei Erbarmen rechnen.

Der Morgen dämmerte bereits, als Nebamun Tanita zu sich bringen ließ. Er hatte eine kurze Nacht hinter sich, in der er kaum ein Auge zugetan hatte. Der Auftrag, den Pharao ihm erteilt hatte, ehrte ihn zwar, denn mit ihm hatte Pharao ihm erneut sein volles Vertrauen gezeigt. Doch es entsprach eigentlich nicht seinem Wesen, unnötig grausam zu sein und das zu tun, was getan werden musste, um die Wahrheit zu erfahren. Aber wenn das, was Thutmosis vermutete, den Tatsachen entsprach, war jegliche Art von Grausamkeit gerechtfertigt.

Auf seinen Wink hin wurde Tanita der Sack vom Kopf gezogen. Ängstlich blickte diese sich um. Schnell wurde ihr klar, dass sie sich nicht in den Händen von Räubern, sondern von ägyptischen Soldaten befand. Auch Nebamun erkannte sie sofort, hatte sie diesen doch in der Vergangenheit oft genug in der Gegenwart Pharaos aus der Ferne gesehen. Eine schreckliche Ahnung beschlich sie, den Mann, der ihr gegenüber auf einem bequemen Stuhl Platz genommen hatte, taxierend. Noch bevor sie etwas sagen konnte, fuhr dieser sie barsch an: „Du bist hier, um mir ein paar Fragen zu beantworten. Ich rate dir, mir die Wahrheit zu sagen. Damit kannst du dir viele Schmerzen ersparen. Hast du das verstanden?"

Tanita nickte kurz, während sie zu zittern begann. Angst machte sich in ihr breit, denn sie ahnte, was nun kommen würde.

„Du bist von Königin Nebtu als Sklavin gekauft worden und von dieser an Manawa weitergegeben worden, damit diese dich Prinz Zidanta zum Geschenk macht. Ist das so richtig?"

„Ja, Herr", antwortete Tanita.

„Warum hat sie dich nicht selbst dem Prinzen geschenkt, anstatt Manawa in ihre Machenschaften zu verstricken?"

„Das weiß ich nicht, Herr!", entgegnete Tanita. „Ich weiß es wirklich nicht", fügte sie hinzu, nachdem sie Nebamuns skeptische Gesichtszüge wahrgenommen hatte. „Vielleicht wollte sie nicht, dass Zidanta erfährt, woher ich eigentlich komme und misstrauisch wird."

„Hm", brummte Nebamun. „Was solltest du bei Zidanta für die Königin tun? Leugnen ist zwecklos. Ich weiß, dass du weiterhin in ihrem Dienst standest. Du wurdest gesehen, wie du nachts aus ihren Gemächern geschlichen bist. Hat sie dich bezahlt, damit du den Prinzen ausspionierst?"

Tanita schluckte schwer. Ihr war klar, dass ihr nichts anderes übrigbleiben würde, als den Mann, den sie liebte, zu verraten, wollte sie nicht gefoltert werden.

„Nein, Herr, so war das nicht. Sie hat gedroht, meinem kleinen Bruder, den sie ebenfalls gekauft hatte, etwas anzutun, wenn ich ihr nicht regelmäßig über die Aktivitäten des Prinzen Bericht erstatte. Was hätte ich denn machen sollen? Mein kleiner Bruder war alles, was mir geblieben war."

„Und was hast du über den Prinzen herausgefunden?"

„Dass er heimlich Nachrichten an seinen Vater nach Kadesch sendet. Mehr nicht."

„Weißt du, was das für Nachrichten waren?"

Tanita schüttelte energisch den Kopf. „Das weiß ich nicht. Ich kann nur vermuten, dass es verbotene Nachrichten waren, da die Treffen immer im Geheimen in irgendwelchen Tavernen oder Kontoren stattfanden."

„Und davon hast du Königin Nebtu berichtet?"

Tanita nickte, den Tränen nahe. „Sie ist die Königin. Wie hätte ich mich ihr entziehen können? Und sie hatte meinen Bruder in ihrer Gewalt."

„Und du bist nie auf die Idee gekommen, jemandem anderes von diesen heimlichen Treffen zu berichten?"

„Es ist mir schon schwer genug gefallen, meinen Herrn an sie zu verraten."

„Und du hast dir nie Gedanken darüber gemacht, was die Königin mit ihrem Wissen anstellt, warum Zidanta nicht verhaftet wurde?"

„Ich bin eine einfache Sklavin, Herr. Wie soll ich beurteilen, was weit über mir geschieht und welche Gründe das hat", entgegnete Tanita bittend.

„Pah", stieß Nebamun verächtlich aus. „So dumm scheinst du mir nicht zu sein, nicht zu ahnen, was warum geschieht."

Tanita liefen Tränen über die Wangen. Sie hatte soeben ihren geliebten Herrn verraten. Seit Stunden hatte sie ihr Baby nicht mehr gesehen, wusste nicht, ob ihr Sohn überhaupt noch lebte.

Und sie ahnte, dass sie sterben würde, dass nichts und niemand sie würde retten können.

„Bringt sie erst einmal raus und holt Zidanta her. Ich glaube, er hat mir einiges zu erzählen."

„Bitte, Herr, darf ich zu meinem Kind? Bitte, es braucht mich", bettelte Tanita, während grobe Hände sie packten und hinausschleiften.

Nebamun nickte zustimmend. Warum sollte sie die letzten Stunden ihres Lebens nicht mit ihrem Kind zusammen sein dürfen.

Wenig später stand Prinz Zidanta vor ihm. Als ihm der Sack vom Kopf gezogen wurde und er den Ägypter erkannte, wusste er sofort, dass er verloren war. Nichts und niemand würde ihn retten. Dabei hatte er gehofft, mit seiner Heimkehr jene Taten hinter sich lassen zu können, die sein Gewissen seit langem belasteten. Gewiss, er hasste die Ägypter. Doch ein hinterhältiger Meuchelmörder hatte er deshalb trotzdem nicht werden wollen. Und dennoch hatte er die Kinder Pharaos auf dem Gewissen, weil er zu feige gewesen war, sich seinem Verrat zu stellen.

Nebamun glaubte, seinen Augen nicht zu trauen, als er bei seinem Gegenüber erkannte, dass dieser sich verloren gab. Bis zu diesem Augenblick hatte er gehofft, dass sich alles als ein Irrtum herausstellen würde, dass die Frau, die er einmal geliebt hatte, unschuldig war. Doch nun fiel es ihm wie Schuppen von den Augen, und ihm graute.

„Ich sehe, dir ist klar, warum du heute hier bist."

„Ich weiß nicht, wovon du sprichst. Wie kommst du dazu, meine Delegation zu überfallen und meine Männer abzuschlachten. Das wird Konsequenzen haben. Ich bin mit Pharaos ausdrücklicher Genehmigung unterwegs, habe ein Begleitschreiben von ihm persönlich bei mir, das mir die Heimreise erlaubt."

„Und ich habe Pharaos ausdrücklichen Befehl, dir vor deiner Heimreise ein paar Fragen zu stellen, auf die er eine Antwort wünscht. Ich hoffe, wir müssen nicht allzu viel Mühe darauf verwenden, sie zu bekommen. Also, du hast für deinen Vater und damit für den Feind Ägyptens, Mitanni, in unserem Land spioniert. Ich nehme an, Kadesch ist die Brutstätte für eine Verschwörung gegen Pharao? Leugnen macht wenig Sinn. Deine Sklavin hat geredet. Sie hat Königin Nebtu von deinen geheimen Verbindungen berichtet."

Für einen Augenblick nahm Nebamun auf dem Gesicht des Prinzen Entsetzen wahr, dann das Erkennen einer bitteren Wahrheit.

„Sie hat gestanden, von Königin Nebtu als Spionin bei dir eingeschleust worden zu sein. Das hast du nicht gewusst?"

Eine gewisse Häme zeichnete sich auf Nebamuns Gesicht ab. Nicht nur er war auf eine völlig skrupellose Frau hereingefallen. Offensichtlich ging es Zidanta ähnlich.

„Das sind Tatsachen, die weiter keine Rolle spielen. Pharao und mich interessieren vielmehr, was Nebtu für ihr Schweigen von dir verlangt hat, wofür sie Ägypten verraten hat, denn einen Spion zu decken, ist Verrat an Kemt."

Eisige Verschlossenheit zeigte sich auf dem Gesicht des Prinzen. Nebamun nickte stumm.

„Ich dachte mir schon, dass du nicht freiwillig sprichst. Aber glaube mir, du könntest uns jede Menge Zeit sparen und dir jede Menge Schmerzen, wenn du gleich redest. Nein? Nun." Nebamun gab der am Eingang seines Zelts stehenden Wache ein Zeichen. Wenige Augenblicke später betrat einer der Folterknechte Pharaos mit zwei Gehilfen das Zelt.

Die beiden Gehilfen ergriffen den gefesselten Prinzen, rissen ihm die Kleidung vom Leib und schleppten ihn nach draußen, wo sie ihn an seinen gefesselten Händen am Ast eines Baums hochzogen, bis er eine Armlänge über dem Boden baumelte. Dann begannen sie Holz zusammenzusuchen, unter den Füßen des Prinzen zu stapeln und ein Feuer zu entzünden. Die Flammen stiegen langsam empor, und schon bald bildeten sich die ersten Brandblasen an den Füßen des Prinzen. Je höher die Flammen stiegen, um so unangenehmer roch es nach verbranntem Fleisch.

Zidanta, der sich fest vorgenommen hatte, zu schweigen und alles zu ertragen, hielt geraume Zeit durch. Doch schließlich konnte er die Schmerzen nicht mehr länger ertragen und schrie laut auf.

„Und, willst du jetzt mit mir reden?", fragte Nebamun, seinen Ekel unterdrückend. „Was wollte Nebtu von dir?"

„Mach mit mir, was du willst. Ich werde nicht mit dir reden."

„Bedauerlich", meinte Nebamun. „Aber vielleicht überlegst du es dir, wenn deine Sklavin neben dir hängt, die übrigens ebenfalls von Nebtu mit dem Leben ihres kleinen Bruders erpresst wurde. Sie hat dich nicht freiwillig und nicht für Gold verraten, sondern aus Angst."

Auf einen Wink Nebamuns wurde Tanita aus einem der Zelte gezerrt, mit wenigen Handgriffen entkleidet und ihm gegenüber an einem anderen Baum an den Armen aufgehängt.

Sie schrie herzzerreißend vor Schmerz, als die Gehilfen des Foltermeisters sie an den Armen emporzogen und unter ihre Beine ebenfalls Holz legten, um ein Feuer zu entzünden.

„Nicht, bitte nicht", flehte Zidanta. „Sie hat doch nichts getan."

„Das kann man so und so sehen", erwiderte Nebamun und gab das Zeichen, das Feuer zu entzünden. Langsam begann es zu brennen, schlängelte sich durch das Holz empor und leckte an den Füßen Tanitas, die immer panischer schrie und an ihren Armen zerrte, bis ihre Knochen aus den Gelenken sprangen.

„Nicht, hört auf", schrie Zidanta, dessen Feuer unter seinen Füßen gelöscht worden war, damit er sich ganz dem Anblick seiner Geliebten und deren Qualen widmen konnte.

„Fang an. Rede!", forderte Nebamun ihn kalt auf.

„Holt sie da runter, lasst sie gehen, und ich erzähle dir alles, was du wissen willst."

„Du weißt ebenso gut wie ich, dass ich sie nicht gehen lassen kann. Aber ich kann ihr einen schnellen Tod bereiten. Es liegt ganz bei dir."

Die Flammen fraßen sich an Tanitas Beinen empor, und wieder war die Luft von verbranntem Fleisch erfüllt. Als die Sklavin die Besinnung verlor, ließ Nebamun das Feuer schließlich löschen.

„Und, was hast du mir zu sagen?"

Die beiden Männer schauten sich einen Augenblick lang abschätzend an.

„Versprich mir, dass du sie schnell tötest, bevor sie wieder zu sich kommt?"

„Das kommt ganz darauf an, was du mir jetzt erzählst", antwortete Nebamun ruhig. „Glaube mir, mir macht das alles auch keinen Spaß. Aber bei dem Verdacht, der gegen dich und die Königin im Raum steht, ist mir jedes Mittel recht, um die Wahrheit zu erfahren."

Wieder maßen sich die beiden mit Blicken. Schließlich nickte Zidanta.

„Eure Königin hat mich gezwungen, ihr bei der Ermordung der Kinder Satiahs zu helfen. Und ich habe es getan, nicht weil mir dies Freude bereitet hat, sondern weil ich keinen anderen Ausweg gesehen habe."

„Was genau hast du getan?"

„Genügt es nicht, dass ich mich schuldig bekenne?"

„Was hast du getan?", fragte Nebamun noch einmal, entsetzt darüber, dass Pharaos Vermutung nun eine Tatsache war. „Holt den Schreiber, damit er alles niederschreibt, was der Prinz auszusagen hat."

Nachdem der mitgebrachte Militärschreiber sich zu Füßen Zidantas niedergesetzt und seine Schreibutensilien ausgepackt hatte, forderte Nebamun Zidanta auf, zu beginnen. Doch unterdessen war Tanita zu sich gekommen. Wimmernd hing sie am Baum mit Beinen, auf denen sie vermutlich nie wieder stehen könnte.

„Lasst sie vorher runter, bitte", flehte Zidanta.

Nebamun nickte den beiden Gehilfen des Foltermeisters zu, die die Frau langsam herabließen und ins Gras legten.

„Bitte!", forderte Nebamun Zidanta auf.

Der begann trotz der Schmerzen, die ihn fast zu zerreißen drohten, zu erzählen, was geschehen war und welchen Anteil er daran hatte.

Als Samunedjeh die letzten Worte Zidantas aufgezeichnet hatte, gab Nebamun den Befehl, den Prinzen ebenfalls herabzulassen und befahl ihm, den Papyrus mit seinem Namen und Siegel zu versehen. Mühsam setzte Zidanta unter die Hieroglyphen seinen Namen in Keilschrift und drückte sein ihm gereichtes Siegel daneben.

Kurz besah sich Nebamun den Papyrus, dann nickte er dem Foltermeister, auf Tanita deutend, zu. Mit einem Schwertstreich trennte dieser der Frau den Kopf vom Rumpf, ehe diese begriff, wie ihr geschah. Dann ließ Nebamun den Säugling bringen und ihm vor Zidantas Augen ebenfalls den Kopf abschlagen. Schließlich trat der Foltermeister auf den Prinzen zu. Die beiden Knechte zogen den sich in sein Schicksal ergebenden Prinzen zu einem Baumstamm, entfesselten ihn und legten seine beiden Hände auf den Stamm, die der Foltermeister dann nacheinander abschlug und in einen Krug legte, um sie Pharao zu überbringen. Dann legten sie dem ohnmächtigen Prinzen einen Strick um den Hals und zogen ihn an einem Baum empor, wo sie ihn hängen ließen.

Kurz darauf befand sich der Spezialtrupp, den Pharao entsandt hatte, auf dem Weg zurück nach Ägypten, alle Spuren hinter sich verwischend, die auf etwas anderes als eine Räuberbande deuten könnte.

Während Nebamun Pharao gleich nach seiner Rückkehr Bericht erstattete, fehlten ihm teilweise die Worte für das, was geschehen war. Die Ungeheuerlichkeit der von Nebtu in Auftrag gegebenen Verbrechen übertraf seine Vorstellungskraft, und die Tatsache, dass er mit dieser Frau das Bett geteilt hatte und sie sogar hatte heiraten wollen, ließen sein Inneres gefrieren. Niemals hätte er derartige Verderbtheit bei ihr für möglich gehalten.

„Ich verstehe nur nicht, warum sie das getan hat. Welchen Vorteil hat sie sich von dem Tod der Kinder der großen Königsgemahlin erhofft?", beendete Nebamun schließlich seinen Bericht.

Die Königinmutter, die bei dieser Unterredung ebenso anwesend war wie Meritre, die künftige große Königsgemahlin Pharaos, schwiegen betroffen, jede ihren eigenen Gedanken nachhängend.

„Ich vermute, dass Nebtu sich durch diese Morde keinen Vorteil verschaffen wollte. Sie ist einfach eine gedemütigte Frau, die es nicht gewohnt ist, nicht ihren Willen zu bekommen. Dass Pharao ihr kalt den Rücken zugewandt hat, muss sie schwer verletzt haben. Sie wollte schlicht und ergreifend dafür Rache nehmen", meinte Meritre schließlich nachdenklich.

Königin Isis nickte zustimmend. „Vermutlich hat Meritre recht. Eine verletzte Frau kann zur Hyäne werden."

„Auch du wurdest von Königin Hatschepsut immer wieder verletzt und gedemütigt", erwiderte Pharao kalt. „Dennoch bist du nicht zur Mörderin geworden."

„Es gab gewiss manchen Tag, an dem ich der Pharaonin gerne den Hals umgedreht hätte. Aber ich war es von klein auf gewohnt, mich zu bescheiden und im Hintergrund zu bleiben, während Nebtu es von Kind an gewohnt war, im Rampenlicht zu stehen und zu bekommen, was sie wollte. Eine solche Frau kann eine Niederlage nur schwer verkraften", antwortete Isis überzeugt.

„Wie auch immer", sagte Pharao, noch immer fassungslos über das, was geschehen war und was er niemals für möglich gehalten hätte. „Ich werde sie verhaften und vor Gericht stellen lassen. Sie wird ihre Strafe erhalten. Das ist sicher."

„Langsam", mahnte Meritre. „Ich frage mich, ob das wirklich eine gute Idee ist, all das öffentlich zu machen, was geschehen ist. Drei Dinge sollten vorher bedacht werden. Zum einen ist Nebtu eine reiche Frau, die noch immer viele Freunde hat. Es könnte zu Unruhen, zumindest aber zu Zweifeln an ihrer Schuld kommen. Darüber hinaus, ist es wirklich empfehlenswert, ein Mitglied des Königshauses öffentlich anzuklagen? Du, Bruder, würdest dein Versagen dadurch öffentlich machen, deine eigene Familie nicht beschützt zu haben. Und schließlich hast du mit dieser Frau eine Tochter, die nichts für die Taten ihrer Mutter kann, die diese Verbrechen, öffentlich gemacht, aber ein Leben lang verfolgen würden. Willst du das?"

„Was soll ich denn sonst tun?", blaffte Thutmosis seine Halbschwester an. „Soll ich, wie sie, hinterrücks morden?"

Meritre schüttelte den Kopf. „Natürlich nicht. Nach allem, was ich über Nebtu erfahren habe, gehe ich davon aus, dass sie vor Wut schäumt, dass du mich zu deiner neuen großen Königsgemahlin machen willst. In dem Kopf dieser Frau muss sich der Gedanke, mich nun ebenfalls zu vernichten und dir damit erneut das zu nehmen, was dir teuer ist, festgesetzt haben. Lass mich zu ihr gehen. So lässt sich die Angelegenheit vielleicht in aller Stille regeln."

„Du begibst dich dabei in große Gefahr", mahnte die Königinmutter besorgt. „Diese Frau ist unberechenbar."

„Aber ich kenne die Gefahr. Das nimmt der Angelegenheit die Schärfe. Zudem nehme ich an, dass Nebtu, getrieben von Zorn und Rachegedanken, unvorsichtig wird."

Pharao schüttelte energisch den Kopf. „Das werde ich in keinem Fall zulassen."

Doch Meritre ließ sich nicht beirren. „Vertraue mir, bitte!"

Damit war für sie die Angelegenheit entschieden, auch wenn Pharao seine Bedenken nicht beiseiteschieben konnte.

Gut eine Woche später suchte Meritre nach Voranmeldung die zweite Gemahlin Pharaos in ihren Gemächern auf. Die Hochzeit Pharaos mit ihr stand unmittelbar bevor, ein triftiger Grund, ein Gespräch mit Nebtu zu suchen.

Königin Nebtu hatte der Nachricht, dass Pharao beabsichtigte, seine Halbschwester und nach Nofrures frühem Tod auch Erbprinzessin, zu ehelichen und zu seiner großen königlichen Gemahlin zu machen, erst keinen Glauben schenken können. Pharaos Herrschaft über Ägypten war stabil und unangefochten. Niemand bedrohte seinen Machtanspruch. Warum wählte er dann ausgerechnet diese kleine graue Maus zu seiner ersten Gemahlin. Unverständnis wandelte sich in Nebtu allmählich zu Wut. Für diese Ehe gab es keinerlei praktischen Grund. Und dennoch zog er die Tochter seiner ärgsten Feindin, der Frau, die ihn jahrelang um seinen Machtanspruch betrogen hatte, ihr vor. Wie konnte er nur?

Nachdem sich Nebtus Wut etwas gelegt hatte, begann sie zu grübeln. Allmählich reifte in ihr ein Plan. Sie würde die unliebsame Konkurrentin ausschalten, würde Pharao noch einmal um das bringen, was ihm offensichtlich lieb und teuer war. Anders konnte sie sich den Grund für die Hochzeit nicht erklären. Es gab nur einen Unterschied. Zu den vorherigen Malen würde sie diesmal selbst Hand anlegen müssen. Sie musste nicht lange überlegen, welche Mittel ihr zur Verfügung standen, die unliebsame Frau aus dem Weg zu räumen. Sie würde Gift verwenden, der künftigen Königin Ägyptens ein Hochzeitsgeschenk machen, das diese für immer in das Reich des Osiris befördern würde.

Daher suchte sie eine ihr bekannte Giftmischerin außerhalb Thebens auf und ließ sich beraten, welches Gift wie wirken würde. Schließlich entschied sie sich für das Gift des Oleanders, einer Pflanze, die überall in Kleinasien wuchs und an der alles giftig war, von der Blüte bis zur Wurzel. Die Blätter dieser Pflanze sollte die alte Hexe zerstoßen in süße Plätzchen backen, damit das Gift nicht mehr zu schmecken war.

Als einer ihrer Diener das Bestellte zwei Tage später abholte und bezahlte, testete Nebtu die Wirkung des Gifts an einer streunenden Katze, die kurze Zeit nach dem Verzehr einen Herzstillstand erlitt. Zufrieden mit dem Ergebnis sandte Nebtu einen ihrer Vertrauten aus, der der alten Giftmischerin in ihrem Haus kurzerhand die Kehle durchschnitt. Den Diener, der ihr die Plätzchen gebracht hatte, belohnte sie mit einigen der Leckereien, die nicht nur ihm, sondern auch seiner

Frau den Tod brachten. Sicher, dass niemand von der Giftmischerin zu ihr eine Spur zurückverfolgen konnte, erwartete sie den Besuch Meritres voll innerer Genugtuung.

Die beiden Frauen begrüßten sich freundlich, umarmten einander sogar, bis Nebtu der künftigen Königin Ägyptens einen Platz anbot und eine Dienerin in die Küche sandte, um Getränke, Obst und Plätzchen zu holen.

„Ich bin gekommen, um mit dir über die Zukunft zu sprechen. Als zukünftige große königliche Gemahlin sehe ich es als meine Pflicht an, mich Pharaos weiteren Gemahlinnen vorzustellen und sie meines Wohlwollens zu versichern. Auch Manawa und Manhat werde ich daher einen Besuch abstatten. Ich wünsche mir nichts mehr, als in Frieden und Eintracht künftig miteinander auszukommen."

Nebtu lächelte zuckersüß. „Ich gebe zu, die Nachricht von eurer geplanten Hochzeit hat mich schon ein wenig überrascht", erwiderte sie. „Damit hat vermutlich niemand bei Hof gerechnet."

„Nun", entgegnete Meritre freundlich. „Der Wille der Götter geschieht. Sie haben Pharao und mich zusammengeführt, vermutlich, weil sie es von Anfang an so bestimmt hatten, aber erst einige Hindernisse beseitigt werden mussten, um ihrem Willen entsprechen zu können."

„Hindernisse?", fragte Nebtu neugierig, während sie sich von einer der aus der Küche zurückgekehrten Dienerinnen Wein in einen Becher schenken ließ. Auch Meritre wurde eingeschenkt. Doch die hatte beschlossen, nichts in Nebtus Gemächern zu sich zu nehmen. Zwar nahm sie den Becher daher dankend entgegen, trank aber nicht, sondern stellte ihn auf einen kleinen Beistelltisch neben sich ab.

„Nun, Pharao war gebunden, hatte sein Herz der sanften Satiah geschenkt und sie zu seiner großen Königsgemahlin gemacht. Die beiden hat aufrichtige Zuneigung verbunden. Umso niederschmetternder war ihr Verlust für Thutmosis. Ich kann nicht behaupten, dass wir die gleichen Gefühle füreinander hegen. Doch Liebe kann wachsen, ebenso wie Vertrauen und Verlässlichkeit."

Nebtu überlegte einen Augenblick. Dann nickte sie zustimmend. Doch irgendetwas an dieser Begegnung wollte ihr plötzlich nicht gefallen. Sie hatte alles bis ins kleinste Detail vorbereitet. Nun sagte ihr eine innere Stimme, dass etwas nicht wie geplant laufen würde.

„Vermutlich hast du damit recht. Die meisten Ehen im Königshaus waren Pflichtehen. Liebe haben unsere Herrscher anderweitig gefunden."

„Ja, bei Frauen, die kamen und gingen. Die meisten haben sich nach Pharaos Gunstbezeugung damit abgefunden, ihn an eine andere Favoritin zu verlieren. Doch einige konnten das offensichtlich nicht."

Nebtu schluckte. Ihr Hals wurde plötzlich trocken. Wusste diese Frau etwas? Aber woher? Nein, es war unmöglich. Wenn überhaupt konnte sie etwas ahnen. Aber wissen konnte sie nichts. Trotzdem hielt sie es plötzlich für angebracht, die Unterredung mit Meritre so schnell wie möglich zu beenden.

„Da du mir die Ehre deines Besuchs erweist, habe ich einige Geschenke für dich bereitstellen lassen. Ich würde mich freuen, wenn du sie annehmen würdest."

Sie winkte ihren wartenden Dienern, die eine Kiste mit einem kostbaren Pektoral, einige kostbare Gewänder aus exotischen Stoffen und eine Kiste mit verführerisch aussehendem Gebäck vor der künftigen Königin Ägyptens ausbreiteten.

„Besonders das Gebäck solltest du probieren. Es ist einfach köstlich", empfahl sie Meritre und winkte einer Dienerin, ihr eine Kostprobe zu kredenzen.

Meritre ließ das in einem Schüsselchen dargereichte Gebäck unbeachtet, während sie einen ihrer Diener herbeiwinkte, der einen verschlossenen breiten Topf zu der zweiten Gemahlin Pharaos trug und vor ihr auf einem Tischchen absetzte.

„Dies soll ich dir von Pharao überreichen, ein Geschenk, das er mit besonderer Sorgfalt für dich ausgewählt hat."

Nebtu betrachtete den unansehnlichen Topf einen Augenblick, bevor sie neugierig den Deckel hob. Gleich darauf entfuhr ihr ein spitzer Schrei, und sie ließ den Deckel entsetzt fallen.

„Was ist das? Welch üblen Scherz treibst du mit mir?"

„Das ist kein Scherz", antwortete Meritre ernst. „Das sind die beiden Hände des Prinzen Zidanta, eines von dir angestifteten Mörders, die Pharao dir schicken lässt. Und ich soll dir folgende Botschaft überbringen. Er gibt dir bis morgen früh Zeit, selbst den Tod zu suchen, vielleicht mit diesen köstlichen Plätzchen. Dann wird niemals jemand erfahren, was geschehen ist. Du wirst ein Grab im Westen finden und mit allen Ehren beigesetzt werden. Deiner Tochter bleibt die Schande, eine Mörderin zur Mutter zu haben, erspart. Weilst du morgen früh noch unter den Lebenden, wird Pharao dich verhaften und vor Gericht stellen lassen. Du wirst verurteilt und öffentlich hingerichtet werden. Du hast die Wahl."

Meritre erhob sich. „Zögere nicht zu lange, Pharaos großzügiges Angebot anzunehmen. Das ist der einzige Rat, den ich dir geben kann."

Ohne sich noch einmal umzudrehen, verließ Meritre die Gemächer Nebtus.

Diese blieb am Boden zerstört zurück. Lange starrte sie vor sich hin, suchte verzweifelt nach einem Ausweg. Der Gedanke an Flucht schoss ihr durch den Kopf. Doch vor ihrer Tür verstellten Pharaos Wachen ihr den Weg.

Bis in die späten Abendstunden saß sie starr vor Entsetzen da. Ihr wurde immer klarer, dass es keinen Ausweg gab. Der Gedanke, von Pharaos Wachen ins Gefängnis gebracht, vor Gericht gestellt und in aller Öffentlichkeit hingerichtet zu werden, während sie Spott und Hohn der Zuschauer ertragen musste, ließ sie schaudern. Und doch zögerte sie. Sie wollte nicht sterben, war dazu noch lange nicht bereit. Doch es blieb ihr wohl nichts anderes übrig, wenn sie wenigstens nach außen ihr Gesicht wahren wollte.

Schließlich griff sie nach den Plätzchen, die für ihre Rivalin bestimmt waren, steckte sie in den Mund und kaute darauf herum, bis der Honig verschwunden und nur der bittere Geschmack des Oleander übriggeblieben war. Dann schluckte sie und wartete auf den Tod.

1438 vor unserer Zeitrechnung

Pharao war in die Gemächer der großen Königsgemahlin Meritre gekommen, um sich von seiner Gemahlin in vertrauter Privatsphäre zu verabschieden. In der Öffentlichkeit vermieden sie es stets, Zärtlichkeiten auszutauschen. Doch hier waren sie den Blicken der anderen entrückt, konnten sich umarmen und sagen, was noch zu sagen war.

„Ich weiß, du wirst mich in meiner Abwesenheit gut vertreten. Niemandem außer dir würde ich die Regierungsgeschäfte lieber anvertrauen. Bei dir kann ich sicher sein, dass du mich klug und umsichtig vertrittst, vielleicht sogar bessere Entscheidungen triffst, als ich dies tun würde. "

Zärtlich küsste er Meritre auf die Stirn. Dann beugte er sich zu Amenophis hinunter: „Und du passt gut auf deine Mutter und deine Schwester auf. Kann ich mich darauf verlassen?"

Amenophis nickte eifrig. „Aber das nächste Mal darf ich mit dir kommen, um die Mitanni zu bekämpfen und über ihre Grenze zurückzudrängen, ihre Festungen zu stürmen und niederzubrennen."

„Ein bisschen älter musst du schon noch werden, bevor ich dich mitnehmen kann. Übe also mit dem Waffenmeister jeden Morgen weiter, während ich fort bin", entgegnete Thutmosis, stolz auf seinen Sohn, der gewiss einmal ein würdiger Nachfolger auf dem Horusthron werden würde.

Dann beugte er sich zu seiner Tochter Merit-Amun hinunter, hob sie auf seinen Arm und küsste auch sie auf die Stirn, während sein Blick zärtlich den Bauch Meritres steifte, in dem abermals neues Leben heranwuchs.

Mit seiner Eheschließung und Ernennung Meritres zur großen Königsgemahlin schienen die Götter ihm endlich das lang ersehnte familiäre Glück zu schenken, dass ihm so lange versagt geblieben war. Mit Meritre hatte er in jeder Hinsicht sein Glück gefunden. Es war von Anfang an nicht jene stürmische Leidenschaft gewesen, die er in jungen Jahren oft für eine Frau empfunden hatte, sondern ein stilles Einvernehmen, geprägt von Verständnis, Vertrauen und wortlosem Verstehen des anderen. Doch das war so viel mehr als vergängliche Leidenschaft. Es war Freundschaft, die zu einer tiefen Liebe und gegenseitigen Achtung geworden war. Inzwischen waren sie beide so miteinander verschmolzen, dass sie nur zusammen ein Ganzes ergaben.

„Pass auf dich auf und komm gesund wieder heim. Ich bete dafür, dass die Götter dich beschützen", flüsterte Meritre, der die jährlichen Feldzüge Pharaos immer wieder große Sorgen bereiteten. Daran würde sie sich wohl nie gewöhnen. Doch natürlich sah sie die Notwendigkeit ein, Jahr für Jahr die Macht und Stärke Ägyptens erneut unter Beweis zu stellen, in Nubien Revolten niederzuschlagen, Mitanni in seine Grenzen zu verweisen, und, wie dieses Jahr vorgesehen, im Anschluss an den Mitannifeldzug die letzten Aufständischen, die sich in Kadesch verschanzt hatten, zu vernichten. Letztendlich vertraute sie Pharaos Fähigkeiten, der ein genialer Stratege und Feldherr war und schon jetzt der größte und erfolgreichste Pharao genannt werden konnte, den Ägypten je gehabt hat.

Als sie vor den Palast trat, den Thronfolger Amenophis an der Hand, die Tochter Merit-Amun auf dem Arm, überkam sie das Gefühl von unendlichem Stolz. Während Pharao auf seinen Streitwagen stieg, der wie immer von Nebamun gelenkt wurde, um vor der Stadt zu seinen Truppen zu stoßen, konnte sie ihr Glück kaum fassen. Dieser Mann hatte tatsächlich sie gewählt, trotz allem, was sie eigentlich hätte trennen müssen. Dafür war sie Isis, der Göttin der Liebe, ihrer Göttin, mehr als nur dankbar. Noch heute würde sie in den Tempel gehen und ihr ein Opfer darbringen, für das Unmögliche, das sie möglich gemacht hatte.

Zu den geschichtlichen Ereignissen

Als Pharao Thutmosis I. 1492 vor Chr. starb, hinterließ er einen Sohn, ebenfalls Thutmosis genannt, von seiner Nebenfrau Mut-nofret, sowie eine Tochter von der großen Königsgemahlin Ahmose mit dem Namen Hatschepsut. Seine beiden Söhne, die er mit Königin Ahmose gezeugt hatte, ebenso wie eine Tochter, waren zuvor gestorben.

Traditionsgemäß heiratete die Erbprinzessin Hatschepsut ihren Halbbruder Thutmosis II., um seine Herrschaft zu legitimieren. Die Herrschaft der beiden verlief ohne nennenswerte Ereignisse.

Als Pharao Thutmosis II. 1479 vor Chr. relativ früh starb, ließ er Hatschepsut mit zwei Töchtern (Nofrure und Meritre-Hatschepsut) und einem Stiefsohn, genannt Thutmosis, von einer Nebenfrau namens Isis, zurück.

Thutmosis, der noch ein Kind war, wurde zwar zum Pharao gekrönt, die Regentschaft für ihn übernahm jedoch seine Stiefmutter und Tante Hatschepsut. Für eine Hochzeit zwischen Thutmosis III. und der Erbprinzessin Nofrure, wie sie der Tradition nach üblich gewesen wäre, gibt es jedoch keine Hinweise. Hier brach Hatschepsut mit der bisherigen Vorgehensweise. Vielleicht liebäugelte sie bereits zu diesem Zeitpunkt damit, ihren Stiefsohn zu entmachten und sich selbst auf den Horusthron zu setzen.

Aus der Regierungszeit Hatschepsuts ist bekannt, dass sie in ihren ersten Regierungsjahren eine Expedition in das Weihrauchland Punt erfolgreich durchführen ließ. Mit Umsicht scharte sie ihr treu ergebene Männer um sich, die ihr

Amt und Würden verdankten. Als sie, vermutlich im 7. Jahr ihrer Regentschaft, die Macht ganz an sich riss und sich zur Pharaonin krönen ließ, wagte niemand, sich ihr in den Weg zu stellen. Den jungen, entmachteten Thutmosis schob sie zuerst in den Tempel, später nach Memphis zum Militär ab.

Eine der herausragenden Persönlichkeiten ihrer Regierungszeit ist der Baumeister, Erzieher ihrer Tochter, Haushofmeister und Vermögensverwalter Senenmut, der vermutlich aus kleinen Verhältnissen stammte und seine Laufbahn beim Militär begann. Er baute für die Frau seines Herzens den bis heute weltbekannten Totentempel der Hatschepsut von Deir el-Bahari und brachte die zwei bis dahin größten Obelisken nach Theben, wo einer von ihnen bis heute im Karnaktempel zu bestaunen ist. Vermutlich hat er auch über Jahre das Bett mit der Pharaonin geteilt. Zeichnungen und Bildnisse von ihm sind in Hatschepsuts Totentempel überall an verborgener Stelle zu finden.

Im 15. Regierungsjahr der Pharaonin verschwindet Senenmut plötzlich von der Bildfläche. Da beide seiner Gräber nie benutzt wurden, ist es bis heute ein Rätsel, was mit dem Favoriten der Pharaonin geschah. Lange wurde vermutet, dass sein Verschwinden mit dem Tod Nofrures zu tun habe. Allerdings wurden in jüngster Zeit Belege gefunden, die den frühen Tod Nofrures in Zweifel ziehen. Hier sind die Ägyptologen uneinig.

Als Hatschepsut im 21. Regierungsjahr starb, vermutlich an Knochenkrebs, übernahm Thutmosis III. die Macht über Ägypten und tat alles, um ihr Andenken zu löschen. Anders als Hatschepsut legte er größten Wert auf die Vergrößerung des Einflussbereichs seiner Macht. Es folgten jährliche Kriegszüge nach Palästina, Syrien und Nubien, wo er große

Gebiete erfolgreich der ägyptischen Macht unterwarf. Hauptgegner jener Zeit war das im Aufwind befindliche Mitanni, das ebenfalls seinen Einfluss auf die syrischen Kleinkönigreiche vergrößern wollte und daher Ägyptens ständiger Gegner wurde.

Verheiratet mit Satiah, der Tochter seiner Amme Ipu, hatte er zwei Söhne und eine Tochter bekommen. Darüber hinaus sind vier Nebenfrauen bekannt, Nebtu, Manhat, Mahnta und Manawa. Von einer dieser Frauen stammt seine Tochter Baket. Seine Ehe mit Satiah wurde durch ihren frühen Tod beendet, ebenso wie ihre drei Kinder früh starben.

Meritre-Hatschepsut, eine Priesterin, wurde seine zweite große königliche Gemahlin. Die gebar Pharao zwei Töchter, Merit-Amun und Tija, sowie den späteren Thronfolger Amenophis II.

Als Pharao Thutmosis III. am 30. Peret III 1425 v. Chr. starb, hatte Ägypten seine bisher größte Ausdehnung und eine unangefochtene Vormachtstellung in der Region erreicht. Kein anderer Pharao hatte bis dahin mehr Kriege erfolgreich geführt und Ägyptens Vormachtstellung weiter ausgebaut als er.

Weitere historische Romane der Autorin Birgit Furrer-Linse:

… denn der einzige wahre Gott Ägyptens ist der Nil

Die Ägypter gaben ihr den Namen Nofretete

Die Schwingen der Isis

Der Sklave des Pharaos

Imhotep – Siegelbewahrer Pharaos

Das Grab der Pharaonin

Steppenbrand – die Erben des Dschingis Khans

Mongolen – Steppenbrand 2

Herr der Seidenstraße

Ich, al Mansur, Herr über Cordoba

Valeria Messalina, Kaiserin von Rom

Die Kurtisane von Rom

Semiramis, Herrin von Assur